文学院创意写作教学团队

何建明，著名作家。中国作家协会副主席，中国报告文学学会会长。全国政协委员。全国劳动模范。中宣部"四个一批"人才。代表作有《那山，那水》《山神》《爆炸现场》《落泪是金》《国家行动》等，曾三获鲁迅文学奖、四获徐迟报告文学奖、五获中宣部"五个一工程"奖。国务院政府特殊津贴专家。上海大学博士生导师，信阳师范学院创意写作学科带头人。

沈文慧，信阳师范学院文学院院长。文学博士，教授，硕士生导师。主持国家社科基金项目1项，出版学术著作3部，发表文章50余篇。主讲现代写作学、影视艺术学、文学经典研究、申论写作等课程。

吴圣刚，信阳师范学院文学院党委书记。教授，硕士生导师。主持国家社科基金项目1项，出版学术著作3部，发表文章70余篇。主讲文学概论、大众文艺与审美等课程。

吕东亮，信阳师范学院文学院副院长。文学博士，副教授，硕士生导师。主持国家社科基金项目1项，发表文章40余篇。主讲当代西方文艺理论、当代文学等课程。

方志红，信阳师范学院文学院副教授，文学博士，硕士生导师。主持国家社科基金后期资助项目1项，发表论文20余篇。主讲现代写作学、创意写作基础理论等课程。

禹权恒，信阳师范学院文学院副教授，文学博士，硕士生导师。主持国家社科基金项目1项，出版专著1部，发表学术论文40余篇。主讲当代文学、鲁迅研究、现当代文学思潮、非虚构写作理论与实践等课程。

李群，信阳师范学院文学院副教授，文学硕士。发表论文20余篇。主讲现代文学、剧本创作理论与实践等课程。

杜昆，信阳师范学院文学院副教授，文学博士，硕士生导师。编撰研究资料1部，发表论文30余篇。主讲当代文学、新诗鉴赏、诗歌写作理论与实践等课程。

徐洪军，文学博士，硕士生导师。出版学术专著1部，发表论文30余篇。主讲当代文学、小说写作理论与实践等课程。

刘家民，文学博士。主持国家社科基金项目1项，发表论文20余篇。主讲现代写作学、散文写作理论与实践等课程。

厉盼盼，文学博士，香港中文大学访问学者。发表论文20余篇。主讲外国文学课程。

半亩塘文萃（第一辑）

沈文慧　吴圣刚　主编

河南文艺出版社
·郑州·

图书在版编目（CIP）数据

半亩塘文萃.第一辑/沈文慧,吴圣刚主编. —郑州:河南文艺出版社,2018.11(2019.9重印)

ISBN 978-7-5559-0732-9

Ⅰ.①半… Ⅱ.①沈…②吴… Ⅲ.①中国文学-当代文学-作品综合集 Ⅳ.①I217.1

中国版本图书馆 CIP 数据核字(2018)第 191472 号

出版发行	河南文艺出版社
本社地址	郑州市郑东新区祥盛街 27 号 C 座 5 楼
邮政编码	450018
承印单位	三河市兴国印务有限公司
经销单位	新华书店
开　　本	700 毫米×1000 毫米　1/16
印　　张	26.5
字　　数	363 000
版　　次	2018 年 11 月第 1 版
印　　次	2019 年 9 月第 2 次印刷
定　　价	58.00 元

序一

贵在真情与文学

何建明

非虚构的概念是近年一些学者从西方国家引入的。在中国，这个概念对应于"纪实"，因为从中文字眼上理解，非虚构是相对于虚构而言的。如今中国文学界所用的"非虚构"，其实是文体的一种新表述，它接近和等于我们常说的"报告文学"。

既然是"非虚构"作品，那么它的最可贵之处在于真实。真实决定了非虚构的本质，否则就会受到质疑。写作者对生活的叙述，无论是虚构的小说，还是抒情的散文和诗歌，在很大程度上是真实生活的反映，它也有真实的要素，因为生活是人产生所有思想和精神及灵感的源泉。这就是我们常说"生活是创作的源泉""要深入生活"的根本原因。

信阳师范学院文学院开设"非虚构"教学，是全国高等教育本科领域的第一家，所以我们称之为"第一个本科作家班"。在中国的高校中，信阳师范学院走在了前头，值得赞赏。有种说法：中国大学不培养作家——或者说，连北大中文系都培养不出作家来。这个现象说明了中国高等教育存在的问题。为什么西方高校有一个非常热门的学科叫作"创意写作"呢？就是因为他们的高校里把培养有写作志向的人作为大学教育的一个重要任务和方向，故而"创意写作"非常叫得响并且持久，同时也传到了中国，许多中国高校在仿效。其实，在我看来，从大学中培养作家，不仅可以，而且应该和必须。信阳师范学院的这一开拓性创举，必将有所收获和值得期待。这部《半亩塘文萃》便是第一个收获。看了这些学生的作品，我感到特别高兴，因为它正是我期待看到的。

大别山的土质是坚硬和质朴的。大别山人一直是以真善美著称。学

1

生们继承了大别山的这种美德和质地，这是我最为欣慰的。文章天下人在写，写好文先须做好人。这是规律，也是决定一个人能否成才和能否成为大师的关键所在。至少在我看来，大别山非虚构写作中心的学生们的作品做到了这一点，他们选择了真实、善良和美的方式在叙述自己的写作对象——人与事，这是最重要的。因而许多作品令我感动。王雪可的《回乡录》中那温暖的乡情、张帅欣的《凶地》中孩子眼里对乡村迷信事情的内心恐惧、王文君的《讨债》中对父母艰辛生活的细腻刻画，还有王舒宇的《道路》和马俊豪的《磐石》，都非常优秀，他们都达到了可以在一些重要文学刊物上发表的水平。李海莅的《藏在深山无人识》，则是一篇纪实体散文，它让我们认识和了解了一个历史人物以及他的品行。这些作品可贵之处在于非虚构的一个本质：采撷于生活，真实地反映生活，又充满真情地表达了作者自己对某事、某物的价值判断。

这是非虚构作品特别关键的一环，即真实中见真情。

情是所有文章或说文学作品能否"抓"人心的"第一要素"。不"抓"人，难说它是好作品。靠什么"抓"人？显然是"情"。

陈思的《中奖》、陈月凡的《风中摇曳的烛》、张岩岩的《圣地》、余艳娜的《回家》、易凡的《暗恋》等小说和李静秋的《栀子花语》《写作梦》、王雪可的《用朴实的心过生活》和刘贝贝的《母亲》等作品，都是非常用情的好作品。情到深处才感人。道理便在于此。

非虚构不是简单地将客观事物呈现。纪实体文学更不是平铺直叙的"速写"。它之所以成为"文学"或"作品"，一个"情"字，可以使你的文字升华和质变。

真实——真情，并不是"非虚构"的全部。真实+真情+文学，才是我们要达到的目标。

作家之所以被人称为作家，是因为他的文字属于"文学作品"。非虚构的"终极目标"是成为可以传播和被人阅读并最广泛流传的经典。我们写作的目的，或许是自我欣赏，但更多的是希望能够让他人阅读，并从中获取精神养分。这个时候，"文学艺术"便成了特别重要的因素。

"素描"是非虚构的基本功。"艺术地表达"，才是根本。黎宇、王文君、侯梦菲、余艳娜、王晨曦的散文和张帅欣、牛紫宇、韩超帅、王敏、闵洁茹、贾庆昊等的诗歌，都具备很好的文学和艺术性，包括张岩岩的《圣地》的叙述中的对话、崔冰冰的《一路玉兰花》中的故事叙述、马俊豪的《浑圆》中的逻辑结构、李珂慧的《天鹅之死》中的故事迭进、刘可人的《冬猎》中对情节的推进，都有很好的文学感觉，值得鼓励。杜宇的《除夕笙歌》也很美。还有许多好作品可以点评。

　　真实的"半亩塘"，也许与我想的不一样，但我觉得"半亩塘"对开始写作的年轻学生来说，是非常好的一块"园地"，因为它不算大，但也绝对不要小看了它。如果一个农民能把宅基前的"半亩地"种好了，那他就是一个勤劳和优秀的劳动者了。同样，写作者能把自己所生活的领域写好，这就可能使自己成为一名大作家、大师级作家。莫言、贾平凹皆如此，他们把"高粱地""黄土高原"的"半亩地"耕耘好了，也就成就了他们的文学事业。我们何不借鉴一下他们的经验呢？

　　《半亩塘文萃》中，我们已经看到了一些才华优秀的苗子，王雪可、张帅欣、韩超帅……可以写长长一串的名字。这让我特别欣慰，也特别想感谢沈文慧、吴圣刚等老师的艰辛付出。

　　文学和文学家，是属于那些努力志向于文学和文学事业又有才气的那种人。相信信阳师范学院的"大别山非虚构写作中心"能够培养出一批未来的中国大作家。

　　我期待。

2018年夏

序二

一生之计在于早

刘庆邦

信阳师范学院文学院办有创意写作班，写作班的同学们一边学习，一边实践，已创作了不少作品。他们经过挑选，编成了这部叫《半亩塘文萃》的作品集。我作为一个至今还在写作的老作者，来为这部新作者的作品集写几句话，算是为文学新人"站台"的意思吧。

2018年4月19日春暖花开之际，我应该院文学院院长沈文慧之邀，到信阳作了一个文学讲座。记得在讲正题之前，我讲了一点题外的话，那就是文学创作能不能教授的问题。回顾自己将近半个世纪的创作经历，我对这个问题的回答是明确的、肯定的：文学创作可以教授。这个教授主要体现在两个方面，一个是直接教授，一个是间接教授。对于这个问题，文学界一直存在着不同的看法，不少作家，还有一些教写作课的大学教授，他们对这个问题的判断是犹疑的，欲言又止的。虽然他们没有轻易否定，但似乎也不愿正面肯定。之所以如此，是他们更重视一个人的天赋对于作家成长的决定性作用。不能不承认，作为遗传基因的天赋对一个作家的重要性；但同时我还认为，天赋是脆弱的，仅靠天赋是不够的，没有哪一个人仅靠天赋的支撑就能成为一个好作家。天赋不是一种挂在脸上的显力，而是一种埋藏在心底的潜力，需要挖掘才能把它释放出来。或者说每个人的天赋都处在沉睡状态，需要有一种力量把它唤醒。挖掘也好，唤醒也好，靠什么呢？我创造了一个与天赋对应的词：地赋。后天的一切学习、实践，包括挫折和失败，我把它统统称为地赋。就如天和地的结合，男和女的结合，阴和阳的结合，天赋和地赋也是相辅相成、互为支持，只有把天赋和地赋很好地结合起来，才有可能成长为一个好作家。拿我本人来说，我觉得自己有些笨，对自己的文学天赋并不是很自信，但我对自己的地赋能力和意志的力量充满自信。就是凭着这样的自信和所下的笨功夫，我才一步一步在文学的道路上走到了现在，并积累了一定数量的作品。从这个意义上，我认为在创意写作班学习是有效的，希望同学们珍惜学习机会，并祝愿信阳师范文学院能够多出人才，多出作品。

这部作品集就是文学院同学们的创作成果之一。作品集里有非虚构作品和小说，还有散文、诗歌等多种体裁，每种体裁里都有值得点评的作品。比如在非虚构作品里，《藏在深山无人识》中对现代文学大师曹靖华先生故居的寻访，《回乡录》中对"学校是村庄的灵魂"的判断，《凶地》中对农村和农民现状的忧思，都有独特的发现和深入的思考，让人难忘。这些作品有一个共同的特点：在关注现实、贴近现实的同时，都对现实生活提出了疑问。这表明这些作品的作者们在独立思考，忠实于自己的所感所思，并用比较朴实和准确的语言，勇于表达自己的想法。如果这些作者都是刚刚走上文学创作之路的话，等于他们一上路就走上了正路，铺展在他们面前的应是更加开阔的道路、更加丰富的前景。

编入这部作品集里的小说我没有全看，只读了其中的《中奖》《风中摇曳的烛》《圣地》等几篇。《中奖》写的是偶尔中奖对人的心理造成的影响；《风中摇曳的烛》表现的是农村空巢老人孤独的晚景；《圣地》反映的是土地流转引起的波澜。小说作者们敏锐地捕捉到了当前农村的热点问题，为读者提供了细节化的、鲜活的生活信息。我自己长期写小说，也许我对小说比较挑剔。在我看来，这几篇小说都有需要改进的地方，都不是很理想。总的说来，构思还不够讲究，思想还不够深沉，人物形象还不够立体，感情还不够饱满，细节还不够充沛，语言还不够精确，写作心态还不够悠远和自信，还没有上升到审美的艺术层面。

除了写小说，我还写散文。我对散文的看法是一贯的，那就是从个人出发，从内心出发，注重深切的生命体验，所写的散文必须是"我散文"，而不是"他散文"。散文的主体和人物就是作者本人。在阅读这部作品集的散文部分之前，我稍稍有些担心：这些同学所写的散文，会不会有些学生腔呢? 会不会像目前充斥在报刊上的那些散文一样, 多是一些心灵鸡汤似的"小清新"呢? 然而, 只读了排在前面的李静秋的两篇散文, 我的担心就打消了。这两篇散文, 一篇是《栀子花语》, 一篇是《写作梦》, 写得都不错, 符合我对散文写作的看法, 读来甚至有一些欣喜。作者写作的心态是沉静的、清醒的, 找到了自己的内心世界。作者对文字是敏感的、敬畏的、专注的, 一字一句都打上了自己心灵的烙印。作者意识到了情感和思想在散文中的重要性, 开始千方百计用准确的语言为情感和思想命名, 取得了一定效果。作者在散文中提到她还写过小说。我没读过她的小说, 小说应该也不差吧! 反正我们有理由期待这个作者写出更多更好的作品。

我喜欢读诗, 一直在向诗歌学习, 在小说创作中也追求诗意的表达。但我不大懂诗, 觉得诗是一种空灵的艺术、飞翔的艺术, 我对诗只有欣赏和仰望的份儿, 不敢轻易谈诗。所以对这部作品集里所收录的诗歌我就不多说了。

我们常说, 一日之计在于晨, 一年之计在于春。那么, 人的一生之计在于什么呢? 用晨和春来延深推论, 我想人的一生之计应该在于早, 或者是在于勤吧。同学们, 趁你们风华正茂, 应趁早抓紧生命的缰绳, 勤奋学习, 勤奋劳动, 以精彩的作品, 让生命焕发光彩, 实现人生的价值。

2018年8月21日至23日于北京和平里

序三

用心营造仪态万方的"半亩塘"

沈文慧

2008年秋，我博士毕业回母校工作。一天下午，在行政楼旁的林荫道上，碰到了中文系原主任、我的老师金长民先生。秋日的阳光透过香樟树浓密的枝叶洒在他满头银发上，使他显得更加儒雅、精神矍铄。其时他已退休多年，但对文学院的事依然十分挂心，对我这个昔日的学生能回母校工作甚是欣慰。金先生曾是中国写作学会副会长，先后出版的《写作运思学引论》《写作感知学引论》《实用写作学》等著作，均得到学界好评，参与编写的《现代写作教程》被教育部列入"面向21世纪课程教材"。当年，先生给我们上写作课，讲写作运思的学问，理论性强，严谨周密，可惜我们都不大听得懂。听说我也教写作课，他很高兴，叮嘱我一定要把课上好。后来，我去参加全国写作学会年会，不少人托我转达对先生的敬意和问候，自豪之余，感到肩上沉甸甸的责任。

信阳师范学院文学院人文厚重，文脉绵长。明朝文坛"前七子"之一何景明的生身故地就在校园内，先贤的华章风采既是文学院的奠基资源，又是中文专业研习不尽的文学传统和人文精神，加之金长民、杜福磊、陈登报、焦素娥等老师在写作教学与研究方面的多年耕耘，造就了广受赞誉的"信阳师院小作家群"。上世纪80年代初，刚从河南大学毕业的程光炜老师（现为中国人民大学教授，著名学者）是颇有名气的青年诗人，由他发起成立的"远方诗社"带动了朱根亮、杜超等一批学生诗人。光阴荏苒，远方诗社不断发展，目前已成为全国大学生优秀社团，诗社编辑的刊物《远方》也越办越好，在全国大学生社团期刊中有一定声誉。散文、小说创作也成绩不俗，2003年以来，在校学生公开发表各类文艺作品2000

余篇，出版长篇小说6部，新华网、搜狐网、新浪网等多家媒体进行追踪报道，引起了国内文学界的关注。著名作家二月河对陈渐的创作给予高度评价，凤凰卫视著名主持人许戈辉专程采访小作家李辉。近年来，"小作家群"成果丰硕，多名学生在全省乃至全国各文学创作大赛中获奖。汉语言文学专业2007级学生李应获得第八届河南省五四文艺奖、"感动中国"全国第四届新创词曲大赛一等奖，出席了在人民大会堂举行的第五届"中华脊梁——共和国行业杰出人物"国庆61周年座谈会及国庆庆典。2008级学生张涵荣获全国"寻找中华绿色小记者"博文大赛一等奖。2008级学生李丰山以旧体诗《访三苏园》荣获由中国作家协会、河南省委宣传部主办的"三苏杯"诗歌大赛一等奖。在由中央文明办、国家新闻出版广电总局指导，"文明中国"全民阅读活动组委会办公室组织开展的2012—2013"爱上阅读 书写梦想"活动中，程贺、苏亚丽、李昭知等138名学生的152篇文章获奖，大赛组委会特编辑出版了"信阳师院文学院方舟文学社专辑"，集中展示了文学院学生整体创作实力和昂扬向上的精神风貌。

当前，我国正处在经济社会快速发展时期，对创意写作人才的需求急剧增长。如何将金长民等前辈老师多年来在写作教学上积淀的经验和成果发扬光大，如何为学生搭建平台、创造条件，使"信阳师院小作家群"这棵文学之树枝繁叶茂，是我们不能回避的责任。我们主要采取以下措施：首先，积极推进写作教学改革，大力倡导"学习—生活—写作"三位一体的写作教学观，使写作训练贯穿大学学习、生活的全过程。努力建立写作课程与其他各门课程的有机关联，打破写作教学的孤立性、封闭性，"在写作中学习""在学习中写作"，使学习活动与写作训练紧密结合，相辅相成，相得益彰，互相促进，努力建立写作实践与学生个人生活的有机关联，即通过写作教学和实践训练，引导学生检视人生、关注自我，聆听自己内心深处的声音和渴望，激发青春的激情和向往，把对未来的希冀转化成行动的力量。真正意义上的写作是一种自我表达、自我建构的需要，当学生开始关注自我生命体验、珍惜自己的人生经验时，那些独特的生命体验将成为有价值的写作素材，也成为大学生自我建构的有效途径。其次，大力倡导非虚构写作。20世纪五六十年代至今，世界范围内的非虚构写作方兴未艾，非虚构写作根植于现实土壤，与广袤的大地、鲜活的生活休戚相关，是一种大视野、大胸怀、大格局的写作。非虚构写作尤为强调写作主体的"在场"和"行动"，强调对现实生活的深入考察和体验，强调写作主体对国家、民族、民众命运的关切、介入与担当。通过非虚构写作，在培养和提升大学生写作能力的同时，使之更加了解社会民生和现实生活，思想更接地气，视野更开阔，胸怀更博大，精神更充实，对于实现高校"立德树人"的人才培养宗旨大有裨益。2016年9月，我们成立了"大别山非虚构写作中心"，通过社会实践、文学采风、社会调查等多种形式，引导大学生走出"象牙塔"，走进广阔的社会生活，关注现实社会的发展变化，思考种种社会现象、热点问题，并及时将自己的观察和思考进行整理、深化与提炼，写成文章。第三，举办"作家讲堂"，邀请作家进校园，与学生近距离交流沟通，畅谈文学，指导写作。"作家讲堂"自2014年启动以来，先后邀请了周大新、李佩甫、乔叶、刘庆邦、田中禾、朱秀海、何建明、邢军纪等著名作家莅临讲学，营造了浓厚的写作氛围，极大地拓宽了学生的文学视野，提升了审美鉴赏能力。尤其是作家们对学生习作的亲自审读和批改，对学生掌握写作技巧、提升写作能力、激发写作兴趣都有很好的作用。

2017年9月，经过充分调研论证，文学院招收了首届创意写作本科生，着力培养创意写作人才，并将此作为中文专业教学改革的突破口，打破中文专业重知识轻能力、重理论轻实践的教学弊端，探索高素质应用型中文专业人才培养新模式，提升中文专业人才的核心竞争力——创意写作能力。该专业方向聘请中国作家协会副主席何建明先生担任学科带头人，指导教学改革、课程建设和人才培养。课程设置上，凸显创意写作特色，除中文专业核心课程外，大量增设写作类课程；培养方式上，强化实践教学，创设写作实践的环境和条件，通过大量写作训练提升写作能力。教学过程中，注重创意思维能力培养，夯实人文知识素养和审美鉴赏能力。

一年来，大别山非虚构写作中心的成员和创意写作班的同学们都非常努力、牛紫宇、陈姝雅、顾盼盼、夏欣、李珂慧、刘可人、张世星、翟云央等同学在《诗歌月刊》《牡丹》等文学期刊上发表作品，本地综合性报刊《信阳周刊》(《信阳广播电视报》)更是经常刊登学生们的作品。这部《半亩塘文萃》是学生们近期习作的精选，这是第一辑，我们计划每年出一本，长期坚持下去。我们认为，《文萃》不仅仅是学生作品集，还是他们成长的足迹和青春的记忆，它凝聚着何建明、刘庆邦等文坛前辈的教诲和期盼，也凝聚着文学院创意写作教学团队老师们的心血和汗水。文学院创意写作教学团队的老师们教学、科研任务都很重，孩子小、家务忙，承担的创意写作类课程与自己的专业大多不同，但他们不惧困难、不计报酬，勇敢迎接挑战，在新的学科领域大胆探索，锐意进取，在积极进行创意写作课程建设和教学改革的同时，还挤占节假日时间，带领学生走出校园，深入生活，观察社会，积累写作素材。更不用说反反复复帮学生看稿、改稿、荐稿，要花费多少时间和精力，但他们不抱怨、不焦躁、不懈怠、不气馁，竭尽所能给予学生关心、帮助和指导。

长期以来，"作家不可教""中文系培养不出作家""中文系培养的不是作家，而是决定作家在文学史上写几行的批评家"等观点一直颇有市场，但刘庆邦先生以自己近半个世纪的创作经历，给出了肯定回答：文学创作可以教。汪曾祺也多次谈到在西南联大时沈从文的写作课令他醍醐灌顶、茅塞顿开。但这种教，不仅仅是传授写作技巧，更重要的是——如庆邦老师所言——是对写作天赋和激情的挖掘、唤醒或激发，从而使写作者少走弯路、节省时间。珍妮特·伯罗薇是一位有着30年创意写作教学经历的美国作家，她说："写作练习只是一个途径，它激发你去发现更多素材，激发你去写更多的东西，仅此而已。"也许，你觉得自己天赋不够，也无意以写作为生，这都没有关系，因为创意写作不仅可以发展你的写作天赋，提升你的写作能力和水平，更可以通过写作，提高你的思维力、鉴赏力、判断力、表达力和创新力。正如诺贝尔文学奖得主、英籍印裔作家奈保尔所说："写作，更准确地说，指的是洞察力，一种观察和感觉的方式。用文学之眼，或借助于文学，从这当中看到很多东西。"珍妮特·伯罗薇坦言，她教了30年的创意写作，虽然真正以写作为生的只有4人，但那些没有从事写作的学生都认为：学习创意写作丰富了他们的人生。

时至今日，文学院已为社会各界输送了近万名毕业生，事实证明，那些写作能力强的学生走上社会后，往往能获得更好的发展，拥有更加精彩的人生。"桐花万里舟山路，雏凤清于老凤声"，有文学前辈的引领和指导，有老师们的悉心关怀和帮助，相信文学院的小作家们一定会珍惜时光，把握机遇，朝着理想的自我奋力前行。"半亩方塘一鉴开，天光云影共徘徊。问渠那得清如许？为有源头活水来。"朱熹以源头活水、天光云影等澄净灵动的自然物象，阐发读书治学、求知明理的普遍规律，言简意赅、脍炙人口。校园核心地带重点打造的一方水景便以"半亩塘"名之，曲径回廊、飞瀑流泉、柔美晚樱、璀璨红枫、火红杜鹃……更有碧水中娴雅游弋的天鹅，"半亩塘"一年四季、晨昏冬夏无时不风姿绰约，令人心旷神怡、流连忘返。我们以"半亩塘文萃"命名学生佳作集，一来是相信它能带给读者丰富多彩的阅读体验和审美感受，同时，更希望同学们能够积极拥抱生活，广泛吸纳新知，勤奋耕耘练笔，用心营造自己仪态万方的"半亩塘"。

2018年9月10日于政和花园

目录

非虚构

小说

散文

诗歌

非虚构

李海莅，信阳师范学院文学院2015级汉语言文学一班学生，作品《追寻红色记忆———无畏风雨，砥砺前行》获信阳师范学院纪念长征胜利80周年征文比赛二等奖。

藏在深山无人识
——河南卢氏曹靖华故居寻访录

李海莅

寒假的一天，接到导师的电话。电话那头，导师说最近在研究当代河南作家群，曹靖华先生是其中很有影响的一位。曹靖华是河南卢氏人，而我也是喝着洛河水在这片土地上长大的，于是，去卢氏县五里川镇河南村拜访曹靖华故居的任务自然而然地就落在了我的身上。

在我们家乡，说起曹靖华几乎无人不知。用长辈的话说，我们卢氏这个小地方能出这样一个大人物真是不容易。可是随着时间慢慢流逝，人们一天天地忙碌于庸常生活，曾经的风云人物早已渐渐淡出大众视线，身为文学院学生的我也从未刻意关注过他。听导师提到"曹靖华"这个名字，我心里有着说不出的激动。仿佛身边一座尘封了很久的雕像，及其背后的一段传奇，就要在我眼前露出真容。

上小学时，逢到清明时节，学校就组织学生到烈士陵园扫墓。走进卢氏县陵园，在遮天蔽日的树荫下，曹靖华先生的墓坐落在正中间最显眼的地方，其墓茔在整个陵园里最大也最气派。这一定是个了不起的人物吧？那时，还在上小学的我仰望着曹先生的墓碑这样想。那时，我还不知道曹先生的身份，也就无从明了大翻译家曹先生，为什么会葬在家乡的烈士陵园。后来我查了查资料：1987年9月8日凌晨，曹靖华与世长辞，他的骨灰先是安葬于八宝山革命公墓，20世纪90年代初回归故里，安放于卢氏县烈士陵园。现在想来，大概是因为曹先生为国家做出了巨大贡献，在家乡，只有烈士陵园这个神圣的地方，才能承受他灵魂的重量。为了准备这次拜访，我把能想到的与五里川镇有关的同学联系了一遍。本以为对这样一位文化名人，大家会颇有兴味，没想到每个人都是很惊讶地说：你去那儿干啥啊，有啥可看的，几间破房子而已……这是

我没有想到的，一圈儿电话打下来让我很是困惑。曹靖华在我的家乡不是响当当的大人物吗？他的故居当真像大家说的那样破旧不堪，全无看头？带着这样的疑问，我开始了寻访曹靖华故居的行程。

曹靖华，1897年出生于河南省卢氏县，1987年于北京辞

世。先生的一生与国家和人民的命运紧紧联系在一起，董必武以"洁比水仙幽比菊，梅香暗动骨弥坚"的诗句赞扬其高尚情操和文人风骨。作为我国翻译介绍苏俄文学的先驱，他几十年如一日，呕心沥血地译出了《铁流》《我是劳动人民的儿子》《虹》等几十部著作。鲁迅先生称赞他"一声不响，不断地翻译着"。他曾多次出国访问和接待外国访华使团，为推动和发展中外文化交流，尤其是为中俄文化交流做出了巨大贡献。

2017年1月28日，也就是农历春节这一天，我们一家驱车前往五里川镇河南村。拜访曹靖华故居，家人都挺赞同。我们那儿有种说法，一个人在农历大年初一，也就是一年中的第一天做了什么事情，这一年都会受其影响。在家人看来，春节去沾沾文化气息是件好事。迎着新年第一天明媚的阳光，很快，我们到达了目的地。

曹靖华故居并不像一些名人故居那样位于繁华或醒目的地段，它甚至连一个路标都没有。进了村，沿着一条曲曲折折的小土路走了没多久，向右一拐便是曹靖华先生的故居了。整个村庄并不怎么热闹，只有每家屋前崭新的鞭炮屑在提醒我们这天是春节。虽然提前对故居做过了解，有了心理准备，但我真正见它时，还是被它的破旧吓到了。走进院子，全然看不出这是一代宗师曹靖华的故居，墙上那个写着"曹靖华故居"五个字的标牌提醒我们，这就是曹靖华先生出生和曾经居住过的地方。

故居有两道院落，二门外的部分建筑已被拆除，保存比较完整的是正院。坐北朝南是四间上房，两侧各有三间厢房。由于长年烟熏火燎，屋檐和墙壁都黑乎乎的，有的墙壁让人感觉一阵强风吹过都能掉一层皮。若说是因为在农村的缘故才导致其破败，似乎也是说不通的：故居周围多是两三层的小楼房,高低错落有致。唯独故居,仿佛被时光遗忘了似的,像个乡下老头般依旧穿着过了时的破棉衣、旧布鞋,不合时宜地出现在一群衣着时尚的新新人类中间。按说,在曹老出生的那个年代,这座房子本不算差,而今却破落成这样,不由得让人心酸。按文物保护的要求,要保持故居原貌,不能大改,只能修补。所以也就有了我们所看到的,正屋被新涂上了一层黄泥。

在前院,我们遇到了曹靖华的侄孙子。现在整个院子由他和父母一家居住。他很热情地邀请我们进到客厅,客厅很小,只有一个昏暗的小黄灯勉强让我们看清里面。客厅的后墙上挂着一幅《伏牛山水图》,两边的对联写的是"耕读传家风,勤俭持庭园"。书画的下面是一张桌子,桌上摆放着曹老的半身铜像,雕刻得神采奕奕。桌上还放着曹老的一些著作,有一个看起来很有些年头的留言簿,上面是一些瞻仰者的留言。

据曹老的侄孙子说,现在曹老的儿女们都在外地生活,就由其帮忙照看老屋。问起故居的保护,他脸上露出些许无奈,说,没办法啊,政府

不怎么管,我们也没钱修,前几年说要拨钱,但到手的也只够简单修补一下。这不,你们看,那层新泥就是刚糊上的。给的钱也只够干这个的。和他的交谈,让我更多了一层对曹老故居现状的担忧。这让我想起一些同学对曹靖华故居的普遍评价:几间破房子,有啥可看的。很多现代人喜爱旅游观光,但他们多从视觉愉悦角度评价,取舍风景。从这个角度看,曹靖华故居也许没什么价值。但如果从探寻文化意义角度,如果了解曹靖华先生的生前身后,眼前的破败景象则令人感到悲哀。作为曹老的家乡人,我想我们这些后人是有愧于他的,后人不仅淡忘了他对人类文化的贡献,同时亦失去了

对他应有的敬重。我们这一代尚且如此，下一代可想而知。如果后人都漠视甚至忘记了他的存在，他的故居也将继续破落下去直至消失，留给后世人的只能是深深的叹息和遗憾。

小巷的深处有一口井，砖砌的井台，井壁上铺着厚厚的青苔。听旁边一位老婆婆说，这井深约六七丈，已经有200多年的历史了，村子里祖祖辈辈都吃这井里的水。我想，曹老也是吃这水长大的吧。

曹老的侄孙子说，在五里川镇中学，有鲁迅先生为曹老的父亲曹植甫先生写的教泽碑文，也就是著名的《河南卢氏曹先生教泽碑文》，毛泽东主席称此碑文"以不朽之作传不朽之人"。辞别他们，我们驱车到了镇中学。中学离故居不远，因为是寒假，整个学校都冷冷清清的，只有几个男生在打篮球。经他们指路，我们找到了尊师亭。它正对学校的大门，正上方悬挂着曹靖华先生题写的"尊师亭"牌匾，两旁有翠柏守护。中间一间屋子立着"教泽碑"，两侧各有两间陈列室。门紧紧地关着，听说只有在重要的日子才会开放。厚重的铁丝网，仿佛是世人要将曹老与外界隔绝，以示他的不凡。但我猜想，曹老或许更喜欢平凡的欢乐吧。

就是这样偏僻的山村，这样破旧的小土坯房、小水井，以及名不见经传的乡村学校，培养出这样一位在中国现当代文坛举足轻重的文化名人，曹老是我们卢氏的骄傲。

而今，曹靖华先生的骨灰安放在卢氏县城东门外的烈士陵园里，每年清明节都会有人去缅怀他。他一生成就卓著，最终落叶归根，长眠在这片生养他的土地上，守着他心心念念的家，在我们家乡人看来，也算是一种完满。

寻访之旅已经结束，内心的触动却久久不能平息。作为曹老的家乡人，我觉得自己有责任，也有义务为宣传曹老的故居做一份贡献，哪怕是很微弱的，但最起码我能让一些人知道它的存在，继而去关注它保护它。

评语：用平实的语言将自己和家人对一代宗师曹靖华故居的寻访过程真实地记录下来，尤其表达了对曹靖华故居被冷落，当代青年不知从文化意义上欣赏其价值的深深忧思。文风朴实，情真意切。

王雪可，信阳师范学院文学院2015级秘书学班学生。诗歌《走进黑龙潭》、散文《用朴素的心过生活》发表于《信阳广播电视报》，多篇诗歌、散文发表于《信阳师院报》。

回乡录

王雪可

总有一些温暖需要记忆，总有一些问题值得思考。每个人都希望自己的家乡是一本精彩纷呈的书，愿意用汗水和智慧使它变得丰满，使其更有厚度和力量。

冬天是个可爱的季节

在我出生的村子里，几乎家家户户都有特别浓重的团圆意识，尤其是在春节这样一个盛大节日里，在外求学、工作的人们会克服各种困难回家过年。在父老乡亲眼中，春节不仅是值得庆祝的日子，更是用来放松身心、增进家庭成员感情的好时候。

从小生长在这里，"春节一定要回家过年"的文化意识深深地印在我和同龄人的脑海中。同是外出求学的孩子，我身边有许多寒假直接从学校出去旅游、做义工、进工厂打工的朋友，有时候我会很羡慕他们的勇气和无所顾忌，但我每年寒假都会定时回到家里，跟一起光着屁股长大的老友吃饭，跟一年未见的叔叔伯伯们聊天，在他们那里我经常有所收获，能够更清晰地嗅到家乡的气息。

如果你从心底信仰一件事，很多障碍都可以克服。寒风肃杀的冬天，空气里飘荡的冷让人裹严了自己，只露出两只眼睛看光明。可是严寒似乎并不能阻止坚毅的乡亲们上路赶集办年货。在大家心里，年始终占着十分重要的位置。邻里相互邀约，三五成群踏着半尺厚的雪或迎着干燥的风沙，到三五里外的集市上选购商品。因为一两毛钱坚韧不拔地跟小贩讨价还价，仿佛能少出那一毛两毛就是捡了不小的便宜。有朋友看到这情形，便嘲笑农村人的小气和贪图小便宜是深入骨子里的。我曾对这种观点表示认同，可是当我对这个问题深入思考之后，便觉得乡亲们的斤斤计较实属正常。我的家乡在平原，村人祖祖辈辈都以农耕为生。他们在春天犁地播种，在夏天松土浇水施肥，而最后的收获，除去成本开销则所剩无几。手中屈指可数的票子，是他们血汗的结晶，谁能有理由责备其视之如命的珍惜呢，我很尊重我的乡亲们这珍视自己劳动成果的态度。

物以稀为贵，阳光也是。冰天雪地中的阳光成为所有人的温暖。晴朗的天气，人的心情会变得开阔，空气里漾着的也是开心笑的声音。这个时候，乡亲们喜欢找一处阳光明媚的地方晒暖儿，邻居间互相呼唤，搬着小凳子一起坐在太阳下唠嗑、打扑克。有时候，妇女们你一言我一语地拉家常，说到自己的丈夫，会羞涩地捂着涨红的脸偷笑。这样好的天气，老人们自然也舍不得错过，他们拄着拐杖出门，在被晒得有些发烫的土窝里下象棋、搁方，平和、恬静，仿佛岁月带走的只是他们年轻的容颜，内心的情趣和快乐从不会丢失。

农村冬天的夜是漆黑的，因为有大片农田的存在，这黑色更加显得空旷、深邃、阴冷。心中存有温暖的乡亲们，举起手中的火把，照亮一方天地。冬天是农民一年中最闲暇的时光，可以自由安排时间去做自己喜欢的事情。大部分的农村人，性格是热情的，他们会在自家门口生火吸引周围人的驻足。乡亲们围绕着火炉，谈天说地、讲笑话。仔细去听你会发现，他们虽然识字不多，但是对一些人、一些事的认知和思考都不无道理。木柴燃烧的火焰迸发着红亮的光，隐约地照映着乡亲们的脸庞。沟壑纵横、白发苍苍，抑或是人到中年皮肤黝黑眼睛却透着光亮。他们的脸上有着证实岁月流转的，体现着生活的艰辛。冬天是个可爱的季节，给了乡亲们一年中最舒适的时光。严寒与温暖并存，人心与信仰同行。因为可以在这个可爱的季节里做自己喜爱的事情，他们也变得愈加温和安宁。

年味是童年味道

过年期间，我看过微信公众平台推送的很多讨论年味儿的文章，对其详尽的内容、流畅的文笔不得不表示赞赏。但是年味儿这个话题，对我个人来讲，我认为目前状态下对童年事物和乐趣的追寻与以往生活的吻合度就是现在个人所能感受到的年味儿浓度。两者的吻合度越高，说明年味在你身边保留得越完整。

我的年味儿是抓住童年尾巴的乐趣。回家的日子里我常常陪母亲出去走走，我们一起逛商场，一起去露天菜市场买菜。不知道为什么，明明自己年纪还很轻却总是很怀念以前的日子，特别是新年的脚步越来越近，节日气氛更加浓厚的时候。商店外面挂着五颜六色的风筝，有展翅欲飞的雄鹰、长长尾巴的燕子，还有盘旋着身体的长龙；卖灯笼的小店把门口装饰得红红火火的，纸糊的、塑料的，灵巧的灯笼里藏着岁月的歌；卖鞭炮的商户把各种各样的鞭炮堆积在一起，看着就喜庆。每处事物，都可以唤起往昔过年的趣事。风筝、灯笼、鞭炮，承载着童年时期轻盈简单却难忘的记忆。

小镇的街角处有很多卖小吃的摊位，水煎包、油条、豆腐脑……过去我经常会跑去大快朵颐。长大后出去读书，在家停留的时间很短暂。记得家人曾告诉我，那家干净实惠的早餐店关门了，因为那对年轻夫妇有了一个可爱的孩子。今年能在这里遇见他们，我很是惊喜。许久不见，夫妻俩的脸上虽有了岁月的痕迹，但依旧容光焕发，一副可以把日子过得精致的样子。他们的小孩已经读小学二年级，可以在假期里跟着父母在摊位上帮忙擦桌子。看着这一家三口，顿时觉得平淡的日子并不可怕，只要把足够的热爱、情趣投入进去，照样可以过得五光十色。

真好，我特别希望童年里的每一个人，都可以在彼此看不见的空间里，能过得像这对夫妇这般美好幸福。不管是卖让人垂涎三尺甜腻糖葫芦的阿姨，还是推三轮车卖孙悟空面具、猪八戒铁耙的老爷爷，我都从他们身上找回了小时候的快乐、新年的快乐。我更加体会到与心灵最相通的情感，永远是在故乡，最好的年味儿永远是伴着童趣的！

学校是村庄的灵魂

我从小在村子里长大，对门那家的女主人是小学教师。妈妈同她关系很好，我不到四岁的时候就被妈妈托付给对门阿姨带往学校念书。于是，我在小学待了九年。其实能日久生情的不仅仅是人，时间久了，你与所在的地方也会产生某种难以割舍的情愫。就是在那样一段时间里，我爱上了院墙只有一人高、木制窗子的乡村学校，以至于毕业离开以后，每次回家都一定要回学校看看。

　　读小学的时候，每天有很多同行的小伙伴。清早大家各自斜挎着奶奶用小碎布缝制的书包，里面放两本书，松松垮垮地去学校。中午放学大家排着队，戴着鲜艳的红领巾，唱着《东方红》一蹦一跳地往家的方向奔。那个时候我是学校广播站的小播音员，村里人在田里干活就能听到我读报。地里这头的伯伯先听出了我的声音，就喊对面正弯腰耕作的爷爷："叔，你家小孙女又开始播音了，可真是个机灵的姑娘，在学校多待几年就是好。"爷爷笑得合不拢嘴，逢人就说我家孩子是播音员呢！

　　那个时候，大部分村人虽然没有什么文化，但都对学校充满向往、对老师充满尊敬。村子的最北面有一块空地，听说镇上要重新选址扩建中心学校，有远见的村人就主动去乡政府申请：我们无偿出地，中心学校建在我们村吧。校园响起的笨重钟声，同样也回响在田垄和村民的心里。他们面朝黄土背朝天地辛勤耕作，心气儿十足地供自家孩子读书，期盼他们能过上轻松一点的生活。我特别喜欢我可爱的乡亲们，目不识丁却能够认识到教育重要性的乡亲们。

　　随着经济社会的发展，不论是城市还是农村，都有了更多的生存之道。当保安、当网管、搞建筑，即使你没有很多文化，也一样可以凭借力气吃饭。如果你为人宽厚、特别能吃苦，日子照样可以过得滋润。不用花钱上学就能丰衣足食，让眼界本来就不够开阔的乡亲们很容易地就忘记了初衷，不少乡亲对教育越来越不重视，更有甚者会早早劝自己的孩子退学。在乡间，早辍学、早挣钱的观念竟然占了上风。仅仅十几年的时间，乡村的楼房越来越多、越来越气派，学校却越来越落魄。因为硬件设施落后，年轻的优秀老师根本不愿意到这里教学。我刚读大一的时候，村里那个简陋却年轻的学校就已经破败不堪，班级也有原来的十二个变成五个，在校坚守三尺讲台的只有几位家就在本村或者附近村子的"老"教师。

　　房子、汽车成了邻里间相互攀比的唯一。我一直有种危机感，因为我认为缺失了对文化追求的心，不管外表多华丽，内在都是孤独匮乏容易冲动的，日子久了甚至连平淡的小生活都无法维持。2015年的夏季，因为宅基地纠纷，一对姓王的父子用铁锹杀害了邻居老两口及其儿子和儿媳妇。两个小孙子中午放学高高兴兴背着小书包回家吃饭，家门口聚集了一群戴着白色孝帽的亲友，他们眼泪汪汪地把孩子揽到怀里。"姑姑你别哭，我爷爷奶奶们呢？"不到七岁的小孩问道。亲人们再也忍不住了，失声痛哭，围观者也跟着抹眼泪。后来，杀人的那对父子被判无期徒刑，他们也很悔恨，因为不懂仁爱、不懂法律而造成了几家人的大悲剧。

听闻此事，我专门去拜访了在场的乡亲，好几个夜里，我哭着醒来。我替我的乡亲们感到痛心，也更加意识到上学读书的重要性。人们在学校得到的不单单是文化知识，家长看重的也不应仅仅是孩子的学习成绩，而是要培养孩子的学习能力和与人为善的品行。温和敦厚才能构建人与人之间和谐相处的模式，有了学习能力才能在不同环境中都能明白自己言行的利弊，做出合乎法律和道德的反应。

学校，村庄的灵魂。它不应该败给表面需求日益增加的物质！

现代化建设时期，农民的出路在哪里

要致富，先修路。近几年农村道路建设有了很大进展，村中几乎每条街道都铺成了平整的水泥路。路顺畅了，村民的心却好像更迷茫了。公路两旁住户的土地因为道路扩充被政府高价征收，以农为生的百姓没有了土地，腰包再鼓也好似丢掉了灵魂。拿安置费在县城买房却住不习惯，到市区找工作又觉得离家太远。

很庆幸，最近两年省里在村子附近引入了台商富士康公司。一大批劳动力返乡进入富士康公司工作，不再四处奔波，家门口就能上班真好。可据我所知，大部分村民在厂里做的都是重复性的流水线工作，年纪稍大的则在餐厅做保洁。因为电子厂要求无磁环境，据说在线上工作的很多年轻人不能正常怀孕。我们不能去评判大家工作岗位的高低，靠手劳动赚钱本无可厚非。只是，一直安于现状，何时才能有真正从容、明媚的生活？

乡村需要环保的工厂，也需要有人去启发村人改变意识。我还太年轻，构想不出合理可行的方案去引导乡亲们的生活轨迹，但是我十分清楚，他们的生活不该仅是如此这般。

这是我的故乡，不管贫穷、富有都一直默默滋养着我的地方。这里，住着我最亲爱的父母和我最可爱的乡亲！

评语：语言朴素清新，饱含感情，写出了故乡严寒冬日里的温暖亲情，深蕴于记忆中的童年充满童趣的年味儿，昔日学校在村中的重要地位，没有文化的村人对学校的向往、对老师的尊敬，也反思了随着经济社会的发展，作为村庄灵魂的学校的破败衰落，村人渐失对文化追求之心而带来的恶果，人性、人心的迷失，以及农民的出路等问题，反映出当代大学生对社会问题的关注。

张帅欣，信阳师范学院文学院2015级汉语言文学二班学生，热爱写作，梦想能成为以写作为生的"思想流浪者"。

凶地

张帅欣

一

有人说，中国的城市建设是简单粗暴的模仿和敷衍了事的抄袭，大同小异的水泥方块与自我安慰的几株绿植共同构成了城市千篇一律的面貌。那么农村又如何？其形象是否称得上丰富多彩，能否满足现代人所追求的审美学享受？我想答案是否定的。这种由原始农耕文明继承来的聚集结构，或许在形态上无可挑剔，但无论在时间上还是空间上，仍然是复制、粘贴的产物。

中国有无数村庄，可很多村庄都在重复同一种生活，这一点在我读《中国在梁庄》时感触尤深：作者笔下的家乡，与我的村庄何其相似乃尔，甚至作者梁鸿女士所举出的人物，在我的脑海中都立刻会有一个清晰的形象，只不过姓名不同罢了。至于时间上，几千年的中华民族史，几乎每天都发生着对于社会有转折意义的事件，可农村似乎对所有的浪潮都无动于衷，无论社会怎样，它都在近乎偏执地过着春种秋收、夏忙冬闲的生活，并随时将敢于挑战规则者剔除出主流语境。如果我们想要从农村找一段故事，只需要随手一抓，便一定是无头无尾却完整无缺的。时间很难给村人的生活带来变化，哪怕是名字，两千年前和两千年后老李的儿子都叫小李。就像我要记录下的"凶地"，就是农耕文化中"风水""禁忌"的产物，无论是哪个朝代，它都一直存在，并不断冲击着本地人的信仰。

几乎所有的村落，都会存在一片极具神秘色彩的区域，以及与其配套的诡异故事，这样的故事常常以"很多年前"为开头，真假难辨，而我要记录的，是近几年形成的一片"凶地"。

二

今年寒假，我从学校回到家乡。作为负笈异乡的学子，这是我为数不多的可以亲近这古老村庄的机会。

一回村，村里弥漫着的不安气氛便感染了我，街头巷尾充斥着与冬日不相符的热烈温度。"又死了一个。""第五个了吧？""不对，是第六个，听说太平爷家爷儿俩都没了。""拉回来没有？""那谁知道，八成还没有，没听见响器。""太惨了。""这一家几口今后可怎么过啊！""那片地实在是住不得了。"如此言论与往日农闲时的静谧截然不同。

即便是涉及人命，一开始也没有吸引我太多的注意。多年的学校生活让我居高临下地对农村所发生的一切愚昧嗤之以鼻，只是在饭后就此事作为与父母的谈资稍稍提起。多日以后，当这件事真正在我的脑海里挥之不去时，我和母亲那日的谈话，才又浮现在我的脑海。

"要说这事，也确实是挺邪门的，由不得你不去信点啥，咱们村那几个抠门老太太，前寨那儿的，因为离得近，现在也成天上庙里烧香去，为啥，怕自家孩子出事啊。我知道你们学生不信这种事，老说迷信，可迷信迷信，总也得信。你们讲科学，那你说说，六七条人命呢，总得有个解释吧。"

我能感受到母亲说话时语气的复杂，害怕，兴奋，忧伤，或许都有，这样人力不可控制的事，对于一个农村妇女来说，无疑让她害怕，又冲击着她的普遍认知，让人兴奋。而死去的人中，几乎都与她同龄，且多是她小时的玩伴，没出五服的亲戚。如此种种，讲述者的复杂感情便不奇怪了。

"他们说的那块地，在咱们村前寨南头那儿，超市后边两三条过洞儿（巷子），这三年那里就没消停过，没断出殡啊，六个男丁，没一个迈过四十五岁的。"

"都是在家死的？"

"不是，都是死在外边。打工死外边了。"

"那肯定是干的高危职业或是重污染工业。"我无比笃定，自己认为已经找到了真相。

"我就知道你得这么说。你当咱们都是傻子？要说是早些年，刚兴出去打工那会儿，乡下人好骗，电镀厂、化工厂给钱就去，是有几个得病的，可也没一个因为这死的，就说咱们隔墙你二爷，在南方干了七八年电镀，不也没啥事。前寨为啥比咱们后寨富？就是出去得早，一个个猴精。可都知道啥能干啥不能干了，咋也不能去干那活儿。咱就说这几个死了的，最早的国志，四十四岁没的，就这还就他寿数大哩，他在内蒙古下窑（挖煤），咱们村儿去的多了，就他一个死的，还是死外头了，到底也没赔多少钱，听说有两三万块钱吧就拉回来埋了。"

"煤矿工作危险性大。别的呢，是咋回事？"

"还有你志昂舅，在家也是可精明的人，种地啥的都是好手，他比我小四岁，小时候都是我领着他玩，他跟你姥爷家亲着哩，出去半年，拉回来了，埋他那天我去了，唉，现在想想还是心里不好受，路远，家里雇不来车，火化了带回来的，最后一面也没见上。你二锤舅爷是得急病死的，孩儿他俩出去打工了，住一个宿舍，早上还喊孩儿起来上班，一会儿人可不中了。还有你刚哥，他刚出去打工那几年谁不说他发了，出去二年盖个房子，还娶了媳妇。结了婚在家半年，出去没几天人就没了，到现在也不知道咋死的，赔了几万块钱就拉倒了。可惜啊，也没留个孩子，你慧嫂也改嫁了。"

"这回是咋回事？"

"这回更出邪了，太平爷儿俩在外边跑长途给人家拉货，一个开车一个押车，大白天的翻沟里了，当时太平就不中了，孩儿还在医院抢救哩，也不知道是在南方啥地方，外地医院里，那医生会用心治咱外地人？可怜啊，孩儿才十八……"

似乎是我提的话头让母亲压抑的心情得到了释放，谈话过程中她的表情多变，有时还会流下眼泪。这样的情绪，我在后来不断从村里人身上感受到，但我并不觉得这是他们传播"凶地"思想的行为值得原谅的原因，人的生老病死是一种常态，意外死亡在现在的社会也是屡见不鲜，只不过事有凑巧他们都来自同一个地方，传播这样诡谲的说法只能给其他人带来恐慌罢了。

三

太平的儿子没能抢救过来的消息是在那次谈话三天之后传回村的，一同回来的，还有两具尸体，据说花费不菲。但所有人都觉得应该，毕竟孩子年纪轻轻的没了，得落个全尸，否则将来想配个阴婚都难，至于在太平间待了几天的太平，很少被人提起，零星几句，也是村里人在感叹了孩子后捎带一句"要是就太平自己肯定在那儿就地火化了，哪舍得花这个钱，这龟孙沾他孩儿哩光"，当然这是后话。

遗体回了村，却没有如我意料那样引起躁动，反而像沸水中加了一碗冰，呈现出不自然的诡静，我隐隐感觉，村人情绪的火山，正在积蓄着力量。

他们回村是在深夜，悄悄地进村，省去了"净街锣"（鞭炮）和"引路钱"（烧纸），却仍然惊醒了全村人的梦。大街上死命压抑而不能止的低咽声，穿透了所有的院墙，穿透了所有旁观者的梦。醒了的人和哭泣的人都知道，他们回来了。

夜，静悄悄，下雪了。慢慢地，女人的哭声听不到了；慢慢地，人们又都睡下了。窗外"沙沙"，雪大了。

大雪能隔断声音，却不能让死人复生。大雪能掩埋一切，造成天下太平的假象，但一切终归还要显露出来。那一夜，村里人睡得很香。那一天，村里人起得很早。

雪停了，哭声再次降临我们耳边，说来奇怪，他们家在村子的一角，我们却能清晰地分辨出太平女儿、媳妇和姐姐哭声的不同。那哭声凄惨婉转，结尾处还常要打几个转儿，这样的情形持续终日，与雪停后的幽静搅和在一起，令我心烦意乱，也令所有人心烦意乱。

女人的哭声点燃了村民们与冬日不符的焦躁，他们决定做点什么，我也决定做点什么。

第二天，太平父子出殡。那一场葬礼是农村的最高规格，几乎整个村的人都去了，悲伤和同情弥漫在鞭炮和烧纸的杂乱之上，压倒了本该有的葬礼的气势。我看向太平的妻子，希望能从她脸上看到沮丧，或是气愤，但什么都没有，她甚至没有流泪，所有送葬的人都没有流泪，大概是昨天已经流干了。

这次事故，据说保险公司和两人的老板赔了不少钱，这也是这场葬礼能隆重起来的重要原因。看着太平妻子的脸，我想起了《中国在梁庄》中那个用子女的赔偿款盖了楼房并死在楼房里的父亲，也许其内心是绝望的，但是外人感受不到。

四

太阳出来，雪开始化了，地上还残留着许多的冰块儿，气温较下雪时更加冷了。可村里人已经坐不住了，尤其是那片地住的几户人家，喊了村里几个长辈，再加一批好掺和事的，一大帮人围在一起商量对策。

是的，我也在。我从来不是一个爱凑热闹的人，但是我的求知欲让我迫切想要去寻找答案。虽然我知道答案是不存在的，但忙碌总会使我忘记死了心是一种什么样的外部表现。我再一次反思自己之前的想法。三年，六个人，这对一个村庄的新陈代谢或许是正常的，但中年暴亡总归是不正常的，就算找不到答案，参与进去也好。

"现在这情况，咱们这儿的风水肯定是有问题的，我想是不是找个人看一看，是哪里犯忌讳了，能改就改改，要是实在不能改，再说搬家的事。这二十多户也不是说搬就能搬的，重新盖哪有这么容易！"

有人出头定了调子，后边的谈话便是关于请哪个先生还有出多少钱的问题了，这种事我是丝毫不感兴趣的，可是看他们兴致正高，父亲也在热烈地推荐自己认识的风水先生，也不便说什么不合时宜的话，我便悄悄退出人群，向那片"凶地"走去。

平心而论，纵然它已经困扰了我好几天，但我还是头一次如此细致的看到它。应该说这是村子里的富人集聚地，最大的超市就在巷子前的街头。清一色的两层小楼亭亭玉立，两条巷子道路平坦宽敞，门前的花圃里却都种着菜，菠菜和蒜苗正是能吃的时候，却被秋天抛下的豆角架坏了风景。巷子最里边是一户小平房，那是村子里的光棍汉，独身一人，没有子女牵绊，自然也不用辛苦盖房。房顶整齐的太阳能，门前一列轿车，无疑显示着他们对城市生活的迈进，而从来没能列入建房计划的车库又成了他们与城市间最大的羁绊。

　　我在幼时曾向表爷（爷爷的表弟，风水先生）请教过有关风水的基础知识，并粗略翻过一些讲风水学的书，凭着半吊子功夫，我先大概看了一下。此地南边是灌溉渠，北边是自然形成的大土丘，这几条巷子都建在凸起的高地上并由缓坡与土丘相连，排水方便。无论是从风水学还是建筑学角度评价，这都是一片好地方，如果真有风水一说，这也是个聚财通运的地儿。这些情形，村里的老人都能看出一些，就算找先生，又能说出些什么？

　　我站在路边思考的时候，前面巷子里走出一位妇女，我认得她，"凶地"的第一个受害者国志的妻子，我该喊舅妈的。前些年她与我家还比较亲近，尤其与我母亲的关系极好，可是最近两年已经不常见到她了。她今年大概有四十五岁吧，只是三年前的那次意外使她苍老异常，却又多了些男人的干练。据说过了年她的儿子就要结婚了，兴许是这缘故，她脸上多了些血色。可能是孩子大了的缘故，她并没有再嫁，村里也从来没传过有关她的风言风语。应该说，这是位令人尊敬的长辈。

　　此时已近中午，我看她站在巷口张望，便上前打声招呼，并希望从她那里套出些当事者的真实情形。或许是因为时间过得久了，我吞吞吐吐地向她说明目的后，她脸上并没有如我想象中的忧伤或是怀念，很热情地邀请我到家里坐坐。

　　"恁哥早上就出去了，说是上他老丈人家接你嫂子，离咱们这儿往北三十多里地吧，一接就到晌午，说是回来吃饭，我这饭都好了他们还没回来，估计着是留那儿喝酒哩。也不打个电话，儿大不由娘啊，还没娶呢就跟人家亲了。"话虽如此说，但我能看得出来，孩子结婚，添人进口，才是她能够重新焕发精神的原因。看得出，话里话外没有对未来儿媳的一点儿不满。

　　我再次挑起刚才的话头，她才意犹未尽地给我倒杯水，开始讲过去的故事。

　　"人家都说人死如灯灭，按说他都没了三年了，就是当初感情再好也没啥了。可是咱们这一片儿啊，隔半年十个月的就出事，好好的劳动力说没就没了，出一次殡我就伤一次心，就想我那口子。这男人在家里就是天啊，天塌了，挣多少钱都白搭。昨儿看太平爷儿俩出殡，我就难受着，你现在又一提，我这……"说到这儿，她拿出手绢擦擦眼泪。

"我是村里最早经这种事儿的女人，我懂这没丈夫是啥感觉，所以我就老是劝她们，能走就再走一步（改嫁），对自己对孩子都有好处，找个对孩子好的。自己一个人扛，太难了。我是年纪也大了，孩子也成家了，看着这一窝还有点儿盼头，可是前两年也不行啊，他没的时候，因为不是死在煤窑里，压根就没赔多少钱，一条人命三四万的就这么算了。那会儿家里难啊，没存几个钱，眼看孩子也不小了，我能有啥办法，自己干呗。这三年我啥苦啥罪都受了，做生意，去工地打工，不管咋说，也给孩子盖了楼，娶了媳妇，虽说欠了钱，可人还在，慢慢还就是了。"

"那会儿我国志舅是咋回事？"

"那是2013年年底吧，我家一直是他在外打工，我在家管着几亩地，照顾他爹娘还有孩子。出事前，他打电话还说没买着火车票，就不回来了，我还劝他尽量回来，哪怕坐大巴坐飞机哩，一年没见孩子也不想？他说那行，要不我请个假早几天回去还有票。那回通了电话没几天，跟他一块儿的工友就打电话说人不中了。我一听当时腿就软了，要不是旁边还有人劝，估计我也跟着他去了。等我醒过来，一个女人家也没主意，还是人家隔墙说不管咋样咱这边得有人过去，把事儿料理了。我一想也在理，就赶紧跟他哥一块儿雇车往内蒙古赶，都没敢跟他爹娘说，要是当时说了估计老人也不中了。我偷偷打电话把孩儿他姑姑喊来，慢慢地跟他们说。这儿就连夜去内蒙古。等我到那儿，都两天了，人家那边基本上都处理得差不多了。要不说出门还是得靠老乡呢，几个河南老乡帮着报警、联系医院，还一直守着他等我们去。去了能咋样？人又活不过来，我去的时候人都放太平间了，医院检查说是突发脑溢血，跟工作没关系。我刚从太平间里出来，他们单位里的人就拿着检查报告给我看，我也明白，人家是怕我讹钱。我就直接说，'放心，只要不是工伤，我绝对不闹'。人家公司也挺客气，咱一个打工者的家属，人家见了面也给倒水，说话也耐心，还给了三万块钱，工友们又给凑了几千块。"

"千里迢迢，您是咋把国志舅的灵柩接回来的？"

"说起来这个事，那也是不容易。当时在医院里只想着要把人弄回来埋了，可是医院不让走，说啥按规定要火化，可咱们这儿的规矩是入土为安，更何况他死那么远，要是在那儿烧了，估计魂儿都回不来。后来我们就打听，原来是医院想要钱，给钱了就让拉走，以前也有这种情况，得花好几千，那哪儿舍得？这哪一分都是孩儿他爹拿命换来的，我当时就不愿意。后来还是那几个工友，在外边先联系好车，趁着晚上给看太平间的老头拿了两条烟一瓶酒，才把人拉出了，花了五百多。雇车又花了三千多，主要是人家嫌晦气，便宜了不拉，都是黑车，趁机抬价呢。可当时也顾不了太多了，我们仨人儿带司机四个，拉着就回来了，跑了一天一夜，也幸亏是冬天，不然肯定放不住，就那也担心，人都说在医院里边冻过的死人放不住，出来就烂了。回来的路上，我就坐在车厢里跟他坐一块儿，那一路上我就在祷告，国志啊，你可千万别烂，等回去了，至少得让孩子见你一面，可千万别吓着孩子。路上就把工友们捐的钱花得差不多了，可是我不后悔，人一定要埋在家乡。太平爷儿俩，就是我去给他家人说，才拉回来的。"

我一时不知道说什么好。

"男人们在外边不容易啊，医院说是这病，那病，说白了，就是累死饿死的。那窑底下，有些地方都直不起来身子，一下去就是十个钟头，都是拿血换钱哩。干活累也行，你得吃够啊，可是吃也是凑合。国志一月工资五千多，可是哪个月都往家寄五千块钱，我说他，我说你都不吃饭？他说矿上管饭，我说那你也得留点，要是有个病了啥的。他不听，平常感冒啥的从来不看，这是我后来才知道的，他们那个窑口风大，大冬天的图方便下窑都穿个单衣，感冒是常有的，不过都是自己熬好的。他还爱喝两口，就是留几个钱也买酒了，不愿意吃些好饭。唉，现在一说，那时候的事儿又都翻想出来了，心里还有点瓷。当初要是村里的地还能种，说啥也不让他出去。"

听了她的话，我觉得似乎抓住了什么，但是还是说不出来。这时，她的儿子和儿媳回来了，我趁机站起身，说两句吉利话后与他们告别。

五

从她家出来，我忽然发现，同是二层小楼，规格、档次却是不同的，比如她家隔壁，一看就是新盖的，富丽堂皇，我知道这一家的主人叫志兴，志昂的大哥，也是一个外出打工者，这栋楼是去年盖的，据说花费不少。志兴、志昂都是村里出了名的精明人，兄弟间心也齐，干啥啥成，只是如今已经阴阳相隔。志兴与我的母亲是本家，刚出三服，是他们这一辈的大哥。他今年五十多岁吧，在外边给人家盖房子，是老师儿（熟练工），工资很高，只是在志昂死后，村里对他有了一些不好的言论。路过他门前，我看到门是锁着的。

房子与其他物件不同，越有人住越新。这几栋本村财富上限的象征，无论怎样修饰，都掩盖不了其中因长久没有人住（家人均外出打工）而显露出的暮气和破败。

回到家，我向母亲说明刚才的行踪，并询问志兴舅家人的去向。

"他们一家吓破胆了，志昂没的时候就成天胡思乱想，想着是不是自家风水有问题（两家原先在一个院子），这才重新盖了楼房，可是现在太平又出事，觉得实在是住不了了，就搬回老宅那三间破瓦房了，漏雨漏风的。"

他是我们村在外打工者中我最熟悉的，我决定下午去拜访他。

一个意外插曲打断了我的计划——风水先生来了。中国的风水学与西方的占卜术、巫术等不同，虽然目的相同，但是自视甚高，从来都自认为是一种哲学，是一门科学的深奥学问，并一直有大批拥护者。因此中国的风水先生从来都是文人打扮，说话轻声慢气，这位也不例外。

这位五十多岁精神矍铄的老人手持罗盘走在人群前列，径直去往"事发地"。到地方后他止住人群，自己定了个位站定，抬目观看，沉吟半晌。

"此地大吉，主家宅富贵，不是混饭的。"

"那为什么这里出这么多事？"村中有长者问。

"每个人都有自己的命数，有些人命里没有这么大福气，占了好地方冲了命数，自然就出事了。"

"那怎么破解？"

"把那个土丘推了，建个亭子，泄泄气就行了。虽然有些破财，但人命无碍。"

后来，我开学前从那里经过，街边就多了一座四面透风的石亭，突兀，却令人心安。

风水先生走后，村中一个"明白人"又站出来叫嚣，说自己经过观察，发现还有一个大问题：村中的主桥是四孔平桥，于年轻人有妨碍，需要重修为三孔桥。由于修桥所需花费的人力财力太多，他的话就成了笑话。

看过了一出闹剧后，我继续原定的计划。

六

"志兴舅，在家闲着呢。"

"哎，来吧。你妈呢？好长时间没见了。来快进来，这屋里我刚收拾完，将就着坐。"

我说明来意。他沉默了。半晌，起身，进屋，拿出一瓶酒，说："来吧，喝点儿。"

"我跟志昂都是前年才出去的，以前也出去打过工，可是都是临时的，农闲了就出去几个月，等农忙了就回来，咱们村几乎所有人都这样。可是那年我们决定不种地了，出去打长工，出去半年，他拉回来了。你可能想象不到我们弟兄俩感情有多好，我今年53，他要是活着45，我俩虽说分家了，可是还在一个院子住。出去打工后，我年龄大，工资高的厂进不去,他跟哲(志昂的儿子)进了,我找了个小厂干活,因为离得远,所以也不经常见面,没想到他说没就没了。我记得那时候我跟他说,都是一米八的汉子,出去总也饿不死,只是没想到竟然说中了。"

我不解地望着他。

"我兄弟比我有能耐,地里的活儿我弄不成,他侍弄庄稼是把好手,说话办事都好,死在急病上可惜了。去给他收尸的时候我看了,哲跟他不是一个屋,他那屋里啥都没有,就一个做饭的锅,我知道他,做一锅吃好几顿。他比我仔细(省钱),啥都不愿意买,有时候连菜都不吃。孩儿年轻,受不了苦,花钱大手大脚的,总想着吃好的玩好的,志昂就更省了,我懂,他得把孩儿花的钱省回来。他是得急病死的,跟厂里没关系,人家随便表示点儿,咱也没话说,我征得家里同意后就把他在那儿火化了,他省了一辈子,肯定也愿意我这么做。回来后我就不想进厂里打工了,以前做过木匠(本地对所有手艺的统称,这里指盖房子),就跟着孩儿他舅一块儿干了。去年,我给俺家还有志昂家都盖了房子,孩子都要结婚了,得有个窝。我家房子盖得好点,这是人家女方要求的,志昂家的稍微差点,可我也出了好几万呢,盖这两所房子把家里就掏空了,你舅妈到现在对我还有意见哩。我自认为问心无愧,可是村里人就开始传闲话了,说我贪了志昂的赔偿款,还说我把志昂火化是为了多拿钱,反正传啥的都有,可我问心无愧,当大伯的到我这份儿上也算可以了。"

歇口气,喝杯酒,他接着说:"要说志昂死怨谁,要我说就怨村里的干部,妈的,本来咱们村好好的烟方(合同地),一家几十亩烟叶,基本不怎么下本钱,虽说辛苦点儿,一年收入十几万也是轻轻松松,最起码不用出去受罪。可是就这村支书,当干部不干好事,把烟方面积缩小了,还光尽着自己家种,逼得大伙儿都种不成地,只能出去打工(按:烟叶属于国家统一收购作物,因此种植需要由县烟草局向各乡各村发放合同,由村支书统一分配。在志兴看来,村干部的不作为导致烟叶种植面积缩水是村中劳力外出打工的直接原因)。你说,干了半辈子农活,猛一出去咋可能适应,能不出事吗?这混账干部,老子早晚得砍了他。"这个话,好像国志的妻子也说过。

我好像找到了原因，又觉得还差点什么，但志兴已经喝醉了，我便陪着他骂干部，骂城市，骂所有导致他兄弟死亡的元凶，也骂那片"凶地"，我似乎能够理解他放着好宅子不住住破屋的原因。他什么都明白，但仍然惧怕。当农村人赖以生存的土地转而成为索命的"凶地"时，这种恐惧也就不难理解了，他如此，村中其他人也是如此。

农民在自己的土地上不能获得足够的酬劳，被迫把目光望向城市，又因为陌生的环境和不健康的饮食摧毁了他们立身的根基，其中的一些便成了牺牲品和殉葬者，为离自己越来越远的土地殉葬。

又下雪了，很大，很猛，没一会儿大地就白了。我去了前寨的坟地，那里埋着国志，埋着志昂，埋着太平，埋着……

虽然距离最早下葬的国志已经过去了三年，但任何人都能轻而易举的分辨出他们的所在，不知为何，我总觉得他们的坟游离于祖坟之外，却又拼命想要往跟前凑，与那些有幸远离城市的祖先排在一起。游离与靠近，构成了令人心悸的狰狞……

我转身准备离去，大雪掩埋了来时的脚印，盖住了坟地，盖住了麦田，盖住了这片土地上的所有美好与丑恶……到处都是纯洁的白，让我不敢踏出一步。

评语：村子的一角，所居村民因大都在外打工而相对富裕，小楼林立，巷道宽敞，成为村里的富人区，近三年却因有人屡屡横死于外地而被传言为"凶地"，充满了诡异与宿命，不能不让人惊疑与恐惧。作者对死者亲属进行走访，试图寻找真相。那么，真能找到真相吗？读至文尾，真正震撼我们的已经不再是所谓的真相，而是作者在寻找真相的途中无比明晰地呈现出来的当代乡村与农民的生活现实：农民工非正常的打工生活、富丽堂皇的小楼因长期无人居住而显露的凋败、乡村干部擅权牟利对农民正常生产生活的侵蚀……

　　王文君，信阳师范学院文学院
2015 级汉语国际教育班学生。

讨债

王文君

　　咚！咚！

　　我艰难地翻了个身。"去干活儿了！饭在锅里，早点儿起床，别凉了啊……"在梦里挣扎时，我的耳边涌来一阵嘈杂声。家里的铁门咣当一声撞在墙上，撞得我心头一紧，吱呀呀一辆电动车开了出去，接着又吱呀呀开出去一辆，狗叫了两声，似乎也哼哼唧唧跟着窜了出去。又是刺耳的声音——哐当！大铁门关上了。最后，那扇长着钥匙孔的小门儿被一双手果断一拉，啪！世界陡然清静。我已经彻底逃离梦境，定定地望着窗外寂静的暗色发呆。

寒假刚从学校回家的那些天，心里就像是麻花儿一样拧着。爸妈成天早出晚归干活儿，弟弟也成天早出晚归上学，偌大的房子冷清清、空荡荡、凉飕飕的，家里的狗都耐不住寂寞，整天连个影儿都碰不着。年关事儿多，这一个个都忙得团团转，剩我一个大闲人了，还是把家里打扫打扫吧！年，的确是迫在眉睫了。

这可不是个轻松活儿。印象中妈从来都是个爽利女人，地上的灰尘就是她眼里的沙子，桌子上的污垢就是她憎恨的对头。她总是大清早就从床上爬起来，饭热上，衣服塞进洗衣机，提着拖把扫帚扫地拖地。等到饭咕噜噜叫了，洗衣机轰隆隆一阵后停了，地板亮堂堂照出影儿了，冬天的黎明这才慢悠悠睁开惺忪睡眼，狗才懒洋洋翻个身儿，弟弟才扒开门跌跌撞撞冲向厕所，爸屋里的灯才啪地拉亮……可眼前却不是以往的模样：爸妈的卧室乱糟糟的，推开门一股子霉味儿冲得我鼻子发酸。楼梯上均匀地铺着一层灰，一踩上去就带起来一圈儿，无数颗粒子在阳光照射之下旋转。妈居然还养了一群花，只是冷寂似乎冻住了盆栽们的热情，它们只好低着黯淡的头，相对无言，百无聊赖。橡皮树秃了顶，先前油亮如蜡的大叶子蒙着灰；本该亭亭玉立的文竹龟缩在角落，张牙舞爪地伸出一大团粗糙的头发；芦荟的茎瘪成薄薄一片，无力地耷拉着。只有那盆灰扑扑的仙人球还有模有样地挺立着，似乎在标榜它不需要谁的呵护照样能活得好。整个家像是穿上了一件灰衣服，木然呆立。爸妈这段日子，的确是忙到极致了！

这毕竟是一段特殊的时期。每逢年关，像爸妈这样靠刷墙维持生计的揽活儿工就开始发愁犯难。倒不是愁没活儿干，城里新盖的楼一栋高比一栋，人一拨拨搬进新家，赶上过年都想翻新装修，这不，爸妈的日子才转成了陀螺，趁着这个机会多赚点儿贴补年用。鸡都懒得叫的寒冬腊月天，一大早，冷呵呵就爬起来骑上吱呀呀的电动车进了城，黑间慌里慌张赶回家扒几口饭倒头就睡。那愁啥？只有一样东西值得发愁——工钱！别累死累活不要命给人干了几天活儿，人家的墙白锃锃、滑溜溜，看着美滋滋的，咱腰痛犯了，胳膊僵了不说，工钱也打水漂儿了！

这么想着，我的心蓦地紧了一下，耳朵里响起一句广告词：一切皆有可能。何况这种可能还在被不断重复的事实所证实。

忽然想起前两年的一件事来。那时我在镇上读高二，寒假，年关，冷得出奇。杯子放在堂屋桌上，里面的水已悄悄上冻。我正在哆哆嗦嗦地给家里写春联，刚写完一个"喜"字，爸的电动车突然吱呀呀开回来了，这还不到中午，见到爸我有些纳闷儿。爸披着风雪推开门冲进来，带进来一阵冷风，我冷不丁打了个激灵，"喜"字歪了。爸的脸红白相间，神色激动地说："来！用大红纸给我写几个字，越大越好，写成横幅！"这是咋了，发生啥事了？爸这个样子可不多见。原来，爸是遇到了一个赖债的主儿。那一整年就像是地里闹了干旱颗粒无收，爸妈他们也没捞着几摊活儿，钱就赚得少了点儿。这大过年的，忙活了几天，本以为至少过年是不发愁了，没想到这几天的工钱竟咋也要不回来！爸天天跑对方家要钱，顶着寒冬腊月的大雪一趟接一趟不厌其烦地跑。一开始，打电话好声好气委婉地暗示，再开门见山地要，哪想紧接着电话就打不通了，"您所拨打的电话正在通话中……""不行，我得跑他家去！"爸联系上几个同村的揽活儿工，说去就去。大过年的，跑人家家里去要钱，不尴尬吗？可有啥办法？没钱，年咋过？这是咱自己累死累活挣下的钱，得去要！妈一提起这事儿就上火。谁知那家人竟赔着笑脸一次次承诺一次次变卦，爸他们也只好一次次空手而回。这明儿个可就是大年初一了啊！一分钱没到手，豁出去算了！爸他们几个人商量着去那人家里闹去，这不，才商量着让我写"还农民工一个公道"几个大字。"我拿他家门口扯上，看他给钱不给！"爸拎着刚写好的横幅，冲出去跨上电动车，顶着风雪吱吱呀呀就消失了。铁门咣当了几下也安静了，只留下窗外一片白茫茫、空荡荡。

冬天是一个无趣的季节，灰秃秃，干巴巴，冷清清，给人百无聊赖的感觉。

"来！外面有几个桶，帮我拎过来！"爸突然推门而进，我猛然回过神儿来。

"爸，今儿个咋回来这么早？"

"这家活儿干完了！"

"我妈呢？"

"还在后面走，一会儿就到家了。"

"那明儿个你们就不去干活儿了吧？"我拎着桶放在角落。

"还得再去一趟，再看看，小地方整整……钱还没给哩！"

爸是穿着干活儿时的衣服回来的，那件浅绿色帆布褂已经快看不出底色了，仔细看才能从那斑斑驳驳溅满了白涂料的缝隙里看出点绿儿的痕迹。肥大的黑色裤管上也是白迹斑斑，走起路来呼呼生风，煞是招摇。又卷又长的头发上也夹杂着白，是不小心溅上去的涂料。红白相间的脸色染了一抹匆忙的风尘，紫红色带有冻疮的手上提着两只晃晃悠悠的白漆桶，桶里面盛着三把大小不一的刷子。爸回来得匆忙，没来得及换下干活儿的衣服。他的背影埋在宽大的衣服里显得很单薄。人至中年，多年的奔波让爸像极了一只老马，奔跑了多年，而今老瘦、疲惫。不一会儿，妈也到家了，却连堂屋都没有进就冲进了灶房。

"饿死了饿死了。妈，有饭没？"弟弟没进屋就大叫起来。

"别叫了！端饭！进堂屋吃去！"妈正在盛一盘炒土豆。

饭菜冒着热气上桌了，我们围着缭绕的香气坐下来。一家人围在一起吃饭的时刻让我很舒服。在食物诱人香气的笼罩下，家里的冷清随着家里那只狗欢快的叫声悄然遁去。

"唉！这都马上过年了，不知道干完这家的活儿，钱能要回来不能，对了，上一家的钱还没给完吧？"妈一边夹菜一边问爸。这几天饭桌上爸妈唠得最多的就是这个话题了——要钱。要钱不好听，像是死乞白赖厚颜无耻缠着人家的小气鬼，还是说"讨债"吧。毕竟这也是起早贪黑累死累活应得的报酬。"谁知道？我看这家也不是个好说话的，之前那家说的给给给，你看给几回了才给多少？还欠两千多哩！年前我看是给不完，洪伟他家跟咱一样，都发愁得很！再等等吧……"爸低头夹菜，妈转过头去训斥把菜撒得到处都是的弟弟。我看着妈，妈这段时间又上火了，她的嘴角似乎总爱起泡，每次泡一起来，喝再多的水也没用，只能等着那磨人的肿块自己消失。她夹菜的手皲裂粗糙，让我想起他们干活时用的砂纸。一个女人整天跟着男人马不停蹄地干这种力气活儿，拿着刷子一刷就是一天，抄起砂纸一打也是一天，还包揽家务活儿和弟弟的学习。妈很能干，这是事实，爷爷奶奶当初就是喜欢妈的干脆利索。妈总是嫌我慢，我也真是难以企及妈的这种速度。我的脑海里又浮现起了妈嗒嗒嗒晃来晃去的身影，噼里啪啦说话的声音。爸妈现在从早到晚吱吱呀呀叮当作响的生活节奏，比起我在高中校园的那段日子还要紧凑几环。

"赶紧吃你的饭！别看了，作业写了没？我可不管，晚上十点之前必须给我睡觉！"弟弟正在看电视里播放的一栏娱乐节目，主持人幽默的台词逗得弟弟总是夹不住滑溜溜的粉条，筷子就那么悬在菜盆上空咯咯地笑，似乎没听见妈的训斥。气氛似乎是不协调的，竟又毫不违和，弟弟的笑声似乎是从很远的地方飘过来的，仿佛静寂深夜里传过来的模糊的狗叫声，出奇地和谐，不值得在意。桌上的饭菜在缭绕的香气中模糊起来，我心里升起一缕担忧。

这么想着，我脑海里又浮现出那天的情形来。那天，爸跨上电动车走后，我也悄悄出了门，远远跟着爸想去看个究竟。过了涵洞进了城，柏城大道上第一个交叉路右拐，直走一百多米到第二个交叉路口往东走，大概又走了二百米，就到了县人民医院。爸他们把电动车停在医院墙外临街的一排树下，爸从后备箱里拿出横幅，几个人就陆续躲着来往的机动车走到街对面——蓝天花园小区。爸他们之前就是在这里揽了一摊活儿。

走进伸缩门，爸他们站在了正对着门的那栋楼的一单元。两个人扯开了横幅，剩下的人就围在一起拍一扇关得死死的防盗门。没有动静，再拍，依然死寂。不在家？大过年的不在家上哪儿去？肯定在家！继续拍！"出来，俺知道你在家哩，不给钱今儿个过年就不走了……""当俺农民工不是人是不是？电话都不接了，说好年前给钱，还讲一点儿信用不讲？"拉横幅的男人开始扯着嗓子憋足劲儿喊起来。小区里人来人往，或者匆匆瞥一眼这边的热闹就若无其事地走了，或者两三个闲人聚在一起窃窃私语，楼上有一家还拉开窗户往下面张望，似乎发现了一场正在酝酿中的好戏。爸的脸色不自然地泛红，红中带白，不知是火气还是冷气，或者是其他的一些什么气。我站在他们不远处静静看着，看着爸，看着热闹，有些恍惚。

"干啥呢你们？大过年的不好好待家里，拿个啥烂玩意儿搁这儿瞎嚷嚷！"门卫黑着一张脸突然走过来，伸手就去抓那横幅。而冷酷的防盗门似乎也按捺不住了，"啪！"死寂被打破，门开了。长长的、红艳艳的横幅就在这一刻的静寂里转了个圈儿，悠悠贴在地上。一个男人从门缝慢吞吞挤出来，惺忪的双眼泄露了他刚刚还在酣睡的秘密。微胖，个子不高不低，看起来要比爸他们年轻几岁。爸他们愣了愣，气氛有些古怪。这人先是摆出一张笑脸靠近门卫说了几句话，门卫就嘀咕着走开了。转过身来，仍是一副笑脸，"兄弟啊，这几天手机欠费才刚交上，你看你们这大过年冷呵呵的就赶过来了，来来来，咱进屋说去，屋里头暖和，咱好好商量中不？"

"进啥屋，还商量个啥，你当俺想过来是不是？给你干几天活儿了钱一分没有，这都多长时间了你说说！甭说恁多屁话，赶紧给钱，给完谁也不欠谁！"

"今儿个大过年的，咱别弄得不高兴中不？俺这时候过来就是为了拿钱……"

"没钱就赖这儿了今儿个！"

"过年哩，咱都互相体谅体谅，你说好的年前给，得讲个信用吧！"

爸他们围了上去，群情激昂，横幅安安静静躺在地上冷眼旁观。

"我说哥呀！这我都没脸见你们了，这年前装修房子钱我也是东借西借，家里人都吵着年前赶紧装修好，攒的钱都不经花，唉！我也体谅你们都是辛辛苦苦的农民，咱都一样，都是给人家打工赚钱，也都急着过年哩！我现在手头真是有点紧，要不咋能欠钱不还哩！这不实在没办法了，也得给你们个交代吧！俺媳妇今儿早上出去借钱了，我估计她一会儿就回来，要不咱搁这儿等等，看俺媳妇借回来多少你们先拿走……"男人声调低了几度。

爸说："不是俺耍赖，俺都是老老实实的农民工，俺挣俺的钱，不偷不抢，自己天天累死累活挣下的钱，现在倒好，死活要不回来！你说说俺这年还咋过？做人首先得讲诚信对吧……"

气氛似乎缓解了不少。那横幅仍然软软地贴在地上，无声的雪花悄悄飘落，悄悄掩住了那几个大字。一切都模糊起来。

我的视线里出现了一个穿红袄的女人，骑着电动车径直朝这边来，放好车走向了热闹的人群。这应该就是那家的女主人，围着一条雪白的厚围巾。"咋不进屋去？外面都下雪了，走，进屋好好说！"女人的声调听起来温和响亮，就是女主人了。"别别别，外头就中，俺不怕冷。"爸他们急忙回答。女人于是把那个男人拉到一边说了几句话，只见男人咧开嘴对爸他们说："下雪了，外头冷死人，咱屋里有空调，进屋暖和暖和，咱好好商量中不？钱，请放心，咱进屋好好商量！走吧走吧。"我看见爸他们停了几秒，终于陆续进了门。"啪！"门冷酷地关上了。

小区院中已经寥寥无几人，保安也钻进屋里看起了电视。

雪越下越大了。钱借回来没？看那男人笑嘻嘻的表情，今天爸他们是能拿到钱吧。能拿到多少，一千还是两千？还是压根儿没借着钱才把人都叫进屋去，好掩饰尴尬、控制局面？我走到不远处一个屋檐下，看着那扇冷漠的门，看着漫天纷扬的雪花，还有雪花覆盖下隐隐露着红边儿的横幅。

"啪！"门又一次打开了，发出一声清脆的响，打破了周遭的静默。

我眼前一亮，爸出来了，所有人都出来了。我从他们的表情上看不出什么，只看到爸他们和那个男人又说了两句话，就往这边走来了。

"不赖不赖！我都没打点儿要着钱，谁知道那人还专门跑去借钱给咱。"

"我看你今年赚不少吧！"

一个工人立即接话："一千块钱，够弄个啥！都不够过年这几天的礼钱！他欠咱还多着哩，剩下那钱不知道啥时候才给完……"

"住恁好穿恁好，会没钱？我看八成还是不想给，咱几个人的钱加起来可不少！"

"好了好了！大过年的咱跑人家家里要钱，人家能好声好气给咱说话都不赖了，还想啥？这钱的事儿谁能说个准儿？还是回家好好等着吧！走走走，赶紧回家去，一会儿下雪子儿了……"

"这人啊！跟他说再多也没用，你要是不来，估计他还想着你忘了，正好哩！过完年看看啥情况，不中还过来！家都搁这儿哩……"

爸他们走向落满白雪的电动车，用手草草扒拉扒拉就跨了上去，眨眼，消失在柏城街道的拐角处。小区院中早已空荡无人，保安还在投入地看电视。横幅，已经被雪花悄悄掩埋，被人遗忘了。我仿佛看到它在和雪水相融，然后被扫大街的清洁工一锹铲进了垃圾桶。

来的时候整条街还人来人往热热闹闹，此时此刻，静寂却随着雪的造访降临了。雪花的声音甚至都是那么清晰，沙沙作响。我蓦地打了个哆嗦，好冷！我的脖子里一片冰凉。下雪子了！我毫不犹豫地骑上电动车飞奔回家。

家里，妈倚着墙在和爸小声说着什么。妈定定地看着地上的一片叶子，叹了一口气，气息又长又轻，飘了很久很久才落地。

我不知道后来这家欠的钱到底有没有如数讨回，或许连爸妈都不记得了，因为在他们断断续续的谈话中，我知道很多家都还欠着债没有给完，或多或少，或早或晚，都是琐碎的数字，在时间的嘀嗒声中飘荡了很久、很远，让人懒得去计算，懒得想起来，似乎也不值得想起来。想起来也太苍白，没力气。谁会关心一片普普通通的树叶的去向？门前的那棵大树总是那么高大坚强，在四季的风云变幻之中永远默默挺立。

那年的讨债，就这样不了了之。

"写作业去！"啪！妈拔了电视机的插头，又冲着弟弟发火儿。弟弟不情愿地走进房间，关上了门。桌子上的饭菜所剩无几，真快啊！我起身收拾残局。

不只是那年，似乎在我长大的这些年里，每逢年关，要钱，不，讨债，就成了家里的头等大事。爸妈的工钱每年都被一些人以各种理由拖欠着，扣留着，他们从来没有顺着气儿安安生生过年的经历。口头的承诺就像是空气，是很重要，却看不见摸不着。爸他们为什么不让对方打欠条呢？嫌麻烦？也罢，他们在这样的事面前，也只能想出这样简单粗暴的办法来，爸本来是那样一个老实、沉默、本分的男人，肯拿着横幅随同一帮人去闹已经很不容易了。可是这样一次次下去，只会一次次失掉锐气，到头来连自己都心虚了。新年的气息愈发急喘，扑面而来，这种事，也只好暂放到一边儿去，双方像是在打一场持久战，到这关头，必定会因一方的妥协而告终。等钱到手，是猴年，还是马月？

有时候，请干活儿的还是远亲近邻，平日里都低头不见抬头见的，人都讲究个面子，哪好意思问人家要钱去？碰上那讲情义的还能舒口气儿，碰上那故意耍赖的、欠钱不给的，能咋办？只能自认倒霉！

爸妈他们准时躺到了床上。

折腾了几天，二十九晚上，爸妈风风火火赶回来，就瘫软在沙发上。他们太疲惫了，我热好饭菜端进堂屋。"这次不给咱钱，可真是没办法了啊！自作自受。俺昨儿个从那家干完活儿回来，今儿再去的时候，那女人阴着脸说她家新置办的家具不知道咋了，被人弄坏了一个角，说什么家具可是花大价钱买回来的……见面打招呼，她那脸一沉，装没看见，今儿个中午吃饭，连喊俺一声都不喊。看她那态度俺知道，明摆着就是怀疑俺几个搁她家干活的人呗！看这势头，谁还敢问她要钱？她怕是脸一横、架子一端，唾沫星子都能淹死个人！我走之前还专门看看那家具，只是掉了一点儿颜色……"

"又不是咱弄坏的，她凭什么怀疑咱？还扣咱钱？"

"哪有恁简单！还不是她说个啥就是个啥，搁她家干活儿哩，她的地盘她做主，这下可好，不给钱还得理儿，咱没有理儿，还能咋弄？只能不吭气儿……"

妈倚着沙发又噼里啪啦说了很多话，之后出去散步了。爸很快吃完饭直接睡了，可能太困太累了，不一会儿就打起了呼噜。八点半，弟弟仍在嘻嘻哈哈看电视。

家里杂事儿太多，年前这活儿也算是干到头儿了，妈就歇在家里收拾这些杂事。睡梦中我仿佛又听见大铁门的哐当声、电动车的吱呀声、狗的惊叫声、洗衣机的嗡嗡声。爸一大早又出去了。是去讨今年的债吧？不过，我的心出奇平静。似乎我该为这点儿平静而感到羞愧，作为他们的女儿，我该感到担忧和沮丧才对。可为什么一定要感到不平静呢？

爸回来后也一样很平静。妈在厨房里一边哼着歌儿一边忙来忙去包饺子，厨房里有了新出锅的饺子，那香味儿立刻飘进狗的鼻子，狗馋得瞎转。村庄里的街上传来邻居老奶奶吆喝孙子回家吃饭的极富穿透力的嘶哑声。爸带回来几挂鞭炮。过年了，大年三十，要放鞭炮吃饺子啊！弟弟兴奋地围着点燃的鞭炮乱跑乱叫。老天似乎听见这来自人间的热切呼唤，在此起彼伏的鞭炮声中又悠然飘起了雪花儿……

明天，所有人、所有事，又会看起来焕然一新，寻寻常常。

评语： 真实地写出了父母和如父母一样的靠刷墙维持生计的揽活儿工劳作的辛苦，讨债的艰难、委屈。语言朴实，细节逼真，叙述和议论有很多感人之处。

王舒宇，信阳师范学院文学院2015级汉语言文学一班学生，主持完成校大学生科研基金项目《三进万营——关于潢川县谈店乡万营村扶贫情况的非虚构写作》。

道路

王舒宇

一

王连寨村是和店乡往南一公里东面的一个村庄，每次想到这片区域就会想到一句话：天高皇帝远。倒不是说它与首都的距离，而是这个乡往东大约三十公里就出了驻马店市到了周口市的辖区，是两市的边界，各个方面的发展似乎都被遗忘了，严重滞后。就比如说道路吧，乡中心十字街向南的主干道，2010年才翻新，就早已被毁得坑坑洼洼，还只修了一里，自王连寨去乡里的集市仍有一半是布满坑的旧路。我问过家里的长辈，答说，原先的路是2000年修的，早就坏了！

正月初八，我在院子里听到一阵近距离的鞭炮声，接着就是一群人的嘈杂说话声，过了一会儿，我家墙外响起挖土的声音。这声音让我有些警觉，出门看，原来是有人在我家南面的那条东西向的小路边修下水道。这条小道的东端是一个大湖，向西则延伸到300米远处一户人家的家门口，两旁一共住着12户人家。这一次，就是住在西面那一片区域的王计划他们6户人家组织起来修下水道呢！

这条小道在我们这片儿曾经有至高无上的地位。没人能说清为什么，这条路的土里有很多很多砖块，这些砖块大小不一，颜色杂乱，它们凌乱地嵌在土里，有的地方近乎被砖铺满了，有的地方只有零零星星的几块。村里还没有修路的时候，只要稍微一下雨，别的路就变得像沼泽一样，黄色的饱吸雨水的泥土膨胀着，死命拉着行人的脚，行人狼狈地跟泥土抢夺被泥巴裹满的鞋。相比之下，我们这一片儿的人因为这条小道，雨天也颇从容。半跐着脚，张开双臂维持平衡，左边踩一下，右边跳两步，就像与小伙伴玩跳方格游戏一样，即使不穿雨鞋也应付得来。不下雨的时候小道也热闹得很。小道东端的大湖被挨着湖住的人家在最窄处架了座石板桥，桥的一端是他们家门口，另一端是通向乡集市的主干道，这条路比从村里大路出村走主干道去乡里要少绕400多米呢！村北边的人大都走这儿去赶集，此处一点儿也不比村大路上冷清。

二

参与施工者大概有二十人，几乎把村里的建筑队工人全请过来了，这一大动静引得周围很多人都出来了。"咔——沙——"，拿着铁锨的文修大（大伯）在小道上挖下第一道伤痕，圆润且锋利的铁锨慢慢插进土里，"咔"的一声与土里的砖头撞上了，铁锹被力道冲得往右一偏，闪得文修大几乎站不稳。他用力抓住木把，踩在铁锹上的右腿紧贴在木把上，左腿扭着晃动几下好不容易站住了。他冲着担忧得惊呼的人们说："没事，没事！"调整好铁锹，用力地把铁锹插得更深。"咔——咔——"尖锐的铁锹与砖头摩擦声听得让人心慌，汗毛直竖。

"这条路上的砖真是不少啊！我这一铁锹下去，你看！都挖出来三块了。这可要费劲啦！"文修大对其他人说。工人们苦着脸议论："这样一天挖下来可比盖房子干一天累多啦！""当初谁在这儿放那么多碎砖头干啥呀？"同一爷是建筑队的头儿，他似开玩笑般说："这得加钱啊！不加钱挖一半我们不干啦，啥都给你撂在这儿，急死你们！""哈哈哈……"大伙儿哄笑起来。王征对人群里的王计划他们说："长辈发话啦，你们听不听呀！"男人尴尬地和大家一起笑笑，并不说话，泼辣些的妇女以同样开玩笑的口吻回击道："你看这赖老头哎！你敢！我非追到你家里去，哈哈……"文修大停下手里的活喘着气儿打趣说："你看我们敢不敢，挖开之后我们就不管了，人家南北路的人过不来就该骂你们了，你们哪还有空追我们呀！是吧，大伙儿？"又是一阵哄笑，没有人说什么，没有一个人敢接腔说这个不会发生。

王计划附和地笑着，一双手在身上乱摸，随后他拿出自己的烟跳进新挖的不深的沟里给同一爷、文修大让烟："抽烟，抽，抽！"文修大没有接："不，干活呢！不，没地儿放，等会儿，等会儿抽。"同一爷接过烟抬到眼前看了看，把烟别到了耳朵上，"芙蓉王啊！你的中华烟呢？拿出来呀！跟你爷还舍不得吗？"王计划又掏出一根点上火递给他，嘿嘿笑着。

王计划是这次工程的主要发起人之一，他是个二十多岁的年轻人，常年在外地打工，只有过年期间才能在村里看得到他。他做事肯出力，脑子灵光，会来事，在村里口碑很好，大家对他的话都能听得进几句。

王计划又逐个地让烟，说："我是专门留下来修这个下水道的，要不的话我今天就去外地走了。我们请的人多又都是好手，两天就完工了，一定不会给大家添太多麻烦！"他对因为这一大动静出来看热闹的人们解释安抚着，然后又对干活着说："大家尽快给我们修吧，我能早点出去干活挣钱，明年过年回来好好孝敬你们呀！同一爷，赶明儿回来一定给你带中华烟。"

同一爷抖了抖烟灰，眯着眼笑着，又挖了两锹说："你净搁这儿哄我！"

"我哄您啥哩，你是我爷呀！打小儿看着我长大的，我哄谁也不敢哄您啊！"

"哈哈哈，你个猴精，不敢哄我！哈——"

"今儿晚上，我请客，咱去乡里酒店吃饭，啊，大伙儿都去！我请客！"

金凤是王计划的老婆，听着这话她不禁抬起头来。菜地里还有些未化的雪，太阳刚出来菜地里湿漉漉的，她的手被冻得红肿着。听到这话抬头瞪了王计划一眼，眼光比她的手还要冰冷！她手里正拔的菠菜"咔"断了。拔菠菜是个技术活，手捏住根部，慢慢使劲就易把它连根拔出来，叶子扯断多半是突然使劲的原因。金凤把扯断的菠菜叶子扔向旁边的塑料袋，没有扔进去，砸在了袋子上，袋子翘起来的一面被风吹得呼啦呼啦响，藏住了她因为生气而粗重快速的呼吸声。王计划从工人那边脱身走过来，对金凤说："别挖啦，冻手冻得厉害，吃不了那么多。"金凤没理他，又扯断了几棵菠菜。王计划见她生气了，也就没敢再说话，就站在那儿，不料又被金凤剜了一眼。金凤往一边挪挪，赌着气继续挖菜，雪被她踩得咯吱咯吱响，王计划终于妥协，朝聚在另一边做监工的另外五家人走去。

"嘿！今晚咱几家得请客哟，同一爷都发话啦！"

"请就请呗！他们都说出这个话来了，还能不请吗！"

"请，请吧！少不了的。"

"到时候工程钱让他们少要点，吃人嘴短，他们还好意思要那么高的价？"

············

　　一时间，怎么看都是一派和谐安定景象。工人们热火朝天地干活，铁锨挖土的声音有节奏地此起彼伏，气氛热烈。围观者众多，大家有一搭没一搭地闲聊，偶尔，谁扯了句笑话逗得大家一阵哄笑。不知谁家的两只小狗跑出来围着小孩儿厮咬打闹，一不小心掉进了沟里，狗爪子在沟里扒得沙沙响，小主人在沟边探着头啊啊呀呀对它喊着什么！……忘掉刚才的所听所见，我似乎来到了桃花源。

三

　　等我下午被热闹声吸引出去，下水道已经挖近100米长了。王计划正和几个邻居在开端处卸水泥管道，几个年轻人手脚利索地把水泥管抬下来，用脚轻轻一蹬，就把管道送到需要的地方了。小孩儿看着好玩，追着滚动的水泥管看，远远就能听到大人无奈的轰劝声："起开，起开，去那边玩去，快去！"在人最多的这端，气氛却异样地凝重和严肃。

　　那么多工人，只有文修大和同一爷在挖，其余的人全都停下了。文修大倒不奇怪，他是个从不知道偷懒的人，同一爷是头头儿，向来都是别人干活他停下歇口气儿才对。几乎所有人的目光都在这俩人身上，王征更是挤到了最里面。他穿着棉拖鞋，站在挖出的泥土堆起的凹凸不平的高处，右腿在前，左腿在后，扎着弓步可劲往下看。大半只右脚都伸进去了，沾着泥的棉拖鞋几乎都要蹭着站在沟里的文修大的头。"慢点儿，小心啊！挖的时候别用那么猛的劲！"王征不时叮嘱着。没有人理他。同一爷把铁锨放在合适的位置，缓缓往下插，王征看着，念叨得更频繁，也让人更心烦。同一爷停下招呼人扶着铁锨，他跪下用手在土里扒了几下，又换了个地方再扒几下，笑了："没事！远着呢！不碍事！"文修大便顺着他指的位置用力挖下去。我探头看看，看见一点黑色的东西裸露在同一爷刚刚扒的地儿。

　　我从众人的交谈中得知，这条小路半年前刚修过下水道，是这条路东面的几户人家修的，王征就是负责人之一。他在施工队修到上次挖的下水道起点处时就出来盯着，生怕他们弄坏了之前埋的管子。

　　这样持续了一会儿，不知是谁喊了一声："呀！坏了，渗水了！"王征等人急忙冲过去，脚下的棉拖鞋沾了很多泥，笨重累赘，害他差点一个趔趄。"不是让你们小心点嘛！哎呀！怎么搞的呀！肯定是你们把管子弄破了……"王征伸手指着工人们叫，激动得一下子也跳进了沟里，手指在漏水处和同一爷之间来回穿梭，反反复复就那几句话，也顾不及谁是长辈。太阳很好，从他口中喷出来的唾沫星子在阳光下映出七彩的光。大家却冷得直抖，似乎渗出来的水就流在每个人的心上！

　　土里不断有水渗出来，因为不知道是什么原因，众人都没敢动手做什么，只好立刻派人去叫王德本过来。王征他们着急了，认定是施工弄坏了原来的水管，一群人疾言厉色地对问询跑来的王计划叫嚷，把事故原因归在他们这次施工上，矛头指向王计划。王征一把将王计划扯到沟里："你看看，你看看！这才修了多久，你现在折腾得我们之前算是白干了！"王计划没有辩解，对大家承诺："放心，放心！是我们的问题就一定负责，大不了大家一起用新修的管道，费用一起分担就行了嘛！我们这次用的是水泥管，保证结实坚固。"

　　王征更恼了："你这什么话嘛！我们用的胶管咋了？之前不是一直都好好的吗？要不是你们乱挖，这能漏水吗？我们为什么平白无故要跟着你们兑钱呀！"大家一听这话更加激动，都着急地表达自己的不满，同一爷他们因为王征那拨人刚才的指责，也不帮腔，只靠在沟沿上扶着铁锹抽烟，场面乱作一团。

四

　　局面直到王德本过来才控制下来。王德本以修水管为业，在村口有店铺，做这行快十年了，是个行家。王征和王计划等人见到王德本，立刻安静了下来，王德本下到沟道里看看，告诉大家不是挖坏的。当时每户出的钱不多，所以用的是比较便宜的塑料管，封沟时为了省力气直接用了推土机，估计把管子砸裂了。王征扔掉手里的烟，气急败坏地说："怎么会呢？之前一直好好的，他们今儿挖下水道才漏水的呀，咋就是我们的问题了？"德本被他吼得也火了，不顾手里还拎着扳手，也拔高声音指着王征说："你看看，这是什么管子，胶的呀！推土机那么大的劲，土从上面砸下来，不破才怪！当初劝过你们换种管子，不听！"

德本收拾好工具箱，招呼王计划把他拉上来，说："你们这回管道一次性铺好，修满意，别到时候又挖开让我修，真到那时候谁也别想再用了，这条路也被你们毁了！"

"行，行！我知道啦。"

"你们挖的时候小点心，这才是开头，肯定不止这一处漏水，不小心，把你们挖的沟也给漫了，到时候得停工好几天，你们无所谓，把大家的路给挖断了，像什么话！"

"嗯嗯，我们注意着呢！"

王征等人无话可说。王计划到我家喝水时，对我家的长辈抱怨说："要是我们的责任我们认，解决问题最紧要，吵闹有什么用？再说了，他们上次修管道都没和我们西边的人商量一下，要是大家组织在一起修，还会有这些麻烦事吗？也不至于折腾一次又一次！"

王征等人愁眉苦脸，各怀心思。当时只埋了主管道，哪一户要用，自己请人把自家排水管与主管道接通。管道是八月份修的，没怎么用就坏了，大家纷纷抱怨花了冤枉钱，尤其是妇女，一遍又一遍地说几百块钱全打了水漂。有人拿眼一下一下地瞟着王征说："钱扔到水里还能听到咕咚一声响呢，这算什么事呀！800块钱没用几天，什么也没有落下！当初说的怪好听！"王征听着很不是滋味，转身回家，由于路挖断了，他跨过去时差点儿摔跤。他拍拍身上的土，发狠地在地上蹭掉拖鞋上的泥巴，生气地说："当初要是把路修起来，哪个能挖道，谁也别修，还会有这桩子事嘛！"

"哼！把南北路接通起来都没有商量成，还提什么这个东西向的小道！"王亮嘲讽道。

五

我从众人口中又听到了一件旧事儿。2012年，王连寨终于把村里的主干道修成了水泥路，主干道两边共12条巷子，大家纷纷出钱把巷子的路修起来与主干道接通，只有王亮和王征所在的巷子没有修路，这在我们村里成了典型。王亮和王征是隔着小道相对而居的两家，王亮是村建筑队的，一直生活在村里，他非常支持把巷子的路修起来，每次撮合修路的人中都有他，但由于诸多原因路到现在也没有修。最近一次撮合修路是在收秋时，因为那时候在家的人比较多，但仍没有成功，今年过年连话茬都没人再提起了。

这条巷子里，只有3家的青壮年全在家生活，其余的要不只剩空宅，只在农忙和过年时才有人回来，要不家里只剩老人和孩子留守。秋收商量修路时家里有人的都同意出钱修路，但是收钱时只有5家拿出了钱，其中还有2家只肯出600元，说着"多退少补"，却从他们手中再要不出一分钱。张老太是这条巷子里的一位留守老人，年纪很大了，儿子一家全都在外打工，几年前新盖的房子只有她一个人住。王亮等人找她时，她盘腿坐在地上就哭："我老婆子哪有钱呀！孩子、孙子全出去打工了，留我这个没用的在家，想起我的时候给我寄点儿钱，想不起来就……唉！……我这没良心的老头子呀，抛下我呀……"

王亮说："这路，大家走大家修……"

"我能不想把路修起来吗？怪我！怪我没钱又做不了主！他们有谁听我的话呀……"来了几次，她都是这样。电话打到她儿子那里，他儿子在电话里爽快地答应着："行，行！等我回去咱们好商量。"之后就不了了之了，路修不修对他的生活没有什么影响，他根本不在意，也不愿出钱。离村里主干道较近的人家，不修路带来的麻烦也就那几步路，倒也不在乎这路还修不修，他们对于修路从不主动提及，只是商量事儿时格外在意要拿出的钱，说自己不走巷子里头的路，少出一半钱才算合理，其他人家自然是不乐意。诸多因素，总之巷子现在还是泥土路。

王亮听见王征提起修路这茬，忍不住发了火，火气出完，他举起右手做发誓的姿势，当着众人的面说："我发誓，修路这事儿我再也不会主动过问一句，一句话，路是大家的，大家不急我更不急，反正我孩子才会跑，等将来他们一个个给儿子娶老婆，大雨大雪天婚车出不去进不来，我看他们会不会后悔今天没有积点德，干这些自私得叫人戳脊梁骨的事儿！"

王东方是村干部，他二弟家也在这条巷子里，他告诉我说这件事干部也没有办法插手，村里其他巷子修路全是住家自发组织的，费用如何分摊也全是自己商量解决。各巷子的情况、法子都不相同，不能拿到明面上统一规定。大家都想少出钱，又想要质量好的工程，有一丁点儿不如意就会把罪过算在负责人身上，没人愿操这份闲心，路就越发修不好了。

六

火药味儿十足的场面吓得小孩儿们都不敢再出来，拉着自家的小狗怯生生地站在门口观望。他们眼里看到的是什么呢？我也不知道，我看到的是一条被开膛破肚的道路，它的身上插着各种各样的手术刀。它已经奄奄一息了，儿女们还在因为谁出多少医药费而不肯互相妥协，医生就在它身旁看它挣扎，等待着人性赐予的希望与新生。

下水道修了近三天才算勉强结束。第二天下午，我听到西边爆发了一场激烈争吵，我没去凑热闹，但能猜得到是因为什么。挖开的沟虽然封上了，但由于泥土被翻新过，封土的地方比原来的路面凸出来大约20厘米，像是一道疤横在那里。我在正月二十二那天，在家门口把无法滚动的行李箱抱出来，一步一步跟跄地踏过那条巷子，走出这个村子的道路！

评语： 一条村巷，东西两头各住6户人家，为修下水道，两次剖开道路，

47

争吵，算计，糊弄……坑坑洼洼、横着疤痕的道路记录的是经济快速发展时代里日渐不古的人心。作品选材角度小，但是立意深，颇可读。叙述不够简洁，细节的典型化与艺术处理还可再斟酌。

马俊豪，信阳师范学院文学院2015级汉语言班学生。主持完成校大学生科研基金项目《一个人的家族史》。

磐石

马俊豪

2017

　　我从小生长在关中平原西部的宝鸡。这座城市历史悠久，这里歌声嘹亮，这里民风淳朴，这里文化厚重，这里波澜壮阔。渭河从城市中间流过，留下富饶的土地，带走了数不清的梦想与传说。我家住在渭水边，从小奶奶就抱着我，伴着渭水的哗哗声，给我讲那些以"很久很久以前"作为开头的故事，那些故事在渭水的涤荡中经历了千万人的口，划过了千万人的耳，滋养了千万人的心。

我曾在无数个不眠的夜里怀念奶奶给我讲故事的岁月，第二天太阳升起的时候却依然要搜肠刮肚地讲那些愚蠢至极的笑话。如今的中国无比强大，如今的人们活得无比优雅，我行走在祖国的大地上，看到了这个国家太多悠久的历史与光荣的传统。在高堂庙宇的背后我看到明晃晃的月亮上挂着六便士银币，我看到了太多森严的祠堂，我看到了出手阔绰的人们在磊落地喝风屙屁。你且眺望一下遥远的天涯，见识一下世上的万国和万国的繁华，你且看看这繁华与璀璨背后的挣扎，如今的人们已经忘记了太多本不该忘记的，可歌可泣的故事正在理所当然地逝去。

在富贵的生命里留下时代的背影是每个人的归路，正是这千千万万的人走出的路才映活了历史，历史便是故事，故事便是活的。我不愿多年以后留给后代的只有干巴巴的历史事件。那些海水里浸过的、血水里沥过的感受，才是应当被铭记的丰碑。

回顾中国的过去，无数的历史、文学作品早已让我自以为对过去了然于胸，我可以准确地说出每一个改变中国的事件及其发生的年份和内容，但在机械化地增长知识的同时我也对历史失去了最感性的一吻。

2017年大年三十的傍晚，我爷爷以时代的经历者的视角带我回顾了一段更加真实的历史，故事在时代的背景下熠熠生辉。

1944

爷爷笑着喝了一口茶，桌子上丰盛的食物昭示新年的到来，我已经在这个屋子里度过了二十个除夕夜，很快我还将理所当然地度过第二十一个除夕夜，生活就该在这样的波澜不惊中走得饱满熨帖。窗外总有贪玩的孩童违背政府不许燃放烟花炮竹的规定，稀稀拉拉的炮声点缀着大年夜孤单的街道和路灯，我的思绪随着爷爷的讲述被拉得很长。

爷爷说：

　　咱家以前住在河南省荥阳市，1944年，国民党连连吃败仗，损兵折将的国民党在中原大地上疯狂地抓壮丁，十几岁的小孩也不被放过。那时候人吃得不好，小孩子普遍都瘦，被抓走时穿着国民党的军装，就跟穿了个大袍子一样，衣服拖在膝盖上，裤子拖在地上。那些孩子基本上是有去无回，可怜得很。

　　你太爷爷，就是我的父亲，为了不让你大爷爷被抓壮丁，也为了躲小日本，你太爷爷就决定把地全都卖掉，全家搬到宝鸡去。那时候我才三岁，你大爷爷到了今天念叨起以前的日子，说得最多的一句话便是"那时候的咱家，你眼里望的，脚下踩的，全是咱家的地"，地是贱卖了，可毕竟人留住了。

　　当年那连成阡陌的土地是咱家先辈们一代代的积累，到了这时候，才有了这么多土地。离开家乡时我才三岁，根本就不记得啥，具体的事情都是后来你大爷爷给我讲的。那时候咱走得急，地都是贱卖的，不过也正是因为当年咱家把地卖了，土改的时候才躲过一劫。离开荥阳的时候，咱家人心里都不好受，那是败家啊。那时候一路走来碰到的难民多得很，你太爷爷一路给难民散去的钱财不算少。

　　就这样一路到了宝鸡，凭借着剩下的钱财，咱家在宝鸡做起了皮革生意。人生地不熟的，一开始的时候生意很难做。那时候我还小，是我父亲和大哥操持生意。我记得刚开始的几年，每天天不亮，你太爷和你大爷爷就起床了。想要弄到上好的皮料可不简单，每天一早就要去收货，去宰牲口的地方等着。可那个年岁，又能有多少人家吃肉呢，所以有时一连几天也收不到一张皮子。到后来，你太爷就自己养牛羊，慢慢地这生意才好起来。咱家这生意做了有近十年，咱做生意地道，而且喜欢交朋友，平时别人有个啥事儿也是能帮就帮，生意这才慢慢好了起来。到了生意最好的那几年，散户们都把皮子卖给咱，咱再加工卖出去。到解放后把这生意交给国家的时候，咱的生意已经是宝鸡最大的了。可把这都交给国家了，咱家自己的日子就难过了。那时候我才小学毕业，家里人都让我把书读下去，我不愿意，说啥都不愿意，上学要花钱，那时候家里过得苦啊。

这些话，二十年来我从未听爷爷讲过，好像这些他早已忘记了一样。岁月在一片歌舞升平的祥和开泰中过得不紧不慢，那些艰苦的日子却被人们一点点地忘却，究竟是年轻一代不愿意了解过去，还是年老的一代不愿回忆呢？

1966

丰盛的年夜饭让家里的每个人吃得都很饱，我沉浸在爷爷的回忆里，经过共和国最艰苦历史的人就坐在我身边，陪伴了我二十年，我却从未向他那饱满如磐石般的人生索求一点点经验。我为自己的无知感到羞愧，客厅里很嘈杂，电视机的响声和亲戚们的说话声让我感到很烦乱。

历史就摆在你的面前，你早该去正视它的。我提起水壶给爷爷的茶杯里续上水。

我放弃继续上学之后，便跟着你大爷爷在食堂里给工人做饭，这工作是个美差，我们俩每天既要做饭还要负责买菜买肉，累是累了点，可至少能吃上饱饭。这活干了没一年，食堂关门了。没了工作，但是家里还有那么多张嘴等着吃饭呢，我和你大爷爷就一块去打土坯，那可真是个力气活。每天吃也吃不饱，有时候中午就吃个干馍，晚上睡觉往床上一躺，整个人都要散架了。到了第二天早上还要咬着牙早早起来，要是起来的晚了，活儿都找不到。那时候全凭年轻，吃得不好，人也瘦，但干起活来还真是不输给任何人，就这样硬扛着，打了几年的土坯。

有一天，你大爷对我说，你岁数也不小了，该找个媳妇成家了。可那时候，家里是真穷啊，我和你大爷爷商量了一下，得回老家去找，在农村找个女孩还是相对容易一些。然后就去找到了你奶奶。

这时候，我奶奶插话进来说："你爷那时候家里穷得很，而且人也长得黑瘦黑瘦的，那时候我正和村里别的小姑娘玩呢，你爷啊，就躲在一棵树后面看我，穿的衣服脏兮兮的，鞋还露着脚指头，我当时就被吓哭了，赶紧跑回家。到了家，你舅爷说让我跟他好，我肯定不愿意啊，你舅爷就给我做工作，说这人老实啊啥的，后来我就跟你爷走了。到了宝鸡之后，看了这家里的情况，我才知道，比我想的还要穷。但是已经结婚了，能咋办，就过日子呗。那时候家里连个灶台都没有，用几块砖头一垒，就是灶台。一家人吃饭连碗筷都凑不齐，都是一个人吃完，另一个人再用他的碗去盛饭。我跟你爷爷结婚的时候，一家人在一个屋子里凑合着住，一直到1965年分了家才有自己的屋子。1966年，生你大姑的时候，还是接生婆来咱家里面给我接的生。"

从1949年到1966年，中国在短短的十七年间发生了天翻地覆的变化，政治、经济、文学、科技等都进入了一个新的时期。那个年代的人都有一部属于自己的奋斗史。自打我记事，爷爷就很瘦，但并不是弱不禁风的瘦，而是非常精干。在我还小的时候，爷爷在宝鸡郊区放羊，那时候爷爷的身体还是很好的，虽然年过六旬，可每天早上都骑摩托车去放羊。用我奶奶的话说，他是闲不住，于是在那时候，喝羊奶便是我和弟弟每天的必修课。

1974

时间过得飞快，距离新年的钟声已经很近。爷爷奶奶珍惜地看着热闹的一家人，熬着一年只有一次的夜。爷爷的茶叶很快就喝败了，我为爷爷换了新茶，爷爷走到凉台上，点燃了一根香烟。

分家之后我的压力就小多了，但是你太爷的岁数也慢慢变大，很多活都干不动，所以（靠打土坯）挣的钱就不够花。我就在千阳的农村种地，那时候买不起粮食啊，我和你奶就把粉条当面条吃，（买不起面）就煮粉条吃。通常都是这个月还上个月的，每个月都欠着帐，真是没办法。那时候又在搞运动，咱家虽然卖地早，不是地主成分，但是毕竟曾经有这么个事，每天我过得都很心惊胆战。还好到最后，咱家没有挨批斗。毛主席不在的那年，我分到省里的七公司去上班，生活才慢慢有了改善，你奶那时候在商店里做售货员，咱家也就是在那时候开始慢慢变好了。"

这时候奶奶接过话说："你二姑和你爸出生之后，实在是没办法，(孩子)断了奶，我和你爷就把他俩送到老家去了，（两个孩子）在老家一直待到三岁。等我和你爷回去接他俩的时候，我一抱(孩子)就哭。孩子哭，我也哭。然后我就把孩子接回来了，我那时候给你爷说，这是我的孩子，我要自己养，哪怕我自己没吃的，我也要把孩子接回来。1974年，你小叔出生，那时候，你爷每天早上去上班，晚上才回来。我早上去供销社上班，中午跑回家给你小叔喂奶，午休一共就一个小时，咱家那时候住在山上，从供销社到咱家来回有五公里的路，我都是一路跑回去，喂了奶再一路跑回来。那时候一块儿上班的人都说，这小媳妇咋干啥(事情)都跑呢，一点也不文静。听了这话，我眼泪就掉下来了，可是还得跑，不跑有啥办法呢。每次去食堂吃饭，看着别人吃包子、吃饺子，我都不吃，只吃最便宜的。每次干活我也干得最积极，就这还老被人说笑。那时候单位下午上班的时候，门口老是坐一个人，拿个小本子在记，谁谁迟到了几分钟都记着，等开工资的时候，迟到的扣钱。我基本上每次都按时到，没扣过啥钱。"

爷爷熄了烟，接着说："'文化大革命'的时候，单位有人晚上来叫我去批斗别人，是武斗，他们一来敲门，我就从窗户跳出去跑了，'文革'十年，我没干过亏心事。"

爷爷说这话时，带着问心无愧的神情，我也相信在那个很多人已经陷入癫狂的年岁里，还是有不少人保持住了最根本的道德底线。而这个底线，正是你日后生活安稳熨帖的前提，正是一个家族真正应该传承的精神内核，其成就于历史，高于历史，铸造了历史。

爷爷就这样不紧不慢地讲述着，家人在围着电视机看春节联欢晚会，这样的谈话嵌在欢快的新年气氛里，或许曾经的苦难就是为了今日的安乐吧！

1988

爷爷家凉台的吊兰长势很好，印象中，这株吊兰刚栽好的时候奄奄一息，现在它却灿烂地点缀着窗外的月亮。零点快要到了吗? 爷爷的故事还在进行着。

咱们家一共搬了三次家，第一次是从窑洞里搬到山上的平房，第二次是搬到金陵桥西边的楼房，第三次是搬到现在的家里。这个房子一共装修了三次，第一回刷了墙，第二回铺了地砖，第三回就装修成现在这样了。'文化大革命'结束后，咱家的生活条件也慢慢好起来，我被安排到省建七公司工作。有了正式工作，收入也慢慢稳定下来。我在七公司干了没几年，就被调到卷烟厂，在卷烟厂一直干到退休。咱家搬到桥西的楼房时，你奶奶可高兴了，那是1988年，那时候住房特别紧张，单位能给我分楼房，我心里真是高兴得很。后来，等到我退休后，单位又分了新的房子给退休工人，就是咱家现在住的房子。"

奶奶说："你和你弟就是在这房子里长大的，那时候我抱着你，给你讲故事，带你去玩。后来你长大了，我又抱着你弟，给你弟讲故事，带着你弟玩。你俩小时候经常打架，你们慢慢长大了，这房子也慢慢老旧了。第一次装修还是因为你爸爸结婚，那时候请人来把整个屋里刷了墙漆。第二次装修给家里铺上了地砖，地砖映着白墙，那屋里真是敞亮。第三次的时候换了家具，还装了空调，家是越来越有家的样子了。"

家，会意字，人之居所曰家。这栋房子便是爷爷和奶奶一直住到今天的地方，它依渭水而建。到了今天它依然承载着一个家族的吃喝拉撒睡、油盐酱醋茶。伴随着家族的成长，分离，团圆，也许这就是"家"真正的意义。

2005

每一个有河流过的城市都有故事，这些故事会随着河水流进大海，成为大海里的一粒沙子。真善美的故事会化为珍珠，继续感动世界。渭河从宝鸡流过，汇入黄河，一路向东，从不回头。也许爷爷奶奶忘了他们经历的这一生到底走过多少值得大书特书的历史时刻，但他们走的每一步都是历史大厦的一片砖瓦，正是千千万万平凡、普通砖瓦的组合，为历史提供了源源不断的活力与血液。

爷爷奶奶停止了讲述，往后日子里的每一天，我都是亲历者。2005年，距离北京奥运会还有三年，距离意大利男足获得世界杯冠军还有一年。这一年，奶奶生病了，病得很重，需要做手术。孩子们整日陪在奶奶身边，手术很成功，半年后，奶奶出院。

出院后奶奶更加注重自己的身体，于是便打起了太极拳。闲不住的爷爷买了些羊羔，在宝鸡郊区放起了羊。每年过年，爷爷奶奶总是会和荥阳老家的亲人打一通电话，今年奶奶学会了使用微信，和爷爷坐在一起，与老家的亲人视频聊天。

调皮的孩子们放炮的声音越来越密集，阳台的吊兰开得很旺。桌子上的零食吃了很多，小狗贝贝卧在角落里睡着了，爷爷奶奶看着手机屏幕中远方的亲人，笑得很开心，电视机里播放的春节联欢晚会进入新年倒计时阶段。"嘀、嘀"，2017年到了，新年的钟声敲响了。

*评语：*作品以几个时间为节点，以"故事"呈现广阔历史的个人印记。作者能在看似冷静的讲述中进行一定深度的反思，是本文的亮点。作品的不足之处在于，几个时间节点的内在联系没有能够真正体现。

小说

陈思，信阳师范学院文学院
2016 级汉语言文学三班学生。

中奖

陈思

父亲默默退出人群, 倚在墙角点了根烟, 百无聊赖地看着一个又一个从他身边走过上台领奖的人, 打了个长长的哈欠, 对眼睛直勾勾盯着领奖台的母亲说:"咱回吧, 都等这么长时间了, 也没咱的呀。"

那年因要迁新居，父亲和母亲在商场采购时，偶然获得一次抽奖机会。父亲自幼家贫，年少时便独自一人外出务工，早早踏入了纷杂的社会，独自闯荡的经历让他从不对那些他认为"虚妄"的事物抱有任何幻想，比如"中奖"。母亲依旧望着远处诱人的奖品，笑着安慰父亲："再等等吧，说不定真有奖呢！"

"三等奖，大彩电一台……"西装革履的主持人站在台上情绪激昂地宣读着获奖名单，四周热闹的场景丝毫没有打退父亲的困意，"特等奖，价值四千元的柜式空调，究竟会花落谁家呢？"主持人故弄玄虚地顿了顿，四周的喧闹戛然而止，人们的眼睛紧张地盯着台上的主持人，不敢有丝毫松懈。主持人环顾一下四周，低头看了一眼手中的字条，突然对着话筒大声说道："获得特等奖的幸运朋友是——20号……"母亲一把推醒靠在墙角快要睡着的父亲，高兴地大叫："中了！中了！"

是的，父亲中奖了！为我们的新居赢得一台漂亮的空调。中了他认为是虚妄的奖项，也彻底改变了曾经的观念，他觉得自己从前是错的，原来那些他认为是虚妄的东西还是有可能得到的。

这次中奖之后，父亲便对各种彩票产生了浓厚兴趣，每天晚上放学时，我隔着马路都能从拥挤的彩票店里看到父亲的身影，以往这个时候他应该在家陪着弟弟做作业，看着母亲在厨房忙来忙去的身影，偶尔还会帮把手，而现在则全变了。我远远地望着父亲，看着他手里死死攥着的彩票，看着他在狭窄、拥挤的彩票店中用力地向前挤，看着他死死盯着狭小昏暗的电脑屏幕上的开奖信息，每次我都抑制住自己想要冲进彩票店的冲动，摇摇头默默地离开。

一天晚上吃饭时，父亲反常地按时出现在了饭桌上，我心中暗喜，正要开口夸赞父亲一番，谁知，他却突然对我说："闺女，没啥事儿，你教爸捣鼓电脑吧。"一向对新事物不感兴趣的父亲突然要求学电脑，我被惊得一怔，但还是放下碗筷打开了电脑，转头问道："你想学什么呀，爸？"父亲吃着饭头也不抬地告诉我："你就教我怎么看六合彩就成。"我着实被吓了一跳，但还是不情愿地教了他。自此，我便经常看见父亲拖着疲惫的身体整夜坐在电脑前，每每看着父亲布满血丝的双眼，我想说些什么，却总是张张口，话到嘴边又给咽了回去，心中总想着母亲的话："算了，他又没有什么别的爱好，只是买个彩票而已。"

彩票被父亲一张一张地买回家，起先是一张、两张，进而便是一抽屉，终于，一天，我和母亲把一抽屉的彩票整整齐齐地放在了父亲面前，我笑着对父亲说："没别的意思，这是我和我妈整理的你这两年买的彩票，您数数算算，看看能不能抵个空调？"母亲在一旁附和道："丫头说得没错！"父亲被眼前厚厚的彩票吓了一跳，起初还不愿相信，便认真地一张一张数着、算着，算到最后，父亲沉默了，起身走到屋外点了根烟，良久，回屋说了句："不买了！"此后便当真再也没买过彩票。

古语云："祸兮福之所倚，福兮祸之所伏。""中奖"到底是福，是祸？起先确是福，而后祸又的确因它而起。生活中，还会遇到很多类似"中奖"这样的事儿，是福还是祸，恐怕就要自己掂量喽……

评语：作品能在"中奖"中发掘出生活的道理，值得肯定。不足之处在于作品的艺术驾驭与人物的深度刻画还有待改进。

陈月凡，信阳师范学院文学院
2016 级秘书学班学生。坚信"庸人
才自扰，优秀者自如"的不争不抢
的"佛系 girl"。

风中摇曳的烛

陈月凡

村里人都说她是有福的。

银白的短发，红润的脸庞，爽朗的笑声，以及微微臃肿的身材是她
的标配。五六十岁的年纪，三儿一女都已成人，儿孙满堂。

　　她的老伴在孩子很小时就因病去世了。那时的她尚年轻，周围人都劝她改嫁，她那坚毅的笑容请走了一拨又一拨的媒人。多少年过去了，她辛苦操持着这个家，时光亲吻着她的脸颊，掠过她的发丝，踩过她的脊背。她的皮肤不再光滑，发丝不再乌黑发亮，脊背不再笔直。但她是开心的，三个儿子已成家，女儿也找到了合适的夫婿，她用她的坚毅打败了不幸。

　　今天是中秋佳节，中国最传统的节日之一。她早早地起了床，打扫了毫无生气但陪伴了她大半辈子的房屋。她的大儿子在外做官，二儿子和三儿子在外做生意，女儿也嫁到了离家很远的地方。一年到头，她都不能见到他们几次。"常回家看看，回家看看……"她哼着小曲，嘴角的笑容藏也藏不住。想起一家人即将团聚，她手上的动作更麻利了，汗珠在她额上泛着金黄色，配合着她的动作也欢快地流动着。她麻利地打扫完卫生，锁上门，要去集市上买菜，再为孙儿们买几包零食。

　　她还记得她的孩子们爱吃肉，他们小的时候家里穷，没钱买肉。只有家里喂养的老母鸡死，他们才能有幸吃上一餐肉。不用放油和复杂的调料，只要少许盐，就能把他们馋得直流口水，而她总是笑着为他们夹肉，自己却吃白粥。想着想着，她不由加快了步伐。走在路上，她热情地同邻居打招呼；在集市上，她如一尾水里的鱼，自由地游来游去，和小商贩们讨价还价。回到家，拿起勺子，她便是这个厨房的女王，一道道菜从她的手中成形。

　　夜幕降临，一阵阵悦耳的门铃声响起，她欢喜得顾不上脱去满是油渍的围裙，拿着勺子出去开门。不一会儿，儿子、女儿、孙儿们的欢笑声充斥了整个房间。一阵阵欢声笑语从小屋中传出，回荡在院子里。院中树上的树叶沙沙作响，似乎也在为她的高兴而欢呼。

　　"嘣——叭"，绚丽的烟花在漆黑的夜空中尽情绽放着它的美，震亮了夜空，也震醒了在睡梦中嘴角微微上扬的她。她睁开眼睛，环顾着漆黑的周围。"哦，原来是梦啊。"她静静地坐在床上看着窗外的烟花，似乎是有些气恼这该死的烟花惊扰了梦中她和亲人们的团聚。她摸着老旧但干净的枕巾上的泪痕重新躺下，她也记不清有多久没和亲人们团聚了。窗外五颜六色的烟花映在她身上，床头燃烧着的半截蜡烛忽明忽暗，静静地陪着她。

"我是有福的，我有三个儿子，一个女儿。他们总是给我花不完的钱让我买衣服，买好吃的，村里的老太太们都羡慕我……"她又进入了梦乡。不知这梦呓是她说给梦中人听的，还是对自己的劝慰。

一大滴烛泪顺着快要燃烧完的烛干缓缓流下。

评语：作品在立意、语言与叙述上均有可取之处。

张岩岩，信阳师范学院文学院
2015 级汉语言班学生。

圣地

张岩岩

一

省城大学放假早，小暑刚过，俊豪毕业已经回来十七八天了。

俊豪是张桥村为数不多的大学生之一，马上就要成为村里走出来的第一位国家公务员。村里人都说"爹强儿不孬"，这倒不是说俊豪爹学历多高，俊豪爹初中没读完就回家了，但凭着勤劳能干也闹腾起一处规模不小的养鸡场，家里早早盖了楼房，勤劳致富在农村往往是最受尊敬的。

时令已到小暑，虽然清晨的风还裹挟着水汽给人带来丝丝凉意，但夜已经明显缩短，刚五点钟天已经大白，张桥村的几处炊烟混杂着雾气四下飘散着。经过雾气的稀释，炊烟已不那么刺鼻，多了些清香倒叫人想多嗅几口。新枯河的水哗哗流淌，这清亮亮的河水滋养了张桥村一代又一代人。

俊豪显然还不太适应毕业之后闲适的生活，早早就起了床，提着自己的小提琴上了楼顶，站定，深吸一口气……家乡的空气让他瞬间清醒，慢慢把琴架在肩头，琴弓稳稳地搭在弦上……今天他拉的是舒伯特的《小夜曲》，虽然有些生涩，偶尔有不和谐的音符，但是有晨风虫鸣伴和，却显得异常动听。

俊豪是每天都练琴的，村里人也都说他琴拉得好，很响！

二

张桥村的生活节奏很慢，连小鸭子这种生灵都不温不火，点着头在小河边湿漉漉的泥地上悠然漫步，偶尔有人经过也不慌不忙地噗踏着脚躲闪。今天扰乱它们"清修"的是住河对岸的德旺老汉，德旺的老伴儿走得早，老汉一直独居，今天跟往常一样，六点钟准时起床。老汉的生活很规律，每天起床都要先点上一根"红旗渠"牌香烟，用被烟熏得焦黄的手指夹着，也不紧抽，就让烟燃着。他今天跨过小河自然也是规律，他这是到后巷，去贤中老汉那儿吃一碗热腾腾的豆腐。贤中老汉的豆腐在十里八村是有名的，不仅仅因为老汉实性，碗装得满，舍得放料，更是因为，他磨的豆腐卖相白嫩，口感筋道，不松，不散。通常，老汉的豆腐都是由他本人骑着三轮车走街串巷叫卖，忠厚的贤中老汉没有花哨的广告，只是一句"热——豆腐——！"醇厚，悠长，余音如炊烟一样在乡村的上空缭绕不绝。德旺老汉是其最忠实、最准时的食客。说忠实，因为他这一二十年的早饭都是贤中的豆腐；说准时，是因为每天的头刀豆腐一定是德旺老汉的，今天也不例外！

跨过小河，就到了后巷。后巷门对门一共十片宅基地，第一家的楼房是俊豪家，第二家的平房是强子家，第三家的门楼就比较高了，因为其主人是张桥村的支书张宇翔，门楼两边还立了两只小石狮子。被宇翔支书家高门楼遮蔽了阳光的就是张桥村的"豆腐世家"——贤中老汉家了。由于贤中老汉家位于后巷的"内陆"，所以，整个后巷每天早晨都会准时弥漫出刚出锅热豆腐的香气，宇翔支书家近水楼台先得月，很难说宇翔支书的白白胖胖不是贤中老汉豆腐的功劳。

"红旗渠"燃尽了，调皮的德旺老汉顺手把烟屁股戳进了宇翔支书家门口小狮子的鼻孔里。宇翔支书是只能进不能出的主，村里的油水和着隔壁的豆腐香气把他养得白白胖胖，就连他家的小石狮子都好像满面油光的，惹人讨厌。德旺老汉低着头拉了拉披在肩头的衫子，撂开腿就进了贤中老汉的家门。

"张老板，弄一碗热豆腐，多放豆腐，多浇香油……"德旺老汉半开玩笑地喊。

"中！堂屋里坐，头刀还是你嘞！"贤中老汉在灶屋里应声。

德旺老汉没再寒暄直接进了堂屋，他跟贤中虽然不是亲戚，但已有多年的交情，年轻时去广州干建筑队，一个锅里吃喝，一个桶里屙尿，也是过命的交情。德旺屁股刚挨着马扎，贤中就把一大碗冒着热气的豆腐放在他面前，这碗豆腐盛得溜满，边缘的豆腐在碗口外面翘着，似乎会掉出碗去，表层盖着贤中"秘制"的辣酱，红澄澄的，让人看了就口舌生津，大有胃口。辣酱上面还淋了香油，就这样，一碗平淡的豆腐透露着情意的奢华……

"先吃着，不够再过去切。"贤中说着扭身又钻进了灶屋。

"唔……"德旺老汉嘴里塞了两块豆腐，已经顾不上跟他的老伙计说话了。

不一会儿，一大碗豆腐就见了底。德旺老汉这些年吃豆腐已经有了自己的一套经验，剩余的两块儿被他用筷子夹起来转着圈儿蹭着碗底，把辣酱香油蘸了个干净……

"咦! 你这豆腐碗不用刷。"贤中老汉进了堂屋说。

"唔哟……"德旺老汉满足地发出一声呻吟。

贤中老汉端了空碗去。德旺老汉也站起来, 衫子也不披了, 搭在肩头, 从裤兜里摸出"红旗渠"伸手递给老伙计一支, 又帮着老伙计把豆腐往三轮车上搬。

"支书搞土地流转包嘞, 明个下午量地登记呀……"德旺老汉把豆腐放在三轮车上说。

"流啥包?"贤中老汉吐出烟雾, 抬头看着德旺。

"你不知道? 流转包啊。叫自己家的地集体承包给大公司哩……"德旺老汉回答。

"地包给人家? 地都包给人家, 吃啥哩?"贤中站直了身。

"一亩地一年按八百斤粮食的价钱折合……"德旺老汉耐心地给自己的老伙计解答疑惑。

"地包给人家? 咱农民不种地干啥!"贤中老汉情绪似乎有些激动。

"咱去给公司打工嘛, 人家种菜咱给人家管菜, 人家种粮食咱给人家管粮食, 人家按月给咱发工资嘛……"

"嗯……不中不中, 这不中……"贤中老汉一个劲儿地摇头。

"哎我说贤中, 你还有多少气力, 包给人家清爽利索……"

"你当农民嘞, 有地自己不种包给人家种, 那还是个啥农民?"

"你包不包?"贤中老汉继续问。

"包呗! 政策就是个这。再说, 地我也种不动了……"

这时候贤中的豆腐车也"整装待发", 德旺边往外走边说:"那中, 我也走呀……明个各家当家人去村委会开会别忘了……"

"嗯……"贤中老汉的豆腐车吱吱溜溜了扭出了门。

刚迈出老伙计的门, 德旺的"红旗渠"又点上了。可爱的德旺老汉常说:"豆腐加烟, 法力无边。"

德旺老汉在后巷子口站住了脚，抬头看着楼顶的俊豪，说："孩儿，当心凉着。"俊豪是德旺老汉看着长大的，所以话语间充满长辈对晚辈的疼爱。

"德旺爷，吃豆腐去啦？"俊豪搁下琴趴在楼顶栏杆上说。

"唉！孩儿，你这洋弦子还怪好听。"德旺老汉咧开嘴笑着露出被烟熏黄的"玉米牙"。

俊豪并没有纠正德旺"洋弦子"的讹误，而是说："爷，过来坐会儿，我下去给你开门。"说着转身跑下了楼。

德旺老汉没有推辞，嘿嘿笑着往门里走，他十分乐意跟这个大学生晚辈儿说话，好像自己也变得年轻了。

俊豪把德旺迎进去，正好妈端了早饭从灶屋出来，看到德旺老汉，说："德旺大来啦，快快快饭刚做好，进来吃进来吃！"俊豪妈这个厚道的农村妇女是很尊重德旺老汉的，她心里也记得儿子小时候没少吃德旺塞的零嘴。

德旺老汉被俊豪和俊豪妈一边一个迎进堂屋，俊豪爹赶紧从沙发上站起来，满脸堆笑地说："哎呀！德旺大呀！快快快，快坐下吃饭！"

德旺边坐下，边把烟头在鞋底子上摁灭，说："吃过豆腐了，你们赶紧吃。是这，俊豪孩儿上学一走这么多天，我怪想得慌，正好过来看看……"

德旺老汉如此宠爱自家儿子，俊豪爹更高兴了，起身沏了杯信阳毛尖，端到德旺老汉面前，觉得还不够，又从裤兜里掏出"玉溪"敬上一支。

"德旺大一直疼俺俊豪哩，俊豪以后出息了可得让你德旺爷享享你的福……"俊豪爹拿着打火机说。

"我这个岁数了，不知道还等到等不到享俊豪孩儿的福哩！"

"咦……德旺爷你这说的啥话嘛！你能活一百多！"

大家哈哈大笑起来。在农村，人与人之间的距离是这么近，近到可以听见亲情在血管里汩汩流淌。人与人之间的关系是这么暖，暖到可以使孤独老人不再感到孤单，仿佛重返青春。

一根烟抽完，德旺老汉站起身说："我走啦，上南地转转……明儿个下午村委会开会哩，你们知道哈？"

"唉！记着嘞，你走啊德旺大？"俊豪一家纷纷站起身送德旺老汉。

三

初夏的太阳很有"初生牛犊不怕虎"的劲头，狠命地散发着光和热。如果说清晨的太阳是轻描淡写的，那么晌午的太阳就是浓墨重彩了，给杨树叶子罩上了一层墨绿。杨树下的阴凉地成了村里主要的娱乐场所，妇女们稀稀散散地坐着说着家长里短，娃娃们撅着光屁股用树枝在土地上画着自己的画，平日里跑得最欢的狗今日也没了脾性，软塌塌地卧在自家大门口，偶尔有人路过，也只懒懒地抬一下眼皮……

"梆梆梆……"宇翔支书用手指头弹了下用红布包着的支架话筒。各家各户来开会的代表都停止了喧闹，等着支书说话。

"咳咳……我说……前几天通知下去了，这个……哎哎哎，玉杰娃娃你能把你家狗牵出去不？这人都不说话，它个畜生叫啥嘛！"

听了支书这句话，台下瞬间一片哄笑。宇翔支书好像也觉得自己刚说出口的话有些别扭。

"好啦好啦，安静一下，开始开会，嗯……今天把各家各户当家人叫过来开这个会是商量关于这个……张桥村土地流转包这个事儿！这个……土地流转包……"支书说着从上衣口袋掏出一沓纸，念起来，"伴随我国工业化、信息化、城……城镇化和农业现代化进程，农村劳动力大量转移，农业物质技术装备水平不断提高，农户承包土地经营权流转……唉算了算了，我就简单介绍一下。"

宇翔支书放下文件，说："啥叫农村土地流转包嘞？也就是说，谁家地不想种了，没人种了，或者是种不动了，那好，那就可以承包给大公司，让人家种……"

台下顿时哄闹起来，支书继续说："静一静，静一静，现在国家的大政策就是个这，咱们壮劳力大多数外出打工，好多耕地闲置着，就拿张玉成家来说吧，玉成在北京干包工头，这二年也混成老板了，估计也不会再回来种地了，他家地里的草长得比坟头还高哩！让谁种？村里剩下的老爷们儿自己家的地都没气力伺候，谁还有气力种他家的地哩，那地总闲着也不是个办法嘛！还有德顺老汉家，德顺老哥啊，这三亩地你还能侍弄几年？要我说就干净利索地承包出去，年年等着收租金，你老汉还不是过得逍遥得很！"这一会儿宇翔支书的嘴皮子利索得很，喷出的唾沫星子差点落到坐在第一排的俊豪的脸上，村民们又骚动起来，有的甚至迫不及待地表示赞同。

咱这位支书同志，平常只顾着利用支书这顶乌纱帽过优渥生活了，对村里没啥作为，他知道村民们都瞧不上他，也知道村里人背地里都戳着他脊梁骨骂哩，今天头一回受到这么多村民的拥护，宇翔同志竟然激动得红了脸。

台下越来越多的村民表示拥护支书传达的这个好政策，甚至有几位老汉提出申请去承包土地的公司打工。善良朴实的农民啊，他们对新生活是多么热爱！哪怕是头发已经灰白、腿脚已经不再灵便，他们的心依旧是鲜红的、滚烫的。贤中老汉眉头拧成一个疙瘩，圪蹴在会场角落里，用手摸着脸上的胡茬一声不吭。宇翔支书看到形势一片大好，继续说："我作为支书，当然是为了大家的利益着想，已经和江苏的荣发蔬菜公司谈好了，以土地流转的形式，把土地租给荣发公司种植有机蔬菜，一亩土地租金是一年八百元人民币！荣发公司蔡总已经表态了，优先录用张桥村的劳动力，月工资在两千元以上。"

"啊？一个月两千元！真的吗？"台下村民们在议论。

"对！大家不要怀疑，这件事包在我身上！"宇翔支书把自己的胸脯拍得咚咚响，因为太激动了，以至于用力过猛，拍得自己忍不住咳嗽，又把自己憋了个大红脸。

宇翔支书缓了缓气，继续说："咱们这是拥护国家给咱农民制定的新政策哩，国家时时刻刻想着农民！"台下爆发出了这个会场上从未有过的热烈掌声。对！国家是想着农民哩，可你宇翔支书的心里想的究竟是啥？隔着你那厚厚脂肪的肚皮，谁也看不穿啊！贤中老汉站了起来，他倒不是拥护这位英明的宇翔支书，而是腿圪蹴麻了。

"来来来，大家看，这是咱们承包土地的合同，条条款款都写得清清楚楚，每家每户都拿一份回去，跟家里合计合计，没啥意见呢，就签上字。"宇翔支书从抽屉里抽出一厚摞合同，哐当一声撂在桌子上。参加会议的当家人每人都领到了一份合同，急忙带回去与家里商量，甚至有几个村民爬上主席台，当场就签了字，摁上了血红的指印。

贤中和德顺把合同夹在胳肢窝下，相伴着往家走了。

四

这一天，张桥村的傍晚出现了火烧云，火红的云彩塞满了西边的天空，五六点钟的太阳一点儿也不服老，透过云彩给张桥村镀上一层红色，那是中国的颜色，是辉煌的颜色，是朴实可爱的张桥村村民的手指摁在合同书上的颜色。

各家的炊烟又一次不约而同地升了起来，宇翔支书站在自己巷子口，慢慢掏出"中华"香烟，"咔嚓"打着了打火机，仰起头吐出一团烟雾。他现在是何等的意气风发啊，第一次受到了村民们的拥护，现在的他还没有从那震天的掌声中醒过来，那种感觉伴随着这支"中华"在他的思绪里一遍一遍地回味。突然他的眉头紧了一下，似乎有些惴惴不安。

"噗踏，噗踏"，德旺老汉手里夹着"红旗渠"，趿拉着布鞋从贤中家走出来，宇翔支书迅速掏出"中华"烟，快步迎上去，"来来来，德旺大，抽上抽上。"抽出一支"中华"递给老汉。"唉……我这老家伙享不了支书的高级香烟啊！"德旺老汉并没有停止脚步。

"咦！德旺大这说的啥话嘛！您是长辈哩，抽晚辈一根烟值啥嘛。"支书说着把烟夹在了德旺老汉的耳朵上，他知道，这位老汉在村里辈分高，以后有啥问题说不定还得他拿事儿哩。"德旺大，您转转啊？""串串门。"德旺老汉头也没回地回答，脚步一直没有停下，他是要去俊豪家，和这个喝过墨水儿的孙辈合计合计，下午开完会，他觉得心里不踏实。

"俊豪啊……"德旺老汉还没进门就喊俊豪。

"唉！爷爷，快进来快进来！"

"哟？贤中也在哩！"德旺看到了堂屋里的老伙计。

"德旺哥，我来找俊豪孩儿商量商量呀！这个土地流转到底能行不？"

"我也是为这事儿哩，在地里抓挠一辈子了，这突然要把土地租给别人种，心里空落落的不是味儿！"德旺吸溜着气咧着嘴说。

"唉……谁说不是哩！农民不种地还当个啥农民哩！"贤中说。

"俊豪娃呀，你读的书多，你给爷爷拿个主意，这究竟行不行？"

俊豪听了两位爷爷的话，心里很不是滋味。"爷爷，我也知道哩，土地对于农民来说多珍贵，但是当下国家这个政策是个好政策呀，网上有好多成功的案例，好多农村都因为搞了土地流转搞活了经济，解放了劳动力，农民也过上了好日子！爷爷，你们辛苦了一辈子了，该歇歇享享福了。"

"我不懂啥经济不经济的，我也不是不相信国家的政策，国家啥时候欺骗过农民！公粮都免了，还给补贴哩，我相信国家，也相信国家的好政策哩，可我就是心里不踏实啊。"贤中老汉一口气说了这么多。

"爷爷，您就放心吧，既然政策是国家定的，国家就会给农民个说法。"

"对着哩，国家既然定了这个政策，国家就不会不管，出了啥问题说到底还有法律哩！"德旺老汉说。

"那中，既然是这……那德旺哥，我跟你走哩，合同……你签不签？"贤中小声地问德旺。

"签嘛！我这个粗老汉也懂法哩！"德旺老汉的决策总是有一种斩钉截铁的魄力。俊豪也跟着嘿嘿笑了起来，纯朴农民的笑脸总会有一种魔力，让人感到强烈的温暖的馨香，这种馨香一直绵延到心底，叫人觉得踏实而有力量。

这一个星期，张桥村的氛围格外静谧，一切都显得不紧不慢。玉米大豆芝麻等作物正在茁壮成长，一天一个样；德旺老汉还是每天准时去吃贤中老伙计的头刀豆腐；贤中老汉依旧吱吱呀呀小心翼翼地推着自己的豆腐车，好像推着一个新生的婴儿；俊豪还是每天都比太阳更早登上屋顶拉琴，有时是巴赫，有时是舒伯特，虽然乡亲们听不懂，但是他们越来越喜爱这个有朝气有礼貌有知识的年轻人。

五

这一个星期可忙坏了支书张宇翔，宇翔同志忙着奔走游说党和国家的新政策。这位干部如今竟有如此高涨的工作热情，不得不让整个张桥村为之吃惊！

临近中午，宇翔支书从强子家出来长叹了一口气。强子在镇里的初中上学，父母常年在外打工，平常只有爷爷奶奶守着这个冷清的家，爷爷奶奶年龄大了，听强子说了村里的这个土地流转政策之后一口拒绝。"强子啊，爷爷奶奶老了，也吃不了几年饭了，咱家的地卖给了人家，等我们百年之后埋都没地方埋呀……"说完之后，两位老人的泪水就顺着脸上的沟壑往下淌。在中国，总有这么一群人，他们已至耄耋，浑身写满沧桑，岁月给了他们非凡的胆识与气量，也给了他们淡泊的志向和心境。唯有一样使他们魂牵梦萦，不惜为之献出自己的身躯使之丰盈，使之肥沃，那便是这片他们日夜守护和终生栖息的土地，他们的祖先父辈都化身在此，他们的灵魂也早已经融入了这片圣地。强子也哭了："奶，爷，咱不包了，咱不包了！"按说少一户人家参与也没啥，但是强子家的三亩地在规划承包土地的中间地带，这样，就把三百亩土地切割成了两份，荣发公司绝对不会同意承包不连片的土地。天刚亮宇翔支书就进了强子家，临近中午才出来，他捏了捏口袋里的烟，没掏出来，因为他的嗓子已经干渴得快冒烟了，几个小时好说歹说才说通了强子家的两位老人，条件是把强子家的三亩地换到规划的三百亩之外紧挨新枯河的地方。

宇翔支书边走边为自己能够成功解决强子家的问题而自鸣得意，后天荣发公司的蔡老板就要来啦，蔡老板，你就是我的财老板啊！宇翔支书心里想着不自觉地笑出了声，心里的兴奋和嗓子眼儿的干渴让他加快了脚步，进门的时候"咣"的一脚绊住了小狮子的基石，脚趾剧烈的痛感让文明的宇翔支书脱口骂道："唉，我日你娘！"在自认为党和国家最需要自己的时候，支书的脚趾脱臼了。宇翔同志，小心点儿啊！动作太大别闪了脚！

六

豫东地区的夏天总是这么漫长，秋姑娘到来很久了，夏老虎还不肯离去，玉米享受着夏日和秋风的双重呵护长到了一人多高，太阳用尽浑身力气催促着作物们迅速发育，玉米叶子宽大的叶片下垂着憋成了墨绿的颜色。大豆抖擞着精神摇晃着茂密的叶子噌噌地生长，每片豆叶都亮闪闪的，一阵微风都能吹得它们滴出金黄色的油。

在这一群鲜活的生命中间站着盛装的宇翔支书和他的一根拐棍，周围站着朴素的村民们。德旺老汉立在一边，用手抚摸着一片玉米叶，就像是一位得道的仙人抚摸着一头温顺的小兽，俊豪发现德旺爷爷的眼睛总是晶莹闪烁。今天，张桥村要迎来他们的投资方——荣发公司的蔡老板。

一辆黑色奔驰轿车出现了，宇翔支书顿时眉眼带笑地说："蔡老板来了，大家鼓掌！"说完就狠命拍着手，那根拐杖瞬间失去了依托摔在了地上哐当一声响砸中了会计张胜民的脚，胜民会计咧着嘴弯腰拾拐杖，等他直起身的时候，那辆奔驰轿车已经到了眼前，黑色的轿车黑得发亮，里面伸出一只更加闪亮的皮鞋。宇翔支书拄着拐杖跛着脚小跑着上前握手。这时，俊豪才看清了这位蔡老板，中等身材，西服大小刚刚合适，明显是量身定做，梳着油头，金丝眼镜下面一双眼睛似笑非笑让人捉摸不透。蔡老板微微笑着和宇翔支书握手，举手投足间显得稳重，俊豪看得出来这位蔡老板是受过高等教育的，这让俊豪稍稍感到欣慰，起码村民们不会受到欺负。

"哎呀，哈哈哈哈蔡老板真是年轻有为啊！"宇翔支书满脸堆笑地握着蔡老板的手，但是那根可怜的拐杖又一次失去依托哐当一声砸到了地上。蔡老板注意到了宇翔支书的脚，说："这……""嗨呀，不要紧不要紧！为了咱们的事业，受点小伤，没关系没关系！"支书同志迫不及待地表着功劳往自己脸上贴着金，"这都是咱们的乡亲，都全力支持咱们的事业哩！"宇翔支书指着身后的村民们说。"好啊好啊！谢谢乡亲们哪，还是支书领导有方啊！"蔡老板微笑着说。俊豪仿佛看出了异样，蔡老板的心思并非那么简单，俊豪心里想。"蔡老板，咱们去看看规划的土地？我带路！"宇翔支书说着握了握手里的拐杖。蔡老板操着一口南方口音微笑着点点头："好啊！我就是为这事儿来的嘛！"宇翔支书轻伤不下火线拄着拐杖一瘸一拐地在前面陪同蔡老板，乡亲们和德旺老汉还有俊豪在后面相跟着。走不过五百米的路程，就到了规划地带，宇翔支书呼哧呼哧大口喘着气，豆大的汗珠在油腻的脸上挂着也顾不得揩。"蔡老板，这一片土地就是咱们的规划区了！"突然高举的右手再一次让拐棍摔到了地上，落到地上又弹起来砸到了蔡老板锃亮的皮鞋上。宇翔支书赶紧蹲下，作势去擦拭蔡老板的皮鞋。支书啊支书，你平日里的威风哪里去了呢？金钱真的可以让人不惜一切甚至不惜尊严弯下脊梁吗？宇翔支书顿时觉得在村民面前这样做太失村干部的尊严了，强烈的窘迫使他的脸红到了耳根。蔡老板一只手拉起宇翔支书平静地说："哎……不碍事的，今天下了乡就没想着干净！"俊豪听了这句话很难受，之前对这位蔡老板的好感顿时全无。怎么？农村就脏吗？你们一个个光鲜亮丽，人模狗样的哪一个不是靠着农民养活！但是俊豪也觉得自己太偏激了，没准是蔡老板说者无心呢。

俊豪看了看德旺爷爷，德旺的眉头堆成疙瘩，仔细地听支书和蔡老板在前面小声说话，德旺老汉拉了拉俊豪的胳膊，示意他听支书和蔡老板的对话，老汉似乎听到了什么两眼露出警觉的目光，俊豪也听到了什么关于建厂、水源的话。德旺老汉再也存不住气了，拉着俊豪走上前去说："支书，我老汉听你们说啥建厂的话，我想问问，咱们的土地是用来建厂的，建啥厂子哩？"老汉直勾勾地盯着宇翔支书，蔡老板把头转向了一边，留给老汉一个后脑勺。宇翔支书神情紧张，"德旺大，啥建厂不建厂的，你耳朵背了，就别跟我打岔啦！"俊豪扶着德旺爷爷，说："我也听到了要建厂，还有什么引水排水。"支书更慌张了："这个……德旺大，你不懂！种菜不也得建厂房！旱了不得引水？涝了不得排水？"德旺老汉说不出话了，转头看着俊豪，此时俊豪也不好反驳，毕竟支书说得有道理，自己听到的对话又支离破碎。对德旺爷爷点了点头，德旺爷爷心生怀疑："宇翔，你是支书，按说我还是你的长辈，当着乡亲们的面说你一句，你可不能乱来！""哎呀！德旺大！你说的这是啥话嘛！"宇翔支书跺着脚说，脚指头的剧痛瞬间蹿到头顶，"唉！我……"宇翔支书咧着嘴斜着看了一眼蔡老板的背影，把后半句话咽回了肚里。

七

蔡老板和宇翔支书商定把破土动工的日子定为秋收之后。

南地的玉米棒子结得硕大，露出猩红的缨子，雄穗高高扬起，直指天空。大豆粗壮的茎已经长成，密叶下挂着一串串绿莹莹的豆荚，豆荚上的绒毛挂满了新鲜的露珠。作物们都使出了全部力气生长，好在这个秋天来报答赋予它们生命的农民和大地。德旺老汉指头上夹着烟进了后巷，俊豪依旧在楼顶和他的小提琴一起迎接太阳。德旺老汉招着手喊他："孩儿，陪爷爷吃碗豆腐呗？爷爷正好有事情想跟你说道说道。"俊豪听是这，放下琴满口答应着，爷俩相跟着进了贤中的豆腐作坊。贤中老汉从灶屋看见他俩进门，满脸欢喜地切了两大碗热腾腾的豆腐端进了堂屋。德旺老汉接过豆腐说："贤中啊，今儿个晚会儿出去吧，咱和俊豪说点事儿！"贤中老汉听老大哥这样说，回答道："唉！不耽误！俊豪你吃，不够再去切，年轻人胃口好！德旺哥啊，我也正想问你哩，我看……最近你咋老耷拉着脸？是身上不舒服啊？不舒服赶紧看，年纪大了耽误不得，前巷老二的病就……"德旺老汉不想听老伙计唠叨，打断了他的话说："唉，我死不了！是这，今天把俊豪也叫过来是想跟你俩合计合计，这一阵子啊，我这心里总是发慌，这个蔡老板别是伙同张宇翔坑骗咱们呀！""哎呀！我的老哥，这地是国家的地，他还能给咱挪走了？要是敢骗咱，咱就告他狗日的！"贤中老汉笑着说。"咦，你现在倒是怪放心，起初不知道谁畏首畏尾的！"德旺老汉有点儿急了。俊豪赶紧出来调停这两个老伙计的斗嘴："爷爷，贤中爷爷话糙理不糙，这土地呀是属于集体所有的！不是他张宇翔的，再说了，他蔡老板就是有天大的本事也骗不走！爷爷，这阵子我也在网上了解了土地流转的相关政策，咱们村里的流程完全正规，到时候就是真的打官司也不怕呀！""哎，这个网是个好东西哈？德旺哥，哪天咱也学学，也赶赶时髦哩！"贤中老汉说。"嗨呀！你还赶时髦哩，土都埋半截子了，赶时髦，赶你的豆腐车去吧！"俊豪被他的两位爷爷逗得喷出了半口豆腐！

八

这个秋天依旧是金黄色的，金黄的玉米，金黄的大豆，这是这片圣地给予张桥村最丰厚的馈赠。丰饶的土地又一次完成了慷慨的自然和纯朴的农民赋予它的光荣使命，此刻它可以美美地松一口气，但是后面，还有更加严峻的考验在等待着它。

"轰隆隆……"卡车、挖掘机、起重机咆哮着进了这片土地，张桥村的土地流转工程正式开工了，村民们咂巴着嘴说："乖乖哩，这么大阵势！"宇翔支书坐在地头的轮椅上，他的脚趾发了炎，两条腿变成了两只轮子。蔡老板没有出现，却多出了好多头戴黄色安全帽的人拿着图纸在地里指指点点。这群人很奇怪，只要发现有村民靠近，他们便默不作声地躲开。

德旺老汉白天一直待在地头，看着这些钢铁机器在他的土地上肆无忌惮地刨挖，老汉心里有一种说不出来的滋味。老汉深爱着这片土地，如今他亲手把它交给外人，任由这些冰凉的机器摆弄，他亲眼看着那曾经一沟一垄的土地被挖掘机挖出了深沟，那曾经滋养秧苗的黄土被混凝土封盖，老汉的心在流血。

工程进度很快，两个星期的时间，三百亩土地已经全部被混凝土硬化，张桥村的村民们慌了神："乖乖哩，这架势哪是种菜啊！"德旺老汉带领数十户村民来到工地，嘴唇颤抖着朝那群黄色安全帽喊："你们到底要干什么！""安全帽"们惊愕地立在空地上没人敢作声。"让你们领导出来！"德旺老汉声嘶力竭地喊。人群中挤出一位蓝色"安全帽"，说："干啥干啥？你们想干啥？""干啥？我还想问问你们干啥哩！"德旺老汉指着蓝色"安全帽"说。"我们干啥？我们施工，我犯不着跟你吵，地是你们村里承包给我们的，你们有事儿找你们村领导去！""你们施个屁工！停住！"德旺老汉边说边往起重机前面走，身后跟着数十位村民。德旺老汉走到起重机前就地坐在未干的混凝土地坪上，"施工是吧？来吧，施工吧！碾死我这个老头子！"村民们也纷纷坐下。老汉铁青着脸，双手环抱着两条干瘦的腿，眼神凝重地直视前方，嘴唇上下颤抖着。"蓝帽子"像蔫黄瓜一样没了硬气，掏出手机一头扎进了"黄帽子"中间。秋天中午的太阳毒辣的劲头还未褪尽，炙烤着半干的混凝土，散发出矿物质和化学原料的恶臭，冰冷的起重机板着脸纹丝不动，德旺老汉坐成了一座雕像，村民们中间开始出现骚动，埋怨，甚至咒骂。

"喂，蔡总吗？我是小刘啊，中午混凝土刚打了一半村民来闹事啦！多少人？估计有二三十个……""蓝帽子"蹲在墙角的阴影里小声地打着电话。"让他们村支书出面解决，咱们是跟支书签了合同的，他也收了咱的钱了，让他解决，哪有收钱不办事儿的！""唉唉唉！好！""蓝帽子"频频点着头答应。"注意！你们千万别跟村民们起冲突，不能把事儿闹大了！好了，就这样！""蓝帽子"把手机装进裤兜朝"黄帽子"们喊："哥儿几个都进屋歇着，谁都不准出去！"太阳猛烈的炙烤让村民们支撑不住了，有几个村民站了起来四周看了一圈又慢慢坐下，德旺老汉依旧纹丝不动，额头上的汗珠淌进了眼睛里，老汉闭上了眼睛，汗水又从眼皮里挤出来钻进老汉脸上的皱纹。胜民会计把电动车停在工地入口处，后座上坐着宇翔支书，老汉双手按着地佝偻着身体吃力地站了起来，村民们也纷纷起身。"德旺大，这是干啥呀！"宇翔支书瘸着腿笑嘻嘻地说。

"你……你黑了心哇！"说完，德旺老汉双目紧闭紧咬着嘴唇仰面倒下了。天地一片混沌，人影颠倒重叠，呼喊尖叫四起，人心良知全无，德旺老汉此刻眼睛里是一个什么样的世界啊……

九

"滴答滴答……"屋子里很安静，只有药液滴落的声音和德旺爷爷沉重的喘息。俊豪搭了午夜的一班火车回到了小村，眼皮和额前的一绺头发低垂着，时不时地抬起眼皮看一眼吊瓶里的药水。德旺爷爷眼皮动了几下，慢慢地睁开眼，看到了俊豪。"孩儿，你咋回来了？"德旺老汉的声音很轻。"爷爷，你受苦了。""唉……怨我啊！是我带错了头！"德旺老汉紧紧地闭着眼睛说。"爷爷，不怪你，这事儿咱们一定讨一个说法！""讨啥说法啊？地都包给人家了，人家建也建了，张宇翔……他忘了本啊，他羞先人哩！"老汉的声音有些激动。"爷爷，昨天下午支书开会了，说是给参与土地流转的每户重新签合同，一亩地每年多补贴八百块钱。""啊！同意啦？签了合同了吗？"老汉睁大了眼睛。"我听强子说大多数都签了，目前只有贤中爷爷和您没签。"俊豪低着头说。"嗨呀！蠢啊！"老汉表情很痛苦。

"当当当……"俊豪起身开了门，宇翔支书和蔡老板站在门口，身后还有一个西装男子提着几样礼品。"德旺大呀！哎呀！你说你要是有个啥闪失我可咋办呀！"宇翔支书假惺惺地扯着哭腔瘸到老汉的床前。

"你咋办？等着法办！"老汉看也没看他说。"叔叔，给您买了营养品，年纪大了，多注意身体啊！"蔡老板立在一旁不紧不慢地说。老汉没理他，他又接着说："我蔡良昕一定不会亏待乡亲们！""哼！蔡总，你可真有良心啊！拿上你的东西走吧。"德旺老汉依旧没抬头。蔡老板面露窘色，宇翔支书马上接话说："德旺大，也是怪我没跟大家说清楚，蔡总说了，一亩地一年租金两千块！这在其他村子可是从来没有的啊！这……""放你娘的屁！钱是你爹老子还是娘老子？为了钱你不要脸哩！"德旺老汉坐起身来怒目看着张宇翔。支书气得脸通红："这……""拿上你的东西走吧，我老头子也活不了几天了……"俊豪看到爷爷的样子感到很痛苦也很无力，自己辈低言轻，又牵扯众多乡亲的利益，他实在不好说什么。宇翔和蔡老板对视一眼没有说话转身出了门。"怨我了，怨我了！作孽啊……"德旺老汉翻转过身子面对着墙壁说。

俊豪就像被万箭穿心一样，他心疼他的德旺爷爷，爷爷啊，你太要强了。俊豪无法理解他的德旺爷爷对于土地的感情，土地的血液在人类一辈一辈地传承中变得越来越少，若干年后，也许先人对于土地生死存亡的感念就变成了人们茶余饭后的谈资。

十

岁月流逝无声却有形，或付诸流水，或化形落叶，或以刻刀在人们脸上刻上一道道皱纹。岁月的长河从不曾停歇，夹带着荣辱，裹挟着兴衰奔腾向前，每一丝涟漪都是一段故事，每一朵浪花都是一次抗争。

"砸了！烧了！"德旺老汉张大嘴巴呼喊，眼睛里布满血丝。他周围的村民们个个怒目而视，睚眦俱裂。"对！再也不能忍受了！"二强扬起手中的铁锹说。荣发化肥厂投入生产已经两年了，张桥村每天都在忍受着恶臭的侵蚀，厂里排出深黄色的污水污染了新枯河，河面上漂满了黄白色的泡沫，连井水也受到了严重污染，小孩子喝了井水之后浑身生长出扁平疣，村里老人食管癌的病发率逐年提高，张桥村这片净土已经被这个万恶的化肥厂摧残、玷污。

"乡亲们，咱们不能冲动啊！打砸抢是违法乱纪的行为，咱们可以跟荣发公司打官司，走法律途径解决问题！德旺爷爷，不能冲动啊！"俊豪从人群中站出来说。"打官司？打官司解决你也信？打官司能解决的话我们就不去血拼了！"胜利站出来反驳俊豪。"德旺爷爷，这样是要出问题呀！不能硬来！"俊豪快哭了。"不能硬来？是他荣发公司欺负人在先！"盛强喊着，唾液喷出老远。"对着哩！打官司打个屁！你娃娃都把书念屁股里去了！"前巷劁猪骗牛的张二胜骂道。德旺老汉一直没有说话，自顾自地朝化肥厂走去，乡亲们自觉地跟着老汉，把俊豪推到了一边。

德旺老汉手里提了一把铁锤，站到荣发化肥厂的大铁门前，铁门上挂着一把明晃晃的大锁，这把锁折射出无情的寒光，当没有人情的机器硬生生地践踏着农民的生命的时候，这工业机器也就变得如飞絮扬尘一般虚无渺小。

德旺老汉抡圆了手里的铁锤，一把砸碎了大锁。正当村民们要冲进厂子的时候，身后警笛声大作，两辆"捷达"警车停到了村民们跟前，差点儿撞到了盛强的腿，车上下来六名警察，领头的叫张宇飞，村民们都不陌生，他就是袁坪乡派出所所长，宇翔支书的同胞哥哥。与他的弟弟不同，宇飞所长面容凶神恶煞，两道剑眉粗黑，但是一身的横肉倒是与他的弟弟如出一辙。

"接到报案，听说有人聚众闹事！干什么！打砸抢啊！""把他带走！"张宇飞用手指着德旺老汉对身后的两个民警说。两个民警接到所长的命令便要上前，俊豪拦在德旺爷爷的前面说："你们凭什么抓人！""凭什么？就凭我！"张宇飞一脸蛮横地说。"让开！"民警使劲把俊豪推向一边，然后一边一个捉住德旺老汉的胳膊就往警车里搡。村民们情绪相当激烈："什么狗玩意儿！凭什么抓人！""我看谁敢动！"张宇飞站到警车的引擎盖上，手指着村民们喊。"带走！"警车呼啸而去，留下一路浓重的飞尘。发生这么严重的事件，支书宇翔同志竟然头都没有伸一下！"你们啊！愚蠢！"俊豪含着泪水指着人群喊完便飞快地跑回家，他要立刻去县里，只有他可以救德旺爷爷。风吹过俊豪的耳边呼呼作响,除此,这天地间再没有声音。

十一

审讯室里,白色的高瓦数灯泡把老汉照得睁不开眼睛,白色的墙壁冰冷肃杀,德旺的眼睛里布满血丝,干枯的头发在额前散落着,像深秋的蓬草。

"哎,他怎么没戴铐子啊?"张宇飞所长推开门进来对旁边的民警说,"给他戴上铐子!你最好好好交代你的犯罪事实,这么大年纪了,别扒着眼儿照镜子给自己找难看!"所长围着德旺老汉转着圈说。

"犯罪?我犯什么罪了!"德旺直勾勾地盯着前方。

我说你犯罪了你就犯罪了!"所长大声吼道。

你说了算?快放了我!我有没有罪要政府定!你说了算个屁!"德旺老汉平静地说。

"老东西!早就听说你不老实,现在进了局子了还不老实!"所长咬着牙说。

"你这孩子是没吃过亏吧?我比你爸的年龄大得多,你就这样跟我说话?"

"对!我是没吃过亏!谁能让我吃亏?你啊?来你让我吃个亏啊!关起来!今天中午别给他饭吃!"所长对旁边的民警吼道。

德旺老汉被带进了一间拘留室,脸上毫无惧色,坐在铁板凳上仰着头呆望着天花板。我老汉活了这么大岁数什么没见过,1960年闹饥荒的时候狗吃人我都见过,啥时候也不像现在这样当官的能吃人!这世道究竟咋了?怎成了这!天老爷……老汉眼前变得一片昏暗。

十二

俊豪飞快地跑出南地跑上了省道,抬手招来一辆路边等着拉客的黑车。"走！去县里，去县政府！"没等司机开口，俊豪大口喘着气说。"去县里啊？那得……八十块钱……"瘦子司机摇晃着脑袋说。"好！快走！"俊豪焦急的声音有点儿颤抖。"唉！"瘦子爽快地答应，嘿，第一次见着不还价的，司机一边暗喜一边又后悔刚刚没有多要一些。"要不……先把钱给了？"瘦子猥琐地笑着说。俊豪心生厌恶，没说话递过去一张票子。"哎……"司机有点儿尴尬。"行了！快开车！"这辆破旧的"五菱宏光"车内充满浓重的汽油和卷烟的混合味儿，瘦子猛放下手刹，一脚把油门踏到底，车子发出低吼，蹿了出去，留下一团黑烟。

　　"喂，冰子吗？我，俊豪啊！你上着班呢？有急事找你帮忙啊！你现在信访办？好好好！"俊豪给他的大学室友张瑞冰打了电话，瑞冰的老父亲原是周商地区的地委书记，毕业后瑞冰就进了政府工作，现在是县长秘书，俊豪也是没办法才会去给老同学添麻烦。"嘎吱"，"五菱宏光"停到了县信访办的门口，恰好瑞冰秘书在门口接电话，俊豪跳下车跑向信访办大门。瑞冰看到老同学到了就迎了上去。"俊豪啊！自从毕了业你可从来没有找过我！""不敢给老同学添麻烦嘛！冰子，事情紧急，不跟你闲扯了。"俊豪把事情的大致经过说给了瑞冰。"这还得了！你怎么不早说！告他呀！"瑞冰很吃惊。"唉……中间很多事情跟你说不清……"瑞冰看到俊豪的脸上一脸愁绪："俊豪！这样……今天正好是信访办县长接待日，事情紧急，快走！我带你去见牟县长。"进入信访办，牟县长正在给信访办的同志指示工作，瑞冰秘书在县长耳边说了几句话，牟县长脸色大变，信访办同志吓得坐直了身子，牟县长的脾气所有人都知道，就算是阎王犯了事儿这位县长也能遁到地府活剥了他，从不顾什么僧面佛面，因为这个行事风格牟县长已把县委常委们得罪了个遍。"哪个乡的？还反了天了他！"牟县长两眼圆睁。"袁坪乡的，刚有一个袁坪乡的年轻人来信访办，我直接把他带过来见您了，就在门外。"瑞冰秘书有条不紊地回答着县长的话，显示出了极高的政治素质。"走！"牟县长站起身往外走。

　　会开到一半，瑞冰秘书究竟跟县长汇报了什么，让县长如此暴怒？

信访办的同志个个一脸惊愕。俊豪跟牟县长反映了情况，牟县长问："老人现在在哪儿？"县长一下就抓住了最应该解决的问题。"应该在乡派出所！"俊豪迅速回答。"反了天了！"牟县长掏出手机，说："李为民！看看你干的好事儿！"正在吃午饭的县公安局局长李为民听到牟县长在电话里发这么大的火，吓得站了起来，鱼香肉丝撒了一裤子。"现在，你告诉袁坪乡派出所所长，现在，让他亲自把张德旺送回家去！我这就到袁坪乡！"牟县长挂了电话转身对瑞冰说，让司机把车开过来，还有，把下午的电话会议推了！李为民局长一句话还没来得及说牟县长就挂断了电话。为民同志此刻满头大汗地打通了袁坪乡派出所的电话："我是李为民！让张宇飞迅速接电话！什么？不在所里？你让他在一分钟之内给我回电话，要不然我就让他滚回老家种地！"李局长恶狠狠地把手机扔在桌子上，正在吃午饭被牟县长发了一顿火，但是他立刻把火气发泄给别人的做法并没有让他的邪火稀释。电话响了。"喂？张宇飞！你可真会给我揽事儿啊！牟县长的电话都打到我这来了，找我要人！你所里拘押的张德旺是怎么回事儿？"李为民一只手抠着皮带说。"李局长啊，张德旺在拘留室晕倒了，我现在县医院呢……"张宇飞在电话里说。

"什么！县医院？人要是出啥事儿我让你们都吃不了兜着走！""掉头，县医院！"牟县长挂掉电话对司机说。俊豪的心一下子紧了起来，手指甲抠进了轿车的真皮座椅。

县医院的高级陪护病房整洁肃穆。门口恭谨地站着李为民局长和张宇飞所长。"李局长，你可得救我啊！"张宇飞再没有了霸道的喊叫。"救你？这趟浑水我不敢蹚，怕淹死我！"李为民局长这时候心里忐忑不已，右腿习惯性快速抖动，裤腿上还有鱼香肉丝的残渍。"李局长，我……""行了！你留着跟牟县长说吧！"牟县长一行人进了病房楼大厅，俊豪顾不得什么县长书记了，跑到最前面，他只想着快一点看到德旺爷爷。

"人怎么样？"牟县长铁青着脸低声问。"没有大碍，老年人低血糖……"李局长轻声回答。"你们跟我出来！"牟县长和瑞冰秘书前面走，李为民和张宇飞低头跟着来到了医院大楼的步梯，幸好这里不常有人往来行走，也不至于太难堪，张宇飞心里想。牟县长站住了脚说："你是袁坪乡派出所所长吧？"牟县长耷拉着眼皮问。"是，牟县长。"张所长小心回答。"是？亏你还记得是！张所长，有脾气啊？让你当派出所所长是让你保一方平安！不是让你鱼肉百姓！我不管你什么出身，什么背景！既然穿着这身警服，在老百姓面前，你就得把尾巴给我收起来，别竖起来当旗摇！"威风八面的张所长顿时蔫了，连大气都不敢喘。"还有你！李为民！你为民了吗？呦！吃得还挺香啊李局长？你不问问病房里躺着的老百姓有没有吃饭！"牟县长看了一眼李为民裤腿上的菜汤说。"之前，人民不相信政府会做坏事，现在，老百姓都不相信政府会干好事儿了！政府的形象全毁在你们手里。"牟县长眼睛湿润了，楼道的顶灯把牟县长灰白的头发照得晶莹闪烁。"通知下去，县政府副科级以上干部明天上午九点在袁坪乡张桥村参加现场办公会，张桥村的所有问题必须解决！"牟县长斜着头对瑞冰秘书说。

十三

这天早上的太阳爽了约，乌云倒起了个大早。张桥村落着小雨，淅淅沥沥，朦朦胧胧，打伞倒有些娇柔造作。柏油路两旁的杨树显得没有精神，蒙了一层化肥厂排放的烟尘，灰绿色的树叶子沾了雨显得更加肮脏，尽管如此，杨树依然挺拔地站立在两旁，怎么看都像是张桥村的卫士。一辆辆闪亮的黑色轿车驶进张桥村，一双双闪亮的黑色皮鞋踏上了村里的黄土，黄土被踩出一片片花纹整齐的脚印，皮鞋被粘上一块块芳香浓郁的黏土。

"看看吧，都看看吧！这就是我们的工作成绩！这就是我们为党为人民工作的结果！我们应该感到羞耻！"牟县长眼睛环顾着四周说。"我是主管农业的副县长，我应该提出自我批评，是我没……"旁边穿黑色夹克的干部说。"停！自我批评的话我听得太多了，今天我们开这个现场办公会目的是要自己给自己上上眼药，都别被脏东西蒙住了眼！老百姓都说，当官不为民做主，不如回家卖红薯，这话一点儿都不假！现在，个别同志可不单单是不为民做主这么简单，他们是想剥老百姓的皮，吃老百姓的肉，喝老百姓的血！"牟县长双眼通红。现场的领导干部们使劲低着头，宇飞宇翔两兄弟早已经抖得如筛糠一样。"张桥村的问题我会持续关注，占用农业用地私建污染性工厂，官商勾结欺骗群众，暴力执法鱼肉百姓这些问题，有关部门都别给我打马虎眼！限期一个星期拿出具体解决方案给我看！该拆的拆，该判的判！一个星期之后拆不了，我就摘你们的乌纱帽！"牟县长眼神犀利得像一把劈天斩地的利剑。"乡亲们，我……对不住你们！"牟县长的声音有些哽咽。"我牟远道在这里向你们承诺，所有问题一个星期之内给乡亲们满意的解决方案！"周围肃立的村民们爆发出热烈的掌声。"还是有好官的……""牟县长难得啊！""哎！我就不信好干部都死绝了！"乡亲们议论着。"牟县长，您是好官啊！"德旺爷爷上前颤抖着握住牟县长的手，俊豪紧紧地搀扶着他。"老大哥！终究是你受苦啦，我们对你不住哇……"牟县长说。德旺老汉一顿一顿地点着头。"年轻人啊！好啊！"牟县长看着俊豪说。青年人的感人之处就在于他们的勇气、胆识还有他们的远大前程。

太阳拨开乌云，抖擞着精神重回人间。世间的幸运在于无论什么时候总有美好挺身而出与黑暗抗争。

十四

太阳已经落了，天空中有几颗明亮的星开始闪烁，刚升起的满月在天际撒下一片绯红的火光，一个巨大的火球在灰蒙蒙的暮霭中神奇地荡悠着，天色发亮，暮色浓了，可是夜还远未到来。

晚饭后，俊豪搀扶着德旺爷爷走在南地里散步，月光把他们的背影温柔地投射在地上。

张桥村再一次品味着美好。圣地，只在人们的心中才显得无比坚韧，其实，圣地真正的意义在于能够自由地生长生命，畅快地亲近阳光、雾霭、暴雨、雷电……其他，则是无关紧要的。

评语:作品张弛有度，具有很强的现实感。环境描写、语言、情节以及叙述的技巧方面都显示出一定的功力。稍有遗憾的是，在情节设置上没有能够跳出庸俗的安排套路，部分情节的转折也稍显牵强。

余艳娜，信阳师范学院文学院2015级汉语言文学一班学生。主持完成校大学生科研基金项目《刘庆邦乡土小说创作中的地域文化记忆研究》。

回家

余艳娜

任喜站在村东头，看着一缕缕炊烟从一家家烟囱里飘出，吊了一路的心终于放回到肚子里。这么长时间的火车真不是人坐的，两天三夜，几乎使任喜这个壮劳力虚脱。但是，想到同伴花了小两千坐飞机回来，而自己只不过花了四百块钱，心里又有了安慰。

用手摸了摸口袋里的银行卡，他昂首挺胸地往村子里走去。心里想着自己这趟回来的目的，喜悦更是写在了脸上：这次回来一定要说成一门亲事，自己这一年可是跑到真正的千里之外，挣了差不多十万块钱，够给自己说一门亲事了，爹也可以把心放回肚子里了。娘去世后，因为家穷，爹就再难讨到媳妇。爹打了半辈子光棍，也担心儿子和自己一样。

农村冬天的早上，路上还没有什么人，只看到傻子黑孩在捡柴草。黑孩看到任喜，对着他一笑，露出了一口黄牙，憨憨的却很真诚。任喜也对黑孩笑了笑，从包里抓出一把糖给了黑孩。然后，他往家里走去。

从村东头走到村西头的家，除了黑孩一路上再也没有其他人。只有几条狗在大街上走来走去，仿佛在守卫着这个村庄。看到任喜，狗居然没有叫，这一点倒是让任喜十分惊讶。要知道，村子里的狗个个都是看家的好手啊，也许是它们还记得自己，任喜只能这样想了。

离家还有几丈远，就听到一个苍老而沙哑的声音在喊："喜子，喜子，回来啦！"是爹，村里人都喊他"任老二"，他站在家门口等着归来的儿子。

任喜走到门口，看到爹那张苍老的脸，鼻头有些泛酸，忍了半天才说："爹，我回来啦。"任老二急忙用布满皱纹的手接儿子的包，任喜把包递了过去。包太沉，怕爹拿不动，他又用手在包下面偷偷托着。进到堂屋，看着空无一物的家，任喜觉得自己这一年的拼死拼活值了，总算是可以给家里换换光景了。

任老二从锅里掀出热腾腾的馒头，端出任喜最喜欢吃的红烧肉。任喜从小就喜欢吃肉，但是家里穷，总是闻着人家锅里的肉香流口水。这次任喜回来，任老二想着儿子一年来在外面受的苦，即使肉再贵，也要买上两斤，一定要让儿子吃个够。任喜让爹一起吃，任老二象征性地往碗里夹了一小块肉，任喜看不过眼，拿起筷子把肉往爹碗里拨了几块，自己才大口大口地吃起来。还是家里的饭好吃，还是家里的肉香啊！

吃完饭，任老二让任喜去洗个澡，好好睡一觉，养养这几天在车上亏损的精力。任老二一边心疼儿子,一边又想着精神好了才好跟着媒人去相亲。任喜听从爹的吩咐,洗完澡就进到里屋,躺床上休息。尽管家里的床跟工地上的床一样硬,躺在上面心里却有一种说不出的舒坦。识字不多的任喜想到上学时学的一句矫情的话——"家的感觉",任喜此刻就在感受家的感觉,真温暖,真舒适,尽管这个家只有爹和自己!

看任喜睡下了,任老二来到门槛都快被自己踏烂的媒人得过的家里。得过可是十里八乡出了名的媒人,多少夫妻都是他牵的线,走到哪个庄子都有人请喝茶。尽管这"媒人钱"越来越高,但是人家做的是给子孙积德的好事。给哪家说一门好亲事,人家不得念一辈子的好?即使说了一门不太好的亲事,人家表面上也不好怪罪他,毕竟村里村外的还得顾及以后。

到了得过家里,得过家的已经起来了,在扫着本来就很干净的院子。看到任老二,大概明白他来的目的,开口直接说:"任二哥来了?找得过吧,他起了,正刷牙,你先坐一会儿。"任老二两只手反复搓着,站在那里,嘴上说着:"没啥没啥,不急不急,等得过兄弟收拾好。"

"任二哥,你先坐,我一会儿就好。"得过知道自己的生意来了,洗漱好,用毛巾擦把脸就从洗手间里出来了。任老二这才跟着得过进到屋里,看着得过家里的摆设,想想自己的家心里凉了半截,但想到儿子,还是咬咬牙,说:"得过兄弟,你看你侄子喜子这也不小了,该定门亲了。这不,今天天不亮就到家了,还得指望你这个当叔叔的操心,看看年前能不能定下来。""任二哥,我明白,我明白!都是做父母的,喜子的事我会放在心上的,我帮你看看有没有适合的姑娘。"论交情,其实两家还是不错的,早年,任老二在队里管粮食,和得过他爹王老头关系处得好。王家孩子多,粮食不够吃,任老二时常接济王家,都是乡里乡亲的自然要互相帮衬。

任老二说完后就要离开得过家,得过家的留他吃饭,他推却道:"吃过了,吃过了,你们赶紧吃吧,喜子的事多操心啦。"

刚刚进入腊月,打工的人回来的还少,所以要说媒的还不多。两天后的中午，得过就来到任家，任喜这时正在做饭，看到得过来了，猜到八成是事情有了眉目，就从厨房走出来，热情地招呼道："得过叔来了，快到屋里坐。"边让座边从漆已经掉光了的抽屉里拿出早预备好的烟递过去。任老二听到说话声从里屋走出来，笑着说："得过兄弟来了，抽烟，抽烟。"得过不客气地接过烟，看了看牌子，觉得还行，就从自己口袋里拿出打火机点着抽了起来，然后对任老二说："二哥啊，咱喜子有福气啊，昨个我到老岳家里去，隔壁老钱家正好有个姑娘。这姑娘啊，认识咱喜子，说到咱喜子啊，那眉眼里都带笑嘞。姑娘长得也好看，大眼睛双眼皮，白白净净，最主要的是还上过中学，有文化呀！"任老二听了这话满心欢喜，可是细想又觉得没那么简单，问道："恁好的姑娘咋还没寻人家呢，是不是……"得过这个媒油子是个人精，当然听得出任老二是什么意思，于是说："放心，任二哥，姑娘肯定没有什么毛病。不过……不过，要说其他的是有点作难，就是家里有个三十多还没成家的哥哥。"听到这话，任老二的心里像坐过山车似的呼啦啦直转：姑娘没什么毛病，是好，可这没成家的哥哥，肯定得靠这闺女的彩礼来成家了，这对于自己们家……

任老二心里盘算着，又想想儿子，不能让他跟自己一样因为没媳妇叫人家笑话一辈子。好像下了很大的狠心似的，任老二问："要多少？"得过没有说话，只是伸出了一根手指头，任老二心里一惊，他当然不会天真地以为是一万。任喜看到后，说："爹，你别操心了，我娶媳妇的事，不急，我肯定给您娶一个好儿媳妇。这门亲太贵，咱不定了。""不贵，不贵，你这次带回来的钱正好够彩礼钱。"任老二一心想着彩礼钱，却忘了出了彩礼姑娘就是他们家的了吗，这不是家里买个东西恁简单的事。

"二哥啊，那边还要房、车还有三金。"

任老二的脸再次耷拉下来，是啊，刚刚是自己想得简单了。

任喜对任老二说："爹，我的婚事，你就别操心了，我肯定让您抱上孙子。"

"说啥胡话，俺是你老子，你的婚事俺咋能不操心？"任老二气冲冲地呵斥儿子，他又何尝不理解儿子的心思，儿子只是不想让自己受苦、为难，但这是自己的儿子，自己又怎么忍心呢，他以非常强硬的口气对任喜说："你明天必须跟着你得过叔去！"

得过说："喜子，你明天就跟叔去看看吧，万一你俩有缘呢？"

任喜看在父亲的面子上只得同意，心想：去看看，又不会少一斤肉。

第二天，任老二起了个大早，把家里的自行车反反复复擦了几遍，任喜穿上从没有穿过的西装，真是"人靠衣装，佛靠金装"，穿上西装之后任喜显得帅气多了。

吃完早饭，任喜就跟着得过出发了。不到半个小时，他们就到了钱家门口。

"丽娟，去把家里昨个换的衣服给洗了。"这时候听到院里一个中年女声在喊，然后又听到一个轻柔的年轻女声应道："知道了，我这就洗。"

得过进到钱家之后，大声喊："钱大哥，我来了！"有中年男子迎出来，说："是得过来啦，快屋里坐。孩他妈，上茶。"任喜跟着得过进到钱家去，屋里坐着一对中年夫妻。任喜打了招呼问了好，两人笑着请他坐。

中年妇女喊道："丽娟，出来倒水！"这时一个姑娘穿着半旧的黄色棉袄出来了，对着大家微微一笑，倒水之后又退了出去，坐在门外洗衣服。中年妇女笑着说："我们家丽娟，有点怕见人。"任喜偷偷瞟了一眼坐在门外的那个姑娘，只见她微微低着头，两朵红云飞上腮边。任喜心里想这么大姑娘了，还挺害羞的，不过，自己心里也挺紧张的。忍不住又多看了她两眼，发现她也在偷偷看自己。四目相对，任喜心里一紧，赶紧把视线移开。

接下来，任喜专心地和老钱夫妇拉起了家常，无非是家里有哪些人，收成如何。老钱夫妇看上去像十分精明的人，对任喜没有在面子上表现出什么喜恶。

　　回去的路上，得过一直给任喜分析这门婚事的可能性，任喜心里没有一点底。回到家，任老二问任喜姑娘怎么样，任喜只是简单地答道还行。没等任老二仔细问，任喜的小学同学耗子过来喊任喜出去玩。任老二虽然不乐意，但也不好说拒绝的话，就让他们一起出去了。

　　任喜和耗子来到县城。没有想到的是，他们居然会在县城遇到丽娟。更想不到的是，耗子和丽娟认识。耗子附在任喜耳边，小声说："丽娟以前和我说起过你，对你好像有那么一点意思。"任喜不好意思地说："别乱说，小心坏了人家姑娘的名声，这样罪过可就大了。"任喜对着丽娟只是微微一笑，丽娟不好意思地点了点头，然后就走开了。

　　两人在县城也没有什么目标，只是胡乱地游荡。下午在回去的路上又遇上了丽娟，耗子识趣地走开了。任喜和丽娟面对面站着，都不知道说些什么，就在任喜打算开口的时候，姑娘开口了："耗子是我表哥。我早先就听他提过你，我……我有点喜欢你！"说完之后，不等任喜说什么，她就跑开了。

　　这时耗子笑嘻嘻地回来了，说："我表妹不错吧！她呀就是有点喜欢你。你自己看着办，无论怎样别伤人家姑娘的心。"任喜心里欢喜得哪还能听到他说的话，只是一直兴冲冲地往前走。

　　钱家那边传过话来，说是对孩子没有什么意见，但是十万彩礼，一分都不能少，房子，车子也一样不能少，"三金"要好的。

　　任老二又仔细地算了账，彩礼、办酒席、房子，再加上车子和"三金"，这下来可不是十万的问题了，起码也要五十万，任老二心里沉重起来。

　　任喜想到自己的家庭情况和那边的要求，说："爹，这门亲事不定了。"任老二虽然不认同任喜的话，但是想到现实也很无奈，只恨自己没有本事。

　　任喜在这个冬天里，又跟着得过看了不少的人。但是一个都不合适的，说来只有一个原因，彩礼。过了年，任喜带着失望再次踏上打工的路途。今年与往年不同的是，附近村子里不仅男劳力出去打工，不少女劳力也出去了，村子恢复了往常的寂寥，只有一些老人和孩子留在家里。

两年后的春节，任喜带着媳妇孩子回来了，回家的路上遇见一个有点眼熟、穿着不甚讲究的妇女。她手里抱着一个孩子，后面跟着一个怯生生的三四岁的孩子，一打听，说是隔壁村里谁家的续弦，任喜这才猛然想起，那女人像是丽娟。

评语：小说写得较为质朴，情节感不强，有些平铺直叙。对话写得好。细节描写很讲究，这是可喜之处。

要账

张帅欣

一

过了今天就是腊月二十三儿了，昨夜里下了一场雪。早上老刘推开门一看，嗬，好大的雪啊，院里院外一点旁的颜色也看不到了。这该是年里的最后一场雪了吧，老刘心说，进了腊月就没个停的，再这么个下法，人可就憋死家里了！

老刘走到院子里，先到茅房美美地撒了泡尿，困劲儿也就下去了。抓一把雪在手里搓几下，往脸上一抹，就算是洗了脸。该去地里瞅瞅麦子，老刘心说，兴许还能拾只野鸡野兔的回来烤了吃。"孩儿他妈，睡死了？几点了也不做饭？"朝着屋里行使了自己的家长威严后，老刘打开大门，叫了声窝在门楼下的黑狗："黑子，走啦，打野食去！"屋里边老刘媳妇快步走了出来。

"你这就去吗？带上馍路上吃，到那儿就说吃了饭来的，别吃他家的饭，他这人咱实在是沾不得。"

"我哪里去？我是出去……烤火，这雪天太冷了！"

老刘媳妇一听这话脸色就不好看了："你还是不敢去是吧？你个没种的尿货……"

"谁说我不敢去,他是土匪啊我不敢去?"老刘指着媳妇的鼻子道,"有你这么说自家老爷们儿的吗?"

"呦,你还知道自己是老爷们儿啊?那你咋不干件老爷们儿的事儿?我嫁了你算是倒了八辈子霉。你说,从我进门享过一天福吗?伺候完老的伺候小的。好不容易上边老公母俩送走了,儿子又是个不成器的,二十好几奔三十的人了还得老娘救济他。家里今年节余的两万多全给了这俩败家货。眼看过年了家里连口富裕肉都没买,我看到时候俚男老女的来看你拿什么招待。可怜我的小孙孙乖宝贝儿哟,爹不靠谱爷不靠谱,过年连个压岁钱都没有……"

"我这便去,这便去。"老刘知道,再让这碎嘴的娘儿们说下去不定要怎么出丑,慌忙打断,"我不过是去地里转一圈便去,大过年的,上午去要账给人家添晦气。"见媳妇嘴唇微动好像还要说什么,老刘慌忙走出大门,顺手把大门关上,却被夹了手,"哎哟,晦气!"便骂骂咧咧走了。

"不是大过年也没见你要回来钱。"媳妇话音刚落,门开了,老刘走进来,"馍,饿。"一回头,"黑子,走啊。"黑狗好像也知道要去哪里,嗓子里挤出"呜噈"两声,跟着出去了。这次关门却是夹了尾巴。

"回来就拆了你!"放下豪言壮语,二位径直奔西去了。

二

要说这账是什么账?烂账,赖账,后悔账,后悔借钱的是老刘,赖账不还的却是位不好惹的主儿。

这事儿得往回倒个四五年,那时候老刘的儿子刚刚高中毕业不上学了,在家里帮着干活,老刘也还身强体壮有膀子力气,一家三口心往一处想,劲往一处使。一狠心租了村子里三十亩水浇地,拼着累死干了两年,整起了二层小楼,还给儿子娶了个漂亮媳妇。村里人谁敢不说这是个数一数二的殷实人家?那时候老刘出门,腰杆子绷得像枪杆。可是有人发财就有人流年不利，有人羡慕也就有人眼红了……

农村最不缺的就是二流子，哪个村没几个？三五成群的成天正事不干，不种地，不打工，可还顿顿吃好的喝好的，这本事可不是一般的庄稼汉能比的。可有一样，这些人都不打自己村的主意，也就相安无事。跟老刘家隔两个村，大王庄有这么一位，活李逵王老六，听名字就知道，这位爷不光是个二流子，还是个浑人，你跟他讲理，他跟你摆拳头；你跟他讲法律，他跟你摆拳头；你跟他摆拳头……他这一米九的个头，一般人的拳头还真是摆不过……这位王爷，看似鲁莽性子，实则粗中有细，迎来送往的无一不精，甚至还当过村主任，只不过半道儿被撤下去了，即便如此，威严仍在，平时是没人惹也没人搭理的主儿。

王老六跟老刘家，说来还沾点亲戚，他得管老刘他爹叫爷，却只愿对只比自己大一岁的老刘喊哥，实则是没什么亲了。老六看老刘家日子越过越热闹，而自己却家徒四壁，四十好几的人了媳妇还跟人跑了。但他不觉得是自己不务正业，反而认为是老刘家抢了他的福气，也不知他是什么道理，平时见面也是冷嘲热讽的，老刘老实巴交的就一笑置之了。

事情要是就此结束了也是皆大欢喜，可是也不知谁给老六出了个损主意，让老六去借老刘家的钱，这叫"漏财"，咱家不富，你也得受穷，多愣的货啊。

这天刚下了雨，地里没活儿，老刘一家都窝在家里，王老六登门了。"刘叔刘婶儿，都在家呢？"老刘家的黑狗刚叫了两声，老六一瞪眼，狗夹着尾巴就没声了，要不说神鬼怕恶人呢，好家伙，就这一瞪眼，这条杂种牧羊犬就成了京巴了。

老刘一听他喊叔就知道准没好事，平时连声哥都难听到，这会儿这么恭敬，准是"黄鼠狼给鸡拜年"，便引起十二分的注意，心说不管他干啥我都得咬死了扛着。

果不其然，老六一挥拳头，说："叔，我这日子算是混不下去了，眼看家里要断粮，您看是拉一把还是推一把？"老刘愣了，没想到他这么直接，有心不答应，这俩大拳头自己着实扛不住；有心答应，也知道这钱借出去就难要回来了，越想老刘的心里就越急越害怕，回身瞟了一眼老伴儿，正看到她在给自己使眼色，心下一横，拳头一攥，我豁出去了。虽是这样想，腿肚子却开始抖了，使劲儿咬了咬嘴唇，说出的话却是："你要借多少？"

他这样一说，王老六也愣了，自己就是来破他的财的，至于借多少，没想过啊，"借我一万吧？""这……""八千也行，要不五千，不能少了！""唉，行，就五千，咱们可约好了，一年，我也不要你利息，你给我打个欠条。"老六自是满口答应，这便写了条拿了钱走了。他本不是为了钱来的，自己光棍一个，借钱也没用，转身便去了赌场，几天工夫把钱败了个精光。老刘后来打听清楚了这件事的来龙去脉，也只能苦笑不语，吩咐老伴儿把欠条放好，算是个盼头。

只是从那以后，也不知是心理作用还是真有如此诅咒之法，老刘家的日子是过得一天不如一天。儿媳妇头一胎流了产不说，从此便只待在家里不出去干活了，地里活儿不干，也不做饭，用老刘的话说是"混吃等死"，不过两年后给老刘家添了个男娃，老婆子把她供到了天上，老刘也不便说什么。这且不说，儿媳妇也是个有主意的，眼看自己生了男孩儿在家里有了地位，便撺掇丈夫跟老人分家。儿子从小就没主见，还真就提出来了。老刘当时就发了火，拿着五六年没用的鸡毛掸子揍了儿子一顿，只是"人心散了，队伍不好带"，磨了半年，家还是分了，老刘两口又回了老宅。这一家从此就成了笑话，独生子分家的，村里这是第一个。

老刘从分家后精神就垮了，再没了原先的干劲儿，退了租的地，两口就守着自己的四亩责任田过活，本来也勉强糊口，可儿子实在不争气，手里没钱就来要，自己挣了钱就存起来，自己的日子过得是越来越好，老两口却连肉都不常吃了。老刘五十七八岁的人，也是实在没脸去跟儿子道，世上哪有跟儿子争享受的爹娘？要戳脊梁骨的，老伴儿也劝老刘，"就当是给孙子买衣服了"，对，为了孙子嘛。

这一年，儿子不知撞了哪路鬼神，回来非要买大货车拉货，张口闭口一年五十万，怎么劝都不听，说得急了就摔东西不吃饭。老伴儿心疼儿子，反过来劝老刘拿钱，无奈何老刘拿出来全部积蓄帮儿子买了一辆大货车，自己是一分钱没见回本，儿子家却是顿顿肉香。"孙子吃的，你没见现在娃多胖呢。"

一想到孙子，老刘的腰杆又挺直了。

三

这几年用钱的地方确实是多，无奈之下老刘只有去找王老六要账，说起来一年还，眼下却欠三年多了，可每次去对方总是一句话，"就是没钱，过些天再来吧！"自己总不能得这么一句话回去？可若是不肯走，老六便拿出一柄大刀，这把刀，用评书的话说就是：紫微微，蓝哇哇，霞光万道，瑞彩千条，真是好刀。老六肩扛大刀，说："你真要钱？来，后山给你钱。"碰上这样的，老刘又能如何？只能是落荒而逃。

可这一次实在是不行了，二十三了，小年了，还是冷锅剩饭，米面肉菜什么都没有，实在是过不下去了，再想想孙子，为了孙子的压岁钱，拼了这把老骨头，这次说什么也不能退了，就是回也要吃一顿滚刀面再回，最不济也给儿子省一副棺材钱。

这样想着，天也就没那么冷了，自己已经不发抖了嘛，老刘松松棉袄，回头叫一声："黑子，这回就看你给我壮不壮胆了！""嗷呜……汪"，黑狗好像是想到了什么害怕的事，惨叫一声，夹着尾巴，跟在老刘后边，再没有了之前的欢劲儿。

走着走着，也就快到晌午了，陆陆续续老刘碰上了一些街坊。"刘叔赶集去啊？""他刘伯，这会儿赶集买不上新鲜货了。""刘爷，今儿个肉便宜啊，不过人也多可赶紧的，给我弟儿多买点，那小胖子可不是个吃素的。"老刘一个个地打过招呼，心情也变得轻松了，样子好像是已经要回了钱。买了年货再给孙子买几斤肉，买个大福娃，买个虎头鞋，糖人，哦，孙子爱吃蛋糕，你说那玩意儿有啥好吃的，少买几块。这样想着，脚步也快了，到中午刚好就赶到了大王庄，老刘在王六家外边转了几圈，一跺脚，推门进去了。

"老六，老六在吗？"

"谁啊？谁……哦，刘哥啊，啥事儿啊？"

"老六，哥哥我这儿实在是揭不开锅了，你是个磊落人，咱们明人不说暗话，你欠我那五千块是不是……啊？我也知道，大过年的不该来要钱，这不是实在没法儿了嘛，你不看我面子，看咱乖孙儿的面儿，把这钱给我吧。"

"这……不是我不给，我今年就没挣到钱，自己咋过还不好说呢，这样，过了年，入夏前我给你送家去，带上利息。"

"哎哟，这可使不得，年过不过的先不说，穷人有穷活法，可过了年又是青黄不接，要真到入了夏，恐怕你嫂子我俩都臭了，今儿个无论如何你得把钱给我，哪怕先给三两千的。"

"你真要钱？"王老六又抽出来自己的大刀。

"不管……不管咋说……先……"

"行，要钱是吧，来，后山给你钱。"

"…………"

"怎么？不去？那就再过几天，我肯定……"

"我去，咱现在就去！"

"啥？！"

"我去。"

"……走。"

王老六扛着刀走在前边，老刘落在后边几步，身后跟着黑狗。不知道为啥，走出了这一步，老刘觉得自己的干劲儿又回来了，每走一步，腰就直一点。

雪地上，两人一狗的脚印缓缓向后山延伸。天又飘雪了，不过不大，怎么也遮不了这些痕迹。这条路太长了，三个影子越走越长。

一边是一人一刀，一边是一人一狗，雪下得愈发急了。雪落在头上，老刘浑然不觉。

长久的沉默后，老刘问：

"你的刀还在吗？"

"在，从未离身，你的狗避雪去了，你胆量还在吗？"

"在，它一直都在。"

雪更紧了，又起了风，像千万把刀子，往两人的脸上、手上、怀里刺。

"你当真要钱？"

"实在是没办法了。"

"不改主意了？你再想想。"

…………

一人举起了刀，另一人闭上了眼。

"祖传的，有鉴定证书，你看这把刀够抵账吗？"

老刘待了半晌，睁开了眼，只见一把长刀插在地上，一片雪也落不上去，人却不见了……

四

"所以你就没要钱，拿这么把破刀回来了？这有什么用，中吃中喝，还是你准备拿它去劫道？"

"不是，我又去他家一回，他把钱给我了。"

"那这刀？"

"利息。今天雪大了，我明天去赶集办年货。你后天做一桌席面，我要请客。"

"请啥客？请谁？干啥？"

"租地，五十亩。还有，这五千块不许你给儿子提，我得给乖孙儿留着买零食。"

院子里，黑狗在雪里撒欢……

评语：小说文笔较为老到，叙述节奏把握得好，这很难得。人物塑造和场面描写都有可观之处，作者是有文学创作才能的。小说的情节有些玄虚，不值得提倡，还是要准确呈现人物的内心世界、呈现人物的生存状态。

牛紫宇，信阳师范学院文学院2015级秘书学班学生，诗歌《晨》《秋落》《北海和鱼》发表于《诗歌月刊》。

穿越曾经温热的日子

牛紫宇

　　一场大雨过后，那条通往学校门口的柏油路面，除了多几片落叶，还是一如既往的干净。周杭放下行李，站在十字路口望着雨后湛蓝的天，深吸着属于这地方独有的清新空气。他闭上了眼睛，不知道自己这只已毕业的大四狗究竟能去哪里流浪。

　　昨天晚上室友们在寝室里最后一次大醉，说好了谁也不送谁，不说再见。此刻周杭又感觉没有人送行，那种难舍的离别之情反而更浓了。

　　不管怎样，该走的终究会走。一个人拉着行李箱走在路上，回想过去的点点滴滴，周杭觉得自己的大学并不完美，还有很多想做的事没有去做，还有很多想说的话没有去说。其实大学中的周杭并不算颓废，甚至比大多数人都要励志一些。即便如此，四年时间过后依然是要带着遗憾离开。周杭心情沉重地走着，眼珠似乎没动一下，前方的一辆三轮车离自己越来越近，猛抬起头来，发现拉车的是学校物理系的老师高教授。

　　年近七十的高教授是学校有名的怪杰，除物理外，在历史领域也有很高造诣。老人家身体很硬朗，物理讲得极好，上课时会经常给学生讲一些历史与文学。据说央视《百家讲坛》曾经请高教授去讲历史，他拒绝了。平时高教授爱从废品站搜集一些看起来没用的东西用来研究，另外就是去民间搜集旧书。望着眼前衣着朴素的老头子，怎敢相信他是学术权威？看到眼前的三轮车拉了一车名不副实的"废品"在艰难上坡，周杭一手拉着行李，一手帮高教授把车推到了教师公寓门前。

　　"不错，小伙子，进来坐坐吧！"周杭本想推辞，看到教授很有诚意，也不好拒绝。

　　进到屋里，周杭惊呆了：这简直就是一个实验室，摆着各种实验设备，角落的书架上摆满了看起来很旧的藏书。"你这是毕业了，还带着行李？"高教授问，"哪个系的？"

　　"中文系。"周杭答道。

　　"中文系有意思啊！"高教授和周杭聊起来，教授谈起话来给人如沐春风的感觉。丰富的学识博晓古今，聊着就聊到了纳斯加之线，周杭记得三毛的书中提到过，很多书上也在追问文明究竟源于何时。"高教授，外来文明真的存在吗，人是否真的可以穿越？"

　　高教授感觉出了周杭的沉沉心事，这是毕业生的通病，对心理学有一定研究的他对学生的心理更是体察入微。

"这个问题没人敢给出确切的回答。我也是猜测，外来文明应该是存在的，只不过他们出于某种目的不想让人类发现而已。穿越也是可以的。不过穿越从某种意义上讲有两种，一种是像小说中写的那样，整个人从现存世界消失，从某个时间节点进入另一个年代。当然这种穿越需要科技达到极高水平，如果读过爱因斯坦的书应该不难理解。"周杭觉得教授说得有道理，赞同地点点头。

"另外，外来生命应该能很容易地做到穿越，世界上太多的未解之谜，比如横空消失的人和物就是最好的证明。但是现代科学还无法破解，不过近年来对外来文明的猜测始终没有中断过。第二种就是灵魂上的穿越，这个在古代是能做到的，有点类似催眠，又有点像神话中的灵魂出窍，当然在今天被称为封建迷信。不过这种穿越确实存在，我在收集的孤本古籍上见过这种记载，其实'文革'前还是有不少类似的书，可惜都被烧毁了。现在根据历史学家的研究，古时候不少人有穿越的嫌疑。王莽就是其中一个。"

"你为什么对穿越有这么大的兴趣？"高教授反问道。周杭敞开了心扉：如果能再体验一次大学生活，我一定会把无聊的时光，用在更有意义的事情上，一定把想说而未说出的话勇敢地说出来！

"其实你的想法可以理解，要求也不算过分。"高教授似乎不是第一次听到这样的话。"你无非就是想在离校的时候少点遗憾而已。我可以帮帮你，不过不一定能成功。你愿意试试吗？"高教授用询问的眼神看着他。

"我愿意。"周杭眼中透露着坚定。

"可能你会昏睡四天，当你醒来，世界还是这个世界，不过与你有关的一些事情会发生变化。你做好心理准备了吗？"周杭点点头。高教授让周杭躺到床上，然后拿出一本古籍打开，缓缓地念叨着，周杭听着听着，渐渐进入梦境。

时间瞬间被拉到了四年前，一个来自农村的男孩第一次独自来到异乡一所自己并不满意的大学。这个皮肤黝黑、个子高高、走起路来略带几分帅气的男孩就是周杭。初来大学时那种孤独的感觉前所未有地强烈，随着时间的推移和对学校了解的深入，他渐渐感觉到了大学校园的可爱，也渐渐爱上了这所自己并不满意的大学。

大学生活还是像以往一样波澜不惊地过着，不过周杭却比以往更努力了，除了积极参加社团活动外，基本上过着一个人的山河岁月，奔走于图书馆和自习室。另外还把曾经考过的一系列证书，又考了一遍。

后来周杭在图书馆读到了李泽厚的书，其中有一句说，大学的文科主要甚至完全靠自学，这次周杭试着逃一些没有意义的课，在有些课上试着和老师争辩，不想再做一个默默无闻只会死读书的人，至少要让老师记得自己的名字，大学需要留下一些刻在骨子里的印记，也要留下自己存在的痕迹。

游戏的诱惑是大学男生很难迈过的一道坎，虽然周杭也喜欢游戏，但这次果断地把大型游戏换成了国际象棋，周杭控制自己不在游戏上浪费更多的时间，只是在想放松的时候来两盘。

天气还是像以往那样有时会下点雨，放晴后还是那样天高云淡。校园还是一如既往的美丽，可是，周杭还是感觉自己是在做一个并不完美的梦。

时光荏苒，马上迎来了大三。周杭一直很欣赏一个学姐，每次见到她就很开心。原来他始终不懂什么是爱，什么叫喜欢，不懂如何表达自己的情感。每次和室友谈到找女朋友时，缘分二字似乎成了安慰自己的最好借口。之前就是在大三的时候看着学姐踏出了这所学校，自己目送着这段缘分走远，曾一度后悔，如今又能否弥补这个遗憾呢？

然而周杭还是一直没有把爱说出来，转眼间又到了送别学姐那天，就在学校门口，很多毕业生都在等车。正当二人要挥手作别的时候，一句"我喜欢你"脱口而出，学姐一时没有反应过来，周围安静了片刻，接下来是一阵掌声，"在一起，在一起……"声音越来越大，公交车这时候来了，没有一个人离开，毕竟大家都没想到还有最后一次见证校园爱情的机会。"这句话我藏在心里七年了，不管你去哪我都会去找你的！"

学姐当时很吃惊，好像等这句话已经很久了。"学弟，七年前你认识我吗？"

两人都笑了，周杭笑得特别开心。

大四的周杭努力考研，不过每天多了学姐的几个电话。毕业的日子又在一天天逼近，没有丝毫不舍，似乎在一直等着这一天的到来！突然周杭有种莫名的感觉，如今重来的一切似乎看起来没有遗憾了，不过这又何尝不是遗憾呢！

其实周杭没有昏睡四天，只是睡了四个小时，醒来发现自己不过做了一个很长的梦而已，高教授说我刚才是把你催眠了，为了让你完全相信我，没告诉你这就是催眠。你在完全放松的情况下，进入你自己设定的情境里，一切都是按你潜意识的想象发生的。

"现在有什么感受？"高教授问道。

"我最大的感受就是懂得了许多。"周杭向教授深深地鞠了一躬。

高教授笑了。

每个人的生命里，总有一段旧时光，不经意间还会幻想着旧时光的主人是此刻的自己，殊不知能做的只是静静地看她走远，也许正因为遗憾，才有更值得怀念的意义。

周杭拉着自己的行李再次来到那个十字路口，这次没有停留，脸上带着前所未有的自信去往那个遥远的有牵挂的城市。

在这个花开又花谢的季节，我们在斜风细雨中遥望过去，可能是想留住那段温热的日子。一梦惊醒路中人，周杭是幸运的，可是又有多少人明白我们不是带着遗憾离开，而是带着青春出发！路上的周杭留下了属于这段青春的最后一句话：兄弟们再见，母校再见！

不管这段时光是否可堪回首，不可否认它是一段温热的日子。

评语：小说开头不错，后面的议论太多，没有把情节感持续下去，因而也就不能很好地处理叙事与抒情之间的关系。主题也有些摇摆。

符展展，信阳师范学院文学院2015级秘书学班学生。曾获全国首届大学生新媒体有奖征文大赛新苗奖、信阳市"申艺堂"杯征文大赛一等奖。

我只要细水长流的爱

符展展

沈力又来到曾经的校园——母校，他最难忘的校园，这里承载了他的青春，他的成长，他的欢乐，他的泪水，还有，他的爱情。

走在那条满是樱花的林荫道上，阳光透过树枝细密地洒下来。沈力想起了舒曼，让他想了三年的舒曼。

第一次见舒曼，就是在这条道上。那时正是春天，花开一树微风正好阳光不燥，适合恋爱的春天。沈力家住农村，即使来到这个大城市中的大学已半年，也没有稍微褪掉他的一身土味。恋爱，自然也是他从没想过的。他知道自己的责任，考进这所大学，令全家欣喜，但欣喜过后是心酸。虽然他考上的大学学费并不高，但对于农村家庭，这已经是不小的负担。开学那天，独自坐在火车上，沈力感到了比高考更重的压力。他必须努力，才能不辜负家庭的期盼，所以，除了学习，沈力实在没有精力想别的东西。更多的，是不敢想。

但那天，沈力心中多了份小秘密，这秘密是粉色的。

还像往常一样，沈力吃着当作早餐的包子，往图书馆赶，他发誓要把前十八年没看的书全补回来。就在他匆匆走路的时候，一个姑娘像兔子般突然蹿了出来，然后沈力被撞倒了，然后包子掉了，然后这个姑娘惊慌地道歉了，然后他们去了食堂。沈力心里其实是拒绝的，只是这姑娘太有活力太热情了，非请沈力吃饭。在沈力还没能反应过来的时候，他们已经坐在食堂的凳子上了。

吃什么自然是姑娘做主了，饭端过来的时候，沈力抬头看了她一眼，这一眼，沈力心想，自己恐怕要沦陷了。刚才因为太匆忙，竟没注意看，这是多么美丽的姑娘，大眼睛清澈明亮，白净的脸蛋透着红嫩。就这样看着，沈力竟然不自觉地伸出手拂上了面前的这张脸，迎来一笑：我脸上有什么吗？可能是蚊子，没想到刚进春天就有蚊子了！慌张地收回手，沈力耳根微红，还好没被她看透。

姑娘首先打破了沉默：同学，你叫什么名字？

沈力。

嗯，我叫舒曼。沈力，你的嘴唇长得真好看！舒曼审视着他的脸。

刚刚褪下去的紧张又泛上来，沈力的脸禁不住微微泛红。舒曼心想，还真是个羞涩的少年呢！再这样下去这顿饭他恐怕吃不下去了，随即调皮一笑：我这人喜欢说实话，有什么说什么，你的嘴唇的确好看，我就是想夸夸你，快吃饭吧，我都饿了。沈力这才勉强一笑，把头埋进了碗里。

这顿饭过后，两人也就分别了，也许再无交集。沈力的一见钟情，钟情也只能埋在心里。

没事的时候，沈力会去那条与舒曼初遇的道路，去那个食堂，点一样的饭菜。沈力甚至会打听关于舒曼的事：他知道，她是中文系的；他知道，她单身；他知道，她家庭不错，独生女，家里的公主。他也知道，她不属于自己。日子就这样一天天过去，沈力觉得自己的大学生活很无趣，他也以为会继续无趣下去。直到那一天的到来。

那天，沈力接到一个电话，竟然是舒曼打来的，当时，沈力真的是激动得语无伦次。原来快期末了，舒曼准备复习资料，去图书馆却发现早已被人借走，所以她想到了沈力，就找来沈力的电话想碰碰运气，至于怎么找到他的电话，舒曼却保密。当时沈力毫不犹豫地就同意了借书给舒曼，丝毫没有想到这本书自己也很有用，没办法，谁让自己喜欢她呢？

有借就有还，几次之后，他俩熟络了。舒曼是个热情的女孩，在一起的时间总是话多，她说，他听。竟也如知己。沈力那份原本在心底的爱，在舒曼如此近距离的感染下就要呼之欲出，却又怕惊扰这份来之不易的美好，最后什么都得不到，只好继续沉默，对她好。欢喜她的欢喜，忧愁她的忧愁。

有一次，舒曼约沈力出去吃饭，其实他俩已经单独出去过很多次，但大多是舒曼约沈力，谁让沈力是个羞涩少年呢。沈力挂掉电话正准备出去，室友就开始调侃：又是那萌妹子？沈力你说人家不会是喜欢上你了吧，你小子不错啊！一片调笑声。沈力连忙说怎么可能，只是好朋友而已。走在路上沈力越想越好笑，室友怎么会那样说？成为她的好友已是最大的幸运，又怎敢祈求她喜欢上自己？不管了，要快些见到她，沈力步伐加快，心中洋溢着欢喜。

到了小餐馆，舒曼已经点好菜只等他来了，他赶紧坐下。舒曼话太多，沈力太静，两人在一起相处得出乎意料地好，或许这就是互补的美妙。俩人正说着呢服务员端上了一盘糖醋鱼，舒曼特别兴奋，说：你别看这家餐馆小，他家的糖醋鱼超级好吃！这是我前几天发现的，就立马想带你来尝尝，沈力你看我总想着你。说着还用一双明亮的大眼睛认真地看着沈力。听见她说的话，又看见她的眼睛那么直直地望着自己，沈力又没出息地脸红了。这次脸红得太彻底，没能逃过舒曼的眼睛。果然，舒曼说：沈力，你脸怎么这么红啊？又攀着桌子把头探过来：沈力，你该不会喜欢我吧？听到这话沈力迅速抬头，却看到了女孩近在咫尺的脸，那一刻沈力差点就说：舒曼，我喜欢你，我就是喜欢你。可是，一直以来的压抑已成习惯，沈力只是这样静静地看了会儿舒曼的脸，并没有说话。他看到舒曼在这沉默中垂下了头，又迅速抬起，对沈力一笑，身子撤了回去。坐在自己的位子上，舒曼说：沈力，有时候我既喜欢你这样，又不想你这样一直沉默下去，沈力，你喜欢我，你就是喜欢我，我都知道，我一直在等你说可你迟迟不说，现在我等不下去了。沈力，我喜欢你，我想和你在一起。天知道沈力当时的心情，心中可以说是五味杂陈，有震惊，有迷惑，有心酸，但更多的是欣喜，终于在这么多的情感作用下，沈力说："虽然我还不够优秀，虽然我不能给你太多物质上的享受，可是舒曼，我这颗心是爱你的，舒曼，我会尽我所能，给你最好。"沈力终于把心里的话说了出来。

两个人在一起，时间过得很快的，很快就到了大三，其间虽然有吵闹，有矛盾，但大多时光是快乐的。有这个如小鸟般依人的女友陪伴，沈力改变了很多，虽然依旧沉默，却不再懦弱。天生学习就好，加上大学他更是努力，超过了很多一到大学就毫无目标不思进取、好逸恶劳的学生。几个学期下来，他已成为学院里的佼佼者。大三沈力出去实习，就进入了一个很不错的公司，这让很多同学羡慕不已。沈力要经常去公司，而舒曼还是继续在学校过她的大学生活，舒曼是中文系的，她也发表过不少文章，她的梦想是当杂志编辑，这个梦想不大，却是舒曼真正喜欢的。她是个女生，没有沈力那么高的目标。渐渐地，沈力越发优秀，舒曼发现自己就快要活在他的光芒之下。因为身边的人总会说，"舒曼,你男朋友真优秀啊""舒曼,你到底是怎么钓到沈力的,他长得那么帅,还那么棒""舒曼,你可得小心着点啊,小心你的潜力股男友被挖走哦"……这时候,舒曼表面上总是表现得云淡风轻,自信地说我家沈力不会的! 可是她的内心的确不怎么有底气,是啊,沈力,你这么优秀,我怕总有一天你会离我而去。终于有一天,两人在约会时,舒曼问:"沈力,会不会有一天,你越来越优秀,就把我甩在了身后?"沈力宠溺地看着舒曼,揉了揉她的头发,说:"傻瓜,我变得优秀,是为了你,是为了我们的以后。等毕业,就嫁给我吧,舒曼,结婚后,我负责赚钱养家,你负责貌美如花。"听到这话,舒曼的确吃惊了一下,沈力的确变了,以前那么羞涩的少年,如今连这种话都能面不改色说出口。不过,扑面而来的幸福感淹没了一切,她能确定,她在沈力心里,还是独一无二的。还有还有,他……这是在求婚? 舒曼心中一阵窃喜。

时间很快过去,到了大四,沈力毫无悬念地留在了一家大公司,事业风生水起。而舒曼,也如愿进入一家杂志社,虽然很小,却是她热爱的工作。两人依旧幸福地相爱着。

不久,沈力求婚了,一贯套路,戒指在冰激凌里藏着,奈何舒曼不是个按常理出牌的人,差点儿没噎死……

又一个五月来临,两人结婚,舒曼家境不错,虽然沈力家是农村的,可看到女婿这么优秀,对女儿又这么好,二老也很放心地把女儿交给沈力。

婚房双方父母各出了钱,加上俩人都有些存款,买了套房子,付了首付,沈力在公司已相当不错,月薪足够每月还房贷之后,两人还能有小资生活。有了真正属于两人的家,沈力舒曼都很开心。

身边同学朋友都很羡慕他们,感情好,事业好,家庭好。

可渐渐地,越生活下去,他们之间矛盾也越来越多。

沈力在公司的职位越升越高,俩人的生活越来越好。可是,舒曼见沈力的时间越来越少。他开始不停地应酬,他变得越来越忙。她理解他，她不是那种不明事理的女人。她愿意每晚等他，等他回家，照顾醉酒的他。可是，当他身上的酒味和香水味越来越浓，舒曼终于忍受不了了。她想，自己不是圣母，只是妻子，为丈夫而活的妻子。那天晚上，他回来后，她问他，为什么身上有如此浓重的香水味，真的仅仅是应酬而已？他让她别想太多，并不作过多解释，眼中满是不耐烦。这眼神，真正激怒了舒曼，她开始对他大吵大闹，再也不想忍耐下去。啪。一巴掌落在了舒曼的脸上。这一巴掌下去，舒曼彻底心冷。他竟然打她。曾经的话果然已经忘尽。这样下去又是何必。舒曼心里想，可以离婚了吧？爱快要被现实碾碎，残留的一点已随这一巴掌消失殆尽。抹了把泪水，舒曼默默地回房间去睡觉。沈力也没有为这一巴掌显示出丝毫歉意，更没有多想，以为明天，他们之间又如什么都没发生一样。可是他不知道，一切都变了，这一巴掌不只是打在脸上，更多的是打在了这个女人心上，那得有多疼啊。

第二天早上，两人各自去上班，晚上回家，沈力却没有看到舒曼如往常一样蜷在沙发上的身影，只见桌子上躺着一封信，旁边还有一份离婚协议书。信中舒曼写道：沈力，你还爱我吗？沈力，这份离婚协议书是想告诉你，我累了，我不爱你了。多么怀念我们的大学时光，美好青涩，可是走入社会，进入婚姻，一切都变了。你陪我的时间越来越少，你应酬越来越多。而你总说，这是为了我们的生活过得更好，可你有想过这些究竟是你所追求的还是我想要的？我想要的只不过是平凡的小日子，不需要太多物质，有你就够了。我甚至安慰自己，你还是爱我的，可你竟然打我！竟然打我。沈力，不管你怎么想，我坚决要求离婚，离婚协议书你签了吧。对你我再无眷恋。我想要的爱是细水长流，而你注定给不了。看完之后，沈力僵硬了片刻，颤抖着手在离婚协议书上签下了自己的名字。这时，沈力才意识到，自己失去了什么。

沈力舒曼离婚了。这一年，他们28岁。从相恋到离婚，他们用了8年。

如今站在校园里的沈力，已经31岁了。这三年间，沈力依旧是那个事业有成、帅气儒雅的男人。他的身边最不缺女人，可是他都拒绝了，他没有再婚。他的心里住着一个人，自始至终都是那个人，他想让她就这么住下去。

现在的沈力，即便再忙，一日三餐必须回家，晚上喝酒也不喝醉，即使家里只有自己，空荡荡的大房子。可是沈力相信，那个人，她总会回来的。

沿着林荫道走出校门，沈力看见了那家餐馆，当年他没跟舒曼说，这家的糖醋鱼真的很好吃。

进去找个位子坐下，还是熟悉的环境，沈力都没看点餐单，直接喊：老板，来份糖醋鱼！竟然和一个女声同时响起，那个声音，那个熟悉的声音。沈力慢慢走到这个声音的主人面前，坐下，看着她，对老板说，来一份就好。

评语：很不错的情感故事，叙述也较为完整，语言畅达。只是略感有"知音体"的味道，对于情感波折的处理有些俗套。

崔冰冰，信阳师范学院文学院 2015 级秘书学班学生。最喜欢香港作家张小娴。想要做这样的女子：面若桃花、心深似海、冷暖自知、真诚善良、触觉敏锐、情感丰富、坚忍独立、缱绻决绝。坚持读书、写字、听歌、旅行、摄影。

一路玉兰花

崔冰冰

"浅浅的花，深深的笑。"

白浅浅望着情人坡路两旁美丽绽放的玉兰花低声感叹道，随即转身兴奋地叫着身后的室友来拍照。

白浅浅是个喜欢故事的女孩，特别是那种小清新的爱情故事。她一直幻想着有一天自己也能因为一张照片而邂逅一段爱情，像顾漫笔下的赵默笙凭着一张照片用开朗乐观、死缠烂打追到可以为爱情等待七年的法学才子何以琛；像张小娴笔下的程筠，在爱玲窗前遇见那抹残影林方文。白浅浅执着地认为如果在她最爱的玉兰树下拍一张最美的照片，说不定也能邂逅生命里的那个他。

白浅浅喜欢如此优雅的白玉兰，它总是如此悠然美好，像身着素衣的婀娜少女，绽放时宠辱不惊，花落时沉稳雅致。白浅浅是个爱笑的女孩，她的笑容很温馨，很有感染力！今天的她穿了件白衬衣，配墨绿色的针织裙，长发慵懒地披在肩上，摆出招牌式的微笑，回首，虽略显刻意却不失美丽！温暖的阳光洒落在她乌黑飘逸的发丝间，洒落在她的身上，整个人都浸润在柔和的光晕之中，显得格外温柔动人！

室友林楚儿酷爱摄影，拍照技术自诩"专业技术20年"！只听"咔嚓"一声，这张照片不用说也是美到不行！白浅浅兴奋地跑过去一看满意极了！"不错，不错，好楚儿，来姐姐亲一口。"白浅浅没个正经地戏谑道，吓得林楚儿在赵婉和王瑞身后藏来藏去。白浅浅虽然表面看上去很温柔，但只要和林楚儿她们在一起便成了小痞子！她们总是活得肆意放纵，在校园里大声唱着或深情的流行歌，或幼稚的儿歌，毫不畏惧路人的眼光。白浅浅最喜欢和她们唱那首《像疯了一样》，总觉得只要和她们在一起就不必畏惧退缩。

白浅浅特别宝贝林楚儿给她拍的那张照片，还特意跑去冲洗出来，把它夹在书里，每天上课前欣赏一番，自嘲说："这叫每天给自己增添信心！"惹得室友们齐齐抚额挥汗再叹句"无语"。慢慢地习惯了白浅浅这样，她们也就免疫了！

上计算机公修课那天，白浅浅整个宿舍都起晚了些，都是抓起书小跑到教室的，马上就要上课了，座位基本都坐满了，四个人只好分开坐。白浅浅给室友找好座位后这才想到自己，环绕四周，终于瞄到了一个位置，略微有些近视的白浅浅兴冲冲地跑过去便坐了下来，放下书，微微喘了喘气，捋捋凌乱的发丝，习惯性地拿出照片欣赏一下自己，这才满意地准备开始听课。忽然感觉身边仿佛有人在看她，向左一看，白浅浅的脸唰地就红了！这边坐着几个男生齐刷刷地看着她，都在惊异这姑娘动作的一气呵成和上课前欣赏自己照片的自恋举动。白浅浅不好意思地摸了摸头笑了下正要转身，却又瞟到身旁的男生正在看她的照片，她连忙用手捂住，朝那个男生努努嘴表示自己的不满。男生这才反应过来，冲着白浅浅嘿嘿傻笑。白浅浅也懒得理会这个"侵犯"她肖像权的男生，谁让自己这么自恋呢！也只有林楚儿她们受得了吧！

这时又听到另一个男生对身旁的男生说：

"泽明，看来今年你有桃花运啊！哈哈！"

身旁的男生又是嘿嘿一笑，说了句：

"哪有！"

此刻白浅浅真是想抽自己一耳光，干吗那么自恋啊！丢人！丢人！另一边的林楚儿她们看到白浅浅这边的情况，忍不住笑出了声！白浅浅只能无奈地瞪了她几眼！好不容易熬到下课，白浅浅拿起书就冲了出去，等着林楚儿她们出来，她拉着她们边走还不忘边数落林楚儿没义气！林楚儿半开玩笑半求饶道：

"好浅浅，你说万一那男生真的看上你了，我们不就可以吃喜糖了吗？还能告别单身协会多好啊！"

"吃、吃、吃，想吃糖是吧？"林楚儿已经听到了白浅浅的手指在响，这可是个跆拳道高手啊！林楚儿吓得乱躲，最终这场闹剧又是以白浅浅战胜林楚儿，林楚儿不得不"跪地求饶"而告终。

晚上，白浅浅和林楚儿照例到操场跑步，两个人说说笑笑打打闹闹跑了几圈，累得满头大汗后才准备回去。刚走到门口，一个女生跑了过来，手里拿着一瓶花茶和一个信封，问：

"谁是白浅浅？"

"我。"白浅浅愣了一下。女生把东西塞到她手里就走了，白浅浅还没回过神问清楚，女孩就不见了踪影。林楚儿在一边看着白浅浅那极少

有的呆萌表情,笑得十分诡异,用手拍拍她的肩膀说:

"浅浅女神,我喜欢你!浅浅,桃花运来了呀!"

"没个正经,找打是吧?"白浅浅虽说一脸疑惑和娇羞,却还不忘挥起拳头追着林楚儿打。

回到宿舍,林楚儿便十分八卦地向赵婉和王瑞宣扬白浅浅的桃花运,还把情节篡改成什么白浅浅路遇帅哥搭讪,情难自控收下了帅哥的礼物!白浅浅听了是一个头两个大,也没心思理会那个八婆,盯着信封看了好久才缓缓地伸出手准备打开,手上动作不停,胸中小鹿乱撞,扑通,扑通……此刻白浅浅感觉自己好没出息。待看清里面的东西,才发现是一张照片和一封信。"是我的照片!怎么回事?什么时候丢的?"白浅浅伸出手拿过《计算机编程教程》打开,照片好好地躺在书页里。看着两张一模一样的照片,白浅浅很是疑惑,自己明明没有上传QQ空间、朋友圈之类的啊,而且就冲洗了一张,转身叫过林楚儿她们,举起手里的两张照片。"咦,怎么回事?不是我!不是我啊!"林楚儿边说边举起双手做保证,其他两个人也是满脸疑惑。"对了,还有封信!可这不会是……情……情书吧?"白浅浅忐忑地打开那封信,心中有些紧张,也有些小期盼。字体很好看,沉稳有力,原谅白浅浅是个外貌协会铁杆会员!再看信的内容,白浅浅看得很仔细,连她自己都没发现她的脸越来越红!直到看到最后的落款"夏泽明",白浅浅在脑海里反复搜索着这个名字,似乎在哪里听过,"夏泽明,泽明,泽明……,是他!"迟钝的白浅浅这才想起今天上课时偷瞄她照片的男生好像就叫"泽明",难道是他?除了他偷瞄自己照片外,白浅浅对他再也没什么印象了,就准备把东西塞进抽屉。林楚儿眼尖得很,一把抢了过来。

"……白浅浅,你一转身,露出的那温馨的笑,连嘴角上扬的弧度都那么美好,你的笑像优雅绽放的白玉兰,让人无法移开双眼……"

"哎呀妈呀!好酸啊!浅浅女神你好有魅力啊!哈哈!快来给我们说说这个夏泽明是何方神圣啊?"

白浅浅被林楚儿刚刚那么一戏弄早就羞得想找地缝钻进去,也懒得理会她，只应了句："不知道，想知道自己调查去！"林楚儿瞬间被她雷到了，但转念一想浅浅整天和她们在一块，或许真是不知道，需要我查查哩！这么好的机会哪能错过呢！毕竟不是谁都能让白浅浅这么呆萌呀！其实白浅浅也是这么想的，谁让林楚儿是个小八婆呢，消息很广啊！白浅浅还是很奇怪，为什么两张照片一模一样，况且对方还知道她会去操场跑步，还送她爱喝的花茶！而她自己却连人家具体什么样子，哪个院哪个班的都不知道！白浅浅要抓狂了！那天晚上，一向好眠的白浅浅竟然失眠了，脑子里全是那张照片，那段情话，那个傻傻的笑。

　　第二天，白浅浅顶着两个熊猫眼等待着林楚儿带回来消息，果然小八婆的速度就是快，不仅把夏泽明这个人打探清楚了，连QQ号、手机号都搞到了，甚至找到了一张证件照！照片上的夏泽明白白净净，单眼皮，高鼻梁，笑起来虽然不酷却很暖人，有些傻傻的，像第一次见他的时候，这是白浅浅第一次仔细看清他的长相。林楚儿说据小道消息称夏泽明是生科院生命科学专业一班的班长，成绩优异，为人实诚，还很仗义，是很受欢迎的男生。然后还很认真地拍拍白浅浅的肩膀，说："遇见这么好的男生就嫁了吧！"白浅浅白了她一眼，便不再说话了。

　　晚上，白浅浅躺在床上纠结了好久，翻来覆去怎么也睡不着，她拿出手机，搜索到夏泽明的QQ，想问他怎么弄来的照片，想问……当看到他的网名"喜欢你浅浅的笑"，白浅浅心中有些小欣喜。待加了好友，问起照片的事，夏泽明回复说："那天你在校园里和室友拍照时我也在，正好看到你回头笑，我就不自觉地拿出手机拍了下来，因为角度控制得好，所以没太大区别！你的笑真的很美！"白浅浅不好意思地回复了个"哦"，便匆匆下线了！接下来几天，白浅浅总是在校园里看到夏泽明的身影，他总是穿着件白衬衣，看起来干净帅气阳光。也总是在上课的教室或跑步的操场看到一瓶花茶和一封"白浅浅收"的信，总是在固定的地方。有时候白浅浅故意不拿，但林楚儿总是会帮她拿走。每天晚上，夏泽明都会给她发消息，嘱咐白浅浅加衣，早睡。白浅浅也不敢回复，但看着几乎塞满了抽屉的信，她觉得自己有些动心了。林楚儿总在她耳边念叨着，还意想不到地和夏泽明的兄弟成了好朋友！白浅浅渐渐开始给他回复一两句"你也是""好的"之类的简单话语。这无疑让夏泽明很是欣喜。

3月7日是女生节，白浅浅和林楚儿约好想去玉兰树下再拍张照片，过两天要下大雨，花估计会被打落了吧。刚出宿舍楼，林楚儿想起自己忘了带相机，便匆匆赶了回去，让白浅浅先去等她！白浅浅独自走在路上远远地望见那一路玉兰花，看着花瓣随风飘落，脑海里不禁出现了夏泽明的身影，那个阳光、体贴、帅气的男孩。想起他对自己的好，想起自己第一次见到他的场景，白浅浅忍不住嘴角上扬。

"白浅浅，我喜欢你！做我的女王吧！"

身后响起那个熟悉的声音，白浅浅猛地停住脚步，转身便看到着一身帅气小西装的夏泽明，在一群人的簇拥下走了过来，林楚儿、王瑞、赵婉还有夏泽明的那帮兄弟……他们拉着那条横幅，静静地注视着白浅浅。白浅浅看了看自己的衣服，难怪林楚儿非让自己穿这条白裙子，这个讨厌鬼！白浅浅瞪了一眼出卖她的室友，又不好意思地看向夏泽明，他正缓缓向自己走来，每一步都是那么沉稳，脸上却有些不自在的紧张，白浅浅的心跳得飞快。夏泽明走到她身边将一本相册递到她手上，说：

"听说今天是男生表白日，被告白的女生要做男生一个月的女朋友，不能拒绝……你……你愿意做我的女王吗？"

夏泽明充满期待地看着白浅浅，并示意白浅浅打开相册。白浅浅打开相册，映入眼帘的就是她军训时晒得黑白相间的照片，吃饭时狼吞虎咽的照片，和林楚儿她们打闹的照片……还有那张她最喜欢的照片，每张照片旁边都有一段小小的情话。白浅浅笑着流下了眼泪，责怪说：

"那么丑的都有！"

夏泽明温柔地替她拭去眼泪："怎么会丑呢？很可爱啊！"

"答应他！答应他！答应他！……"

"不能拒绝哦！"

一旁的林楚儿还不忘起哄。白浅浅马上破涕而笑，微微点了下头。

夏泽明激动地一把抱起浅浅，转了好几圈，白纱裙在风中飞舞串起他爽朗欢快的笑声。白浅浅看着笑得像个孩子的这个大男孩，叫着他"傻瓜"。

"还拍不拍照了？"

林楚儿在一边被虐得乱叫。夏泽明这才放下白浅浅，不好意思地摸摸头对林楚儿说：

"专业技术20年，给我们俩拍张照吧！"

说完便拉着白浅浅走向那条铺满玉兰花的小路。

小巧的花瓣儿飞落在他们身上，夏泽明用温暖的大手小心翼翼地牵着白浅浅的白皙小手，一边走一边说：

"世界上最幸福的事就是陪你看花开花落，看沧海桑田！"

白浅浅抬头看着这个阳光下认真许诺的大男孩，笑着问：

"你喜欢玉兰花吗？"

"喜欢！因为它优雅地开放像浅浅的笑……"

评语： 校园爱情的完美表达，小说的完成度较高。文笔婉转，摇曳生情。

闪洁茹，信阳师范学院文学院
2016级汉语言文学三班学生。多篇
作品发表于《信阳师院报》，曾获
信阳师范学院第十二届"仁杰杯"
征文比赛一等奖。

至水穷，看云起

闪洁茹

都一样

我用手抚摸着车玻璃上细密的水珠，想象它在云中安眠的晶莹样
子。那些孩童般的滚圆东西被雨的透明嘴唇亲吻着，紧紧贴在温热的
手指上，一阵冰凉使我感到放松的舒适，与生人同车的不适感也少了几

分。

"咋不在城里找工作？"大概是为了打破尴尬的沉默，他开口问道。

"嗯……我想找个机会实习教学，但城里培训班招老师都要教师资格证。"我从田野雨景中回过神来，忙不迭答道。

他名叫吴金良，是母亲的高中同学。他的父亲靠做豆腐起家，做出的豆腐白嫩光滑，入口即化，享誉这个河南东南部的小县城。但他并未继承父亲的手艺，毕业后做了乡村公务员，每天开车一路颠簸到小镇边缘的农村上班。

母亲担心我雨天路上不安全，便让我搭他的顺风车。同路的还有他的几位同事。一路上为了解闷大家东拉西扯，消磨了时间，也消陨了我内心的平静。

"你们那边检查得怎么样？"坐在我旁边的阿姨问吴叔。

"不怕他查，该咋查咋查呗。就是怕群众拉着他们告状，学生事多，没事也能整出事儿！"

"我们早就开会安排他们了，那都是来搞社会实践的大学生，没事别东瞄西瞥的，吓着人家。"

"大学生来检查你们？"好奇心驱使我开口道。

"省里组织的第三方检查，找的大学生，每人一天给二百呢。"吴叔回答。

坐在副驾驶的大叔不满地插话："这些学生也真是太死板、太较真了！一家贫困户能聊一个小时，还把我们撵到外面不让靠近，那大太阳把人烤的。"

"唉，都一样！拿人钱给人干活。"吴叔说。

雨刷没规律地摆动着，车前窗像个没存够图形的万花筒，美妙却单调。

"老刘拿着他老婆报销的两万块钱去郑州了。"后视镜中的吴叔皱了皱眉头。

"又去郑州干啥？"阿姨挺直了腰板问道。

"给她闺女看病。说丫头得了抑郁症，前两天还问我哪有好的精神病医院。"

我听罢心里扑通了一下。

"她不才12岁，咋能得这病啊？"她屁股往前挪了挪，身体前倾。

"这不前两天刘庄淹死了俩男孩，他们三个住邻居。出事以后她就开始不对劲，以前是说话少，现在是一句话都不说了。整天待在屋里哭，神神道道的。老刘带她去城里一检查，查出病了。"

大叔抽了抽鼻子，插话道："自从她妈死了以后，我就觉得那丫头不对劲。这邪门事一波接一波的，不会是鬼上身吧？"

"得了吧，估计是遗传。"吴叔瞟了大叔一眼。

"她妈咋死的？"我疑惑。

"她妈一直有精神病，有一次跟她丫头吵架，喝药了，发现的时候人已经不行了。"

我的心蓦地惊跳了一下。

"老刘去郑州拿的那两万就是他老婆的病报销的，现在又给他闺女治。啧……这钱不吉利。"大叔补充道。

一旁的阿姨叹了口气："这老刘也够可怜的，自己还一身病。"

"谁说不是呢，上次来领低保的时候风湿病犯了，痛得跪在地上嗷嗷直叫，十一月的天出一身汗，也不舍得吃药。一个大男人……唉！"

"谁生病不想治呢？说到底还是一个钱字！现在闺女又得了病，真是……"

"没钱？现在不是有贫困户补贴吗？"我把局促感抛到了脑后。

吴叔笑得有些凄凉："能弄的保险和补贴都给他弄了，但毕竟也有限啊！没病没灾的还行，一进医院大门就撑不住！"

"那为什么不出去打工呢？"

"他走了孩子咋办？家里也没老人。"

"你们这些孩子多幸福！啥都不用操心，哪懂没钱的日子多难过！"没等我回答，大叔语调感慨地接话。

我无言以对，只好尴尬地笑了笑，余光瞟到不远处培训班的牌子，忙接话道："叔，我到了，停这儿就行。"

我目送吴叔的车拐进了斜对面的巷子，便进了教室。

阳光下的破房子们

看着那些活蹦乱跳的孩子，我心中暗潮汹涌。他们穿着脏兮兮、带破洞的短袖和开了胶的凉拖鞋，小麦色的脸上挂着三月初阳般的笑容。有余钱上暑假班，说明家境并不很拮据，那么那些比他们更穷的孩子会是什么样子呢？我无法想象。

午休时间，我翻开教案，打算写教学总结。却发现原本清晰工整的一行行字变得愈发模糊，取而代之的是一位皮肤黝黑的农民的愁苦神色。我站起来走出教室，穿过马路向吴叔负责的刘庄走去。

要想在刘庄翻出个"老刘"简直大海捞针，所以我并未报什么希望，只是漫无目的地闲逛。

乡间烈日摇晃，我被暑气簇拥着向前走。烈日烘烤着绿草，清香的味道和蝉声鸟鸣融为一体。我的脚步声像秒针不知疲倦地轮回着。

我凭着感觉拐入了一条弯曲的小路，两旁是低矮的植物，间或一段乱石相夹，一眼望去，像是有人随意抛下的一条布带，扭曲伸展，一直通到树林深处。我继续向前，穿过一片浓荫，来到一座倾斜的土坯房跟前。

两串洋葱挂在屋檐下，门口是一个柴草堆，长短不齐的细长树枝码放得还算整齐，顶上覆着一层塑料膜，散着七零八落的枯叶，厚厚的黑灰趴在最上面。许多发黑的树枝耷拉下来，从远处看像个长毛怪物。被岁月剥落的墙壁摆出不服输的苍凉表情，用眼睛直直地盯着天边的烈日，丝毫不怕阳光刺进它的身体里。一根粗壮的树干被人强迫着顶住房屋的脊梁。里面传来男女对话的声音，听不清内容。

我想，这里面也许住着老刘，但更可能住着像老刘一样拼命生活的人。他们的挣扎，有如一张大网，密不透风，仿佛笼罩和绑缚着一群魔鬼。他们这一生，始终都拎着这张网，与魔鬼搏斗。我没了揭开现实的勇气，转身走向归途。但老刘和他女儿的形象常浮现在摊开的教案本上，我越来越期待雨天。

然而事与愿违的概率总是更高，一连三天碧空如洗。我骑着电动车在村庄的小路上来回奔波，车轮在土路上丝丝滚动。

清晨的凉风把我的头发揪到空中，我一边享受这炎炎夏日的馈赠，一边扫视沿途的房和树。上了年纪的大妈三五成群地坐在门口树荫下乘凉，右手摇着不知从哪里捡来的破旧硬纸板，时而眉毛上扬，时而相顾无言，时而津津乐道，时而眉头紧皱。

与这情景对应的是另一位老人，她独自坐在门口，看着对面的大妈们若有所思。她枯枝般的双手交叉在腿上，嘴唇凹了进去，满头的银发从远处看像一顶灰白帽子。所有的皮肤都松软地趴着，连一条像样的皱纹都撑不起来。她的眼睛已经浑浊不堪，但在蓦然睁大时，仍然能看到光芒从中射出。我被她身后的土坯房吸引，停了下来。房子不高，有些向右倾斜，没有树干顶着。侧面的墙壁坑坑洼洼，还有四个两拳大小的洞。数块石砖挣脱土块的束缚，裸露在空气里。房顶几块瓦片不知所终，留下漆黑的空洞，阳光从四面八方钻进房子里。不折不扣的危房。

见惯了体面舒适的居所，我对这个村庄愈发好奇了。

以后会越来越好的

离补习班结束还有半小时，突然下起大雨。乌云浓得像要滴出墨，空气中弥漫着雨水与灰尘交融的清新味道。看着被大雨拍打的路面，我心中升起一阵莫名的欢喜，拨通了吴叔的电话。

透过车窗，我发现副驾驶上坐着上次那个大叔，便独自坐到后排，暗自思忖怎样不露痕迹地聊起老刘。

"咋样啊今天?"大叔问吴叔。

"嗨,别提了。上次那个老太太又来了。"

"她? 又提啥要求啦?"

"闹了一下午,找我要危房改造指标。还是看天要下雨了才肯回家,明天估计还得来。"

大叔"嘶"了一声,愤愤地说:"咋一点都不知道感恩呢? 给她办了贫困户,自己非要给她儿,她儿那两层小楼谁不知道? 一哭二闹如了愿,又开始提要求,还真把村委当她家啦。"

"咱们说老实话,她的要求合理。那房子我见过,漏雨透风,已经斜了。但她把贫困户给了别人,咱们咋给她办?"

"就是!"

"还问我砸死到里面咋办? 活该!"

听到这儿,我心头一紧,仿佛旧琴被人扯住了弦。

"那她儿咋不给她修房子呢?"我问。

"他儿听她儿媳妇的! 能听她的?"

"清官难断家务事,你们这活还真难做。"我接着说。

一听这话,大叔便打开了话匣子:

"你是不知道啊,自从国家下了脱贫任务,我们天天加班,中秋端午都不放假。不放假就算了,还没加班补贴。"

"还中秋端午呢,正常的星期天都没了!"吴叔苦笑着,嘴角不自然地上扬。

"对呀! 天天考勤扣工资,想偷个懒都不行。"

"你还没偷懒? 也不知道谁在办公室吹着空调睡觉,冻感冒了。"

我扑哧一下笑出了声。

"那也不能全怪我呀,那天下午领导没来开会安排工作,我都不知道该干啥。又赶上了瞌睡瘾,说起来也邪门,老三喊我打牌我都没去,睡憨了! 哦——可能前几天迎接省里的检查太累了!"

吴叔沉默了几秒钟,说:"刚来的那几年还年轻,有激情,想干点事，后来慢慢也就不想了，一是累，二是知道不行了。"

我靠在车窗上眺望远方的玉米地，云朵被玉米尖儿扎得左蹦右跳，远处低矮的土坯房向天空叫嚣着，时而有明晃晃的不规则线条闪现在云堆里，随后便是一阵轰隆隆的响声，像是天公打了个饱嗝。

"最近还钓鱼不？"感到气氛不对，大叔连忙岔开话题。

"不钓啦，没那闲心咯！"

"你还别说，贫困户现在都钓起鱼了。俺那庄那个蔺满就是。"

"咦，还有这事？"

"人家活得多潇洒啊，一人吃饱全家不饿。自从有了补助，工也不打了，整天钓鱼、打牌。"

"没个老婆管着就是不行。"

"他多大了，还没结婚？"我插话。

"他倒是想，谁愿意嫁给他？好吃懒做，再加上年轻时喝大了，调戏人家妇女……"大概是觉得我还小，他没再说下去，话锋一转，"还有哩，上头批的扶贫项目，一头羊两千块。送给他养，没两天八百卖出去了。说养不好，这这那那的，你说我们拿他有啥办法。"吴叔无奈地笑道。

"这也就算了，他还大嘴巴，领完补助能说一路，'唉，又来了，上次的还没花完呢！'跟他一块打牌的都跑我这要说法了。"

"哈哈，那你工作可难做咯。"吴叔笑着调侃。

"那可不，自从有了这个扶贫项目，家家都想当贫困户！"

汽车路过不知名的村子，墙上用醒目的蓝漆刷着：扶贫先扶志。我的心像被什么击中了。

"也不光这些，平时那些琐碎的事也够糟心的。今个老李跟我说上次汇总的账目乱七八糟的。唉！"

"你呀，真人才！"吴叔看了他一眼，调侃道。

"光靠补助也不是长久办法啊，就没想引进个产业项目啥的？"我试探着问道。

"咋没想过。给的政策足够优惠，没人来啊，这地儿太偏僻！"

"去年好不容易一个老板要在这儿开服装厂，还是咱县里的人呢。三层的楼，那么大块地方，一年租金才一万，他还不愿意！领导没办法，又答应给他安防盗窗，他才答应，我们都不够本！"吴叔补充道。

"咱们这穷地方，恶性循环啊。"我无奈地叹气。

"不过上个月又引进个项目，风力发电。人家来考察环境适不适合，刚在地里拉条线，农民就跑来闹，说毁坏庄稼，硬给人撵走了。"

我沉默。

"我连忙跑去安抚，跟他们解释毁坏庄稼是有赔偿的。要是项目落地了，也是个长期的好处，说不定还能带份工作来。"

"是哩。"大叔在一旁憨憨地附和道。

"万事开头难，以后会越来越好的。"我鬼使神差地说了一句。

告别

一夜之间大雨的痕迹所剩无几，又是个大晴天。

今天是补习班的最后一天。发完试卷和奖状，孩子们早早地回了家，一蹦一跳，脸上笑容依旧盛放，告别仪式似乎并未给他们带来不舍。我也曾有过那样的时光，只是慢慢了解自己应该承担和忍受的，变得沉默了。他们也会长大，触碰到现实的冰冷一角。那时候，但愿他们会跳起来反抗，在社会底层的泥潭中挣扎向上，而不是愈陷愈深。

时间还早，我在附近闲逛。顺着一条小路走了不到200米，便看到一条狭长的沟渠在树影中探出脑袋。斑驳的阳光倾泻到水面上，绿藻和生活垃圾挣扎着浮出水面。

蝉声震耳，烈日融池。两个男子坐在沟旁垂钓。一个赤裸上身，衣服随意地搭在肩上，拿着钓竿屏息等待。另一个卷起脏兮兮的袖口，用粗糙的手指夹着烟头，汗珠沿着黑黄的皮肤滚落，一滴、两滴……这画面让我的灵魂感到震颤，我想起老刘，想起叔叔们，想起老奶奶，想起自己。

中暑的小虫从树上滚落。

顶着烈日垂钓的人，也许不是因为热爱或清闲，而是因为无事可做。那打牌的人呢？或许也一样。

28天，672个小时，2419200秒，时间自顾自地四处奔波。我轻而易举地告别了28天以前的我，付出代价也收获回报。但这些给我留下强烈生命印象的人和隐匿于县城一角的乡村却仍挣扎在过去的阴影里，一只脚迈出来，另一只脚颤抖着缩回去。

鲁迅先生说："人不能饿着静候理想世界的到来，至少也得留一点残喘，正如涸辙之鲋急谋升斗之水一样。"前方荆棘丛生，亦有曙光闪耀，未来会怎样，我不得而知。然而我总觉得应该做些什么，不是苟延残喘，而是有韧性的挣扎。王摩诘有诗云："行到水穷处，坐看云起时。"是的，我们实在没有悲观的理由，最坏的结果也不过是至水穷而看云起。

评语：行文朴实自然，内容紧贴现实生活。看似不经意的语言，道出生活不尽的辛酸；看似不动声色的叙述，实则褒贬鲜明，细节描写颇具匠心。

归巢

闵洁茹

"具体情况李医生都跟你说了吧？我刚又检查了一下，心率还是不太稳定。再留院观察几天吧。注意饮食清淡，情绪不要过激，多休息。"

"好，好，谢谢医生！"赵小霞转身，长出一口气，向父亲的病房走去。

天花板，墙壁，地板，床单……这儿的一切都白得令人发怵。唯一看不出颜色的是空气里弥漫的消毒水味。

"我就说没事儿吧，你们非要来！"赵国光苍白的嘴唇一张一合，爬满皱纹的黄脸上挤出笑容。

赵小霞白了父亲一眼，径直走到他身旁坐下。"这下好了，烟、酒、肉都别想啦！医生说要留院观察！"

"哼，哪的医院都一个样！你以为进去出来就完了？不把你钱包抽瘪能让你出来？"

"您还别不服气，市里的医院就是好些，这设施，这环境……"

"啥？你妈？我死了她才开心呢！可我就是不死，我老头身体硬朗着呢！"

"这话才是昧良心！除了我妈，谁愿意伺候您这大爷？"

"净瞎说！凭啥不让我喝酒？酒是粮食精，谁喝谁年轻！"

赵小霞知道父亲又犯聋了，便不再说话，起身拿上热水壶准备去接水。赵国光仍独自嘟囔着什么。

赵国光前年正式迈入古稀，身体愈发不如以前。可他自诩年轻时靠木匠活发家，嗜烟酒几十年极少生病，丝毫不愿意承认身体大不如以前。本来儿女们也乐意相信这"事实"，直到老爷子意外晕倒在巷口的点心铺门前。

正值冬末春初，凉风和缓地沁入小镇。想着绝对不会是中暑，点心铺老板连忙打发人去巷子里叫他老伴。

这可吓坏了玉珍大娘。她手忙脚乱地赶来，额角粘满乱发。围观的街坊们又是掐人中又是拿温水，直到人群里冒出一声："快打120！"玉珍大娘一摸兜，牛一样的眼睛瞪得更大了："二柱，快帮忙打120吧，我忘带手机啦！"点心铺老板拍了下脑袋，极快地拨通了电话。

赵国光被呜哇叫嚣着的救护车拉去了县医院。儿女们闻讯赶来，在病房门口议论着突发事件的原因。数层愁云纠结成一团，凝结在他们头上。小儿子自运不住地挠头："这趟可不少花钱！"没有人搭理他。

好在老头身体底子不错，没过多久就醒了。但赵小霞还是不放心，主张把父亲送到市医院再检查检查。

于是便发生了开头那一幕。

月光涂白了玻璃窗，窗帷淡淡的影子躺在屋角。赵国光的眼皮越来越沉重。这时，老年机刺耳的铃声把他从半梦半醒中惊起。他正要伸手，却被女儿抢先了一步。

"喂？妈，没事啦。放心吧！"

"把电话给我！"赵国光不满地叫道，眉毛拧成一团。

怕父亲情绪激动，赵小霞连忙把手机递过去。

"嗬！我住院了，你可开心啦！"

"不放心我？睡不着？得了吧！你眼里除了那点鸡鸭还有啥？我早死你早解脱！"

"哼！我好着呢！你还得难受几年！"

"切，不跟你吵，睡觉去! 喂你的鸡去吧!"赵国光讽刺地补了一句后，挂断了电话。

"你看你妈，我住院了她也不来看我，可开心哩!"

"少说两句行不行? 那一群鸡鸭不是活口? 她不得照顾?"

"说起这我就来气! 又不是缺钱花，弄得家里又脏又臭!"

"再脏不也能造点动静? 没了它们，你们俩整天干耗着，我妈更难受!"

赵国光没了话，把头扭向一边，下巴上的肉起了几层褶子，装着打起呼噜。赵小霞无奈地摇摇头，在病床旁边的躺椅上坐下。

一阵沉默之后，赵国光睁开眼，看到躺椅上的女儿，他扬起眉问："我都没事儿了，你咋不去宾馆睡觉?"

"也就这机会能孝敬孝敬您啦，平时照顾瘫了的婆婆，连亲爹亲娘都顾不上。"

赵国光沉默了，一束阳光闪现在他心底，暖暖的。

初春的太阳习惯偷懒，窗外是阴沉沉的未褪尽的夜色。赵国光的呼噜声震得被头儿一阵抽搐。

此时，镇上老家的玉珍大娘早已起床，端着一盆鸡鸭食上了二楼阳台。她热爱忙碌，每当干活的时候，她浑身的筋骨就兴奋起来抖擞起来，像一匝一匝拧紧了发条的座钟。

在市医院住了5天，赵国光7次闹着要回家。家里虽只有一个絮絮叨叨的妇人和一群像她一样聒噪的鸡鸭，但让他感到安稳。女儿无奈，问过医生的意见后，又观察了三天，和父亲一起回了老家。

迎着邻里的问候，赵国光迈着骄傲的步子进了巷口。刚进家门，他就一屁股坐在门口的藤椅上："他妈的，这一路可累坏我啦! 自鹏妈，中午红烧肉!"

玉珍大娘正在切菜，听见老头的话，她握着菜刀的手更用力了，案板哆哆作响，说："没有红烧肉，青菜炒土豆。病都是自己作的!"

赵国光心中蹿起一股无名火，正要开口反击，却被女儿及时堵住:

"对啦! 我哥让我爸去他那儿住俩月, 再检查检查呢! "

"我老头子才不去! 哪都没自己家舒服! "

"从咱这儿到北京, 坐高铁都得四个多小时。太折腾! 况且, 那是人家的家, 不是咱自己的! "

听出母亲话里的深意, 赵小霞沉默了。没错, 哥哥那儿有最优越的医疗条件, 可他刚创业, 肯定百事缠身。更何况嫂子一向嫌弃老家人的乡土气, 尤其是嫌弃母亲。

感到气氛不对, 老头插嘴道: "你们这些女人家, 什么事都喜欢往坏处想。我这不是活蹦乱跳的吗? 瞎操心! 再说, 我活得长了你们不也烦? "

女儿笑了: "我看孩子去啦, 一星期没见了。"

赵小霞一边往门外走, 一边想: 父亲酗酒, 脾气暴躁, 时常对母亲拳脚相向。动起手来谁都不敢上去劝架, 谁去连谁一起打! 丈夫就因此受过一次伤。她抱着母亲痛哭了好几回。父母结婚五十多年了, 母亲一直忍让, 父亲却变本加厉。近几年才好了些。她是恨父亲的, 哥哥弟弟也一样。可父亲这次病倒却令她乱了方寸。

小镇的四季过得很慢, 日子一个接一个地溜走。

玉珍大娘还是照常早起浇菜地, 喂鸡鸭, 洗衣做饭, 好像什么都没发生过一样。但她心里却装满了疯长的草。女儿的话常从冒着热气的饭锅中钻出来: "医生说我爸是冠心病, 血管堵了80%, 要做心脏搭桥手术。"她蒙了, 搭桥? 和东头河闸那儿的桥一样吗? 可在人心脏里怎么搭呢? 直觉告诉她, 老伴的病很严重。几乎瞬间, 浑身的烦躁如同无数钢针, 迸射般地扎来, 劲道凶猛, 令她有五脏俱裂之感。

下午洗完衣服, 她坐在门口剥花生。抬头便瞅见屋檐上空空的燕子窝, 阳光刺得她眼花。邻居蔡大妈路过, 笑眯眯地跟她搭话。两句寒暄之后, 蔡大妈的表情突然变得严肃起来。

"小霞妈, 你听说了吗, 西头的王老头死啦! "

"啊? 什么时候的事? "

"早啦！我也是刚听说，大年三十晚上！他半夜起来上厕所，犯病啦！儿女都在外面，保姆又回家过年了，没人管他。我估计是冻死的！"她的嘴努得像一颗干枣。

"唉，真是可怜，三儿两女有啥用？还是没人管！这下好了，跟着他老伴去了，省得当累赘。"

"谁说不是呢，但人老了就只能靠儿女啊！你还好，就一个儿子在外面。"

"别提啦！自运住得离我远，也就逢年过节来吃吃喝喝，吃完就走！他那个媳妇你也知道，叫不动，吃完饭连碗都不刷，别说让她做啦。也就小霞孝顺，但终归是女儿啊，别人家的人！"

"都差不多！我儿子住得虽然近，也就送生活费时来家一趟。长大啦，有自己的家啦！前两天我看新闻上管咱叫啥？对了，空巢老人！"

"哈哈，还整个文化词儿！也是啊！小鸟长大都出去搭窝了，老鸟只能在老窝里等死啦！"

蔡大妈也跟着呵呵笑起来。这时，院子里响起赵国光粗厚的声音："老婆子，自鹏来电话啦！"

"小鸟来电话啦，快去接吧！"蔡大妈调侃了一句，抬腿往自个儿家门口迈去。

玉珍大娘连忙站起来，一边把手上的污垢抹在围裙上，一边往屋里走。

原来女儿已经告诉了大儿子老伴的病情，他怕情况再恶化，催促老两口尽快去北京。

挂掉电话，玉珍大娘的心像缠在一起的丝瓜秧。老伴虽然对自己不好，但毕竟有几十年的感情。况且她也害怕过一个人的日子，说不定哪天死在家里都没人知道。新闻上不是说哪家的老人死了一个多月，尸体发臭了才被邻居发现吗？这次老伴的病那么严重，她觉得很害怕。

看到老伴坐着发呆，赵国光有了不好的预感，但他仍嬉皮笑脸地问："咋？儿子又请你进京享福啦？"他越来越喜欢讨好她。

"是请咱俩!"玉珍大娘顺着他的话说下去。

"请我?得了吧。他烦我,我知道!"他很不在乎地垂着一只手,另一只手叉着腰。

"那还不是因为你那一点就着的暴脾气?说破天你也是他亲爹。"

见赵国光不回答,玉珍大娘接着说道:"孩儿他爸,有病咱就治,别跟命过不去!我陪你去北京,做完手术咱俩好好过日子,行不行?"

"做啥手术!我没病!没病!"撂下这句话,赵国光逃也似的出了房间。留下玉珍大娘独自望着墙上的全家福叹气。

家中谁都知道赵国光的驴脾气,见他态度坚决就都不敢去劝他,况且劝了也没用。

这件事就这么搁浅了,生活依旧沿着轨道继续。

直到一天夜里,屋子像个黑暗无声的孤岛。玉珍大娘被赵国光沉重的喘息声吵醒。她按开床头灯,昏黄的灯光映在他布满细汗的灰白脸上。他惊醒似的睁开眼睛,两眼直勾勾地盯着天花板,抓紧床单的左手用力向上拧着,右手捂着心脏大口大口地喘气,说不出话来。玉珍大娘连忙扶他坐起来,一边帮他顺气,一边摸出枕头下的手机拨通了120。

这件事以后,赵国光态度大变,同意去北京做手术了。他怕有人在他身体里动刀子,但更怕自己毫无征兆地死在寂静的夜里。

赵小霞和玉珍大娘陪赵国光去北京,落脚在大哥赵自鹏家里。大嫂孙思华是一如既往的"热情",一进门就不停嘘寒问暖,扶老人坐在柔软的真皮沙发上。

安顿好以后,赵自鹏开车带父亲和妹妹去了市中心医院。玉珍大娘和儿媳妇留在家中。两人相顾无言地坐着,空气中大写着尴尬。玉珍大娘两眼盯着闪烁的巨大电视屏,心思却早已飘到了九霄云外。她感到坐立不安。自从上次与儿媳妇闹翻后,她再没来过北京,距今已有五年了。

这五年里,她时常想念儿子和大孙子,但她憋着劲儿,把思念埋在心里。她知道,儿媳嫌恶她身上家禽的臭味儿,讨厌她尖锐的大嗓门。她有次还梦见儿媳责怪她不会用日本进口的电饭煲,把饭做糊了。她忘了这件事真的发生过。儿媳不乐意把孩子交给她带，理由是怕老太太把孩子的普通话带出方言味儿。她难过，但不敢在儿子面前表现出来。她不想让儿子为难。要知道，若是没有这八面玲珑的儿媳，儿子的事业不会做得风生水起。

她只能忍，有时候会偷偷地抹眼泪，但她总不让别人知道。当她觉得忍无可忍时，便趁儿子不在家跟儿媳拌两句嘴，结果就是整整5年，她没能见到儿子和孙子。

来之前她就预想过自己在这儿的生活，果然。人清闲了，身边琐事便都像气泡一样冒出。她觉得难熬，这儿不是她的窝。

所幸赵国光的手术很成功，休养两周便出了院。老两口和女儿踏上了回程。

黑暗统治着小巷，大门前坏了许久的灯忽明忽暗，像是在欢迎主人回家。

玉珍大娘的脚已经踏进了家门，可耳边还回响着儿子的声音。

"医生说我爸状况不太好，能再维持十年就不错了。您回家注意点儿，让他少激动，多吃素。等忙完这阵儿我问问思华，能不能回去住段时间。"

她来不及为似乎即将到来的团聚开心，思绪在脑中拉扯：十年有多久？那时候上中学的小孙子该结婚了吧，儿子的公司也该做大了。正上大一的外孙女会不会有孩子了呢？十年长，也短。自己说不定活不到十年后呢！想到这儿，老太太感到轻松了许多。

赵国光可不知道这回事，他觉得自己像是新得了一条命。他决定要改改老脾气，少喝点酒，少吃点肉，尽量不再对老伴动手。

他一抬头，发现屋檐下新搬来了一窝燕子。蓬乱的草窝中躺着三枚乳白色的蛋。"嗬！我不在家，你们倒快活！"赵老头感叹一句，咧开嘴笑了。

"你们的窝满咯！"说罢，他径直走回了房间。

评语：截取生活中的平凡片段，将亲情、温情以质朴的语言表现出来，人物性格鲜明，故事充满乡土气息和生活气息。

浑圆

马俊豪

1.勋章

旧时的勋章不再像臣妾一样附庸在夜晚的周围，可叹这里是没有夜晚的，白炽灯从早到晚烤着，犹如弹火通明的日子，只是当年他无比渴盼的寂静如今却像幽灵一样缠绕着，缠绕着他梦里的马嘶和风吼。

我静坐在舅爷的床边，舅爷单独住在一间房子里。白炽灯24小时长明，床边是氧气瓶，瓶口的仪表上显示，氧气还很充足。一旁的床头柜上摆放着一个精致的木框钟表，木制的外壳上印着一排金色字迹"庆祝中国共产党建党91周年"。

六月的郑州已经很热了，舅爷盖着棉被平躺在床上。双眼像失去了对焦能力的相机一样，死死地盯着燃烧的白炽灯，所拍摄到的一切却是一片混沌的高斯模糊，凹陷的颧骨把他失焦的双眼放得无限大。我心中不断地祈祷，希望被子覆盖下舅爷的身体是放松状态，但这样的眼神却让我在理智上不断否认自己的希望……他的身体是紧绷着的。

我说，舅爷，你好啊。舅爷的目光像上了发条的机器一样移向我，然后点了点头。良久的沉默后，我说，舅爷，你还记得你是什么时候参加的解放军吗？过了许久，他说，本子上都记着呢。我说，舅爷你还记得你当年战斗的故事吗？给我讲几个呗。又过了许久，舅爷长叹一口气，连着说了三声，老了，不行了。我拉着舅爷的手说道，舅爷，您得好好活着。

走出舅爷的屋子，我坐在客厅的沙发上。奶奶说，舅爷天天都在床上躺着，你叔害怕他上厕所的时候摔倒，所以把灯一直开着，他已经分不清白天晚上了。你叔孝顺得很，在房子里装了摄像头，手机上可以看到图像，他就怕上班的时候舅爷出点什么意外。

奶奶又说，你舅爷打了一辈子仗，军功章可以挂整整一身呢。

我说，那军功章可以让我看看吗？

奶奶说，早都找不到了。你舅爷没有孩子，早些年的时候周围的孩子都来玩，你舅爷就把那些军功章拿出来给他们玩，现在这些东西已经找不到了。

我说，这么贵重的东西怎么能让小孩拿着玩呢？

奶奶说，在你舅爷眼里，小孩子远比军功章贵重。

2.幸与不幸

故事说起来也简单，解放战争时期，舅爷参军，成为四野的一员，跟随四野一路南下解放广州。新中国成立后，又成为志愿军的一员，渡过鸭绿江，参加了抗美援朝战争。"文革"时期被打倒。一生结过两次婚，没有孩子。

奶奶从钱夹里拿出一张老照片，照片上的舅爷帅气极了，穿着军装，头发梳到一侧，整齐的偏分，眉毛浓密，眼睛很大，嘴唇厚实。

奶奶说，你舅爷那时候读过书，认字，会画地图，整个河南省所有城市的地形图他都会画，后来参加朝鲜战争，又学会了英语和朝鲜语。

奶奶又说，你舅爷复原回来后，自学物理化学。那时候家里的大事小事，你舅爷都安排得很妥当。

我问，那时候打仗的事，舅爷讲过吗？

奶奶说，舅爷清醒的时候谈论这些事情时，心里很抵触。大概是因为那时候在朝鲜。整个连队打得就剩你舅爷一个人，他被美国人的炮弹炸晕后被土埋住，身前挡了一块石头，这才捡了条命，被救出的时候，那块石头上都是子弹打的窟窿。

奶奶接着说道，复员回来后，你舅爷被安排到木材厂上班。当时领导的家人朋友都从木材厂拿木材回去，舅爷就把那些拿过木材的人名字都记了下来，就是这时候得罪了不少人。"文革"的时候你舅爷被打倒，后来一个人扒火车跑到兰州那一带，一去就是很多年。回来时已是四十多岁的人了，没有结婚。就托人给你舅爷找了个媳妇，是个寡妇，在家里待了几天就逃了，还偷走了好多钱和衣服。过了几年，又给你舅爷找了个媳妇，这媳妇人有点笨，针线活都不会干，还不会生孩子，人挺老实，你舅爷就跟她一块生活，直到几年前她去世。

我说，那么，小叔不是舅爷亲生的孩子吗？

姨奶说，那是你舅爷领养的。

这段对话发生在六月的傍晚，吃过晚饭后，我和奶奶、姨奶在舅爷家附近的一个公园里散步。舅爷家住在郑州大学附近，沿着科学大道向西走，大概十分钟的车程。从行政区划分，这里已经属于荥阳了，但近些年高速发展的郑州，城市规模日益扩大，地铁也快通到舅爷家门口了，我想大概现在的舅爷已经不能像很多年前一样从容且精确地画出河南省的地图了吧。历史就是这样飞速地前进着，将一个富饶的灵魂带向沉默。

我想或许多年前，这个公园里时常会出现一个老人，他穿着军装，头发梳得一丝不苟，身上挂满了勋章，在那里踱着步，或看书，或听一首歌。如果有一两个外国人问路，他可以用英语很流利地为问路者解答。到了傍晚时分独自一人慢慢地走回家，就像地坛之于史铁生那样，这个公园就是舅爷的归宿。

可现实告诉我，这个公园是近两年才修建好的，修好时，那个老人已经久卧病榻，而勋章也早已丢失。

好吧，原来历史早已被割裂了。

3.尤利西斯的故事

人生外在的力量和内心的诱惑是任何一个有毅力、有智慧的人都将面对的考验。（《尤利西斯》书评）

每个人都得有一个精神寄托，在战争年代，这个寄托是祖国的使命；在和平年代，则是家庭的完整。父亲是舅爷带大的，从郑州回家后，我曾数次向父亲讲述舅爷如今的状态，叹息着命运，拷问着灵魂，感慨着岁月的力量。

父亲对我讲了这样一个故事。

那时的父亲很小，小到记不清故事的开端和结尾。只记得一条路，那条路很长很长，舅爷就领着父亲，两个人走在这条路上。"那真是一条看不到头的路啊"，父亲反复重复着这句话。就这样两个人一路走着，去探访一个好友，而这个好友是谁父亲已经遗忘。

父亲说，舅爷就是这样一个人，会把每个人都看得很重要。不论是住得多远的亲朋好友，都会去探访叙旧，努力维持着一个家族的联系。

姨奶说，舅爷没有孩子，那时正值困难时期，舅爷作为革命老兵，个人待遇还是很好的。街坊和亲友家的孩子都喜欢到舅爷家去玩，孩子们来了，舅爷不由分说就会把糖和吃的拿出来给孩子们，吃饱喝足后，孩子们都佩戴着舅爷的军功章在院子里撒欢。没有计较，只有缓缓流逝的时光，和一时半刻的安然。天黑了，孩子们被父母带回去。舅爷抱着那些舍不得离开的孩子，擦去他们的眼泪，然后默默等待着孩子们来。

终于有一天，孩子们突然长大了，可以抵抗住糖果和肉的诱惑了。他们看到舅爷扭头就走。是啊，谁会跟一个反革命分子亲近呢？

我相信当时舅爷就算被误会也不会责怪孩子们的，只是那时候的他可能有点想不明白，自己革命了一辈子，怎么到最后却成了反革命？

小叔是舅爷的养子，舅爷一直把他供到大学毕业，为小叔找了个好工作，如果小叔按部就班地工作、结婚、生子，我想这个家庭就完整了吧。可是小叔没干多久就辞职了，舅爷为了给小叔找这个工作忙得焦头烂额，错将自己本应享受的离休待遇办理成了退休，后来搞清楚两个概念的舅爷又给党支部写了很多信来介绍自己，只是这个自己戎马一生应得的待遇再也回不来了。

我看过舅爷写的信，那钢笔字，真是漂亮极了。

"尊敬的领导你好，我一生经历过无数次战争的洗礼，党龄××年，按照政策本应享受离休干部待遇，但是由于我在当时未能理解离休与退休的区别，故错将离休办理成退休……"

多次写信未果后，舅爷放弃了。至此，舅爷一生因参加革命而理应得到的社会声望全部烟消云散。

还剩下些什么呢？孩子的婚事未果啊，我这个小叔啊，愣是到了三十多岁还不结婚。奶奶说，那段时间舅爷总是给她打电话，一打就是很久，说着说着电话两头的两个老人都能听到彼此眼泪滑落的声音了。

生活还得继续，可不是嘛，孩子自有孩子的选择，舅爷深知这一点，就像当初自己忤逆长辈的意志执意去当兵一样，想明白了的舅爷就不再插手小叔的生活了。可人总得做点什么吧，于是舅爷开始看新闻，抄天气预报。每天中央台播放天气预报时舅爷就拿个小本子，把郑州的、宝鸡（奶奶住在宝鸡）的天气都抄在本子上，然后给每一个他所关心的人打电话，告诉他们次日的天气情况。

生活啊，也许这就是生活吧。

今年五月小叔终于结婚了，父亲说，你舅爷这一辈子，最后把他打倒的一定是家庭的不完整。我说小叔已经结婚了，很快就会有孩子，到了那时候，舅爷就可以振作起来了吧。父亲说，已经太迟了。

我又想起在床上僵硬地躺着的舅爷。太迟了吗？或许是吧。

4.妈妈

沿着科学大道向西走，十多分钟的车程，就到咱家了。他边说边点上了一根烟，我坐在副驾上，斜着眼打量着这个三十多岁的男人，有点微胖，眼睛不大，看起来很面善，说话简洁、利索。我有一句没一句地跟他搭着腔，心里开始懊悔自己没有在到郑州之前买些见面礼。

很快车就停在一个熟食铺子门口，他下车买了几斤熟牛肉，而我也借着他去买肉的间隙到一旁的小卖铺买了两箱牛奶。到家后，已是下午五点多了，晚餐很丰盛，切成片的熟牛肉整齐地躺在盘子里，他夹了好几片放在米饭上，用筷子细心地扒出一整块米，就着牛肉一口吃到嘴里，一番咀嚼后，咽了下去。他说别客气，自管吃，管够。我笑着说，那是自然。他又吃了一口菜然后说道，妈，今儿我就怕豪豪来了乱买东西，专门在地铁口等他，谁知道刚我在这边买牛肉，他在那边买牛奶。

他就是小叔，而他喊"妈"的人是他的姑姑，也就是舅爷的妹妹，我的姨奶。

你知道北京城的老炮儿们吗？就是20世纪60年代在大院里长大的孩子们，他们骄傲，因为他们的父亲都是战功显赫的军人，他们一身匪气，他们有知识，他们混不吝。我小叔是个什么人呢？我想，他和这群老炮儿的性格有点像。

舅爷家住的院子里被小叔打理得很漂亮，到处都是花花草草，客厅那个水族箱漂亮极了。小叔工作忙，奶奶是几个月前从宝鸡到郑州来照顾舅爷的。奶奶说，小叔在家后面的荒地上忙了几个月打理的花园，结果邻居砌了一堵墙，就圈到他们家了，奶奶气得浑身发抖，小叔大手一挥说，不牵扯，给他们就给他们吧。

奶奶说，别看你小叔爱玩，其实是个很孝顺的孩子。

我点了点头，是啊，他的性格很好，他叫姨奶的那一声"妈"一定是由衷而发的，而这一声"妈"就是他对舅爷那种近乎固执的家族观念的继承。这无关乎他混不吝的性格，无关乎他小布尔乔亚的生活，只是因为他是舅爷的孩子。

5.浑圆

清早阳光

照明高墙一角

喜鹊咯咯叫

天井花坛葱茏

丫鬟悄声报用膳

紫檀圆桌四碟端陈

姑苏酱鸭

平湖糟蛋

撕蒸笋

豆干末子拌马兰头

莹白的暖暖香粳米粥

没有比粥更温柔的了

东坡、剑南皆嗜粥

念予毕生流离红尘

就找不到一个似粥般温柔的人

吁,予仍频忆江南古镇

梁昭明太子读书于我家后园

窗前的银杏树是六朝前的

昔南塘春半、风和马嘶

日常无事蝴蝶飞

而今予身永寄异国

诗书礼乐一忘如洗

犹记四季应时的早餐

…………

这首木心的《少年朝食》我喜欢极了,这仿佛就是舅爷的一生,有风萧马鸣的故事，有遗憾错落的叹息。舅爷喜欢吃郑州烩面，面条和羊汤，汤温柔，面顶饱。我相信很快小叔就会给舅爷添一个孙子，届时，一家人，亲亲爱爱，为舅爷养老送终。浑圆的生活，浑圆的一生。

评语：用舒缓的笔调书写了一个人跌宕却平凡的人生际遇，这种饱满和缺憾恰恰反映了人性的深度和人生的厚度。

白梦回信

马俊豪

一

三个月来，雨不停地下，雨滴拥抱在一起，有序地在道路两旁翻滚着，日子流成了河，月亮深深地藏在乌云里。

这晚，天气放晴，梅坐在马路牙子上，看着路边被河流遗忘的水洼，忽然一把抓碎了水中的月亮。

月亮碎了，该回去了，梅对自己说道。

回家的第一件事便是拉紧窗帘，拒月光于门外，梅深陷在床里。床右边梳妆台上的瓶瓶罐罐摆放得整洁有序，镜子下方躺着一封信，信封的角已经卷了起来。

多年前，每晚梅都会打开这封信读上几遍，而后在纸上描摹写信人的字迹，揣测着写信人在写这封信时的心思，可这样的习惯梅已经遗忘很久了。

忽然，梅坐了起来，用曾经最熟悉的方式打开了信封。一阵小风吹过，窗帘被吹开一个缝，月光俏皮地挤了进来，洒在泛黄的信纸上，洒在梅的头发丝上，洒在回忆里。

那年的梅不过是个十七岁的小姑娘，在市一中读高中三年级，日子过得简单而有序。

高中三年级，高考的压力扣在每个人的心头。不过梅的成绩优异且稳定，梅的父亲是律师，母亲是钢琴老师，在艺术与理性所编织的岁月里，梅沉浸在父母爱的呵护里。

那是个阳光明媚的周末下午，教学楼很是安静，来自习的学生神情各不相同，眉头紧皱的是梅这样即将面对高考的人，而眉头舒展泪眼汪汪的则多半是在读小说的学生，这样的小说多出自张爱玲、三毛之手。

教室是背阳的，炽热与凉爽一门之隔，这段日子里梅总是看不进书，不知是因为闷热的天气还是紧凑的日程。梅的注意力总是无法集中到课本上，梅望着旋转不停的风扇发起了呆。突然一声咳嗽使梅从自己的思绪中醒了过来，我都在想什么呢。梅的脸有点泛红，用余光看了看周围，大家都在看书，还好没人发现自己。梅庆幸地站了起来，走出教室，来到卫生间的水龙头前，用冰凉的自来水洗了把脸。

二

重要消息

某军A团，是在大地震发生后的第三天进入灾区的，这是军方介入此次特大灾害的先遣部队。部队行至距离灾区100公里时，道路断裂，靠山的公路随时有发生滑坡、泥石流的可能性。A团被迫停下脚步，商议后，团长张伟上校派出五名经验丰富的侦察兵前往随时可能发生危险的山上勘探路况，五名侦察兵随身携带视频装置，及时将山体情况反馈给地质专家。这五名侦察兵因打通受阻公路，以及后来的抢险救灾立下赫赫战功。

A团团长张伟上校多年以后回忆道：

这五个兵，其中有四个是我带出来的，这四个兵在全军的侦察兵比武大赛上都拿过名次。这次任务虽说危险重重，但我还是有信心的，因为如果连他们都完成不了这个任务，那么我们全团、全师、全军，又有几个人能够完成这个任务呢？

唯一不是由张伟上校带出来的兵，名字叫江北。江北是五年前军校毕业后来到A团的，如果跟另外四名经验丰富的老兵比，江北只是个小毛孩子。这次任务本是不该有江北的，但江北违抗了军令，冲到张伟的车前跪了下来，说道："我是从这座山里走出来的，中尉江北请求参加这次任务。"江北的眼睛里含着泪，嘴唇在一张一合地颤抖，上唇和鼻子之间的绒毛也跟着抖动。张伟拍了拍这位中尉的肩膀。说了句"路上注意安全"，就这样由五人组成的侦察小组出发了。

上校看着五人的背影一点点深入泥泞的滑坡体，对着这五个背影敬了个军礼，直到背影消失不见，上校的右手还在右边太阳穴的位置上定着。

三

梅所读的市一中，教学楼共有六层，一个年级占有两层楼，三年级分布在五层和六层。每一层从西至东分布着六个班级，楼道为东西走向，走廊狭长。每层楼有两个卫生间，分别在最东和最西。梅所读的三年级四班在五层偏东的位置，如果去卫生间，梅最便捷的方式是出了教室门，向东转，然后直行到东边的卫生间。

然而人生的巧合便是在一次次的重复中碰撞，如果那天，梅没有走神而是沉浸在数学题中，如果那天梅洗脸时没有去东边的卫生间，如果那天梅洗完脸没有在走廊上伸个懒腰并趴在栏杆前向下张望，如果那天下雨，如果那天刮大风，那么故事都会不一样。可惜人生没有如果，只有结果。

梅去卫生间洗了把脸，然后回到教室，在进入凉爽的教室之前，梅趴在走廊的栏杆前远眺了一分钟。

在那一分钟里，六层偏东位置的栏杆前同样趴着一个男孩。与梅一样，那个男孩也在远眺，但仅仅三秒钟后，男孩的远眺变成了近观。前些日子，梅剪去了一头长发，在这一分钟内，每一根让梅感到别扭的短发都长到了男孩的心里。

齐耳的短发、白色的T恤、蓝色的牛仔裤。余下的五十七秒，男孩的眼睛再也没有挪动哪怕一厘米。大约在第五十五秒的时候，梅感到一种来自目光的灼烤。两人目光的对视是在第五十八秒，对视结束是在第五十九秒。一分钟后，梅回了教室。

风扇还在不停地旋转，梅又一次无法集中注意力了。梅想起几天前妈妈拉着自己的手说，孩子啊，等你上大学，一定要去大城市，去见识更广阔的世界。梅不想离父母太远，可妈妈说的总是对的，梅憧憬大学生活，每天有大把自己的时间，可以弹琴，可以读书，可以跟喜欢的人恋爱。

夏季的白天很长，生活很细。梅被梦推得很远。

四

重要消息

某军A团全团战士在抗震救灾中战功显著，A团获得"英雄团"的称号。团长张伟，立一等功。中尉江北，因参与勘探打通救助伤员的生命通道，表现突出，立一等功。

与江北一同完成勘探任务的中尉武涛回忆说：

江北来到A团的时间不算短，虽然平时训练刻苦认真，综合素质也不错，可他毕竟不是战斗人员，这次任务本是没有他的，可他竟然跑到团长跟前请求参加任务，团长答应了。这毕竟不是演习，一旦有一点点差错，是要付出血的代价的，而且时间非常有限。虽然我们几个挺不愿意带上他的，但是军令如山，我们也只好服从命令。没想到一路上这个大学生的表现还真不错，我们都挺惊讶的。后来才知道，原来这个地方是他的家乡。

就这样江北一行人出发了，山路泥泞且未知。地震已经发生三个小时了，虽然空军已经派出伞兵空投到灾区参与救援，但地面救援力量却迟迟无法进入灾区。卫星图像显示，山体塌方十分严重，道路完全被毁塌，余震在继续，山体上石块掉落的声音从未停止。

江北紧紧跟在老兵武涛身后，江北感到大地的引力从未像现在这么大，两条腿就像被磁铁吸住了一样，抬腿时的吃力和落地后的沉重，伴随着阴雨天，一同压在江北心上。老兵们越走越快，江北的意识也在这样机械化的运动中变模糊了，江北的眼前渐渐浮现出了一个背影，江北的眼睛睁到最大，也看不清这个背影，江北想要抓住她的手，可江北走快她也走快，江北跑她也跑，就这样，两个人之间不到五米的距离成了一道无法穿过的鸿沟。

"团长，我们已经穿过滑坡山体了。"武涛对着传呼机说道。这时江北才意识到原来他们已经穿过了这座山，不到一公里的路程一行人走了四个小时。

"地质专家说，山体的情况目前还算稳定，裂缝没有扩大的趋势，不过余震还在继续，我们也算是鬼门关前走了一遭。"武涛笑着对同行的人说道。

江北痴痴地看着陌生的远方，那个背影已经消失不见了。

五

那一眼对视后，梅在路上总能碰到这个男孩，每个课间男孩都会趴在六楼同样的位置远眺，每天上午的九点至九点十分，梅也会准时出现。而大概九点八分的时候，梅会抬头看男孩一眼。就这样，两个人都十分准时地坚守着自己的"诺言"，男孩从不迟到，梅也一样。

开始时梅感到有些奇怪，不过后来梅也渐渐喜欢上了这样一个小约定。随着时间推移，这样的见面方式倒成了她每天最期待做的事情。

每天的准时到校只是为了那一天的九点零八分。一个九点零八分过去，又一个九点零八分到来，升学考试的日子也在九点零八分的等待中越来越近。

高中的最后一天，就要毕业了，一想到分别，梅便感慨万千，有对现在生活的怀念，更有对未来生活的迷茫，最重要的是对那场考试的紧张。梅在前一天晚上便下定决心，今天一定要和那个男生说句话，是自我介绍，是祝福，还有什么呢？梅想了很久也没想到。

这天，梅放学后故意没有离开学校，梅在五楼的楼梯口忐忑地站着，楼梯上来来往往的人很多，不断有人对梅打招呼，就连打招呼的内容也大抵相同。

"梅，你站这里干吗呢？"梅不知道该怎么回答。"嗯，你先走，我等下再走，路上慢点。"

这样一种答非所问的回答方式总能掩盖过很多人。可是每当那人走了之后，梅便陷入了一种新的不安。我站在这里干吗？梅自己也不知道。

男孩走出来时，楼梯口已经没什么人了。眼神与眼神对视的那一瞬间，两人不约而同地把头扭向了另一边，梅感到自己的睫毛连着眼皮在跳动。听着脚步声，男孩已经快要走远了。

梅转过身，急促地说道："你好，很高兴见到你。"

男孩就像被人牵着头发，别扭地转过身，躲闪着眼神回答道："啊，很高兴见到你啊。"

"祝你明天的考试一切顺利。"梅说道。

"嗯，你也是。"男孩说道。

"我们以后还可以见面吗？"梅说道。

"也许会吧。"男孩笑了笑说道。

随后两人道了别，梅转身跑回了教室。梅感到自己很委屈，眼泪没来由地就灌满了眼眶，为什么自己会问他那个问题呢？黑板的右下角用红色的粉笔写着"距离高考还有1天"，梅背起书包，走到黑板前擦去了"1"，写上了"0"。

六

A团已经全部穿过滑坡地带，来到震中位置。

江北呆立在原地，这哪里是自己熟悉的镇子，这分明就是世界末日。

坍塌的楼房,两人环抱的大树被拦腰斩断,漫天的灰尘,细细的毛毛雨像针一样扎在江北的脸上。江北像一只受惊的小兽似的,狂奔着想凭借自己坚实的记忆寻找熟悉的街道、熟悉的商铺。可是一切都不同了,记忆在地震的碾压下变得支离破碎。时间和空间都扭曲在捂着耳朵也会渗进大脑的呻吟声中,江北用力回忆着世界原本的样子。

飞逝的光阴下,一年像一月,一月像一周,一周像一天,一天像一刻,一刻就像干巴巴的树叶燃烧的一瞬间一样消失。

已然进入癫狂状态的江北被老兵武涛死死按在地上,一滴血从江北的眼角流出,划过眉骨,落在地上,红变成了黑。江北用力张着嘴巴喘息,嘴角都被撕破了口子,嗓子眼却像被灌满了淤泥一样无法呼吸。老兵武涛颤抖着双手紧紧按着江北,随后又用力把江北揽进自己怀中。江北瘫在武涛怀里,再也没有动弹一下。

七

日子的流过像头发丝生长一样毫无痕迹,接到大学录取通知书那一天,梅的头发已经长了不少。这天对于梅来说是很神圣的一天,这张录取通知书是对自己十二年求学生涯的回报。

录取通知书用红色信封包裹着,北京的一所大学录取了梅。负责分发通知书的老师在递给梅通知书时一并递给她一封信,老师说这是一个男生领取自己的通知书后留下的,委托老师一定要交给一个叫梅的姑娘。

信封是普通的黄色牛皮纸,信封上没有留字。对于这封信,梅好像早有预感。梅不知道该怎么办,甚至不知道该怎么拆开这封信。对于内容梅是又期待又害怕。梅用小刀一点点拆开这封信时,太阳已经落山了。那些梅最期待又最恐惧的字眼终究没有出现。

梅离家去北京时,母亲只是送她出了家门。父亲开车将梅送到机场,梅下了车,父亲把梅的行李箱提出车子,便离开了。梅独自拉着行李箱进了机场，这是梅第一次乘飞机，也是梅第一次独自出远门。家这个温暖的避风港宠爱了梅十八年，终于要一点点地把梅推开，那是时间的选择，那是成长的选择。

飞机越飞越高，高楼大厦越变越小。梅想起妈妈弹的钢琴曲，想起了熟悉的生活，想到了那个与自己对视许久的男生，想到了未来。当熟悉的城市最终变成一个点，然后再也看不见的时候，梅流泪了。旁边坐的男生礼貌地递给梅一张卫生纸，梅对他笑了笑以示抱歉。

飞机飞进了云里，软绵绵的云朵在安慰着远行的乘客们。

别了，山河；别了，故人。

八

进入大学一年后，梅和比自己年长一级的师兄恋爱了，在爱情的蜜罐里，梅弹的每一首曲子都散发着活力与幸福。

爱上梅这样的女孩是不需要理由的，梅对这位师兄的炽热追求毫无招架之力。一次次的感动后，梅接受了他海枯石烂的誓言，笃定地相信他就是那个将会继续宠爱她的人。除非是世界末日，不然太平洋是不会枯萎的。

时间在嫩芽般的爱情中缓缓流过，梅的父母对这位长梅一岁的男孩并不排斥，这个男孩的父母也带着长者的阅历对梅抱以赞赏的态度。四年的感情就要修成正果了，梅第一次对婚姻有了直观的概念。也许除了世界末日，再也没有阻碍他们走向婚姻殿堂的力量了吧。

可世界末日真就这么来了，只不过没有降临梅的身上。那天一个叫作叶子的小镇发生了特大地震，北京也有强烈震感。发生地震的时候，梅正在和未婚夫看电影，银幕上的滑稽动作惹得他笑得合不拢嘴。

地震就这么来了，拥挤的电影院里人们张皇失措，爆米花被踩碎，可乐洒了一地。梅下意识地想要拉紧身边人的手时，才发现身边早已没了人。梅被慌乱的人群裹挟着，走出电影院那短短的走廊仿佛需要一个世纪，黑暗渐渐褪去，失态的人们重新整理好西装，在香烟的迷雾中对身边人谈论着自己一个世纪前的冷静，好在只是虚惊一场。只不过对梅来说，曾经信誓旦旦、海枯石烂的许诺，被余震的风吹得顷刻间土崩瓦解。

梅带着被震碎的心离开了电影院。

九

江北猛地爬了起来，他知道自己不能倒下。江北毫不犹豫地拔掉手臂上的针头冲出医院，没有理睬护士在后面的叫声。他需要这个小镇，这个小镇也需要他。

老兵武涛正在吃力地搬着一块石头。透过石头缝，江北看到了一双透着希望的眼睛在眨，那应该是个小姑娘的眼睛，鲜血正顺着石头向下流。江北冲过去，帮武涛抬起了这块石头。石头被抬开了，小姑娘露在外面的手对着江北竖起了大拇指。一名战士用千斤顶顶开一个缝隙，江北和武涛一起将小姑娘从缝隙中抱了出来，获救后的小姑娘对着几名解放军战士说了一声"谢谢叔叔"。

"这是一所小学，地震发生的时候，孩子们正在上课……"武涛对江北说道。

"叶子镇小学，我的母校。"江北说。

武涛震惊地望着江北，此刻这个老兵什么都明白了。

救援工作还在继续，更多的解放军战士支援了进来。心脏长在左边还是右边？江北颤抖着黑乎乎的双手抱着头坐在帐篷里自言自语，战士们已经与时间战斗了三天，这三天来，没有白天和黑夜，只有时间的流逝。此时的江北坐在帐篷里，吃着泡面，每一秒的流逝都像刺一样扎在他心里。

三天来，江北已经数不清救了多少人出来。有活人，但是更多的是遗体。草的干枯，花的凋零，牺牲与救赎的故事在小镇里上演了一次又一次。最后，带着生存信念的人们用爱战胜了死亡。

江北在耗尽全部力气后，倒在地上，梦里的叶子镇开满了鲜花，也许这样的叶子镇再也回不来了，也许它每晚都在。

十

那段日子，江北的心好像遗失在叶子镇破碎的瓦砾中。起初，白天他还在坚持，仅仅在深夜一个人回到叶子镇寻找自己破碎的心脏。三天后，江北发现自己花费在寻找心脏上的时间远远不够，于是白天的时间也很快被占去。

战友们把江北送到心理医生那里。积极配合治疗一个月后，江北发现原来自己的脚也丢失在了前往叶子镇的那条路上。

那天江北躺在床上，想要喝一杯茶，却忘了什么是茶叶。他对武涛说："我口渴，想喝点什么。"武涛端了一杯水递给江北，江北愣愣地看着清澈的还在晃动的白开水，说："怎么不是绿色的呢？"武涛看着杯子，江北不再说话，喝了一口说道："这，并不解渴。"

遗忘在叶子镇的东西越来越多，除了身体，还有回忆。江北已经没有时间睡觉了，寻找是头等大事。

春去秋来，江北在寻找与遗失中日渐消瘦。

这天江北收到了一封信。

"你好，我知道这次地震发生在你的家乡，对于这一切，我代表我自己对你表示安慰。愿我无力的言语能对你所承受的巨大伤痛起到一点点的治疗作用，望节哀。或许你早已忘记的一个生命中的路人，梅。"

信封里还夹着几朵雏菊的干花。

一个再也熟悉不过的画面出现在江北的脑海，那个留着短发的女孩，那天她穿着浅色的短袖，蓝色牛仔裤。她笑起来很美，她左眼下方三厘米的地方有一颗痣，她总是害羞，她喜欢唱歌，会弹钢琴，爱吃辣的东西，喜欢读书，喜欢文学，喜欢发呆。

"她的模样就像用墨鱼汁做的画，丢不掉的。"江北说道，"她叫梅。"

月亮的破碎是在三个月后的一天里，梅坐在马路牙子上，一把抓碎了水洼中的月亮。破碎的月亮很快就会从平静的水面中恢复完整，日子是阴历十五，月亮很圆。银灿灿的月光冲破了一切阻碍，洒在一封尘封多年的信上。

"美丽的姑娘你好，我叫江北，上次我们见面时，你说，希望我们有缘再见。可是我想此生我们是没有缘分了，我来自一个叫作'叶子镇'的贫困小镇，跟着父亲到他打工的城市来上学。我想我会考上军校，然后去参军。你应该是要去读大学的吧，在此，我祝福你前程似锦，并且在未来收获一段美好的爱情。另外请允许我说一句我藏在心里很久的话——你的眼睛真的很美。如果我的赞美对你造成了困扰，我对此深表歉意。一个你生命中的路人，江北。"

梅决定回信给江北，于是把礼貌的问候和净爽的干花一起寄了过去。

江北把信折了起来，放在口袋中，干花整齐地放在抽屉里，是的，干花的芬芳早已说明了一切。

他决定不再在梦里寻找自己。

"去找梅，明天就出发。"江北说。

评语：朦胧的爱情、倔强的青春、未知的生死、难言的眷恋，就这么纠缠着。叙事视角自由切换，现实和回忆亦在字里行间自由穿梭。

刘闯，信阳师范学院文学院2016级秘书学班学生。对语言文字的不同表达方式感兴趣，喜欢阅读各类优秀作品并去思考其内涵和表达技巧，钟意于平实、自然的文风。本篇是在阅读鲁迅先生的《奔月》后妄写的续作。

奔月后传

刘闯

后羿清晨就起来了，准备好干粮和水，把自己的马儿喂得饱饱的。他站在挂满弓的墙前，凝思了一阵，取下了射日弓和一支箭，用布仔细地包了，才背到身后。

"要寻到灵药。"后羿这样想。他现在不去想寻到灵药之后的事情，实际上他也无暇去想，他现在的心思只在"寻找"。

于是后羿跨过险峻的山脉，渡过险急的河流，在第四天晚上，到达了一个村庄。他看到一个人坐在村头仰望天上。

"你在看什么？"后羿驾着马停在那人跟前。

"月亮上有人。"那人回道。

"你能看到？"后羿感觉心跳快了起来。

"我从小就能看得很远，这也是我痛苦的原因……"

"你看到了什么？"后羿对这人的经历不感兴趣。

那人感觉到了刺骨的寒意，连忙回道："月亮上有对仙侣。"

后羿感觉背上的射日弓剧烈地抖动起来，他点了点头，扬尘而去。

后羿马不停蹄地走，也不知道自己走了多久，终于看到了一处绝壁，他下了马，依靠强健的体魄攀了上去。

越向上离天空越近，后羿攀了一天一夜才登顶。只见一人，豹尾虎齿，蓬发戴胜，三只巨鸟在她身边盘旋。

"灵药只有一颗。"后羿还未出声，西王母已开了口。

"但……"

"你回去吧！"

后羿不再说话，他用一种不寻常的眼光盯着西王母，这双眼睛曾经也这样盯过那为非作歹的金乌。西王母不知为何，竟对这个小小的人类产生了畏惧。

"你一定要去的话，我的青鸟可以送你到那里。"西王母打量着那散发出阵阵威严的巨弓，又补充说。

"多谢。"一只巨鸟盘旋而下，后羿纵身跃上，青鸟便扶摇而去。

吴刚已记不得自己在这里砍伐了多少年桂树，他只记得这是对自己触犯天条的处罚，让自己一个人在这个寂冷的地方一遍遍地进行砍伐的动作。但嫦娥来了之后，他就不觉这是种惩罚了。寂冷又凄美的星球上两个灵魂在一天天接近，只可惜自己永远只能不停地砍伐桂树。

有一次嫦娥问他，为什么能一直坚持下来。"因为停下来就会死去。"吴刚一边砍伐一边回答嫦娥。在嫦娥来之前，吴刚所想的只有生存，但现在变了。吴刚更加卖力，希望能将桂树砍倒，然后用双手拥抱嫦娥，可桂树是砍不倒的，有时他甚至有停下的念头，反身拥抱所爱的人，即使结局是毁灭。

后羿在一个较远的地方落了下来，他看到了不断砍伐桂树的男人，也看到了嫦娥从后面抱住了那个男人。

他取下弓箭，不紧不慢地将布一层层打开，接着是举弓，搭箭，瞄准，吸气……后羿站得越来越定，整个月球却开始战抖起来，后羿似扎进了地面的碑石一般纹丝不动。

弓开如初日，箭去似流星。这一箭卷起了狂风，带着尖啸，带着低吼而去。

神箭之威将桂树化成了灰烬。

吴刚和嫦娥呆呆地看着这满面尘土之人。

后羿收起了弓，转身跃上青鸟离去，他这次想的是"好好睡一觉"。

评语：简单的文字，内敛的情感，一腔的柔情，全部凝聚在离弦之箭，结尾妙笔生花，既点题，又意味悠长。

刘椿，信阳师范学院文学院 2015 级汉语言文学二班学生。2016 年在"豆瓣"上发表中篇小说《鸢尾花的故事》。

阿爹的巴掌

刘椿

刚家塆的男人们都有一双大手掌，那手掌大得出奇，一个手掌毫不费力地就能握得住碗口粗的树筒子。我阿爹也不例外地长了一双大手掌，黄色的老茧厚厚一层糊在手掌心。我娘说，小的时候爹一用手掌心刺我的脸颊，我就哭闹，我不爱那手掌，手心黄，手背黑。我问娘，男人的手都长那么丑那么大吗？到了冬天手心儿里厚厚的老茧裂成的娃娃嘴一样的条条沟壑，像地图上纵横交错的江河海川，像深埋地下的盘根错节的老树根。娘说，这是男人的手，男人的手掌就该大，不然握不住一个家。

我阿爹的手掌是用来握锄头的，握住锄头，在地里发狠地除尽杂草，六七月里家里才能收得颗颗饱满的花生打油换钱。我阿爹的手掌是用来握犁把的，握住犁把，抽赶老牛，田整得细了，三月里插秧才轻松得多，八月里才能收获得多。

可是，今天阿爹却用他的大手掌打了我，"啪"一声打在了脸上，我看得见镜子中的自己，大大的巴掌印子占据了我的左半边脸，好久了还没消下去的红肿，我差点以为是落在脸上的胎记。我不敢摸，用手碰一下脸蛋，就像是拿打火机狠狠地燎烧了一下，烫得慌。阿爹在堂屋坐着闷闷地抽烟，一点儿声儿也不出，就像屋里没这个人一样，我知道阿爹在屋里，阿爹眉头紧锁，低着头，只知道把烟盒里的烟拿出来码齐然后再装进去，一次又一次，重复了很久。我知道阿爹在烦什么，阿爹在怨我不听话，我是个女孩子家，我该老老实实把大学读完，回县里中学当个语文老师，再寻个好人家嫁了，我不该回村里搅和我大爷的事儿，更不应该当着全村人的面儿说我要跟大爷公平竞争村支书这个职位。我看着大爷猪肝色的脸，两眼冒火，头顶放气，甩袖子临走时斜了我一眼，跟我阿爹说："行啊，你家丫头行啊，肚里有点墨水就想回村当土皇帝了。"我不管他是如何倚老卖老地暗讽我阿爹，我继续跟村里人说着，时代不一样了，我们该如何发家致富，要大胆，要创新，要互帮互助，我不知道他们听进去了多少，我只知道阿爹训我的话他们都两耳朵竖起来听着，阿爹打我的场景他们就跟看电影一样觉得有趣。阿爹训我说，我的手不能握锄头不能拿铁锹，但是也端不起公家这碗饭。我不服气，我知道阿爹在担心我驳了大爷的面子，大爷一直都是村里头管事儿的，村里人有事也会先跟他商量，可是，这个村子太穷了，这个村子里人情大于公平的事儿太多了，我想把这刚家塆的天变一变，这一巴掌我挨得憋屈，我为什么要跟阿爹一样活着，脊背总像被什么压着，越来越弯，越来越驼，每天大气儿不敢出，不知道是怕吓着别人还是怕吓着自己，我想活得直溜溜，也想让全刚家塆的人都挺直脊背，大口出气。

我娘也说我这个女子野性得很。阿爹的手掌打在我身上不止一次，小时候他就用手或是筷子敲我的头，用火钳打我屁股，罚我跪在香桌前也是常有的事。我不顺爹娘的心，我娘边哭边说我不孝顺。我不像娘，我不爱掉眼泪，可是娘说我不孝顺的时候我心里头却酸酸的，眼眶里也酸酸的，我跑出去，对着星星对着月亮，为什么爹娘不懂我，为什么我不按照他们选的路去走我就是错，没有人比我更心疼他们活在这世上的苦和累了，要我完全按照他们的心意生活，活出另一个我阿爹我阿娘吗？我不想。

我就坐在这镜子前，在阿爹的唉声叹气中，在刺鼻的浓烟味中，我开始回忆，回忆我一直以来是怎样伤着爹娘的心，不顺他们的意，我有多么不孝顺。

那年六月的热，是真热，我猜天上太阳灼烧得那么欢快跟阿爹的心火旺脱不了干系。我中考落败了，我没有考上县里最好的高中，阿爹不是因为我不争气才把心火烧那么旺，是我说要辍学不读书了，阿爹才怒火中烧，打了我一耳光，他说，你的手天生就是拿笔杆子的手，不能说撂下就撂下。所有教过我的老师都告诉阿爹说我是块读书的好料子，要好好培养我。阿爹是个粗人，他谁都不信，独独把老师的话一字一句刻在心上。我特别想告诉阿爹，我喜欢读书，只有上学的时候，我才能发现自己和爹娘的不一样，书本里是另一个广阔的世界，我用从书上学来的知识审视我眼前的世界，我知道阿爹教给我的东西不全是对的。善良谦逊是美德，可是一味顺从和忍让却是将我们长久的习以为常的奴性揣在了腰包里；在力量上女性较于男性是弱小的一方，可是女性也不该将所有的生存希望寄托于男性；我们是农民的儿子和女儿，可是全世界的人民有几个不是农民的儿子和女儿？这些是爹和娘没有教给我的。

　　我不想将生活的重担全都压在我可怜的爹娘的脊背上，我也无法承受那种因承载全家人的希望而令人窒息的压力。所以在读书这条路上，我生出了放弃的念头。

　　那年夏天，我已经开始逼迫自己适应每日在家洗衣做饭，临近正午去地里叫爹娘吃饭，顺便拎上菜筐摘些小甜瓜回家凉拌着吃的生活。小甜瓜用凉水浸过之后更爽口，到嘴的香甜能够消除一天的暑热。吃过饭，本该在凉席上小憩的阿爹，却穿戴整齐骑着摩托车出去了，我并没有太在意，直到我婶子火急火燎地敲开我家的门，说我阿爹被人撞了，现在正躺在路边，我直呼不可能，他出去才几分钟，我娘却早已冲出去。我跟在娘的身后，就在离我家不远的高堂村急拐弯的公路上，我婶子带着几个人圈住肇事者。我看见爹躺在地上，摩托车压在他身上，头上的汗珠，衣服上的泥土，身下的一摊血，脑子"嗡"的一声要炸开了，在婶子与肇事者尖厉的吵闹声中，在娘凄厉的哭喊声中，我看见阿爹手上紧握着的一张带血的纸，纸上是他抄录的我的报考信息。

　　病房里，我忍不住去摸了摸阿爹刚刚做完手术的脚，医生说两个小拇指已经坏死了不如切掉，可是我决不能让阿爹因为我变成一个瘸子啊！最后医生用钢板架起了骨头才保住阿爹的拇指。后来，我再也没提过辍学的事，阿爹用血肉保护了我称之为理想的东西。

　　这个村庄的闭塞与觉醒连同我与阿爹的互不理解一直在持续发展，从未停止。

　　阿爹的雄心应该是被我的一张张期末成绩单助燃起来的吧，阿爹把拯救整个家族荣誉的希望寄托于我，供养我读大学读硕士读博士是阿爹最幸福的事了吧，阿爹学会了上网，参加了县里组织的茶业产销培训，而后在这刚家塆建立了第一个茶叶种植基地。阿爹以为日子会越过越好的，在别人看来我们家的日子也确实越过越好了。

　　刚家塆子，最多是山，一座又一座的山，不高，却将这刚家塆的人们死死地圈在了这个巴掌大的地方，走不出去也就不试图走了。千百年来，刚家塆的人们在大山的怀抱里繁衍生息，并不觉早已与外边的世界脱节，乡亲们在这片土地上种植茶叶和稻米，清明前的绿茶，秋收的稻米，是一年里所有的盼头，支撑着刚家塆所有人的生活。

刚家塆的先人们将做茶的好手艺一代一代传下来，几乎每家每户都有炒茶叶专用的锅，用手将新鲜采摘的绿茶在滚烫的锅里翻炒，火候与时间都要把握好，观察茶叶的颜色，什么时候从锅里取出最佳。有专门晾茶的炕筛，刚炒出来的茶叶是软的，晾干之后即可封袋。炒好的茶，带叶子的叫普茶，不带叶子的叫毛尖。古时候进献给皇帝和达官贵人，如今没有皇帝了，家里人也会将这金贵的茶叶留一些供自己闲暇与节日时品饮，或拿出来招待客人。我阿爹炒的茶极好，厚实的大手掌，在滚烫的锅里游刃有余，长久以来，那双大掌上不仅有厚厚的老茧，还被染上被火熏烤出的土地的颜色，我总能从阿爹炒的茶里闻到农家人特有的味道，我觉得它拥有抚慰人心的力量。

种在山上的茶，稀疏参差，不好采摘，难于护理，阿爹说如果想在茶叶上走出一条道道来，就得下大本钱。我帮阿爹拟好三百份租地合同，阿爹在刚家塆每家每户地跑，只要有了足够大面积的平整土地，依靠政府的帮助，他就能建成茶叶种植基地，把刚家塆变成集包装、批发、销售为一体的有影响力的毛尖原产地。

第一年，阿爹把这条曲折的路的前几步走好了。三百亩土地，种植和采摘需要的人工，炒茶的机械设备，肥料农药……这一年算是很顺利了，为此投入的财力物力是值得的，会慢慢拿回来的……刚家塆的人没想到我阿爹这个没文化的糙汉还真能把这刚家塆子的天翻个个儿。

可是第二年，我清楚地知道是什么让他的踌躇满志变成心灰意冷，我也清楚地记得他是怎样流着泪把巴掌甩在了我脸上。我从阿爹满手的茶香中嗅到的是不甘和无奈，他渐渐地认命了。

十年不得一见的反季节涝灾把我阿爹刚种下的茶苗冲刷得没有几棵了，连夜的抢救也只救下了小半。跟我阿爹一起建茶基地的其他人的情况也不容乐观，几个人商量的结果是各自回去找村干部，拿到国家给的农业灾害补贴，尽可能挽回一点损失。我看着我阿爹拎着几条中华烟去找我大爷了，大爷的满口答应把我阿爹的心宽慰了不少，农民的坚韧和希望所带来的强劲力量，你根本不能想象，而与其对应的，是现实中农民想要改变自身处境的力量的单薄，他们的成功之路要比其他人荆棘曲折百倍，简直令人无法想象。

从四月到九月，将近半年的时间，三番五次，我大爷比我阿爹还热心补贴款是否到账，四千元补贴款到账那天，我大爷亲昵地叫着我阿爹，说："宝啊，补贴款今天应该到账了，我叫上乡里的陈主任，你这事儿办成了，人家也操了不少心，怎么也得吃顿饭感谢一下吧！"明示暗示，那蛀虫般恶心的嘴脸让我作呕。我阿爹笑着说，四千块，我大爷还有陈主任一人一千，请客吃饭一千，咱还有一千呢，丫头，这补贴款是国家的钱，咱不要就全由那群蛀虫吞掉啦。阿爹那苦涩的笑容，那双带着血丝的眼睛，太阳暴晒下的阿爹，手掌起泡的阿爹，那双眼睛里藏着的眼泪，一颗一颗像针扎一样，一下一下随着心跳戳痛我的心房。

我尾随阿爹出门，去了餐馆，守在门口，伺机而动，等阿爹颤巍巍伸出拿着一沓钱的手时，我冲进去，一把夺下，全撒在我大爷的脸上，把摆满鸡鸭鱼肉的桌子一下掀掉，拉起我阿爹的手就走。就是这时候，阿爹给了我一巴掌，沉重的一巴掌，阿爹含着泪打的一巴掌……我流着泪跑出去的一瞬间暗下决心，总有一天我会让阿爹不用依靠这群蛀虫，大展拳脚做一番大事业，不止我阿爹，像我阿爹一样为生活苦苦挣扎又满怀希望和坚韧的农民，都该被世人尊重，都该被公平对待。

直到现在，我还是无能为力的，我无法抗衡的到底是什么呢？

我走出屋，缓步走到阿爹面前，屈膝拿掉阿爹手中的烟，低头展开他蜷着的双手，我抚摸着阿爹手心深深的纹路。

"阿爹，你疼吗？"

"阿爹的手生来就是干活的手，有什么疼不疼的……"

"那阿爹，你累了吗？"

"我有你这么好的丫头，怎么会累呢？我不能叫累。"

"阿爹，你不累，我也不累呢。"

阿爹笑了，露出了白白的牙齿，我也笑了，把头轻轻搁在阿爹的手掌心里……

评语： 文章情深意切，叙事不蔓不枝，语言朴实流畅，情感真挚动人。在平淡的叙事中，把两代人思想、行为上存在的差异表现得淋漓尽致；将父辈的无奈、坚韧、懦弱和期待生动地展现出来。恰恰是两代人的对峙和化芥蒂为爱，使文章充满了张力。

易凡，信阳师范学院文学院 2017 级汉语国际教育班学生。坚信生活会变好的，而我需要做的就是让自己变得更好。

暗恋

易凡

暗恋是一场成功的哑剧，说出来就变成了悲剧。

男生

十年前的我只是一个普通的高三男生，和所有这个年纪的男生一样，有一个喜欢的女孩子，不过有的人是暗恋，有的人是正大光明地表达出来，我自然是前者。

那个女孩成绩很好，是班里的前几名，而我只是个不引人关注的普通高中生，我们的交集大概只是我们是关系很好的同桌吧。我也不知道自己是什么时候喜欢上她的，也许是她轻声细语讲题的时候，也许是她专心听课的时候，也许是她做不出难题轻轻皱着眉的时候，也许是她小心地叠着纸星星的时候……

虽然喜欢，但我从来没有想过会跟她有什么除了同桌之外的任何关系，直到高三下学期一测的时候，我清楚地记得一测前是她的生日，一测后是我的生日，这也是让我十分开心的事情。考试前我为她准备了一份礼物，虽然现在已经忘记了当时送的是什么，但我还记得她收到礼物时的欣喜，那是我见过的最美丽的笑容。

因为是同桌，所以很容易就知道她课上经常折纸星星，我问过她这星星是要送给谁，她笑得很好看地说送给喜欢的人，明明是那么温暖的教室却让我感觉一下掉进了冰窟窿，我不知道自己当时笑出来了没有，只知道接下来的课我都没有听到老师讲的是什么。

生日时我收到了很多礼物，但是没有我一直期待的那一份，直到晚自习结束前，她才变戏法似的拿出一个小熊塞给我，虽然并不是我想要的，但我还是满脸欣喜地接下了。成绩出来后我们班调了位置，我不再是她的同桌，而那只小熊被我带回家之后就一直放在收纳箱中再未拿出来过，我的这一段青涩的暗恋似乎也被随之封存。

直到今天上午，儿子跑进储物间拖出了这只小熊问我能不能拿去玩，才勾起我尘封已久的青涩记忆，我笑了笑，拿起这只熊。儿子以为我要与他逗闹着玩，一下子紧紧地拽住了小熊，陈年的布料十分不禁拽，一下子就开裂了，里面的纸星星撒了一地，这正是当年我在同桌手中见过的那些要送给她心上人的纸星星，我愣了半晌，突然明白了什么，瘫坐在地上。有的人，错过了也许就是真的错过了

女生

我高中时期喜欢过一个男孩子，他很腼腆很容易害羞，但是对人很温柔。我们曾经是关系很好的同桌，他也许不知道我喜欢他很久了，我却能感觉出他似乎是喜欢我的，但我又不敢直接确认，直到某天我在查资料的时候看到书上说纸星星能表达对人的爱意，于是我开始学起了折纸星星。

一开始折得很慢，后来慢慢熟练起来了就开始在课上偷偷折，因为很快就要到他生日了。偶然被他看到过一次，为了保持礼物的惊喜我没有直接告诉他是送给他的，而是换了一种说法，但他听了似乎很失落，这让我有些奇怪。

我一直在思考怎么才能不露痕迹地把这些星星送到他手中，直到那天晚上我路过一家精品店，看到一只很可爱的小熊坐在橱窗里，我突然想到也许可以把星星放在小熊的肚子里，这样就不会被别人发现了。我为自己的机智感到丝丝得意，转身进精品店买下了那只小熊。我的手工不太好，为了把小熊打开和缝上，我还求助了妈妈。

历经了十二分的努力和用心，我终于将星星成功地塞进了小熊的肚子里并且缝得跟从未拆开过一样。接下来就是等待他生日的到来，一心准备生日礼物的我差点忘记没几天就是自己的生日，只是我虽然记得了生日，却没想到他是第一个递给我礼物的人，这让我直接开心地笑了出来，差一点就暴露了眼中满满的喜爱，即使我现在已经忘记了他送的什么礼物，但我还记得接过礼物时我飞速跳动的心。

紧张的一测过后就是他的生日了，坐在他旁边看着一个个人将礼物递给他，我却迟迟不敢将礼物送出。直到最后一节课结束，趁着大家都在收拾书包的时候，我才快速将小熊从书包里拿出来，塞到他手里。不知道为什么，他明明是笑着的，我却感觉他并不开心。

成绩出来后我们就调了位置，我们不再是同桌，他也没有对我送出的礼物做任何回应，这让我感到心灰意冷。很快，毕业了。我们唯一能产生交集的地方也要消失了, 我想告诉他, 哪怕换来的是拒绝。但是高考后, 我就再也没有见过他, 后来在同学聚会上依稀听说他已经结婚, 有了可爱的孩子, 我想, 我也该放下了。

小熊

我是一只长久被摆在橱窗里的熊, 我还记得刚被制造出来时我的欣喜, 被装在货箱里的时候听一个早几天被制造出的机器人说我们这一批玩具不会被送到玩具店供那些破坏力极强的小孩子挑选, 而是会放在精品店里。我没想到的是一进精品店就被摆在了正对街道的橱窗里, 这简直让我太开心了。因为在这里不但能很快被人买走, 更可以看到很多很多人经过, 也许就能找到那个我心中想要的主人。

但是我坐在橱窗里很久很久, 久到很多小伙伴都被人买去了, 我还是一直坐在橱窗中最显眼的地方无人问津。在我感觉自己即将被放入仓库的时候, 看到一个小姑娘站在橱窗外看着我发呆, 那种眼神让我很希望被她带回去, 但是那么多人看过我都没有带我回去, 她真的会把我带回家吗? 还没想完, 我就见她走进了店里, 指着我问了些什么, 然后就见店员笑容满面地将我从橱窗中取出装在礼品袋中, 这让我不禁一阵一阵地开心。

我如愿被她带回了家, 但是被拿出来放在床上之后她却对着我叹了一口气, 接着絮絮叨叨地对我说了她和她喜欢的那个男孩子的故事, 听得我昏昏欲睡, 但接下来的话让我一下子清醒了——什么什么, 居然要把星星放在我的肚子里, 那应该会很痛吧, 哦, 我忘记了, 我感觉不到痛。那个男孩子应该不会知道吧, 毕竟女孩子的这种心思, 应该是很不好猜的。

我就这么坐在女孩的床上看着她书桌上罐子里的星星一天天变多, 看着她找妈妈学了针线活。终于有一天我看到她的罐子满了, 她走到床边温柔地拿起我, 甚至跟对人说话一样安慰我, 真是傻, 我其实感觉不到疼痛的。肚子里被塞了星星的感觉有点奇怪，但是还好。

那天早上，应该是那个男孩的生日吧，她紧张兮兮地拿起我，我甚至能感受到她手心的湿意，把我放进她黑乎乎的书包以后我感觉在里面待了好久好久，仿佛比在橱窗中坐的时间还要久。再被拿出来的时候是被送到一个长得很清秀的男孩子手中，我能感觉到他似乎并不喜欢我，他用力的手指让我感觉有一点难受。他把我带回家中以后并没有和女孩一样把我放在他床头，而是把我随意地扔进了一个箱子，我就这么待在了黑暗的箱子里，看不到外面的景象，也听不到外面的声音。我开始想念我刚刚被送到精品店时的生活……我也不知道过了多久，当我再次见到光明的时候，是一个与当年那个男孩子有几分相似的小孩子把我从箱子里抱出去，他不顾我身上沉积已久的灰尘直接将我紧紧拽在手里，我甚至感觉身上的布料发出一阵阵的撕裂感，我有一种预感，我可能快要完成使命了。

终于在父子两人不算争执的争抢中，我裂开了，在失去意识的前一秒我看到了当年那个男孩子，哦，现在应该叫他男人，捧起星星，坐在了地上。我终于完成了自己的使命，我解脱了。

纸星星

作为一只脆弱的纸星星，我一直不太明白人类为什么这么喜欢我，不过无所谓啦，谁让我受人欢迎呢，也许是因为我长得好看吧。

我诞生在一个长得很好看的小姑娘的手中，在我诞生前后还有很多我的同伴出现，但我仍然觉得我是最好看的那一个，最好的证明就是她床头那只蠢蠢的熊一直在盯着我看，而我也一直没有被小姑娘扔进罐子里和那群丑丑的星星放在一起。躺在罐子旁边，我听到小姑娘对着那只蠢熊絮絮叨叨地说话，听了好多天我终于明白了，不就是小姑娘想要把我送给她喜欢的男生，但又不想被发现嘛，多简单的事情要准备这么久，唉，愚蠢的人类啊。很快有一天，那罐子满了，小姑娘把那只蠢蠢的熊拿到我身边，拆开了它的肚子，不知道这只蠢熊疼不疼，缝到最后小姑娘似乎突然想起了我，把我放到了最外面。

我就这样被塞在了蠢熊的肚子里，从小姑娘明亮的书桌上被转移到它黑乎乎的肚子里，什么也看不到，这么黑乎乎地过了好久，突然我听到一声撕裂声，我重新见到了光明。但这并不是我想要的，因为我明白再见到光明的时候，就是那只蠢熊被破坏掉的时候。果然，我看到我身边躺着所有当时被塞进去的同伴，而那只熊躺在离我不远的地方，肚子已经被撕开了一个大口子。

小姑娘的心愿大概是达成了，但我已无心关注这个事情了，那只熊真傻，想着，我失去了意识。

暗恋是一场成功的哑剧，说出来就变成了悲剧。

评语： 文章别出心裁，分别从男孩、女孩、小熊、星星四个不同的视角编织了一场唯美凄凉的爱情故事。波澜不惊的叙事塞满一腔青春的心事，压抑又期待绽放的青春在不经意间被开启，淡淡的喜悦、淡淡的忧伤氤氲在字里行间。

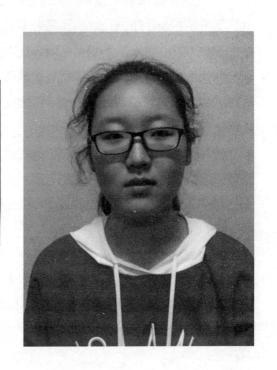

李珂慧，信阳师范学院文学院 2017 级汉语言文学三班学生，一个热爱文史哲思的音乐发烧友。"以笔墨畅情，人生极乐事也。"小说《爷爷的葬礼》发表于《牡丹》。

天鹅之死

李珂慧

一

母亲很尊重她，从来不偷窥她的隐私。

可现在不同了，她不得不看一看女儿的日记。

她从中午看到下午。夕阳的暖光照在她脸上，她的泪落在女儿的日记本上。

二

志纯极爱这支曲子。她随着音乐的节拍绕着舞台奔跑，就像那首曲子一般——松散的音符下带着一股悲哀的急切，仿佛在追寻什么珍贵的东西。琴声如落雨般散布开，她旋转的脚步也渐渐快了起来。她仿佛看到秋风中颤颤悠悠的脆弱的树叶，失去控制地飘向天边……她感觉浑身的血液正慢慢变冷，她为秋叶的身不由己难过了！

台下黑压压的，那么多观众，她一个人也看不清楚。她转了一个圈过来，缓缓伏在地上，白色的裙子像莲花一样在黑暗中盛开。

灯光熄了，掌声从四面八方响起来。

她在黑暗中闭上眼睛。

志纯是学校歌舞剧团的演员，经常在各类活动中演出。最近，她连续几个月都能看到一个穿着灰西装的年轻人，永远坐在台下的同一个角落里。当然，她跳舞的时候，自然是什么都看不见的——她会完全沉浸在自己的世界里。之所以知道这个人，是因为上次演出后他约她说了话。

志纯一下台便被叫住了。"快过来！"子瑜从后边探出脑袋来朝她喊。她还没明白是怎么回事，只看见子瑜挤眉弄眼的，弯腰在她耳边道："志纯，你走桃花运啦，外面有人在等你呢……"志纯诧异地望了子瑜一眼，皱眉。半晌，狐疑道："……不会吧。"子瑜笑她："那能有假？你快去吧！"志纯被她一推，往门前走了几步，到了门边又停住，犹豫了一下，这才搭上门把手，推开了们

"哦！……您来了。"那个年轻人像是站着等了有一会儿了，看见她来，很惊喜地迎上去，又有点不好意思地抿了抿鼻子。"你好。"他伸出手来，想要和志纯握手，又忽觉不合适，志纯也是一愣，两个人同时收回了手。

"抱歉，唐突了……"他挠了挠头，问，"您也是这所学校里的学生

吗？"

"嗯。"志纯笑得有些不自然。她长这么大几乎从未和同龄男性有过什么交集，心里着实有些紧张。不过，她虽不擅长与人交往，但此时对方心里的意思，一个少女，难道还不明白吗？

"你是……？"

"我叫仁浩，是钢琴专业的。"他犹疑了一会儿，似是下了什么决心一般说，"我们可以认识一下吗？我很喜欢你跳的舞。"

志纯的脸唰地红了。她的嘴张了张，道："我可以想想吗……"

"……哦，好！"仁浩脸上闪过一瞬间的失落，很快又显出高兴的样子。

志纯一回来，子瑜就迎上去："怎么样怎么样？"

"什么怎么样？"

"那还用说吗？！"子瑜瞄了瞄门口，压低声音道，"当然是你和刚才那个人。你们说什么了？"

"没说什么。"志纯有些无奈地望着她，苦笑一声。

"怎么会呢，他难道不是对你……"

"想什么呢。这种事……就算'是'也轮不到我的。"志纯奇怪地看她一眼。

"你就是太……"子瑜叹了口气。

第二天是周末。阳光很好，志纯便独自到校园里的小山上了。南方的天空很少有能蓝得这么通透的时候。深秋时节，除却竹子仍绿着以外，山上的杉树、槐树等都步入凋零。四下全是褐黄相间的草木，映得苍天和白云也显得斑驳缤纷。山中极静，不见什么人影。志纯在小径上转着圈走，眼睛一刻也舍不得离开林云映衬的天空。她有喜欢独处的习惯。只有在这没有什么人打扰的地方，在完全面对自然的时候，她才敢露出自己最真切的微笑。她恨不得唱起来，跳起来，甚至想张开双臂，飞起来！这样一种快乐是说不出口的，哪怕是最亲近的父母也给不了的。都说"人是宇宙的精华，万物的灵长"，还有人说"人是地球的主宰"，可她却认为，人不过是自然的孩子罢了！人类的一切自私、痛苦、愚昧在自然看来都像一个可怜的孩子犯下的错误——所以它是不会计较的。它只是像母亲那样露出带着嗔怪的温柔的笑，然后叫来冷风玉树与你做伴，直到你神气通畅——自然是一位面对孩子永远没有脾气的母亲。

志纯下山时已近下午了。山中笼起朦胧的雾气，看什么都像含在一层光晕里。志纯在人群里一扫，看到了那天的找过她的仁浩！她急忙把目光收回去，仁浩却已循着她的目光看了过来。

志纯脸上有些发烫。

"嘿！"仁浩挥着手跑了过来，看着并不像之前那么拘谨了，"你到哪里去？"

"哦，我从后山上下来……不去哪儿。"志纯的眼神往他身后的树上飘。

仁浩笑得真诚："太好了。我打算去琴房，你愿意一起去吗？"

志纯一听"琴房"，眼神亮了些，说："可以吗？"

"求之不得！"仁浩咧开嘴笑，"走吧。"

琴房里洒满了橙红色的暖光，空间很大，摆着好几架立式钢琴。此刻琴房里并没有什么人，仿佛正是为了等待他俩。仁浩在一架靠窗的钢琴跟前坐下，从这里侧过脸，可以看到天空中绯红的霞光和几朵紫色的云。仁浩颇为认真地调整好琴凳的位置，掀开琴盖的那一刻，两个年轻人的心中都生出一股兴奋的期待来，但各自面上仍是努力维持着平静的样子，只心照不宣地相视一笑。

志纯站在一旁，无比专注地盯着他在琴键上跳舞的手指。琴音流泻的那一刻，她的心波也随之泛滥开来，平如镜的水面上冒出一朵朵圆形的涟漪，带着几分小心翼翼。恍惚间她似是站在一棵落英缤纷的老树下，转过眼是一片绯色的樱花林。她在樱花林中缓缓踱步，出神地望着那些不紧不慢地向下飘的娇嫩的花瓣。它们似乎并不为自己的消亡而悲哀，反而毫不畏惧，晃晃悠悠地要落到她的手上、肩上……它们还安慰她呢。粉红色的花瓣在她的手心里化成一片甜蜜而动人的温柔。万籁俱寂，只有花雨纷纷扬扬。所有的樱树仿佛都在望着她，连时间也似乎在群树的呼吸中凝滞了。她张开双臂在这寂寞的花径上走着，风却忽然急躁起来——平静下的风暴就要来了! 落花裹挟着风铺天盖地地涌进她的怀里，血液一瞬间的灼热使她浑身发凉，她呆住了。回过神来，这才看见正专注在琴上的仁浩，又仿佛是另一个人了: 先前见面时的窘迫紧张，方才邀约时的活泼热情，全不见了——整个人都变得从容不迫，安静自然。凝视琴键的眼神一片深沉，像是在看自己的情人。一曲终了，琴声的余韵仍在空气里回荡。两个人都发了一会儿呆，偌大的琴房布满了和谐的沉默。仁浩有点木木地转过头，只看到暖光里志纯嘴边朦胧的笑。

两个年轻的灵魂，品尝了艺术的甘醇，早已醉了。

志纯觉得自己不能更快活了。她的心里盛满了教她愉快的东西，几乎快要溢出来。仁浩正懊恼着自己竟让女士站了半天，打算去搬一张凳子，却被志纯出声阻止了:"没事，没事。"志纯掩着嘴笑了一下，也不知是不是在笑他笨——一回到现实中，这人弹琴时的风度便全不见了。仁浩抹了抹鼻子，谨慎道:"先前的……你还在想吗? "

"嗯……"志纯忽然调皮起来，"你介意再弹一遍方才的曲子吗? 我想跳舞。"

仁浩抬起头来，惊讶地望着她。志纯看着他那呆愣的模样，扑哧一声笑出来。

三

他向她表明了心意。

这本该是一件开心的事，可她的心里却只是惊讶和忧愁。她未尝不知道仁浩的意思，可放在心里是一回事，说出来又是另一回事——她心里此刻正充满甜苦交织的矛盾: 既感动于这由艺术而牵引的红线，又有点埋怨他大胆的逾越——因为她实在是一个怯懦胆小的人哪! 以至于这本该令她开心的事反而成了烦恼。她痛恨起自己来：你若是没有勇气，为何不控制住自己，为何要给人家那无谓的光？你是个罪人！她感觉有两种力量在撕扯着她：一方面，她渴望一个朋友，一个爱人，他们彼此理解信任，共同热爱着生命，热爱着艺术，要共赴那理想的境界；另一方面，心底里又有一个声音告诉她：你醒醒吧！不要做那贪食桑葚的迷醉的斑鸠！你接触的现实还不够让你清醒吗？这世上的人都是孤独的，哪里有一个人能真的对另一个人感同身受呢？人的感情如此多变，没有血缘关系的人缘何能生出牢靠的情分？这都是莫名其妙、一时糊涂的产物罢了。人所爱的都是一种神秘感，唯有它能激起人的探知欲，教人和人相互吸引。可一旦两个人走得太近，那层神秘的纱幔落下，回到现实之中，哪还有一点动人的影子？你可莫再生痴妄了！

她是一个患得患失的人。那天与仁浩分别以后，她极致地快乐，又由乐极而生悲。她的母亲是不允许她在二十五岁之前谈恋爱的，她亦有意不让自己在这方面开窍。她一直将自己对爱恋的渴望埋得很深，但她怎能想到自己会遇上仁浩这样的人呢？可她是不敢逾矩的：只是保持着音乐上的交流，就已教她非常快活了！她实在不敢妄想。因为在这方面，父母给她做了绝佳的反面示范：他们彼此之间的不相尊重，已教她不敢相信诗人口中赞颂的所谓"爱情"了。

"志纯，你怎么才回来？你去见他了吗？"子瑜大大咧咧地喊她。

"什么——见谁？"志纯当然知道那个'谁'是在指谁，只是她此时心里有些不痛快，便故意装傻。

"当然是那天找你的那个——"

志纯眉头一皱，无奈道："好姐姐，你别问了，什么都没有。"她在心里连连苦笑——自己有什么好的呢，能让人家找上门来？她有些疲惫地靠在柜子上，只觉得那柜子和她的心一样冰凉。

"好吧好吧，你整天独来独往的，我这不是替你高兴，想关心你嘛。"子瑜难得神色认真了一回。志纯听了，倏地一振，微笑道：

"谢谢你。"

四

入冬了，天气渐冷，晴天也透着一股惨淡。

志纯又想上山去，可仁浩执意要带她到一个热闹的地方去。

"你怎么了？我觉得你今天不大高兴。"

"哦……不，没有。"志纯很想掩饰一下，但又成了苦笑。

"我不是要窥探你的秘密，但你若当我是你的朋友，我很希望你能把你的难处讲出来。我希望能帮到你。"

志纯的心又愁闷起来，心想："我的难处，既因为我，又因为你呀！"可她虽是一个懦弱的人，却并不愿拖累别人。于是她说：

"对不起……我不能接受你的心意。"

仁浩有点发蒙："为什么？"

"……我觉得我不配。"

他有点激动了，一下握住她的手道："不配？不配什么呢？你……"

"你喜欢我什么呢？"志纯抬头问他。

仁浩一下子愣住了，半晌，他松开手，木然道：

"这……还需要理由吗？"

"我觉得一个人好，不可以吗？"

志纯自嘲地笑了。是啊，喜欢不需要理由。赤子之心，就是这样单纯的吧。有理由的喜欢，那个为喜欢而存在的理由往往牵强；没有理由的喜欢，那种喜欢往往令人不安——谁知道它会不会只如一阵风那般拂面而过便再无痕迹了呢？

可她终究还是觉得对不起仁浩。她后悔自己问出那样的问题，显得残忍、刁钻和小气。她不相信现实中有爱情的存在，那些美好的感情是只存在于故事中的。她当然也渴望有一个贴心的伴侣，可她固执地不愿相信有这种人的存在，即使有，也轮不到她。她所认为的是：世上并不是每一个人都恰好拥有一个知己。有的人有，有的人没有，有的人能遇见，有的人一辈子也遇不见。而她的悲观又叫她把自己划到后一类人里去。

她向来是这样一个人：能平静地接受最坏的结果，却永远不敢鼓起勇气追求最好的可能。

所以说，她是一个懦弱的人。

然而懦弱的人虽不愿过度倚仗浮木，可当她独自漂在河上的时候，却也是不愿撒手的。她想自己实在太过贪婪——可就像植物的向光性那样，人本来也是渴望温暖的动物。

"我们——还是做正常的朋友吧。"或许那样，他们的联系还可以长久一点。

"不——我可以等。"仁浩皱着眉，真切地望着她。

"别——你不要等。我不是你想象的那样好的人。"

"……是我不好吗？"仁浩显出有点颓败的模样。

"不，不是——我恳求你的原谅。当两个人——一个浪漫的憧憬爱情的小女人，遇到一个希望别人包容他的任性的不成熟的男人——你觉得他们会幸福吗？"

"可这并不像我们两个。"

"这当然不是指你和我！"志纯勉强地笑了一下，"这是我的父母。"

仁浩讶然了。

"爱是相互的，不是偏指一方。"她感觉到父母的可怜，他们都急于索取，而吝于付出。"我做不到接受你——这么说吧——我不能接受别人的太多好意，不单单针对你。你这样等待也不会有结果……因为我无法给你对等的东西。这个天平自始至终都是歪着的，这不公平……你这样做，我会觉得自己有罪。"

仁浩罕见地沉默了。他从不知道志纯原有这么深沉的心思。他所见的，只是她在跳舞时纯粹的属于少女的优雅、热情和真挚。

年轻人的感情若想结果，非得落了地不可。精神上的相交固然可喜，但人还要吃饭和生活。一个人在现实中的模样未必与其沉湎艺术的时候相同。艺术对不同人的作用是不同的：它教一个如仁浩那样的人由羞涩笨拙变得稳重端方，教一个如志纯那样的人由沉郁内敛变得活泼炽热。可惜的是，舞蹈给了她精神上的自由，却终究给不了她现实中的勇敢。

艺术是空中的楼阁，现实是地上的楼板。太纯粹的东西不长久，来得快，去得也快。比起希望过后再绝望，她宁愿从一开始便什么都没有。

只是，有点晚了。

<h2 style="text-align:center">五</h2>

半月挂在天上，明晃晃地亮。深夜的冷风像刀子一样刮在她的脸上。她现在好像发烧的人睡在冰雪上。

她想这实在是自己酿成的苦果。这与她不喜热闹的性情有关。她平日虽待人和善，但客气的成分居多；剧团里的同伴们都知道她人好，可又觉得她与谁都保持距离，跟谁都不是那么亲近。这晚演出罢了，与她同来的芷雯和旻琼却绕过她径直走了，只将她晾在一旁。人群密密麻麻，志纯站在后面望着她们说笑着离去，只觉胸中充满郁气，心想，大约我曾在什么事上冒犯了她们……又或许，人的本性即冷漠，我又凭什么求人家顾念我呢？这世上人与人本皆是陌生的，父母待子女有时尚且不善，我又为何奢求人家待我好呢？我以为的真诚，到了旁人那里未必不引起人家的反感……她感觉自己的心正往下沉，像是浸入了冰冷的海水中。难道自己是缺爱的吗？难道父母不爱自己吗？不……"她忽然想起郁文的小说来："我只要一个安慰我体谅我的'心'，一副白热的心肠！从这一副心肠里生出来的同情！从同情而来的爱情！"

"爱情"！她吓得一哆嗦，她还记得这小说下面的那些话，那时她还曾想：这可怜的年轻人，如果他不介意，我是愿意嫁给他的！她惊讶自己竟又会想到"爱情"这一层——爱情是什么东西？只是存在于想象中的东西罢了！人与人的结合，除了人的惧怕孤独以外难道还有别的原因吗？可她又是清醒的，她听见另一个声音说：你不必藏了！你自己最清楚，你同情那小说里的青年，甚至怜惜他、爱怜他到愿意嫁给他，那是因为你知道自己是与他相似的人！她深吸一口气，赶紧截住自己的思绪。有时候，她真痛恨自己这种自省式的清醒。

深夜的湖面上平静无波，她一个人走在路上，空旷的马路上亦不见几个行人。她想自己实在不该给自己找这些悲哀的情绪，可心里总不自觉地渗出些苦味。她见四下无人，便仰起脸对着月亮笑一笑——她私心里是把月亮当作知己看待的。

那天晚上，志纯在日记里这样写道：

"一个像我这样极端自我的人，只是整日地生活在悲伤之海里罢了。像我这样不懂得交友之道的人，埋在人群里不过一次次地自讨苦吃。可怜我为了自己最爱的东西不得不忍受这种痛苦。人都是社会动物，为何我如此笨拙？我的自私和冷漠，不过是他人自私冷漠的后果。我也曾作为刺猬向人敞开柔软的白肚皮，可我受了人家的鄙弃，不得不竖起刺来。我何尝不想掏出真心予人？我难道喜欢永远的孤独？可我已怕了，已不敢了！这世上哪有什么知音，谁又能完全理解另一个谁呢？这样的人，世上绝没有的！"

她觉得自己今天有点矫情和神经过敏，或许是因为仁浩的离开——不久前仁浩争取到了留学的名额——在她的鼓动之下。

她已失掉一件无价之宝。

她其实有些后悔了。她笑自己的可笑和矛盾。

这晚有演出，志纯这次表演的是芭蕾。

黑夜的湖面上，一只洁白的天鹅孤独地起舞，它轻轻浮水，是连水波的声音都听不到的那种轻。四周一片寂静，只有寂寞而微弱的月光伴着她——她是在对月哀歌吧？可它那歌儿也教人闻不见声音。她多么温柔啊，温柔到水面的波光都不忍摇曳，只恐发出的声音使她受惊。风也不敢造次，虫也不敢鸣响，一切都小心翼翼地关照着、呵护着这深夜里忧幽的影子，直到她停下来，敛起翅膀，化作冷湖上一面平静的白帆——她再也不动了！

"她已随了月亮西去了！"志纯倒在台上，模糊地想。

她还在笑呢。

六

"莫……？"

"志纯给你的信。"子瑜有些诧异地补充，"你……不知道志纯姓莫吗？"

仁浩捏着手里的信件："……她从未跟我提过。"

"她这个人啊，总是一个人沉浸在自己的世界里。教人想对她好，却怕伤着她。"子瑜有些悲戚地说。

"她是生活在理想中的人。"仁浩展开信纸，上面什么都没写，只有角落里画了一只折了翅膀的小天鹅。

尾声

她轻轻关上门，并反锁起来。然后转身，移步走到窗前。

窗帘半拉着。夜深了，很安静。

她心里有一点失望，叹了口气，钻进被窝。

台灯没有开。

她抱臂缩在被窝里，被子柔软、厚实，让她安心。

她觉得比刚才轻松了一点。

她把头歪在枕头里，弯个弯嘴角。

她想睡了。

黑暗是人间的遮羞布，夜晚时的人和白昼时不同。

母亲在隔壁的咒骂声撕碎了她恍惚的梦境。

她猛然睁开眼。

母亲又在打骂志欢了。

她睁大双眼盯着黑暗，居然默默露出一个笑容。

她毫不意外，甚至有点习惯了。

母亲年轻时绝不是这样粗蛮的人。

生活的苦难把一个人磨成了什么样子？

志欢哭的时候，她忽然发现自己的脸上也沾满了泪水。

她不希望志欢挨打。

她不希望志欢和她有同样的经历。

她一千万个不愿意志欢变成下一个她。

她有时怀疑，她是在心疼志欢，还是在心疼自己。

她是一个自怜式的人。

待隔壁的声音渐息，她戴上耳机，闭上眼去想那青苍的云雾缭绕的山。

她喜欢夜晚。黑夜的暗固然令一些人恐惧，却能给她最大的安全感。被黑暗包裹着的时候，她可以不再面对他人，也不再面对自己。因为她什么都看不见了。眼前只是潮水般的黑暗，她是潮汐中得以脱网的鱼，可以松一口气。

午夜，月亮攀上天空。

半月倾向黑暗的那一边薄薄的，像冰。月光清冷皎洁，像淡泊却温柔的人儿一般。阳台下有一丛不高不低的树，枝叶在寒风中伸展。

她望望月亮，又望望树。

她感到其中的一种蛊惑。

那一丛茂盛的树仿佛在诱惑她，它们伸出硕大的叶子，朝她喊着：

"你下来吧，你快下来！这里好着呢，我们会接住你的……"

她扒着窗沿往外看，又把头努力向下探。

她一点都不害怕，反而有种诡秘的期待。

稍清醒了些，她又把目光钉在月亮上。

她私心里把月亮当作自己美好的爱侣。她总记得月亮的体贴关怀，善解人意。她心里的苦楚，月亮都懂得；她的失落、怨愤、孤独，月亮都看着。

月亮什么都没做，只是间或出来陪着她，她却已要淌下热泪来了。

有时她会埋怨，为何她不能到月亮上去？也不能触摸它，亲吻它。

她想乘风归月！

但终究不能。

她心里的忧郁又添了一层。

她想：人只能尽量地感受自然，却绝不可能与自然完全相融（除非化作无机物）。就仿佛古画中的人——纵使再怎么热恋着画里的山水，却永远无法化作山水的一分，与其共享同一种看待生命的思维。

这所谓的万物的灵长啊，却不能拥有和万物一样的生存状态！

她想起自己偶然看过的一句话：

"人类永远无法感受到任何纯粹的东西。"

于是她在日记本里写道：

"人类因其复杂而骄傲，也因其复杂而悲哀。"

这一年，她十七岁。

评语：作品题材来源于大学生活，故事情节富有吸引力，语言凝练精当，主要人物形象性格特征鲜明，特别是在人物对话和心理描写方面颇具功力，场景呈现感较强。小说不足的地方在于部分话语交代显得赘余，开头和结尾部分稍显平淡，缺乏悬念。

爷爷的葬礼

李珂慧

一

半夜里听见隔壁的动静,便醒来了。

隔壁是父母的卧室。门掩着,只有台灯清冷的白光映在墙上,照出一片昏暗。

她光脚站在门外。母亲似乎在低声说些什么话,听不清楚。罕见地,她听到了父亲的呜咽。

半夜时分,父亲出去了。到早上六点多钟,她将要出门上学的时候,钥匙一转,父亲回来了,满眼血丝,道:"悦悦,爷爷没了。"

"……嗯。"她愣了一下,继续埋头系鞋带。

父亲皱着眉瞥她一眼,什么也没说,往厨房去了。

她觉得自己好像太平静了。父亲一定是希望她说些什么的,可是,说什么呢?

她并没有很大的悲伤。

初春的傍晚,天色已有些昏暗。草木尚未吐芽,仍是一根根干枯枯的枝丫杵在那里。伯父家的会客厅被临时改成了灵堂,地上铺满了乱糟糟的干草。不知从哪扯过来一根绳子，挂一条红艳的带牡丹图案的床单，遮住停在后面的水晶棺。花床单前摆着一张旧木桌，放了几个果盘，两根极粗的蜡烛照着，屋里的光线倒不太暗了。

"悦悦，来。这个是二奶奶，这个是三奶奶。"母亲给她介绍。

她很腼腆地笑笑。

"怎么不说'二奶奶好，三奶奶好'呀？"母亲嗔怪她。

她有些惭愧地笑。亲戚们出来打圆场，"没事儿，没事儿……啊，这是老三家的吧？"

"是啦，这是老三家的姑娘，见过的！那一年才这么高……"说着说着，大人们的话头便又扯远了。她一个人盯着牡丹图案的花布帘出神。这应该是二姐的床单，虽然已很大，但后面的水晶棺还是露出一个角儿，模模糊糊能看到棺里黄色的假花。听大人们说，这水晶棺全县城只有一副，好多人家办丧事都用过。

"好是好的，但那么多人都睡过了的……不脏吗？"她坐在一旁，独自想着。

二

中国人的礼节是很多的，婚丧嫁娶个个都马虎不得。所以后事操办起来颇要花些时间。

爷爷的棺放在灵堂里好几天了。她很好奇那大花布后面究竟是怎么一回事，却终于还是害怕：既怕看见遗体，又怕被大人骂。

其实不久前父亲曾带她到医院看望过爷爷。一个黑黢黢的老头，因为瘦，颧骨很高，眼睛也显得大了。他那时精神还好，嗓子却像一个残破的风箱。看见人来，他兴致高昂起来，操着她不熟悉的方言给她讲："你小的时候，一生下来就进了保温箱，头上扎根针……嘿！那么小，人就那样厉害！哇哇哭着，手在头上乱抓……一拽，就把脑袋上的针拔下来了，吓得我……"

他这个故事，悦悦已听过好几遍了。他每次讲的时候，都敞着大嗓门，眉飞色舞的。而悦悦因为自己也好奇小时候的事，便也不觉得厌烦，反倒想：自己那样小就能拔了头上的针，这真是很了不得。关于这件事，她曾向母亲求证过，母亲很不高兴地回道：

"别听你爷爷瞎说！"

于是自己到底是否真的有"天生神力"，她也不清楚了。她只模糊地记得大人们说过，刚生下来的小孩子，不足月或是有病，才会去住保温箱。这大概就是母亲不高兴的原因吧。

她对爷爷的感情并不很深。爷爷是个高大挺拔却蛮横无理的老头，脾气很怪，很少笑。看谁似乎都带着审视的目光。他生平最大的爱好，便是吸烟。吸得太过，肺便坏了。刚查出病时，她由父亲带着上伯父家去探望爷爷——那一天爷爷竟出来迎接他们。悦悦看着印象中一直凶巴巴的老汉套着蓝白色的病号服，穿一双厚棉拖鞋，第一次——喊她的时候居然带着点微笑。她鼻头一酸，冲过去抱住了这个老头，连她自己都觉得不可思议。毕竟父亲的兄弟多，下面的孩子也多，而爷爷因为重男轻女，对她并不很在意。她也只有在过年时与爷爷奶奶见上一面罢了，感情深浅可想而知。

然后又有她不明白的事了。回家的路上，父亲对她道："我知道你是心疼爷爷了，但是爷爷得了病……你不要靠他太近。"

这就奇怪了，难道因为碰到了爷爷，自己便也会染上癌症吗？

她疑惑了很久，看向父亲的眼神也有点不同了。

三

这天晚上，家里的孩子们都来了。一时热闹起来。

大姐已经二十岁，上了名牌大学。为了奔丧，专门从省城赶回来，穿一件时兴的呢子大衣，长发披着，烫成小微卷儿。

悦悦和二姐此时都还在劳苦的中学阶段受累，看见大姐这般潇洒，自是十分羡慕。大姐正接着电话，言笑晏晏，在柳树底下转着圈儿。

"怎么回事儿啊？"悦悦问。

"嘻！"二姐往树下瞥一眼，神秘道，"和男朋友聊天儿呢！"

"哦——"她这才露出了然的表情。二姐嗔怪般地拍了她一下，两个十五六岁的少女一起露出"意味深长"的笑容来。

天色已晚，天空早已被地面上花花绿绿的灯光映成了混沌的暗红，透着一股污浊之气，任凭初春料峭的寒风也难吹散。二伯家门外扯了一块白幕，这是要在村里放电影了。说是电影，其实不过是些讲述父慈子孝或家庭纠纷的地方戏，然后再放一些死者的照片和其家中亲戚的名单。

她过去常常在这布幕上看见别人的名字，比如"长子：××；孙子：××"之类的。现在她的名字也会出现在上面了，她想着，心里生出一种微妙的情绪。这一次放的影片独出心裁：爷爷的照片被拼接在不同的场景里，画面里的爷爷始终保持着一个动作一个表情，一会儿在花园里散步，一会儿在草原上骑马，一会儿又乘着云朵上天去了。悦悦觉得这实在是滑稽，要知道，花布帘的后面，还放着水晶棺呢。

"悦悦！把孝戴上！"大姐一看她额上空空的，便不高兴了。

悦悦心里嫌她凶，嘴上却不发声，只慢吞吞地把手里的白色粗布折了几折，缠到头上。孝布戴得久了，她额头上很痒。

屋里的一群孩子围住二姐，一人端着一碗油乎乎的面条，里头有猪肉、白菜、木耳一类。这是"百家饭"，用很大很大的锅和灶火，烧很大块的木柴，办白事的时候须请专门的人来做。

"快点吃，吃完要走了。"大姐开始催。

本地的规矩是，老人入土的前一天，本家人要戴孝围着村子走一大圈。当然，哭丧是必不可少的，充当看客的本村村民也是极其尽责的。

悦悦还不太清楚是怎么一回事，就被大姐赶小鸡似的叫了出去。于是，由大伯打头阵，举着一根细长的竹竿带队走。竹竿上缠着长长的白色纸穗子和拉花儿，一堆堆地碰在一起，沙啦啦地响着。

"呜呜……"妇女们开始低着头哼了，声音从鼻腔里九曲十八弯地绕出来。一路上总有几个围观的人，眼神直愣愣地盯着。悦悦觉得有些难为情。队伍一边哼哼一边前进，走得极慢。走到一个路口的拐角，男人们继续前进，女人们则必须在原地留下来——在一个烧过纸的灰堆前停住，稀稀拉拉地跪到地上，然后接着用凄婉的哼哼诉说悲伤。悦悦不愿跪了，只好顺势蹲下来，直到两腿都失去知觉，才缓缓以膝触地。身边的亲戚们都断断续续地做着哀伤的吟游诗人。悦悦很希望自己也能哭几声，可她埋下头，在膝上停了好一会儿，却还是没有任何流泪的冲动。对她而言，哭实在是不能勉强的，须有真情实感才行。大姐跪在她的前一排，哭得循序渐进，凄楚之情拿捏得恰到好处，越听越有些真实的意味了。悦悦在心里暗暗吃惊：大姐是怎么哭得这般像样的呢？

她的膝盖硌在柏油路面上，已由起初的生疼逐渐变得麻木。夜晚的风在河滩的树丛间吹着，风一过来，枯枝也学会了屈膝示弱。远处的灯光星星点点地从树枝间挤出来，也朝着这边看。她想着爷爷生命的结束，望着这一群瞎哭的亲人，忽然替爷爷感到一种淡淡的悲哀。这使她情不自禁地从眼角挤出几滴泪来。既是为了爷爷，也是为了许多类似的生命；或许还有若干年后的自己。

死者为大，人们怎么能消停呢？中国人向来是最重礼俗的。

可这许许多多的泪，可有一些能做真正的悲哀的代言吗？

四

又是阴风摇荡的一天。人们头上裹着孝布，沉默地上车。

今天去县城唯一的一座火葬场。

办丧事的人很多，但很冷清。众人戴着各式各样的"孝"：有直接在身上披了一大块素麻布的；有拿两块布一缝，留一道口儿当帽子使的；

还有用白布条在头上缠了好几圈，在脑后垂下两条长带子的……所有的人，都好像返了古似的。

即使到了现代社会，人死了以后还是要遵照这些老旧的古礼。

殡仪馆的大门修成了飞檐翘角的模样。绿色的瓦，红色的柱子，和她想象中的阎王殿足有八分像。只是这里多了一群麻雀在房顶上来回翻飞。

父亲买来一只雕花的深色木箱——这便是骨灰盒了，比她想象的大了不少。

"爷爷以后就睡这里面了。"父亲抱着箱子，面色沉重。

殡仪馆的LED（发光二极管）屏上来回变换出不同逝者的名字。司仪握着话筒，习惯性地讲出许多体面的悼词。

"沉痛悼念林升老先生……"微胖的男司仪开口了。LED屏上也应时出现了相同的字样。"一位老父亲，一生为子女操劳……"他肥厚的嘴唇自然而然地吐出煽情的话语。爷爷的棺材被打开，放在大厅正中。周围摆了一圈盆栽的野菊。人们绕着这些黄白的菊花走着，又渐渐嘤嘤呜呜地哭起来。她走在人群中，沉默地流泪。她想：这毕竟是我的爷爷，我也该为他哭上一哭。可她又清楚，自己哭的原因并非如此。当她远远地看见爷爷那未合上的嘴和无比沉静安详的面容时，她忽地感觉到一种原始的脆弱和渺小。爷爷高大的身躯，此时缩在干净的衣帽里，看在她眼里，竟变得那么可怜。所有的人，丧失了精气神之后原来都是那么弱小啊。她是被这种毫无掩饰的弱小震惊住了！

爷爷的遗体被推出去火化了。远处，烟囱突突地冒着黑烟，又被昏厚的灰云吞噬。她出神地想着：那些烟，原本都是人，一个个活生生的……

人都化作灰，化作烟啦……谁知道那些飘散的灰烟，先前是一个人的手、口、鼻……还是眼呢？

或许那些五色的云里，也会有谁的什么……

尾声

墓园的门很小，偏窄，石灰砌的，上了白粉，似乎饱经风霜，显示出凄惨的青色：恍若一个病入膏肓的人，叫人看了不大舒服。然而门一开，却是一大片竹子映入眼帘，让人眼前一亮——但也只一瞬罢了。那绿是经不起推敲的绿。竹叶上蒙着厚厚的灰尘，一丛丛地挤在圆形的花池中，徒增逼仄之感。

墓园内部的面积并不小，角落里有一个方形的空池，纸洋（冥币）、纸屋、纸车……一堆堆地点燃，火蹿得足有几米高，不时冒出些火星噼里啪啦地响着；热烟不久便把墙壁熏得乌黑。小姑伏在奶奶的肩上，又呜呜地哭起来。

接着是挖坑。土坑足有一个成年人的身高那样深。骨灰盒被放下去，每个人（包括孩子）都被要求从专门准备的袋子里拿一小块切过的馒头，吃一口，剩下的扔进坑里。最后填坑。黄土一铲一铲地甩下去，溅到骨灰盒上，发出一声一声闷响。

墓园的围墙极矮，寒风霍霍地灌入。几个红白的塑料袋扑过来，绊到柏树枝上，在风里无助地飘摇。四妹忽然道："你们以后都要住这里。"悦悦一愣，看四妹一眼，心道："我不愿死后住到这里来……这么荒凉，风又大……阴冷阴冷的……"她又同情起爷爷来：一个人待在这里，不孤独吗？

然而她又豁然开朗了：所有的人迟早都会下到一个地方去，谁先谁后，不过是一个早晚问题。我们迟早都要去陪伴他们的，又有何感伤的呢？

到晌午了，还有一桌丰盛的丧宴在等着呢。

评语：文章以未成年人的眼光具体描述"爷爷的葬礼"事件，视角独特，感情真挚，叙述舒缓自如，娓娓道来，具体场景氛围营造逼真，在"葬礼"的再现过程中兼及生死问题，使作品富有哲学意味。作品的不足之处在于故事叙述较为平淡松弛，情节之间缺乏连贯性和矛盾性。

刘迪男，信阳师范学院文学院 2017 级汉语言文学三班学生，一个简单的文字爱好者。从身边的故事感悟生活，用简单的纸笔书写人生。我是一个永远行走在路上的书写旅客。

愿

刘迪男

宁子

我叫宁子，是临床医学专业七年级在读学生。高考选志愿的时候，我毫不犹豫地填报了临床医学专业，并凭借优异的成绩成功被全省最好的医科大学录取。父亲对我的选择非常满意，他希望我日后不会为生计所困，可事实上，我之所以这么毫不犹豫，单纯是由于我的母亲。虽然我从未见过她。她把我送到这个世上，还没来得及抱我一下，就离开了。

在父亲的描述里，她是个非常温婉和善的人，但偏偏是善良的人才好欺负，上天才会对她如此残忍吗？我是不解的。我怨恨上天，所以自懂事起，我就暗暗发誓要做医生，我要用尽我所有的力量，与上天做抢夺生命的对抗。

"医生不是神，并不是无所不能的。"后来的我意识到这个事实时，我已走上学医路，并深深爱上了这个职业。我无法说明自己对于这个职业可以投入多少热情，但我无比清楚，只要我是医生，还在穿着这身白袍，我便会奋战到最后一刻。这是我的责任，是我身为医者必须遵从的信念。每一场战役，不到最后一刻我绝不会认输。可事实上，在很多时候，我只能眼睁睁地看着病人拼尽最后一口气与命运对抗，败得一塌涂地，然后心灰意冷地离开这个世界。而我，只能目睹这个过程，就算再心痛，也还是什么都做不了。那种绝望与无奈，没有人能懂得。

新学期一开学，我们便被学校分调到各医院开始临床实习。由于我前几年获得的绩点分数很高，论文多次获奖，导师很欣赏我，在他的引荐下，我成功进入一家省级三甲医院实习。

很幸运，我被分到了曹怀德医生的课题小组。他是一位非常优秀的医生，还担任肿瘤科主任。很多人认为，肿瘤科是一个充满了绝望的地方。肿瘤科一个月离世的病人可能比其他科室一年离世的病人都要多，在这里需要承受的精神压力是无限大的。曹主任说肿瘤科的工作，就如同于行走在生命的边缘。他告诉我们："生命总归要以不同的方式谢幕。目睹太多，像是自己手里握着一本厚重的书，便会拥有一种不悲不喜的心境。"

在肿瘤科实习是非常繁忙的，从早上七点来到医院开始做准备工作，到晚上七点下班，整整一天都是巡房，分析病例，开会讨论……忙得头晕脑涨，连饭都是只能草草地吃几口就赶快回去工作。我清楚地记得那是我实习的第二天下午一点五十分,在曹主任的带领下,科室主治医生们及我们十个实习生围坐在一起,开始讨论今日会诊的内容。

"8床于今天早上收治入院,女,6岁,病情暂未确定,安排下午做检查,初步怀疑是淋巴瘤,暂未对病人家属说明……"大家开始讨论起来。

"林莫莫",我看着病历,默默记下了这个名字。

愿,我可以在这里看到更多奇迹的发生。

莫莫

我叫莫莫,马上就要六岁了,在这个世界上,我最喜欢的人是我的爸爸。虽然他总是很忙,忙到根本无暇顾及我。但是没关系呀,他还是我最爱的人。至于我的妈妈,我没见过她,爸爸也从不告诉我关于妈妈的故事。

爸爸是律师,他手上有大大小小的案件需要处理。甚至晚上回到家的时候,他还是会不断地打电话,处理他的案件。我知道爸爸很忙,所以我总是安静地待在屋里画画,尽量不去吵爸爸。

那天,爸爸给我扎头发的时候,发现我的脖子像是肿了。爸爸问我疼不疼,我告诉他一点儿也不疼。

后来的一段时间,我一直低烧,头总是晕晕的,咳嗽也停不下来,我想,我是感冒了。因为想到爸爸最近太忙,我就自己一个人去买感冒药吃。药店的阿姨告诉我,我的脖子看起来有点不对劲,让家里的大人带我去医院看病。可是爸爸那么忙,他不会有时间的。我只好自己在家里到处找感冒药吃。

真的好奇怪呀,我的脖子看起来好像又肿大了一些,但是它按下去一点儿也不疼,我就怀疑是我低烧一直没好而出现的幻觉。爸爸好像也发现了,问我最近有没有什么感觉不一样的地方,我还是说没有。我不想让他担心我,他很忙的。如果要带我去看病的话,他会耽误工作。所以我自作聪明地撒了谎，没有告诉他我肚子总是很痛，一直在发烧，而且身上好多地方看起来都肿肿的。

爸爸真正意识到不对劲儿是在一天夜里。我的肚子痛得睡不着，我怕我会死，我就开始哭，可是明明很小的声音也把爸爸给吵醒了。爸爸问我怎么了，我说肚子太痛了，我担心自己会死。爸爸立马送我去医院，爸爸一直抱着我，很担心的样子，我觉得很幸福很幸福。

愿，爸爸可以一直陪在我身边，一直很爱我。

林父

我的女儿莫莫是世界上最乖巧的孩子。她的妈妈生下她，就跟别人跑了。这么多年来，我又当爹又当妈，含辛茹苦把她拉扯大，虽然辛苦但是很快乐，而且她十分懂事，从没让我操过一点儿心。邻居们总是夸赞她聪明懂事，这让我非常欣慰。

而我并不认为自己是称职的爸爸。我的工作非常忙，律所总是有很多案子等着我去处理。即便我非常想享受生活的乐趣，尤其是与女儿在一起的乐趣，可是每接手一个案子就会挣到一笔数目可观的钱，而这些钱，可以给我女儿更好的生活，所以我只能不停地去接手案子，争取挣更多的钱，为孩子的未来做一些打算。

直到那天夜里隐隐约约听到她的哭声，我才意识到问题的严重性。莫莫懂事之后，就只哭过一次，还是因为她问妈妈去了哪里，我大声呵斥了她。莫莫哭着告诉我她的肚子很痛，身上好像都肿起来了，她太害怕了才哭的。我的心猛地揪了一下。我急忙把她送到医院，甚至在路上连闯了三个红灯，我也怕，怕她生病，怕她会因为这一会儿的延迟出什么事。

在医院做了大大小小十几个检查，左等右等也没出来一个结果，我只好抱着她在休息区睡了一觉。第二天一大早，我开始打电话移交手头暂未处理的案件，我想，我要请一个长长的假，好好陪陪女儿。

愿，女儿的检查结果一切正常。

宁子

莫莫的检查结果出来了。NHL，医学上叫非霍奇金淋巴瘤，T细胞型，在莫莫的胸部X线平片可见中、前纵膈巨大肿块，并伴有不等量胸腔积液。她的情况有点复杂，昨天下午的会上我们一直在讨论合适的治疗方案，以及该如何告诉她的爸爸实情。

除了要面对不计其数的死亡，肿瘤科另一个最突出的特点，恐怕就是经常要面对种种艰难的抉择。

要不要告诉癌症患者实情？晚期、恶性肿瘤到底治不治？该怎么治？是延长生存期还是保证生命质量？这都是我们必须直面的问题。

那天上午，曹主任让我去把林父请到办公室，准备告知他莫莫的病情，以及尽早确定治疗方案。五十分钟后，他走了出来，无法形容的悲伤气氛环绕在他的周身。我仿佛看见，一个英武的男人在一瞬间就被击倒了。也许对于身为律师的他来说，那些在法庭上无数次的言语交锋都不足以让他有过一瞬的灰心失望，医生简短的病情结果通知却击垮了他所有的骄傲。此刻，他只是一个束手无策、处于深深恐惧中的父亲。我仿佛在那一刻，看到了父亲这个形象是何其伟大。曹主任说，病床分属我管辖的区域，让我负责安抚病人家属情绪，还告诉我，日后这样的经历还会很多很多，我要提前去适应这一切。

我开始在闲暇时间去找林父谈心，我告诉他这类病的治愈希望很大，我告诉他治癌的关键是忘记癌症。而莫莫，她心态很好，所以治愈希望还是非常大的……也是由此，我开始与莫莫走近，也知道了她和我一样，从小就没有了妈妈的陪伴。

不得不说，莫莫真是一个非常懂事的女孩，爸爸不在的时候，她不哭不闹，一个人安静地画画。她的画里有爸爸，有山川草木、虫鱼鸟兽，于对这世界一切美好的描述。

我很羡慕她，她每天都很快乐，尽管淋巴结部位在日渐肿大，但她看起来还是很乐观，没有表现出悲伤，也没落下过一滴眼泪。每天早巡的时候，她都要向所有的查房医生、护士说早安问好。我觉得，在她的眼里，所有的一切都是来日可期的，所以，也无所谓悲伤与苦闷。

一天我值班的时候，她活蹦乱跳地跑过来，一跳一跳地举着手中的画指给我看："医生哥哥，你看我画的是你呀，你身上穿着白袍子，那么高那么高，今天早上你们过来查房的时候我观察过了，你是其中最高的呢，还有还有，也是最帅的……"她开始咯咯咯笑，然后我把她抱过来，让她坐到我腿上，问她现在身体有没有不舒服。她突然挣脱我，跑过去关住门，很严肃地问我："宁子哥哥，我会不会死？死的时候会不会很痛？"

在学校的时候看过很多很多的病例分析资料，清晰记得各种病症的临床反应，但关于死亡，我未曾经历，知之甚少，因为母亲的原因也不愿轻易去提及，这方面的贫瘠让我无法做出合适的回答。在我看来，死亡的过程是否痛苦每个人是不完全一样的，有些死亡来得突然，死得利落，像一场突如其来的暴风骤雨，在旁人看来痛苦比较少，比如心脏骤停、脑出血等，在患者还没有搞清楚是怎么回事的时候，就意识丧失，处于昏迷状态，不省人事了。

但还有一些死亡是缓慢的，仿佛一场纠结不清的缠绵，比如肿瘤慢性消耗衰竭、慢性呼吸功能衰竭、癌症晚期无法遏制的疼痛等，病人神志非常清楚，是在痛苦中一步步走近死亡的，这种死亡触手可及，想要逆转是绝对不可能的，因此深知这样的结果，患者的心境多半非常绝望，不仅遭受身体的灾难，还要经历心灵的折磨，以至于有些患者宁愿安乐死。

最终，我没有和她说这些，没有说死亡是否痛苦，一定程度上取决于临界前的哪一种状态。她才六岁，她还不懂，也不需要知道这些。

"好了，哥哥，你要回答不出来，我就不问好了。不过……"她又跑回我怀里，"哥哥，我马上就要六岁了，我在努力长大，等到再长大一点，我就可以独立了，不用爸爸再分心管我了，爸爸很忙，我不能让他一直在医院陪我……哥哥,你去告诉爸爸我马上就要好了,让他去忙工作好不好?"她有着这个年纪不该有的睿智和明事理。

我无法拒绝这样一个如此懂事却要面临死亡的小姑娘,但我作为医生,更不能对病人家属撒谎。我只是告诉她的爸爸,类似的病症一直采用放疗、化疗结合,治愈希望很大,并告诉他不要过度沉浸在悲伤情绪中而忽视关心莫莫的情绪,她需要更多的关心。

我没想到,这么一个高高大大的男人,突然在办公室跪下来,抱着我的腿,号啕大哭地求我救救他女儿,他快要挺不下去了。

愿,这个世界少一点悲伤,多一些幸运。

莫莫

宁子哥哥不太爱讲话,也不怎么爱笑,我想把很多很多的快乐都带给他。虽然我自己也在生着病,有时候也快乐不起来,但我还是觉得快乐这种东西,应该跟更多的人分享才比较好。所以爸爸一不在,我就偷偷跑过去找哥哥玩。可是哥哥也很忙,只有偶尔在他傍晚值班的时候,我才能在他那个充满消毒水味道的房间玩。

我不喜欢消毒水的味道,闻起来很刺鼻,我也不太喜欢医院全都是白色装饰,看起来有点恐怖,但我最最最不喜欢的还是化疗。

我不知道化疗到底是什么,我只知道要定期去注射一些药水,第一次的时候针扎进我的胳膊,我的手像是要烧起来了一样,但我还是忍着没有哭。我哭了,爸爸会担心的。

第二次化疗是宁子哥哥陪着我去的,他让我握着他的手,告诉我别害怕,一会儿就好了。我很相信宁子哥哥的话,虽然我还是有点痛。可是一想到我接受了治疗,就会慢慢变好,我觉得其实还能忍。

我听到爸爸哭的声音了。我发誓我真的不是故意要听他和宁子哥哥讲话的。我只是想知道我拜托宁子哥哥的事他会怎么跟我爸爸讲。然后我就听到了我还有百分之五十的希望可以好起来。可是百分之五十又是多少呢？我不知道。

愿，我还可以高高兴兴地过完六岁生日。

林父

医生关于病症解释的专业术语让我听得实在头大。癌症，离我仿若很遥远很陌生的一种病，从未想过它会离我如此近，还就发生在我最爱的女儿身上。

我无法接受这个残忍的消息。我到底该怎么办？去责怪上天的不公，去质疑检查结果的失误？我发现我什么都做不到。

这件事情发生之前，我根本无法想到有什么事是可以令我极度崩溃的。我骄傲了半生，不肯向任何事任何人低头，倔强如我，终于在莫莫的病前败下阵来。尽管我在经历人生巨大的悲痛，我还是要想尽办法安慰莫莫，她知道爸爸会一直陪着她，她马上就会好起来的……

眼看着莫莫因为化疗放疗而日渐消瘦的脸和整把整把掉落的长发，我的心比针扎还要痛。我心疼她太过懂事，心疼她就算再痛也不会掉眼泪……

可是，我根本不想让她那么懂事。我多么希望她会像个普通的小孩子一样，抱着我大哭缠着我说自己想要什么礼物，想要吃什么好吃的……而不是像现在这样，有什么都自己忍着。

宁子医生是个好人，虽然他目前还只是一个实习生，但他对于莫莫的照顾甚至比主治医师还要多，我真的很庆幸莫莫还会有这么一段快乐的时光。

愿，我的莫莫可以永远幸福快乐。

宁子

莫莫身上的癌细胞再度扩散，曹主任看检查结果的时候眉头紧皱。

一般淋巴癌细胞在经过几次放疗之后,会得到有效控制,但是莫莫的结果不容乐观。再三讨论之后,曹主任决定换一个治疗方案——进行骨髓或造血干细胞移植。莫莫还不满六岁,之前不敢采用这种方案就是因为担心她会产生不良反应,但目前看来,怕是没有更好的办法了。

我走到莫莫病房的时候,她还在睡觉。淋巴不停肿大压迫得她肺功能不能正常工作,只能依靠呼吸机维持呼吸。她的头发已脱落得所剩无几,全身肿胀得不像她原本的样子了。

我坐在她的病床前,摸摸她的额头,在心里暗暗说:快点好起来吧,莫莫,我等着你邀请我去你们家过生日呢……就在我发呆的时候,莫莫猝不及防地睁开了眼睛,呜啦呜啦地说些什么,隔着呼吸机根本听不清楚,我就猜想,她是问她的爸爸去哪了。我给她掖了一下被角,告诉她:"爸爸去跟曹爷爷说会儿话,稍微等一下就回来了,我先在这儿陪你一会儿,需要什么就跟我讲。"

莫莫摇摇头,又闭上了眼睛。

我说:"莫莫,再睡一会儿吧。放心吧,我不走。"

病房里死寂般地安静,令人心悸。

我无法想象如果莫莫离去,我会经历怎样的悲痛,也许会比医学上划分的十级痛苦还要更痛,谁又知道呢。

愿,苦难的生活早点过去,幸福降临每个人头上。

莫莫

我想我该离开这个世界了。

不知道还能不能等到生日那天,再吃一次蛋糕,再许一次愿望,再听爸爸给我唱一首生日快乐歌。

我上呼吸机那天晚上,宁子哥哥来看我了。从他开门进来的那一刻,我就醒了。我觉得,哥哥不开心。我偷偷把眼睛眯开一条缝想看看哥哥在干吗,原来哥哥哭了,在偷偷擦眼泪呢。

我看到过很多人哭，但这是第一次我会感到这么伤心。也许是因为哥哥，也许是因为自己。如果说爸爸是我最爱的人，那哥哥就是我最舍不得的人。尽管我与哥哥才认识很短很短的时间，但我觉得，我已经把他当作了最好的朋友。我希望和他一直做好朋友。

隔着呼吸机，我告诉他："哥哥，希望我们一直是好朋友。"他好像没听清楚，告诉我爸爸一会儿就回来了。

但是我想，他一定知道我像喜欢爸爸一样喜欢他。不知道如果我离开了，这个世界会有多少人伤心呢。反正我是不希望爸爸和哥哥伤心的。

愿，我还可以看到生日那天窗外灿烂的阳光。

林父

今天莫莫就满六岁了。

我给她买了蛋糕，插上蜡烛，摆在她小小的墓碑前，开始给她唱生日快乐歌。

唱着唱着，宁子医生来了。听说他申请提前结束了内科的实习，决定日后从事肿瘤研究。经过了这件事之后，我们成了好友。

依稀记得莫莫走的那天晚上，我恍恍惚惚地瘫倒在太平间外，宁子蹲在太平间的角落里抱着头小声抽泣。莫莫动手术那天，他就在现场。听说，莫莫是他送走的第一个人。我想，他的悲痛不会比我小。

律所有时会接到一些医患关系的案子，在我之前的观念里，多数医生总是斤斤计较个人利益，是不会与病患成为朋友的。宁子则不同，他有着满腹的热忱，对病人也是真心诚意的好。我无法去评价一个职业的高尚与否，但在我眼中，宁子就是一个足以称得上高尚的优秀医者。

就算莫莫走了很久之后，他还是会偶尔念起，给我发来短信问候，我很感激他，不仅为着莫莫，也为着所有的病人，感激这世上存在着的仁心医德。

愿，这个世界会越来越好。愿，每个人都能找到自己的幸福。

评语： 文章构思新颖，故事情节富有表现力，作者以宁子、莫莫、林父三个主人公的观察视角，分别组成了相互交叉重叠的话语场，文体具有模糊性和不确定性，使作品内容和形式相互指涉。文章的不足之处在于主要人物形象的塑造方式稍显单一，场景感不太鲜明。

翟云央，信阳师范学院文学院 2017 级汉语言文学一班学生，一个普通的文学爱好者，生活的记录者，简单，真挚，是我的追求。

修路

翟云央

一

县政府大厅的地板上传来了软皮鞋踩地的嘎嗒声。陈县长正卖力地甩开双腿，向办公室走去，后面跟着小跑的王秘书。

"他娘的。"县长发了话，"这才多久，修的路就断了，这他娘的简直岂有此理。王秘书，去把张羊叫来。"

"县长，您找我？"张羊的身体略向前倾，眼睛却始终打量着陈县长那张红得发涨的脸。

"老张，你是知道的，当时有多少人来争这个项目，知道我为啥把它给你吗？"

"因为县长信任我嘛。"张羊的脸上挤出了温情而谄媚的笑。双肩抖动着，如果不是中间的那个办公桌，他都想给县长一个亲切的拥抱。

"老张啊，我知道，这几天县里催得紧，你压力大。不妨趁机休息一段，劳逸结合。"

老张的舌头舔了下干裂的嘴唇，终于没有说什么。

"来来来，老张，尝尝我的新茶，这你搁咱县可买不来。"

县长一边说，一边掏出了一桶茶叶。

吃了半晌的茶，张羊就起身告辞了。张羊是个粗人，品不出来什么味，只是感觉有点苦。

老张一走，这修路队就归高马管了。高马是老张的徒弟，勘察测绘样样精通，只是老张在的时候没有机会，这老张一走，就是高马的天下了。

果真，老张走后不到一个小时，县里就来了电话，让高马赶紧开工。原因嘛，是省政府要来视察了。

于是工地上又开始了工作，仿佛这条路不曾断裂。高马似乎有些飘飘然，觉得自己已经成了乐队的指挥，啊，压路机的声音是那么悦耳，民工的号子如此动听。很快，断的地方就堵住了。

"高头儿，直接填住不会有危险吗？"老民工讪讪地问。

"你懂个屁，上头的人不懂，小轿车来转一圈就走了。咱现在主要是快速把公路修完。"

路修得很快，没多久就通车了。省里的人来了一拨又一拨，直夸县里办得好。陈县长笑逐颜开，高马喜上眉梢。

二

俺做梦也没想到，俺干的缺德事，祸害了一条人命。俺是跟着俺二舅爷一起出来的。不讲虚的，先挣俩钱，回去盖房子，老婆孩子热炕头。悔不该呀悔不该，不该去偷那地底下的变压器和电线。就恁急着用钱吗？那弟们儿不都没发吗？你急哩是个啥？不过工头真不是个人，俺跟着他干了大半年，工钱也没发。这要年关了，不拿俩钱咋回去啊。俺今早上看见救护车来，才知道坏事了。不过俺也不知为啥，这张羊咋会跑到地下那个小控制室里。咋就把他给电死了呢。造孽啊，造孽。

以上是工地偷盗嫌犯王老三的口供。

三

县政府门外聚了一群人，有的站着，有的蹲着。从他们身上的油漆印和灰尘来看，他们的确是民工。

"俺们要找县长。"一个年轻人喊。

"辛辛苦苦干了大半年，还我们血汗钱。"

"今个要是不发工钱，俺们就把新修的路带上县政府一块掀了。"小个子民工愤愤道。

约莫过了一个半小时，出来了一个戴着领带的中年男人，捏着公鸭一般的嗓子说："民工同志们，不要担心。这个，工钱总会有的，不要心急。我们正在协调，保证工钱很快送到。"

"放屁，钱呢？"

大门外又闹腾起来。

晚饭的时候，钱就结清了。与此同时，还有个大新闻，就是高马被抓了。不过这小子被抓的时候还振振有词，说张羊把钱卷跑了，根本没留钱，他也是没钱，发不了工钱。就是抓了他，他也没钱。

虽然将信将疑，警察们还是不辞辛苦地调查了张羊的家，搜到的银行卡，最后证实是张羊的，里面存了好几百万。除此之外，还有他的日记。

十一月二十日　晴

姓高的那个不要脸的,顶了老子的位置。妈的,不就是他姐跟县长搞破鞋,这小子还神气得不行,要不是,放个屁也轮不到他吃。

十一月三十日　小雨

不行,越想越气。我这儿还有修路剩下的炸药,炸了这个路。龟孙,等着瞧吧。

四

从张羊家里搜到的钱,正好补发了民工的工钱。其实吧,县里因为这条路,已经被评为先进了。

那明年还修路吗?修,怎么不修?修得越远越好,要从这头,修到地球那头。

评语:文章构思精巧,短小精悍,情节生动,特别是在许多对话中间蕴含着"弦外之音",欲说还休,语言表达富有张力,对现实社会中的丑陋现象进行了无情讽刺和鞭挞,可圈可点之处较多。故事情节可再加工和锤炼,以使文章饱满丰盈、意味无穷。

李静秋，信阳师范学院
文学院2015级汉语言班学生。

寻梦

李静秋

《牡丹亭》巡演到杭州的时候，在杭州大剧院足足演了三天，重复了三遍。只因演这杜丽娘的万月是地地道道的杭州女，一出青春版昆曲《牡丹亭》让她顿时成为杭州的门面，回到家乡，自然风光无限。

"白薇呀，你要不要跟我们一起去看，听说这个戏都演到加拿大了，真是了不得啊。"话刚说出口，吴妈就后悔不迭，她几乎忘了白薇曾经也是风光全国的杜丽娘。

"吴阿姨，你晓得这个戏在讲些什么？那些话你听得懂吗？再说了，什么青春版，那是给年轻人看的咯。"盛白薇正歪着头坐在镜子前扎头发，她手上握着头发，嘴里咬了根皮筋，这几句话从她那咬着皮筋的牙齿缝挤出来，不知怎的就多了丝咬牙切齿的味道。她想把头发束高些，可是总有几缕长度不够的发丝无能为力地落在后颈上，她试了好几次，最终还是在耳边绾了个松松垮垮的发髻。

吴妈赔着笑，说："是这样是这样，人年纪大了就是不中用，哪里比得上……"还没说完，吴妈又在心里打了自己一记嘴巴子，白薇最反感人家在她面前提到年纪，她晓得白薇翻脸不认人的脾气。

她赶紧看了看白薇的脸色，发现白薇依旧在不紧不慢地涂着口红，一颗紧皱如核桃的心才舒展开来："那个，白薇你要是不去看戏，那张票我就去跟你妈讨了来带阿时去看？"

"爱谁谁。"白薇站起来走到衣柜跟前，霍然打开柜门，带出的风一直刮到吴妈的鼻尖上。

这是白薇的口头禅，一句地道的北京话，虽然都是表达满不在乎的不屑，但是北京人说起来是拒人千里之外的不屑，而她是根本就不看你，甚至是看不见你的不屑。

"真是一座冰火山，又尖又硬，又烫又冰，这样的怪脾气，谁娶了她真是不要太难挨！"想到自己的小儿子阿时还在傻乎乎地暗恋着这座冰火山，吴妈顿时死掉的心都有了，"不说我们家配不上这样有钱的，她就算倒贴，我恐怕也要少活三十年。"吴妈一边下楼一边在心里念叨。这样的话自从她进盛家当保姆已经不知道说了多少遍，在她看来，每次和白薇接触不亚于走一遭鬼门关，她全凭着这些话回魂了。

听到吴妈下楼的声音，白薇穿着睡衣又走回镜子面前，她端详着自己被丝质绸料贴裹着的身体，还好，还是保持了秀丽的轻盈，像少女一样的身姿。白薇的身材很好，削尖膀，小细腰，肤若凝脂，没有一点点赘肉，她的曼妙不是性感的，而是少女般单纯的、盈盈一握的，但这种单纯又不是没脑子的、病恹恹的，而是有点野性的，有点突破的。所以当年她在北京上戏曲学校时，一眼就被《牡丹亭》剧组相中扮演杜丽娘，靠的就是这一点单纯的野性。当然白薇的长相也是属于少女型的，尖尖的下巴配上圆润的脸庞，圆圆的眼睛却又吊了一对朝上的眼梢，这混合了端庄和灵气的长相，正好符合杜丽娘千金小姐又不失活力的人物设计，像当年人民大剧院的老院长讲的"盛白薇就是杜丽娘"。

其实她不过二十八岁，却因为出名、结婚、离婚，也许现在还要加一条寄人篱下，造成了自己渐渐老去已经走过大半个人生的错觉，而且是在走下坡路的人生。

十五岁去北京的戏曲学校上学，十八岁出演杜丽娘一举成名，二十二岁嫁人，虽然对方不是豪门，但家里几代人都是京城有头有脸的人物，当时的白薇大学还没有毕业。

她一路顺风顺水，势不可当，凭借着一意孤行的胆识在二十二岁就积累了普通人一辈子都难以望其项背的筹码。

那么早结婚，绝不是趁热打铁在名声正盛时钓一个有权有钱的人，也不是为了脱离小门小户实现阶层跨越，白薇从来没有想那么多，反正结婚是迟早的，那就挑一个最利于自己的赶快走走过场。她头脑清楚，知道一过二十五岁，就会有一茬又一茬比她更新鲜的女孩子来取代盛白薇的杜丽娘。因此她要早早行动。于是她眼也不眨就嫁给戏剧团最大的赞助人。爱情，白薇相信是存在的，但是她没有兴趣。白薇从没有谈过恋爱，她一点也不向往相夫教子，或者两个人坐在轮椅上慢慢变老。她只热爱戏，她所做的一切都是为了戏。对于白薇来说，戏不是她的事业，也不是她的追求，而是她的人生。一出《牡丹亭》改变她的人生，她的人生从此也只有《牡丹亭》。因此她对待其他的一切都是法西斯式的，果断而一步到位。

两年多后提出离婚的也是白薇。小夫妻的婚前协议在大家族的盛威之下根本不起作用，她没想到她仅仅二十四岁的年纪也会被催着生孩子，当然后来演变成了强迫。怀孕生子，那对白薇来说简直是天方夜谭，和自己隔着十万光年的距离，几乎可以视而不见忽略不计。

扮演柳梦梅的戏剧团团长程青童，扮演春香李的霓裳跟她算熟，都正正经经地劝过她，但白薇一句话就把人噎回去了："你们都没有搞清楚，不是我不愿意这时辰生，是我压根儿就不想生。"白薇一口苏白北京话，轻飘飘里总带点惊世骇俗。

离婚意味着白薇将不会在全国最负盛名的剧团里待下去，但是怀孕生子对于白薇来说等于终结戏曲生命。在盛白薇十八岁起成为万众瞩目的杜丽娘的那一刻起，她就已经看清自己，她的一切，身体、情感、精力、时间……都是属于戏曲的。她在戏里经历比任何人都要纯粹的爱情，比任何人都要深刻的生死，喜悦、梦碎、死而复生……所以现实生活中的一切对她根本不起作用，也没有任何吸引力，没有什么事情能有资格和她的戏起冲突。既然事已至此，那么她可以不做闻名全国的杜丽娘，但是绝不可以不做杜丽娘。

她看上去凶猛、来势汹汹，却因为目的明确，因此比谁都要更简单真实。一个不愿生育也不为金钱纠缠的女人自然比任何人离婚都要顺利。

十八岁到二十四岁，这是属于盛白薇的黄金时代。

白薇后来经常像今天这样对着镜子观察自己的身体，这纤细的身体里有着神迹般的少年成名，有着六年的戏梦人生，以及如今看起来——那海市蜃楼般的过滤掉人间世俗的良辰美景。

"白薇，吃饭啦！都等着你呢！"

"知道了知道了！"白薇不耐烦地对着楼下回了一声。真是要命，白薇心想，可恶的吴妈，说过多少次，上楼来喊我吃饭，声音那么大，做给谁看？

"薇薇啊，你快点了，一家人都等着你。"是白薇的妈梁龄在楼下催促。

"吴阿姨啊，说过多少次了，"白薇一边下楼梯一边对着吴妈没好气地喊，"叫你早点叫我吃饭的，你倒好，一家人坐得整整齐齐，饭菜摆得满满当当想起来喊我咯，晚点喊我也就算了咯，催起来又是了不得，我跳下来不知称不称你的心意！"

"好了好了薇薇，她年纪大了你不要跟她计较！"梁龄头也不抬，一只手微微地捏着汤匙，另一只手只用三根手指蜻蜓点水地捧着小碗，轻飘飘地舀着汤水。

白薇在饭桌前坐下，梁龄伸手给坐在白薇身旁的小弟盛莱宝递过来一碗汤水，抬眼看到白薇，上上下下打量了一圈，神色就愠怒起来。"我说薇薇，那么大了还好穿个睡衣就下来吃饭的？都是嫁过人的人了……"说到这里梁龄故意停顿了一下，接着说道，"又不是小姑娘随随便便了，你爸爸也就算了，你二弟出去上学了也就不说，可是小弟也十来岁了，这样怎好的？"

莱宝在一旁吸溜吸溜地喝汤，白薇看了一眼盛良材，她的爸爸，他看了看白薇的睡衣，鼻子里像叹了一口气，没有说话。

白薇进了卧室，踉踉跄跄地一下子扑倒在挂着的衣服面前。楼下梁龄的说话声、爸爸的咳嗽声、小弟吸溜吸溜的喝汤声、吴妈殷勤的笑声、瓷器金属餐具碰撞的声音都像远隔千百年，鬼魅似的在白薇耳边断断续续围绕。人是会变的，白薇的脑子里嗡嗡作响，只这句凄凄凉凉的话在眼前飘来飘去，像《牡丹亭》里给杜丽娘招魂的布帘子。三年前，白薇在心里想，三年前离婚的时候，是爸爸打过来电话说，"囡囡回来，爸爸养你"的呀。人是会变的，她睁了睁眼，眼前浮现出梁龄给莱宝舀汤的场景，白薇又突然像是魇住了，梁龄，自从自己回到杭州，这个梁龄，就不是我的妈了……白薇只觉得头越来越昏沉——"咦！什么时候也晓得哭哭啼啼的？真是太阳从西边出来！"白薇猛地睁开眼，是大姐盛玉棠正笑嘻嘻地望着她。

　　"那个女人，"盛玉棠朝楼下的方向努了努嘴，"现在知道不是什么好东西了吧？——以前是你争气，你挣钱，她好吃好喝地待着你，现在——"她拍了拍白薇的背，"到底是后娘——姐姐劝你，找个人嫁了才是正经。"盛玉棠依旧是笑嘻嘻的。

　　"不挣钱也比你嫁了个混账强。"白薇从地上站起来，拿毛巾擦了擦脸，径直走到镜子面前坐着，看也不看一眼盛玉棠。

　　盛玉棠"呦呵"一声道："你——你有本事——有本事你别回杭州，别在娘家吃喝！"话还没说完，就听得门外一声冷笑，是梁龄，"你妹妹好说歹说风光的那几年也给家里贴补不少，你这泼出去的水倒要时不时回娘家啃老爹老娘，谁有本事？！我看你最没本事！要不是看你们爸爸心疼你们，盛玉棠你能回家跟你爸爸要钱？不是我睁一只眼闭一只眼，盛家的门你都别想踏进一步！"

　　盛玉棠眼看着就要扑上去，梁龄一扭身下了楼，盛玉棠气得浑身乱颤，直拿背的包往地下砸。"爸爸挣的钱跟她有什么关系？她不就是生怕我们花光了她两个儿子的家产？——那两个小赤佬、小白痴——哼！"说着又扭过头来看白薇，"你——你以为她帮着你讲话？"盛玉棠捡起地上的包，鼻子里哼了一句："她不就是惦记着你原来挣的那两个钱？"看白薇不理她，她又站在原地骂骂咧咧了几句，下楼去了。

　　白薇关上门，又跌坐在地毯上。"这个家住不得了。"她小声对自己说。她感觉整个家都变成了冰窖，人在里面走来走去看到的都是些冰面倒映出的影子——变形而冷漠，她总是害怕自己跌倒，做梦都是一下子倒在冰而坚硬的地上，脑袋空空如也，一整幢楼都能听见这肉体撞击地面的回声，而周围都是模糊不清的脸，笑着闹着——白薇想，恐怕死了也没有什么所谓。

　　去哪里呢？杭州断然是待不住了，剩下的钱，只够去个再小些的地方生活。可是小地方哪里有像样的剧团呢？恐怕都是些老年戏曲爱好团——杭州再比不得北京，唱戏和听戏的人还是蛮多。白薇默默地想，还是要去个大些的城市，可是——怎么样生存呢？凭自己的底子，大城市的剧团也是能进的，只是不是红人，那一点点死工资如何够在大城市生活？

楼下叮叮当当的钢琴声响起来，莱宝又在练钢琴了，白薇知道不一会儿莱宝的钢琴老师又要上楼给她"请安"了。她本来不太讨厌这个梳着中分头一口蹩脚普通话的钢琴老师，可梁龄不止一次在她面前说他怎样怎样好，白薇简直烦不胜烦，现在是一点也不想看见他。想到这里，白薇赶紧换了衣裳去顶楼的露台。

"盛小姐，最近好不好？吴阿姨说你好像心情不太好，所以在阳台散心呢。"

"要死的吴妈！"白薇趴在露台上背对着中分头，小声骂了一句。

中分头干涩地笑了一声，说："盛小姐确实看起来心情不太好。"见白薇没有理睬他，他又尴尬地笑了两声，说："啊那个，我是特地来跟盛小姐告别的——下周我就不再来了，莱宝呢我也给你妈妈介绍了新的老师——呵呵——我明天就要回香港了。"他摸了摸自己油光发亮的头发，又呵呵地补了一句："我是回家结婚的。"

香港？白薇的脑子里突然闪过这两个字，香港？她怎么没有想到香港？她的姨妈在香港嫁了富人，又是旧戏人，人脉必定极广，何不去投奔她？虽说这些年家里已经和姨妈断了来往，但她毕竟是自己的亲姨妈，再说既然她能够走到如今，眼光见识也不会如一般人狭隘，若真心往她那里去，她岂有不帮的道理？

白薇在心里飞速地过着这些想法，随即扭过身来笑吟吟地对着中分头说："我最近是心情不大好，所以想找个地方玩一玩散散心，刚才你说你明天去香港，倒提醒了我——"

"小姐还没有去过香港？"中分头赶忙迎上来，"小姐你要是去香港，一定联系我，我做你的导游！"

"不如我这次和你一起？路上也好做伴。"白薇是要拿他做幌子的。

中分先是惊愕,然后又摸了摸头,显示出为难的样子,白薇赶紧说道:"我好长时间没出远门了,正好你也熟悉路线,和你一起稳妥些——我在香港有认识的朋友,去了就不必再劳烦你,你结婚要紧。"

"好,好的。"中分连忙点头,"那小姐别忘了订机票,带的东西也要抓紧收拾了。"

"谢谢你。"白薇朝他微微一笑。

中分头几乎从没见过白薇笑,这一笑,他倒愣住了,反应过来的时候白薇已经下楼去了。

白薇从仓储室里拖了一口皮箱出来,把它放在卧室的地板上,皮箱张着硕大的口,使白薇联想到蒙克的名画——《呐喊》,但是这口由于是方的,像个囧字,更多了份滑稽的空洞,白薇赶紧先不管不顾地扔了个鼓鼓的枕头进去,这才觉得不那么恐怖。

有人敲门,是吴妈喊白薇吃饭,白薇没应,吴妈就推了门往里看,看到地上一口皮箱,立马惊呼起来:"白薇你不会要跟莱宝的钢琴老师去香港?下午看到你们在阳台上说了好半天话,呀,真是——"

"关你什么事了?!"白薇瞟了吴妈一眼。

不一会儿,白薇就听到吴妈和梁龄上楼的声音。"哎哟哟,白薇还带个枕头,不知道要做什么,真是怪——"听着吴妈的笑声,两个人就到了眼前。梁龄先说话:"薇薇啊,你这次呢就跟莱宝老师好好去玩一玩,"说着又笑出声来,"要我说,这老师穷是穷了点哦,但心眼还是蛮不错——你也不小了,又是离婚的——你爸爸也觉得他蛮好的嘛!"

看来梁龄不知道他是要回去结婚的,想到这里,白薇也就放下心来,随即冷笑道:"什么好不好,嫁出去了不吃你的就好!你放心,我不会回来了!"

两个人依旧是笑嘻嘻地看着她,坐了一会儿便下楼了。

白薇在屋里踌躇了半天,最终只把几套杜丽娘的戏服放进了皮箱。轻轻合上皮箱的时候,她对自己说了声:再见,再见。

白薇的姨妈蒋英儿住在加多利山的别墅区，计程车走到私家路司机就把她放下，说是进不去。白薇下了车一直往前走，果然一个警卫样的人过来拦住她。"你好，我找蒋太太，"白薇停顿了一下，接着说，"我是蒋太太的外甥女，麻烦你告诉她。"

不一会儿，一个素色衣裳的年轻女孩儿从上边下来，还没走到跟前，一双滴溜溜的凤眼已把白薇上上下下打量了一番，及行至眼前，一串脆生生的声音又落到白薇耳边。"你就是盛小姐吧？"说着就领白薇往里走，"我们太太不在家，所以我跟太太通了电话，她让我领了你先在家里玩一玩。"

"谢谢妹妹。"白薇心想，这俏丫头恐怕就是姨妈的贴身保姆了。

那俏丫头朝白薇一笑："叫我小韵就好了。"

一路都是上坡，小韵健步如飞，白薇在后面却跟得吃力，小韵边走边说："住在半山腰，但凡来客也都是汽车，一冒烟就上来了，可是老在门口迎客有什么意思，今天走下来接盛小姐倒也怪新鲜。"白薇心想，恐怕姨妈家也不是好住的，单这一个口齿伶俐心思灵活的小保姆说起话来就已经绵里藏针，这样想着，姨妈家已到了。

小韵"哗啦"一声推开铁铸的大门，前院宽敞的花园和一幢精致的四层小楼就映入眼帘，几个菲佣正在修剪草坪，小韵扭过头来，似乎是想看白薇的反应，白薇赶紧说了一句，"姨妈家真是气派"，其实白薇对这气派一点也不感兴趣，在北京时住的也是这样的房子。

白薇前脚刚进门，后面就听到喧嚷的人声，正在倒水的小韵赶忙放下水杯跑去门口，白薇坐在沙发上也扭过头来往门口看，可中间正好一池小喷泉把视线遮了大半，人看起来隐隐约约，只能听到门口说话的声音。

"方先生，下次来我家坐坐，你这小糊涂哪里分得清哪个是真哪个是假喽！"接着那一口响亮又带点妩媚的女声又爽朗地笑起来，仿佛是被人做了甜蜜的小动作，"啊呀呀，你这样的人真是——快点走快点走！"转而又换了稍严肃的语气说，"小韵快点过来送客！这样没眼色的!"

白薇在里面听到小韵那脆生生的声音又响了起来:"方先生,慢走!"接着是汽车发动的声音,蒋太太和小韵两个人便一前一后从院子里走过来。

白薇赶忙站起身来,喊了声"姨妈"。

蒋太太抬头看了她一眼,就在白薇对面的一张红木雕花木凳上坐下。"你和你妈长得一点也不像。"小韵端过来一小杯茶水,蒋太太一边拿杯盖轻轻刮着茶水,一边轻轻吐出这几个字。

"我姐姐更像些。"白薇抬眼看了看姨妈。四十多岁的人了,却一点也不显老,一头齐耳短发漆黑如墨纹丝不乱,配合妩媚的五官,有种说不出的摩登感,耳边坠了两条极长的银丝珍珠耳环,显得她那本就纤细的脖颈更加修长,一袭月白丝绸长裙直拖到地上,让人想象那藏在裙下的腿足是多么的晶莹剔透不染烟火,可是转眼那仙气飘然的裙摆下又偏偏伸了两只绣了鸳鸯和牡丹花的玫红色绣鞋出来,像是故意要打破人的臆想,把你又拉回鲜活丰盛的人世。

蒋太太慢悠悠地喝着茶,突然声色凌厉起来。"盛良材和梁龄不是瞧不起我吗?怎么,现在不怕我把你们都带坏?哼——"蒋太太站起来走到白薇面前,"当年都说你亲妈——我妹妹嫁对了人,现在那个人却要和另一个女人把亲生女儿送到我这里来养?"

白薇也站起来,说:"姨妈,我是走投无路才来这里——杭州那边,我是不回去了。"

蒋太太又转身回到雕花木凳上缓缓坐下,端详了一会儿白薇,道:"也好,我年纪大了,你帮我打点打点门面——你年龄多大了?"

"二十八。"白薇答。

蒋太太放下手里的茶杯,又似笑非笑地打量了一番白薇,接着凤眼一睨:"昆曲,还会的了?"

"会的。"

"那就好。"蒋太太站起来,一双活色生香的绣花鞋在荡漾的裙边下若隐若现，"小韵，叫人给白薇收拾三楼的房间住。"说完她褪下脚上的两只鞋，进了一个房间。

一个看起来有五十多岁的女菲佣过来帮白薇拎箱子，上楼梯的时候白薇用英语问她，怎么姨妈的丈夫不在家？菲佣指了指房间，等进了房间，她告诉白薇他已经死掉了，是年纪大了病死的。

菲佣走了后，白薇推门出来站在三楼的栏杆旁向四下环视，这座偌大而精致的别墅是多少人梦寐以求的东西，让一群又一群的女孩子不惜牺牲青春和身体前赴后继，可是当潮水退去，又有哪个女人能利用住这短暂青春升起的闪耀泡沫套现成人生下一步的基石，在这样的时代里从男人手里分一杯羹？白薇一低头，就看到了楼下放在地毯上的红色绣花鞋，她想，到底是戏里简单。人活着太累了。

次日清早，白薇还未醒透，半梦半醒间就听到哄哄喳喳的声音从楼下传来，似乎是一堆女人的响亮对话，混杂着杭州话、粤语、英语，还有各种桌椅板凳瓶瓶罐罐移动的声音，她想醒来，下楼看看是个什么究竟，可是身体似乎太疲倦，陷在床上动弹不得，于是白薇迷迷糊糊中又睡着了，梁龄的讲话声、吴妈的笑声、小弟的喝汤声也从楼下传来，隐隐约约的，暗流涌动的，像是一股一股的水涌上来，灌进白薇的耳朵，再流到她的五脏六腑，她想要呕吐，想要呼救，却怎么也动不了……再醒来时，是小韵敲门喊白薇下楼吃早饭，白薇晕头晕脑地从床上坐起来，说："好，我一会儿就下去。"

下了楼，只见蒋太太一身碧色暗白纹旗袍正懒洋洋地歪在一把雕花木椅上抽烟，白薇心里一紧，练嗓子的都知道第一大忌是抽烟，可见姨妈如今是不怎么唱的了。蒋太太的嘴唇涂的是最纯正的胭脂红色，衬得她那牙齿和皮肤都像在冷冷地发着白光，她吐出来的烟圈看起来也像是一阵阵的寒气，只是这寒气不时地被更强有力的气流所推搡，便很快地消失在空中，这气流是蒋太太在跟不同的人说话，叫这个做螃蟹，那个找茶叶，叫左边的搬花瓶，右边的听电话，稍个分神就要被劈头盖脸地骂一顿,白薇看这前前后后的人都被姨妈使唤得团团转,房子又布置得美轮美奂,心想一定是要来客了。

蒋太太一抬眼看到白薇,便笑道:"你过来,叫我好好看看你。"她捏了捏白薇的手,又举起自己夹了香烟的手看了看,徐徐地吐出一阵烟雾道:"年轻究竟不一样。"白薇听她那无悲无喜的语气也不知怎样接话,正踌躇着,蒋太太又说话了:"你抽香烟呀!"说着甩过来一盒白色万宝路,白薇接住烟放到一旁的柜子上,说:"我不抽烟。"白薇话刚讲完,蒋太太就毫无预兆地笑起来,小半根香烟随着笑声在她的指间忽明忽暗,笑道:"好的呀,不抽香烟当然是好的呀。"白薇拿不准姨妈的心思,也懒于猜测,就借故说去餐厅吃早饭,蒋太太没理她,依旧自顾自地抽着烟,白薇招呼过了也就径直走向餐厅。

白薇一个人坐在餐厅里吃东西,桌子上插的一瓶晚香玉散发出一蓬一蓬香气,熏得白薇直头疼,只听见客厅里蒋太太骂小韵:"哟,刚才忙极了我倒没留心你这小太妹似的打扮,过来让老娘看看——吓!——你以为你年轻了点又迎来送往的跟有钱人混个脸熟就能攀高枝啦?也不看看自己是哪根葱——哼——你看方先生年纪轻——我跟方先生认识的时候你还不知在哪个娘肚子里呢!"接着白薇听到高跟鞋叮叮咚咚的声音,似乎是越来越近,白薇想姨妈是要过来跟她说些什么了,正要站起来迎,那走路的声音到了门边又停下了,不过蒋太太的声音白薇倒听得清清楚楚:"白薇!你上去换衣服,中午我的朋友过来聚会,你唱几段戏给大家听。"白薇不敢多问,赶紧应道:"晓得了,姨妈。"

白薇不知姨妈说的是换什么衣服,既然是唱戏,那是要穿戏服的,但是聚会哪里有一上来就唱戏的道理?而且光穿一套戏服不配头面也不像话,但是要把这一身行头都戴齐整又太郑重,况且白薇,并没有看到姨妈家里有什么萧笙管笛,没有配奏还是穿得随意一点就好,白薇想了想,于是挑了一件略宽松的米黄色香云纱旗袍,把头发梳到一边低低地绾了一个法式发髻,又在耳朵上戴了两粒小小的珍珠耳坠。为了配合这清淡的装束,一向喜欢红唇的白薇这次只在嘴上涂了薄薄一层透明唇油，淡淡地描了一弯眉，等白薇换上细高跟鞋亭亭玉立地站在镜子前时，她却发现这装束过于寡淡，没有什么亮点——她天生不是这类人淡如菊的类型。于是她环顾一圈，摘了花瓶一朵红色凤仙插在鬓上，弄得手指尖都染上了一层花瓣的红色汁液，这才满意地下楼去。

她边下楼边想，不知姨妈这回是什么打算，明面上叫白薇唱戏出头，恐怕私心还是自己——不过白薇也不在意，姨妈的私心不过是笼络男人罢了。她只要凭这一回戏，让姨妈认识的那些个达官显贵叫好就已足够。

门外响起汽车鸣笛的声音，小韵去开门，喊道："是许先生。"蒋太太坐在客厅正中间的椅子上，声音却传到院子里："许先生真是稀客! 好久不来我英儿这里听戏打牌了吧? "蒋太太站起来往院子里迎，嘴上却冷笑道："想是许先生最近又有了新的去处，我这里是看不上眼了! "那男人道："哪里的话，我今天不是来了? "蒋太太把他往屋里挽，吩咐小韵倒茶，笑道："是是是，在这九龙岛上，谁不晓得许先生是数一数二的大忙人? "蒋太太随即接过小韵递过来的茶，替许先生吹了吹，"不过百忙之中呢到底还是来了，也算给我蒋英儿面子。"说着把这杯茶递到许先生嘴边，许先生抿了一口，脸上随即露出熨帖的笑容。

又陆续来了几个男子，都是五十多岁的模样，打扮得笔挺，两鬓却都有些斑白，相比之下，白薇那似生气非生气、似热烈未热烈、声音响亮、反应迅捷的姨妈倒越发显得年轻。家里仆人穿梭来穿梭去，蒋太太也左右逢源和客人说说笑笑，整个客厅的氛围热热闹闹，蒋太太不主动介绍白薇，也没有人注意。白薇坐在一旁静静地端详，像看一出蒋太太独个撑起的戏，心想，恐怕再没有女人能够修炼到姨妈这个份上。

不一会儿，一个男子独自走进客厅，刚一进来就一声"哈喽"，把一圈人都逗笑了，这男子看起来只有三十多岁，一身格子米灰西装颇有英伦范，看起来十分摩登，只见蒋太太迎上去，说："方先生，你看这一屋子的人都等你一个——"说着接过方先生脱下的西装外套递给小韵，

"要我说——得罚你!"那男子正了正衬衣、领带,对蒋太太笑道:"姐姐说什么就是什么——要不——罚我多吃点姐姐家的桂花糕?"蒋太太扭过头对着众人道:"你们评评理,哪里兴他这样的人——得了便宜还卖乖!"说完便和众人一齐笑起来。

方先生刚坐下,就看到了白薇,问:"姐姐这是哪里来的客人?"说完一屋子的人都扭过来看白薇,蒋太太依旧是热热烈烈的语气,却不抬眼道:"这是我亲妹妹的女儿。"说着看向方先生,"到底是年轻人眼里看得见年轻人!我正准备等人都来齐了给大家介绍我这外甥女呢——你倒心急起来!"说完众人又是一阵笑。

白薇镇定自若,也不说话,只是装聋作哑地笑一笑。蒋太太在一旁招呼大家吃饭,又对方先生笑道:"我家苏州姨娘又做了许多糕点,你年轻,肠胃好,可要多吃点!"方先生笑道:"姐姐的惩罚我怎么敢不领教?"两人一唱一和,一屋子的人都在哈哈笑。

吃完饭,一圈子男人都因喝了点酒有些微醉,笑眯眯地坐在沙发上说着要打牌,蒋太太叫用人给每人端了一盆水洗脸洗手,又给每人递上一杯漂了小薄荷叶的苏打水,笑吟吟地说道:"今天我这里不许打牌——你们把这里当麻将馆,倒忘了我的本行了!"那许先生激动起来,只一味地说好,白薇猜想这一定是姨妈的旧相识,见识过姨妈年轻时唱戏的风采,所以许先生以为她要唱起戏来。男人总爱聊发少年狂,而且最好是通过女人这个渠道来实现青春的反光。

蒋太太把白薇推起来,说:"我这外甥女唱戏也是一流的。"又看着方先生,"你这留洋回来的小少爷哪里晓得什么是地道的昆曲,叫那小婊子骗得晕头转向——她不过是学学样子来诓你的钱,你倒迷得七荤八素,看你那没见过世面的样子!"这样刻薄的话经由蒋太太说出来,不知怎的却多了份妩媚——她有本领让所有人都吃下她这温柔的刀子。

白薇站起来,方先生说:"唱《贵妃醉酒》!"话还没落地,所有人都笑了,蒋太太伸出手来打他的头:"呀呀唪,何人与你说这是昆曲哪!"

许先生说"唱《游园》吧"，白薇就拿起一把折扇，走到空地的地毯上，说："好，那就唱'皂罗袍'吧。"

白薇碎步轻轻在地毯上走起来，两只手兰花指一出，合起的折扇轻轻在手中柔若无骨地一指，就唱将起来：

原来姹紫嫣红开遍

似这般都付与断井颓垣

良辰美景奈何天

赏心乐事谁家院？

朝飞暮卷，云霞翠轩

雨丝风片，烟波画船

锦屏人忒看得这韶光贱！

一段完了，几个男人都拍起手来，许先生对蒋太太道："真是你年轻时的样子！"方先生也对蒋太太笑道："这回可算听上了正宗的曲子！真是不一样！"蒋太太笑而不语，看了一眼白薇，道："再接着唱'好姐姐'吧。"

遍青山啼红了杜鹃

那荼蘼外烟丝醉软……

白薇唱着，却听见蒋太太在许先生耳边说着什么——她最讨厌唱戏时有人制造杂音。

那牡丹虽好，他春归怎占的先？

闲凝眄，生生燕语明如剪

呖呖莺声溜的圆

又是一阵掌声，白薇刚回椅子上坐下，蒋太太就开了口："除了方先生，各位都是昆曲行家，三四十年听过来的，我也是戏曲人，绝不会红口白牙胡说，我说白薇——"她微微看了一眼白薇："我说白薇昆曲是一流，那她绝不会是二流。"说着蒋太太语速突然放缓："只可怜我这外甥女孤苦无依，又没个门道，这样的人才倒白生生地耽误了！"一番话说得白薇脸上青一阵红一阵。

　　许先生即刻说："不要担心，这样的人才在哪里都是受欢迎的。"蒋太太赶紧笑道："许先生这样说了，那我们娘俩也就放心了。"说完便又招呼大家吃水果点心。

　　白薇这时才抬头仔细看了看许先生，就是平凡的五十岁男人的模样，无论长相如何，打扮都差不多，一身西装从春穿到冬，家里一定有个门当户对但相貌平平的妻子，外面都有像姨妈这样貌美如花的介于朋友和情人之间的女人，事业成功，获得主流认同，但也毫不放弃对主流之外的事物的追求，或者说是征服，比如对于戏曲，对于女人。

　　饭局结束，众人各自散去。临走时，许先生对姨妈正色道："小薇的事，你就不要担心了。"蒋太太不吭声，只笑笑地看着许先生，伸出手指拂了拂他肩头的灰尘——当然没有灰尘，只是做个样子，叹了口气道："按说我没有子嗣，白薇这孩子也怪叫人喜欢，家里房子也大，多住一个人没什么大不了——只是你也明白我的性子，十几年一个人过惯了的，再说白薇以后也要找朋友对不？我一个老太婆在跟前，哪里像个样子！"说着又扭过来对着白薇："不是姨妈狠心呦，住房的问题，也是迟早要解决的——"白薇听姨妈这样讲，觉得完全被动，只好道："我晓得，这件事姨妈和许先生都不用操心，等……安定下来我就租个房子。"白薇一句"等有了工作"没说出口。

　　蒋太太笑道："许先生你瞧瞧——"说着几乎要笑倒在许先生身上，"白薇你是有一百万还是一千万？要吃，要喝，要穿，还要在这寸土寸金的地方交租金——退一万步讲，你住贫民区，出门挤公交，我眼不见也就与我无关，只是——许先生体体面面的人推荐去的，到时候不管你在哪里唱戏，苦巴巴的不是丢许先生的份儿？"

　　白薇心里清楚姨妈在无限大地夸张事件，但是也不知怎样接话。她现在像块被搁在案板上的肉，只能被姨妈翻来覆去地用刀尖摆弄着。

许先生接上蒋太太的话："住房的事情，我再联系联系。尽量给小薇找个租金低的好房子。"虽然讨论的是白薇，但是许先生自始至终都没有看过她一眼。

蒋太太快速地将一边的短发拨到耳后，声音又明快起来，说："白薇快感谢许先生！这是你的贵人！"白薇对他说了声"费心了"，许先生点点头，就坐上汽车告别了。

"这回你可有着落啦。"蒋太太站在原地，笑笑地看着白薇，接着拍了拍她的背，耸了耸肩，眉毛一挑，完全西方人无事一身轻的做派。

白薇回答："多谢姨妈。"本来顺着蒋太太的口气，白薇或许应该轻轻松松地回应"嘿，这可不是，多么让人高兴"，可是在她这个厉害姨妈这里，一切言语都像被裹上了的小脚，只能扭扭捏捏本本分分象征性地表演一下，证实它们还有点表达的用处。

夜晚睡觉前，白薇立在卧房的窗户旁朝下望，院子里，蒋太太正赤足歪在一把绞了金丝的藤椅上跟方先生讲电话，手里一株新鲜的紫色莲花随着她的笑声颤抖着，颤巍巍地滴下两滴水珠，落在她兜了一汪月光的丝缎旗袍上，像两朵洇开的泪花。

再也回不去了。白薇看着台下稀稀拉拉的观众，觉得自己好像老了。

这是她来新光剧院的第三天。香港人好像只对粤剧情有独钟，她独树一帜唱起了昆曲，没有得到什么出人意料的反馈。

三天三场，都是一整出《牡丹亭》，场场许先生都坐在下面，结束时会面带笑意地鼓掌。每次白薇都觉得，也许他肩上再站着一只老鹰更好，像古时候给戏班子捧场的地主那样。不知怎的，每次看到许先生的微笑，她觉得许先生也跟姨妈一样，身上带着虚幻的气息，像是人声鼎沸的梦境，一种不真实的饱满。

就像现在，明明那么真实地拥有着一切，白薇还是觉得……她说不清楚，就像上了一艘在黎明前行驶的大船，雾气弥漫，摇摇晃晃，所有人都在打瞌睡，她一个人歪歪倒倒地走来走去，无所事事，海浪的颠簸让人昏昏欲睡……而她十几岁的时候，脚踩坚实的大地，四面八方的光芒照到她身上——一切都是具体的，可感知的。就连挫折也是痛痛快快的。

她也觉得有点累了。毕竟连着三天的整场大戏，已经不是十几岁的身体，总有点吃不消。本来想开个好头，可上座率到底有些让人灰心。

夜晚十点，白薇在后台卸了妆换了衣服就回家，当然，这个位于中环的小公寓，也是许先生给她联系的。

公寓在第十二层，从窗户望出去，可以看到灯火璀璨的维多利亚港，夜航的游轮来来返返，发出的汽笛声尖而长，此起彼伏，互相交叠，像一群受了内伤的鸟在哀叫。

白薇拉上窗帘，枕着一条条疲倦而凌厉的鱼渐渐入睡。

她睡得浅，迷迷糊糊中听到清脆的门铃声，一声一声，有频率地响起。白薇开了灯，钟表显示二十三点半，她穿上拖鞋去门口，猫眼里望出去，许先生的脸变形成一个滑稽的圆，一根早已失去胶原蛋白的手指还在锲而不舍地按着门铃。

白薇突然觉得恐怖。在门前怔了怔，还是开了门。

"这么晚了，许先生什么事？"

"我刚下班，看看这房子你住得怎么样，"许先生堆着笑，一只脚已经迈进门来，"不好意思打扰你休息了。"

"哪里的话，"白薇递过来一杯水，"没有许先生，我哪里找得来这么好的房子。"

"住得好就好，哪里不称心就跟我说，不要不好意思，我跟你姨妈几十年的交情了，不要跟我生分。"

白薇笑了笑："哪里的话。"

又坐了会儿，许先生便走了。白薇刚关上门，心里便长长地吐了一口气。

以前白薇最不怕的就是男人，她无视那些捧她上天的男人，也无惧那些让她失去一切的男人，可是现在，对着许先生，白薇总觉得有点恐怖。或许那是因为现在的这一切，都是因为他而得来的缘故。

由于反响不好，白薇的场次已经被剧院由一星期三场降到一星期一场，她无所事事，大部分时间都待在家里晒太阳。

她感觉自己胖了，也许是因为很少走动，也许是因为睡眠不好内分泌失调，也许是因为香港的饭食糖分太多，也许是因为很少和人交流，身体状态太过松懈，总之，白薇觉得自己的生活和自己的皮肤一样，失去了某种类似于弹性的元素。

临近中秋，蒋太太和莱宝的钢琴老师都打电话来，邀请白薇一起过节。姨妈能言善道，理由充分："香港人最喜欢过中秋，你要过来趁这时辰正式感谢一下许先生。"白薇当然不能拒绝姨妈，于是给中分头拨过去电话说在朋友家过节，以后有机会再去拜访。

白薇在家里换好衣裳，一身素色旗袍，加一条薄薄的小披肩，头发没有做任何造型，自然地散落在肩上。白薇照了照镜子，感觉自己像个女学生——而且是那种底下有很多弟弟妹妹要养，却被有钱人邀请去参加舞会的女学生，自卑又清高，一副心事重重的样子。

白薇坐上计程车，司机从前车镜里不断地打量她。"小姐要去跳舞噢？""不是，参加宴会而已。"白薇知道在香港很少有人穿旗袍。"是噢，我忘了小姐是去加多利山，那里的有钱人最会过中秋了。"白薇笑了笑，在私家路下了车，再一路走上去。

到了姨妈家跟前，院门大开着，门口已经停了五六辆汽车，两只大而亮的红灯笼挂在门边的两棵月桂树上，写着"中秋"二字，白薇刚走进院子，就听见旁边有人喊她："盛小姐来啦？"扭过去看，小韵正在给草坪上的一条长桌铺桌布。"太太说今天的客人多，吃饭的时候在院子里吃，还可以赏赏月亮光，"小韵从小池塘里弯身摘下几朵莲花插在花瓶里，"香港热，这要在杭州，我们乡下的荷花早败啦。"

白薇进客厅，向姨妈、许先生、方先生和其他几位认识的先生打了招呼，蒋太太示意白薇在许先生身边坐下，许先生朝白薇礼貌性地笑了笑，白薇也就坐在了他的旁边。

方先生正在给大家讲笑话，还没讲完，蒋太太已经笑得捂着肚子说不出话。大家正纳罕，方先生道："莫非你之前听过这个笑话？"蒋太太一只戴了三只玉镯的手臂往方先生背上重重拍去："你自己就是个笑话……"说着又说不下去了，只用手摇摇晃晃地指着地下："大家看方先生的鞋……"原来方先生穿了两只不一样的鞋。

众人都笑开了，方先生摸着头，不好意思地笑道："大概是家里的用人拿错了。"蒋太太又拍了一下他的背："那么大的人了，又不是小孩子。"说着站起来喊正在忙碌的小韵："快带他去衣帽间给他换了鞋子，净在这里出洋相！"白薇想，方先生的鞋子在姨妈家，可见两人的关系不一般。方先生刚走，蒋太太意识到自己说错了话。"我那死了的那个，他的东西我都还没扔，毕竟夫妻一场，"说着竟抹了抹眼，"想着方先生的码和他一样，叫方先生换了也舒服些，年轻人，也不介意。"蒋太太又如何晓得方先生的码？这话越听越不对。姨妈反应过来的时候，方先生已穿了双一模一样的鞋子满面春风地走了过来。

方先生看气氛有些不对，赶紧问道："怎么，我穿对了鞋大家还不愿意？"蒋太太看了他一眼，又招呼大家吃月饼，这气氛才缓和些。白薇心想，姨妈也有失手的时候。

许先生坐在白薇身边，微微有些咳嗽，蒋太太赶紧递过来一杯水，"许先生喝点热蜂蜜水。"许先生接过水，也不说话，蒋太太看到白薇，赶紧说："我这外甥女，可多亏了许先生！"说完大家都看着白薇，白薇连忙站起来道："我初来乍到，人生地不熟，多谢许先生，姨妈，还有各位的照顾。"蒋太太给许先生递过去一块冰皮月饼："我这外甥女有福气，许先生喜欢她的戏，不然这新光剧院也不是谁想进就进的，大家说对不对？"许先生终于说话了："小薇的戏很不错，一会儿叫她给大家唱唱。"蒋太太道："饭菜都备好了，咱们去院子里就着月光吃，吃完再叫我这外甥女给大家唱两段，哪有空着肚子听戏的道理？"

院子里也点着几个大灯笼，饭菜在朦胧的光影里泛着光泽，高脚杯里透明的液体倒映出挂着的灯笼，是红红的一点，血粒似的漂浮着。白薇跟着众人，不知举了几次杯，只看到坐在她对面的姨妈耳鬓边簪着的花一次比一次歪颓。白薇没有很醉，酒伤嗓子，她每一次都只抿一小口，只是光影暗淡，众人皆醉，她有些困意。迷迷糊糊中，白薇突然感觉有一只手在桌底下摸了一下她的腿，她打了个激灵，一下子站了起来。"怎么了，盛小姐？"围着围裙的小韵凑上来。白薇感觉全身在发抖，隔着一层旗袍，她也能感受到那只失去水分和蛋白质的手，是猫眼里一下一下按着门铃的那种僵硬和逼近。白薇慢慢坐下来，说："没事，吃饱了站一站。"

蒋太太笑道："白薇你醉了吧？一会儿叫许先生的司机给你送回去，你和许先生顺路。"姨妈早忘了叫白薇唱戏这回事。

白薇赶紧拒绝："不不不，不用了，不用再麻烦许先生。"白薇感觉自己像个小孩，泪已经在眼里打转了，还好没人注意："我自己搭计程车回去就好了。"蒋太太笑道，"坐什么计程车！就叫许先生顺路把你送回去！这样我也放心些。"白薇一再拒绝，众人却都道搭计程车不安全。白薇只感觉委屈得不得了。

宴席散了，蒋太太一一送走众人，她走到白薇身边，挨着她的旗袍，在她耳边轻轻呵了声："有空再来玩。"说完便袅袅婷婷地回头走了。

白薇坐上许先生的车，还好，许先生明显是醉了，歪在副驾上一直轻轻地打着鼾。白薇看着车窗外，泪很快地就流了下来。

快到她的小公寓了，白薇轻轻示意司机停车，许先生却醒了，执意要送她上楼。

电梯里，许先生趁着酒意要搂抱白薇，白薇尖叫着躲开，电梯一开就往公寓跑，许先生在后面用粤语大声说着什么，白薇听不懂。她慌慌张张开了门，听到砰的一声关门的声音才一下子瘫软在地上。

白薇听到敲门的声音，也许还有踹门的声音。"你们老少两个都不是好东西！你姨妈花着我的钱还要养小白脸！"又是砸门的声音，"还有你！戏子还要装清高……"

白薇坐在地上，靠在墙上，只觉得有了依靠，她左耳听着远处维多利亚港一声声的汽笛，右耳听着那苍老而恶毒的侮辱咒骂，感觉一滴泪也流不出来了。

后来白薇睡着了，汽笛声和骂喊声也消失了，她梦到去莱宝的钢琴老师家做客，见到他温柔的妻子，可爱的孩子，和他们一起看电视，电视上是白薇在唱"山坡羊"。十八岁的白薇，穿着水粉色的戏服，戴着亮晶晶的头面，很年轻，很漂亮：

没乱里春情难遣

蓦地里怀人幽怨

则为俺生小婵娟

拣名门一例一例里神仙眷

甚良缘，把青春抛的远

俺的睡情谁见？

则索因循腼腆

想幽梦谁边

和春光暗流转

迁延，这衷怀那处言

淹煎，泼残生，除问天

评语：这是一篇致敬经典的小说，从中可以看出《红楼梦》、张爱玲、《青衣》的影响。这既是作者良好文学素养的表征，也是作者尚未找到自己独特风格的明证，但是，对于一个文学创作的初学者来说，已属难得。语言的绵软圆润，细节的精巧动人，人物的灵动精活，叙事的有条不紊，都使作者一上手就显出不凡的创作才华。

李佳欢，信阳师范学院文学院 2017 级汉语言文学三班学生。没有刻意，更无须迎合，我只是从平淡的生活中体味真情。需要的仅仅是一支笔、一双眼和一颗真心而已。

丫头，是你吗?

李佳欢

　　面对满天的星空，我双手合十许下心愿：希望我的家人都能够健康幸福。可是上天并没有眷顾我，自从那通电话之后，我的生活彻底改变了。

"喂，小欣啊，我是你邻居王阿姨，你有段时间没回家了吧，赶快回来看看你爸爸，他今天记错了自己的家门，一直敲我们家的门呢。"我愣住了，半天没接上话。"小欣啊，你别急，阿姨已经把你爸爸送回家了，你记得常回家看看他啊。"我不知道自己是怎么挂断了这通电话。是啊，我有多久没回家？大半年了吧，记得上次回家还是去年的大年二十九。妈妈在我八岁的时候去世了，从我考上大学，到现在工作，我一直孤身在外，很少见到父亲，只有过年时才能回去和爸团聚。我总觉得我考上北京的大学并留下工作会让爸爸很光荣，从未想过他一直那么孤独。王阿姨的这个电话，让我有一种想立刻见到父亲的冲动。急忙请了一个月的假便登上了回郑州的火车，我从没有像现在这样急切地想见到我的父亲。坐在火车上，抱着行李包，担心，思念，害怕，各种心情，五味杂陈……

一棵棵树木，一栋栋高楼，近了又远去，路上行人熙熙攘攘，可我却无心在意。拉着行李箱走在回家的路上，看到那一栋栋家属楼，遍地的银杏落叶，我不由加快了脚步，快到家了。走到楼下，我习惯性地抬头，看到家里窗户是开的，知道爸爸在家，于是快步上楼，在门外我学着儿时的口吻："爸爸快开门，你看谁回来了？"

"哎，来了。"看见爸爸面带笑容地打开门，我张开双臂想拥抱他，他却在门口站住了，笑容在他脸上一点点凝固、一点点消失，最后竟茫然地向我："对不起，请问你是……谁呀？来我家做什么呢？""爸爸，我是你的女儿，欣欣，我是欣欣呀。""噢……是，是欣欣回来了，怎么没让爸爸去接你呢？来，爸爸给你做了你最爱吃的鸡蛋捞面，快进来吃。""好，你先吃爸爸，我马上来。"看到爸爸那一刻，我鼻子酸酸的，背过脸径直走进洗手间，关上门任由自己的眼泪流下来。爸爸不认识我了，我在他眼中几乎变成了陌生人，是因为我没有常常陪他，他才忘了我吗？打开水龙头，洗掉泪痕出来陪爸爸吃饭。吃饭，洗完碗，我坐到爸爸身边，说："爸，明天我们去医院看看吧？""爸爸啥事都没有，去那地方干啥？又不是啥好地方。""不行，我回来了，你得听我的。""好好好，我听话好吧，听丫头的。"

爸爸真的病了，是早期阿尔茨海默病，这个病，就像橡皮擦一样会一点点擦去所有的记忆，其中包括他最爱的女儿。疾病会把他的大脑一点点掏空，最终会使他完全失去自理能力。"现在患者还处于早期阶段，一定要多加关心和看护，多关注患者的心理变化，按时吃药，及时复诊，这种病没有治愈的可能，只能延缓其发展的速度，一定要引起重视。"医生的话在我脑中重复了很多次。走在回家的路上，我牵着爸爸的手。杨树仍然挺拔，桂花依旧芬芳，一切都没有变，只有我的爸爸，他会慢慢忘记这一切。他生活得是那么辛苦，我却一直没有在意，没有发现。想到这儿我再也忍不住了，抱着父亲哭起来："爸爸，你生活得那么辛苦为什么不和我说，我是你的丫头，我求您别忘了我，一定要记住我永远都爱你。"难过、自责、绝望充斥着我的心，我难承其重。爸爸搂着我，用他的大手抚摸着我的头发："没事，丫头，爸爸永远都不会忘了你，别难过了啊，走，我们回家去。"

爸爸虽然嘴上说他不会忘了我，但实际上我们都败给了时间。他很快就忘记了我是谁，今天把我当成我小学时的班主任，明天我是护工，后天又会有一个新的身份在等我，总之他再也不叫我丫头了。他再也离不开我，他会把扫帚放在电视机上，会烧水忘记开火……我不放心他，所以这些日常琐事都由我来做，他现在晚上睡得很轻，总是半夜起来在房间里乱转，或坐在桌前写东西，我去看时他却要把东西收起来锁在抽屉里。就这样，时间一天天流逝，一个月假期转瞬即逝，我马上该回去上班了，但是爸爸离不开我呀！我想过把爸爸带到北京，可是爸爸说他要接送女儿上小学，不能去。我说我就是您的女儿，早不上小学了，可他不信！我只能在郑州联系一家敬老院，找了可以代替我照顾好爸爸的人。把爸爸送进敬老院后又怕爸爸受委屈，所以我对护工叮嘱了很多事："我爸爸有阿尔茨海默病，千万要好好看护，不要让他出危险；他的肝不太好，不能让他喝酒；不要让他吃太多甜食，免得血糖高……""放心吧，我们会把老人当成自己的亲生父母对待的。"就这样我把爸爸"丢"

到房间。关上爸爸房间的门，顺着门缝往里望，我看到爸爸抱着自己写的东西，坐在床边，眼神里是迷茫是不舍……看着看着，我终于还是不忍心，眼前这个老人他是我的父亲呀，我怎么能让他一个人去面对孤独？我不能这么做，于是冲进房间，握住爸爸的手说："爸爸，走，丫头带你回家。"爸爸看到我，一把抓住我的手，紧紧地握着。就这样我牵着他的手，回家。

从那以后，我就全身心照顾父亲。一天早上，天蒙蒙亮我就听见父亲起床的声音，像是要出门。我疑惑地问："什么事这么着急，吃完早饭再去吧，我陪着你。"他剥了一个鸡蛋，匆忙地说："不行，我得走了，我丫头今天要从北京回来，我得去接她，不能让她等急了。"又糊涂了，听他这么说，我心里暗想：爸爸，闺女不急，我知道你一定会来接我的。为了宽慰他，我和他来到火车站，他直奔北出站口，那便是我上大学回家时他常接我的地方，爸爸忘了这么多事，可这事却未曾忘却。我们从早上开始等，慢慢地太阳升起，太阳又落下，爸爸没有接到他的丫头。我说："爸爸，天快黑了，咱走吧，丫头肯定已经到家了，没事啊，回去就看到丫头了。"爸爸拗不过我，跟我回了家，一路上我不住地安慰他，可他始终沉默。回到家，爸爸偷偷走进厨房，拿出很久没打开的药酒，斟了一小杯，一言不发地喝着。其实爸爸在我去上大学后就戒酒了，今天又拿出来，我知道他是心里难受。他又翻出相册，看着里面小时候的我，看着，抚摸着，口中喃喃道："丫头，不是说好今天回来，爸爸去接你你怎么不在那儿等爸爸？爸爸去晚了，是爸爸的错，你快回来吧，爸爸想你。"我站在爸爸身后听着他对我的呼唤，看着他颤抖的肩膀，和深深埋下的头，一阵阵痛楚涌上心头，早已是泪流满面。我跑回自己的房间，关上房门拨通了家里的电话。我听到爸爸起身去接电话："喂，丫头……""爸爸，我回来了，我早就回来了……你等我啊。"我推开房门跑向爸爸，那个一直深爱着我的人。我看到爸爸黯淡的眼神亮了起来："丫头，你可回来了，你跑哪里了，让爸爸找不到你……""丫头想爸爸了就自己先跑回家了。爸爸别难过，我这不回来了吗？"

晚上，我帮爸爸洗漱完让他睡觉之后，回到自己的房间，关上房门，蜷在床上。"爸爸的肩膀颤抖着，头深深地埋下。"这一幕又在我的脑中浮现，他是我的父亲，他是忘了很多事，前些日子，他把我忘记了，我成了他生命中的过客，成了陌生人，但今天看来，他不过是把近期的记忆丢掉了，他记得小时候的我，父亲从来都没有忘记过我。而我自从大学到工作永远都在忙自己的事，忘记了这里还有一位一直等着我回家的老父亲。我感到有一滴晶莹的东西顺着鼻子、脸颊，滴落到枕头上。带着温度，带着自责，带着对父亲永远的爱。

从那以后，我下定决心再也不离开爸爸了。但北京有我的工作，我的梦，爸爸在郑州，想长期陪着爸爸就必须有所舍弃，我不止一次地想过辞职离开北京，但每每想到我为了现在的岗位所做的付出、奉献，便会失了勇气。思来想去，最终我认为，事业可以再打拼，爸爸只有一个，爱他只有一次机会。权衡之后我向公司递了辞呈，尽管领导极力挽留但我还是离开了岗位，陪在爸爸身边。

多年之后，我开了一家公司，专门照护需要特别照顾的老年人，上班就把爸爸带在身边。爸爸虽然不知道我是谁，可和他在一起的日子让我无比踏实。

这么多年过去了，爸爸始终保存着他那个装满秘密的盒子，我也始终没有失去对它的好奇。一天下午，趁爸爸午睡，我悄悄打开了那个盒子，没想到那里面是满满的信件——收信人：丫头。

"丫头，爸爸今天忘了咱家在哪儿了，是邻居王阿姨送我回来的，最近爸爸经常忘事，但是放心吧，爸爸不会忘记你的。"（10月25日）

"丫头，今天有个姑娘想让我去北京，可我要接你上学呀！我不能去。"（11月10日）

"丫头，今天爸爸没去火车站接你，对不起，爸爸错了，原谅爸爸。爸爸想你，你快回来吧。"（11月20日）

"丫头，现在每天都有一个姑娘来照顾我，她善良、开朗，她和你好像，丫头，是你吗？爸爸一直在这儿等你，爸爸永远爱你。"（12月3日）

"丫头，是你吗？"

"爸爸，是我，我是丫头，我永远陪着你。"

评语：小说通过一个"京漂"女孩与失忆症父亲之间一系列琐屑事件的叙述，表达了父女之间浓浓的亲情。情意深沉绵长，读来真挚感人。不足之处在于：作者结构故事的能力还有不小的提升空间，语言也相对缺少变化，叙事略显单调、沉闷。

毛瀛雪，信阳师范学院文学院 2017 级汉语言文学二班学生，一个喜欢讲故事的文学爱好者。当美好遇上了现实，我是追随生活的影子。

悲情坡

毛瀛雪

清水村，一个贫穷落后的地方。三面环山，一条小溪从山上蜿蜒流下，几千年从未断绝，这山水养育了一代又一代的村民。清水村有个李奶奶。李奶奶的老屋旁有一条大斜坡。大太阳下是干裂的黄土坡，雨雪过后是令人讨厌的泥坡。

不论晴天还是雨天李奶奶都要在老屋的木门槛上坐一会儿。若是遇到雨天，她会打着她那把老旧的油纸伞，穿着那双从未刷过，只在雨天穿的"泥鞋"颤颤巍巍地扶着那棵快要枯死的老树，走到树的北面，一把扯下蓝格子头巾，盖在裸露出来的树根上，然后坐在一旁的石头上，把伞搭在肩上，望着斜斜的山坡，静静地坐着。村里人大都厌弃李奶奶。李奶奶年轻的时候就已经无夫无子，也少有亲戚。自李奶奶最后一个亲人死后起，大家似乎都渐渐地忘记了住在坡上的她。村里的老婆婆们都说李奶奶克夫克子，村里的小伙们都说李奶奶年轻时偷人，村里的孩子们都说李奶奶是西边来的巫婆变的，会吃小孩。

据说，李奶奶名叫美玲，曾经是个年轻貌美的女人，是李大柱花三百块钱从外地人手里买来的，李大柱终日将她关在里屋。当时坡上住了两户人家，隔壁是李大柱的大伯。李大柱白天出去砍柴种地总要叫着大伯一起，走前一定会交代大娘看好美玲，小心她跑了。日子久了，全村都知道李大柱家里养了个女人，每次道儿上看见李大柱总要嘲讽几句："柱子啊，你那屋里什么时候也开始养婆娘了，听说还长得可好看，就你这样人家还看得上你？是强买来的吧！"这话一说，李大柱气得眼珠子都要瞪出来了，气哼哼地说："咱村哪个娘儿们不是外面买的！"

有天傍晚，天下着大雨，李大娘在屋里默默地给菩萨上完香。转身出门看看那坡想着老汉咋还不回来，饭都要凉了，眼一瞥不打紧，对面柱子家柴房的门开了，想着不好，莫不是那女人跑了出来？赶紧往对面屋里跑，只见一女孩半裸着被绑在床上，嘴里塞满了烂布条，看见有人进来就呜呜哇哇地乱叫，双手紧紧握在一起捶着薄薄的床板。可把李大娘吓了一跳。她正要走进屋里去，有人从后面一把拽住她的手臂，大声嚷嚷："让你在家看着，又不是让你进来看！大娘啊，您呀赶紧回去给大伯端饭吧！""大柱啊，你，这小姑娘看着还年轻，书都没读完吧，你把她放了吧。"大娘的眼泪直在眼眶里打转。"大娘，你讲这大道理俺可不懂，俺没读过书，俺也不需要读书的，能给俺生孩子就成！你别在这儿乱说话了，小心俺伯的棍子，这事还是俺伯给俺张罗的。""你！你！你们这样会遭天谴的！老天！"

"你个死娘儿们，不好好在家待着跑什么跑，给你两天好脸你都不知道自己是谁了！给我滚回去！"大柱的大伯扛着锄头刚走上坡就听见对面的嚷嚷声，赶忙跑过来，先是把自己的娘儿们骂了回家，然后伸头往屋里瞅瞅，扭头对大柱小声说："可要看好了，不捆几个月心不死啊，这女人啊，没孩子留不住啊。"说完朝柱子意味深长地咧咧嘴，扛着锄头哼着小曲回家去了。夜里，坡上十分不平静，女孩的尖叫哭喊声，男人的叫骂声，妇女低弱的哭泣声，这是不平静的夜。

第二日，李大柱家的门一直关着，直到晌午了也没叫着大伯去地里。大伯呢，也一上午没去地里，一直在院子里晒玉米，时不时地瞅瞅对面的老房子。突然，对面的木门吱吱扭扭响了起来。大伯放下手里的玉米棒就赶了过去，大柱一边穿着褂子一边走向大伯。只见大柱眉头紧蹙，用沾了血迹的手捂着嘴趴到大伯肩头说："伯啊，这可咋办，俺给那女的打出血了，她说以后听俺嘞，不想走了，让俺把她松开，中不中啊伯，俺看她也怪听话嘞。""不中不中，你大娘以前也说过，松了以后不还照样想跑？当时我追了二里地又逮回来的，捆住，没有孩子就不松开，有孩子了就扎根了，听大伯的啊！""那中，伯，俺听您嘞！""你个傻小子，赶紧抱个儿子，我以后下去了也好给恁爹娘交代！""哎呀，伯您就放心吧！"

大娘蹲在树边悄悄听着，不时拿出一块蓝格子头巾抹抹还流转在眼眶子里的泪珠。

夜一天天平静下来了，坡上坡下都呈现出了一种和谐的景象。清明这一天，天刚亮，大柱就宰了两只鸡，一只乌的，一只花的。坐在院子里拔鸡毛，嘴里不停地哼着小曲。剁了鸡，掐了菜，大柱赶忙跑到对面，拉着大娘的衣袖就往自己家拽："大娘啊，您手巧，今个帮侄子做一桌好菜吧，俺请您和伯喝酒嘞！"

"哎呦，咋回事啊，有啥喜事？"

"大娘快别问了，你只管烧菜，桌上说哈，我去地里帮伯，能早些回来。"

　　大柱抓起椅子上的大褂就火急火燎地往外跑，大娘一头雾水地望着灶台上的一盆乌鸡肉和一盆白鸡肉，心中一惊，似乎想到了什么。她赶紧往锅里添水，烧上火，把鸡肉炖上，然后出了门悄悄地走到堂屋里去，轻轻推开右侧的门，只见那姑娘蜷缩在被子里。"闺女啊。"那个面相蜡黄的小姑娘看见有人进来惊慌不已。

　　"闺女，别怕我，我，我和你一样……"大娘刚张开口就掉了眼泪，"我也是被那个浑蛋买来的，我们都是命苦的人！"大娘的泪全出来了，再也不能说下去了。"阿姨，你，你能帮我吗？我们一起逃出去！我不能在这儿待一辈子！"小姑娘从床上坐起来说："阿姨，我求求您了，求你救救我，我爸妈肯定一直在找我，我家里就我一个孩子，我不在了我爸妈可怎么活呀！我求求你，我给你做牛做马，求你帮帮我呀！"姑娘用被捆住的双手扒着大娘的胳膊。

　　大娘腾出手从兜里掏出手绢抹了一把眼泪，说："闺女，起来吧，不是我不帮你，我也想过要逃呀，我家里也就我一个，我爸妈早就不在了，就剩下我爷爷奶奶，我来这儿的时候还不到二十五岁，如今我都五十多了，我爷爷奶奶想必也早走了，我何尝不想逃出这大山回去给他们养老送终，可是，我出不去啊，我倒是跑出去了半天，还没过山头就被村里的人追上了，拿着锄头把儿就往我腿上打，回来关了我一个月，每天一顿饭，我饿晕了就用水浇醒，后来我跪着答应留下来，那老汉还不放心，用烧红的炭在我耳朵旁狠狠地烫了一块。"大娘撩起右边散落的头发，右耳下褶皱的脸皮恐怖地暴露无遗，"跑了三次都没跑出去，后来我就不跑了，我生了个闺女，他不喜欢，还不足月就没了，也不知道他把我的女儿埋在哪里了，后来有个儿子，掉到坡下面的水井里了，儿子也没了，他差点把我打死，之后我再没怀过孩子，他也就认命了，现在他又帮着他的侄子，这些猪狗不如的人啊，不得好死啊！"大娘捂着伤疤号啕大哭。

　　"可是，我，我怀孕了。"姑娘捂着自己的肚子，"阿姨，我该怎么办？"

"闺女啊，听大娘的话，别想着跑了，我跑了这么多年也跑不出啊，你好好生了孩子，柱子人不坏，他会好好对你的，俺去做饭了，一会儿他们就回来了。"大娘抹了眼泪，出去了。

大柱和大伯扛着锄头一起回来时，大娘已经把菜摆好了。"伯，您等着，我去把她带出来。"说完就跑进里屋笑脸对着姑娘说："玲子，我这就带你出去啊，你可别忘了你昨晚答应我啥了，怀了俺的孩子你以后可就是俺这儿的媳妇了。"姑娘羞怯地点了头，大柱见姑娘点了头，麻利地把姑娘身上的绳子解了，给姑娘拿了一双布鞋套上，拉着胳膊就往外走。姑娘在后面慢慢地走，她已经快三个月没见过屋外的蓝天了。"玲子，来，喊伯！""伯。""唉！""来，这是大娘！""大，大娘。"大娘并不应，大柱的大伯狠狠地瞪了大娘一眼。"伯，俺给您说，这玲子怀孕了，以后还要麻烦您和大娘多照顾点啊。我大清早已经在爹娘坟前拜过了，谢爹娘地下保佑啊。""呦，真嘞？柱子你真中，我这下去了也好和你爹娘交代了，来，咱爷俩喝一杯！"大伯乐得五官都挤成了一团。

转眼就五月份了，玲子这一个月每晚都和柱子在外面散步，道上的人都拿柱子打趣："大柱，这是恁媳妇？长得不孬，显摆得不行，天天拉出来转！"说完还要递给柱子一个会意的眼神。柱子再不理会别人说的话，和和气气地应付着，玲子也毫不理会，只专注着脚下的路。渐渐地，村里的人都不在柱子面前说了，总是在他们背后指指点点的，眉飞色舞地讲"故事"。

农历五月十二这天，柱子照例在晚上给玲子煮了一个鸡蛋，剥好放在碗里，然后自己转身去里屋拿外衣。"柱子别拿了，困得很，今晚早点睡，不出去了。"玲子边拿鸡蛋边说。"中，早点睡也好。"柱子回过头，满眼温情地望着玲子的肚子。一个土汉子眼中的温情是什么样的呢，大概就像那晚的满天繁星一样暖心。

夜半，柱子翻了个身，扑了空。柱子立马清醒了，坐起来，心中大惊，下了床，提上鞋就往对面跑，"伯！伯！玲子不见了，玲子跑了！"柱子慌得很，心跳得很快，眼眶闪着泪光，不停地拍打着大伯家的门。大伯闻声下了炕,和大娘一起出了门。"妈的,这娘儿们,没事柱子,肯定跑不远,你去南边的山上小路看,我去村口那边,他大娘,你和我一块!"然后三个人摸黑往坡下跑去。

柱子边跑边喊:"玲子!玲子……"才上山没二里路,就看见前面有个穿绿衣服的影子闪来闪去。"玲子,你别跑,俺瞅见你了,跟俺回去,你翻不过这个山头的,山上有野狗子!"前面的绿影停了下来,也朝对面喊:"柱子,你别追了,让我走吧,我今天哪怕是走不了也不会和你活着回去的!""玲子听话,你都怀俩月了,回去俺肯定好好对你,俺这些天对你不好?""柱子,你对我好?把我锁起来,永远困在这大山里是对我好?柱子,别过来了,你再过来我就和肚子里的这块肉一起死给你看!""玲子,你是我花钱买来的,你就是我买来给我生儿子的!""你!你不是人!我今天就是死也要带着你一起!"玲子歇斯底里地喊了一句,就冲柱子跑来。那晚,天太黑,月亮被树叶遮挡住了,柱子看见那一抹刀光的时候,那刀子已经狠狠插进了他的肚子里。柱子惊慌失措地往后退,玲子颤抖着往后退,红刀子出。玲子刚想转身,忽然有人唤她的名字:"闺女,从这儿上去再走四五里就没路了。"玲子看见不远处的大娘,吓得立马扔了刀子。"大娘,我该怎么办呀?"玲子捂着肚子扑通跪了下来,此时,柱子也撑不住仰倒在地。"玲子,前面真的走不出去。你回去吧,大娘,你照顾好玲子。玲子你给我生了孩子,你想走就走吧,有了孩子,我这就下去给爹娘交代,我还要……"柱子还没说完就眼睛一翻,不再动了。"大娘,我该怎么办,柱子死了,我肯定不能回去了。"玲子突然镇定起来。

嘶嘶嘶……树林里传来树叶摩擦的声音。"玲子,快走,这山上真的有东西,前两年好多人上来打过野猪!"大娘上前扶起玲子,捡起那把刀子往回跑。玲子吓得不得了,跟着大娘往回跑。

到了坡下,柱子的大伯还没回来,大娘拉着玲子上了坡,悄悄说:"你回去睡觉吧,就当什么也不知道。我不会说柱子的事。这刀你藏好,别被发现了。""可是大娘,柱子被我捅死了!""没事,别慌,你就说你想跑的，结果柱子追上来了，山上跑下来只狼，柱子被狼咬住，你一个人跑了下来，遇上了我。柱子他伯半路让我去找柱子的。""可柱子还在那儿……""不管了，应付过一时是一时吧，你怀着李家的孩子，他伯不敢对你怎样的，你就在这儿住吧，这村想出去，只能从村口那条路走，你怀了孕，别说走二十里路，还没出村，就有人拦住你了。这个村里的人啊，都是一个鼻孔出气的！""不，大娘，我好不容易跑了出来，我就不能再回去。和我一起去村口吧，我们一起出去。""唉，孩子，我都这么大年纪了，出去了又能怎样呢？再说，你咋不信我呢，要能出去，我年轻的时候早就跑出去了。这村里，还没听说过有哪个跑出去过。""不行，柱子肯定死了，我要试试！"玲子的态度很坚决。

　　玲子拿着刀转身上了坡，走到坡中间，把那刀子埋在树根下。然后和大娘去了村口。天微亮，玲子和大娘还没走到村口，就看见返回来的大伯。大伯看见玲子一愣："你跑哪儿去了？柱子哪儿去了？""他伯，那后山上刚才有狼，柱子为了救玲子肚子里的孩子，就……"大娘往前走，挡在两人中间，玲子看见大伯，怕得一个劲儿地往后躲。柱子的大伯听完就往山上跑。大伯走在最前面，大娘和玲子走在后面，走到柱子倒的地方时，可把三个人吓坏了，柱子的尸体支离破碎的在地上摆着，像是被撕咬过。大伯扑通一下就跪了下去，玲子忍不住也哭出了声。大娘也抹了泪："定是那山上的野狼！"大伯一面哭诉侄子死得冤，一面就地挖坑把柱子余下的尸骨埋好。转身看到玲子，提着锄头过来了，在玲子跟前站定："都是因为你这个娘儿们，我，我今天……"说着就举起锄头，这时玲子胃里一阵翻江倒海，捂着嘴扭头要吐。大娘上去一把拉住大伯的锄头："你可别老糊涂了，玲子肚里还怀着柱子的孩子呢，反正她都跑不了了，就用柱子的命换你家后人的命吧。"一说起柱子，大伯的眼泪又掉了下来，缓缓地提着锄头往回走。"我的侄子啊，都怪伯，不该给你买媳妇的，现在让你把命都搭进去了！"

　　没过两天，村里人都知道柱子上山被野狼咬了，个个心里都清楚其实是因为抓玲子才被咬的，但都不在面上说，只是背地里议论那么两句罢了。在这穷乡僻壤，没人会为山上野兽吃了人的事纠结太多，事情就这么淡了下来。

玲子的肚子一天天大起来，行动不如以前便利了，大家不再担心玲子逃跑，玲子比以前自由多了。偶尔下坡去走动，大家都是冷眼相对。玲子是个要强的人，她要自己把这孩子养大，以后一起出去。

玲子怀孕八个月了。有天中午，玲子做好了饭，要给地里的大伯大娘送去。玲子虽说是个孕妇，但总归年轻，在这村里人的眼中算是个标致的美人。路上，小伙子就打趣她说："坡上的媳妇！这孩子也要出来了吧，家里没个男人不行，以后跟了我呗！"玲子遇到这样的人是完全不理会的，可偏偏碰到村里出了名的光棍赵富贵。这富贵还喝了酒，晕头晕脑地完全忘记了玲子的大肚子，一个劲儿地往上蹭，周围人也不拦着，笑嘻嘻地看着他俩。旁边有人不嫌事多，赶紧跑地里笑话大伯说："李叔啊，你家的小姑娘真好看呀，那赵富贵都要抱走了呀！"说完还不忘记加几句轻薄的话。大伯听说赵富贵羞辱了自家人，拎着锄头就往回赶，看见赵富贵缠着玲子，上去就是一锄头，打在赵富贵的背上。赵富贵一下子就被打清醒了，看见周围那么多人围着，为了面子也是要打一架的，随手拿起不知谁家的锄头上去就是一下，不偏不倚，正中大伯的脑壳，头破血流。尖叫声顿时响起，村里瞬间乱成了一锅粥。

大伯死了，赵富贵赔给大娘五百块钱算是了事。大娘和玲子戴着白布坐在堂屋里，一句话都没有，一滴泪也没有。村里的闲话多了起来，恶毒的妇女只要从坡下面走过就叨叨几句："先是死了小的，后又死了老的，这俩女的不是好玩意……"说归说，日子还要继续下去，两个女人也要撑起这个家，大娘每天下地种菜，玲子下了坡去旁边的小山坡上捡树枝。玲子的肚子九个月了，在坡上走一趟就累得呼呼歇歇的。那天晚上，玲子到地里接了大娘一起往回走，才上了坡，玲子刚刚把腰挺直就重心不稳倒了下去，从坡上一直滚，滚到坡中间，被那大树挡住了才没继续往下滚。但是地上就见红了，可把玲子和大娘吓坏了，大娘生拉硬拽才把玲子拖到炕上，立马煮了开水，村里接生都是找村里的老人来的。可天已经晚了，村里人又都看不上坡上的这两个女人，估计是谁也请不到，大娘就决定自己给玲子接生。玲子在炕上哭得死去活来，肚子在一点点变小，玲子感觉自己就要晕死过去，大娘鼓励玲子："再加把劲啊，我都看见娃娃的头了，快了快了！""啊！"玲子发出一声嘶叫就晕了过去。玲子不知睡了多久才醒了过来，睁开眼就看见旁边睡着的大娘，她推了推大娘："大娘！大娘！"

"啊，玲子，你醒了啊？"

"嗯，我孩子呢？"玲子边说边摸着自己的肚子。大娘一声不吭，起身走到旁边的小屋，抱了个小箱子进来。玲子看见箱子就明白了，眼泪顿时流了下来，看了一眼箱子便号啕大哭。

"玲子，是个女孩，出来的时候还有气，一声不哭，我刚给她放到小被子上就断了气了，天还没亮，身子就彻底凉了。"大娘的眼泪也落了下来。

玲子哭了三天，三天后才勉勉强强地下了地。刚出门的第一天，村里人看见玲子的肚子都指指点点地相互递眼神，玲子是从来不领会这些的。玲子走到地里摘了一大把蒲公英，看着这些花，玲子突然想到爸爸妈妈也曾经带着她去郊区采蒲公英，妈妈说这花泡水喝能下火。玲子又想起十八岁那年第一个向他告白的男生送给她一把鲜花，紫的粉的都有，可是她拒绝了。玲子不想去想这些往事了，她上了坡，回家拿了锄头抱了箱子慢慢走到坡中间的大树下，在树边挖了一个坑，把箱子放进去，周围摆满了花，最后再一层层填土，每撒上一把土，心就似被割了一刀。

村里对坡上这两个女人的流言蜚语更多了，都说坡上是一块鬼地，平时小孩子玩耍也都离那坡远远的。坡上的两个女人没有丈夫没有孩子，留下的几亩地也快让同村的人占得差不多了。玲子年轻貌美，每次下地总免不了被骚扰，村里的小伙子、年老的单身汉总喜欢走在玲子后面嘻嘻哈哈的，大娘就不再让玲子下地了，每日自己下地估摸着到饭点了就回去吃饭。日子也就这样一天天地过去了。

那晚，夜深了，玲子点了油灯，悄悄对大娘说："大娘，咱走吧，那两个人都死了，也不会有人再看着我们了，我原来有孩子身子重不好走，如今孩子也没了，咱就黑着天走吧，我白天整好了饼，带着够吃好几天的。"大娘听着玲子的话，眼里又泛起了希望的泪光，说："好，咱现在就走！"

收拾好了行李，两个女人下了坡。刚到村口张二爷家门前，那门口的狗不断地嗷嗷叫，两个女人心想要坏事，怕被人发现，赶紧往回跑。村人被狗叫声惊醒，纷纷穿了衣服出了门。人们出门就看到两个往回走的身影，开始叫喊："坡上的小媳妇要逃跑了！"几个人快跑几步就把大娘和玲子绑了起来。玲子说："家里的男人死完了，你们还绑我们干什么？求求你们放我们走吧。""想走？不行，你们走了，这村里的女人都要和你们学坏，都诅咒自己男的死了好跑！你们别想走了，什么时候不想着跑了再给你们松开！"张二爷是村里最有威望的人，他的话，没谁不听。"求您了，放了我们吧，就当从来就没我们这两个人吧！"

"不行，你们害死俺们村两个人，你们别想跑！二爷，可不能放了她们！"赵富贵站在最前面，贼眉鼠眼，一副小人面孔。张二爷点点头，让大家都回去休息，任凭两个可怜的女人在这里哭喊。

众人散了回家去，只留下大娘和玲子被捆在木桩上。微风吹打在两个悲惨的女人的脸上。

"玲子，算了吧，我们两个在这儿好好活着。"

"嗯。"

泪水决堤，在脸上肆虐。

…………

玲子四十岁了，大娘七十二岁。多年间，都是大娘下地，玲子做饭。玲子四十岁以后，也要下地干活了。那日烈日炎炎，去地里干活的大娘一直没回来吃饭，玲子就下地去找，在地里发现已经断了气的大娘，玲子趴在大娘身上号哭，眼里却一滴泪都没有，玲子的眼就如同那早在十年前就干枯的泉眼。唯一和玲子相依为命的人也离她而去了！

身边一个人都没有了，玲子想，是不是自己早在闺女断气的时候就该一起去了呢，又苟且偷生了这么多年。看着大娘的遗体，玲子想，既然苟且了这么多年，就像大娘这样吧，不知道什么时候说走就走了。玲子拿着铁锹走到坡中间的大树下，挖了一个大大的坑，把大娘放了进去。

再美丽的人也经受不住岁月的蹉跎，玲子也到了六十岁，再也干不动繁重的农活了，只能去菜园子里浇浇水，依旧是不和村里的人说话。村里的人都快要换了一茬了，认识玲子的人越来越少，忘记玲子的人越来越多，村里的老人说起玲子的故事时都讲得天花乱坠，像是远古流传下来的故事。大家更是不敢去坡上了。这样也好，坡上对玲子来说也是个清静的宝地了。

玲子不是没再想过走的事，一是没那么多力气去翻山越岭逃跑了，二是玲子已经认命了。玲子想，这辈子欠爸妈的，只能下辈子还了。

玲子目渐苍老，眼睛不好使了，平时也不怎么走动了。但是一到雨天，就独自撑个小伞，慢悠悠地走到坡中间的大树边，坐在旁边的一块石头上，掏出一块蓝格子头巾，盖在泥土上，嘴里嘀嘀咕咕地说几句话。再后来，玲子再也走不动了，门都出不了，也不会有人想到她，那坡上的房子就成了她的冢。

百年时光转瞬即逝，清水村出去的人越来越多，进来的人也越来越多。这里的思想、环境焕然一新，两年前一群西装革履的中年人还到这里到处逛游，村干部亲自接待。

清明的后一天，经过清明雨洗礼的清水村迎来第一批游客。导游挥动着小旗，拿着小喇叭，带着十来个游客进了村。走到坡下，众人聚集，导游把喇叭调到了最大的音量："各位旅客大家好，欢迎来到清水村风景区。现在我们所看到的坡，名为'悲情坡'，这悲情坡有一个故事。五年前，为了发展，清水村要把这个坡上覆盖水泥，在挖掘坡中间的枯树时，工人们挖出了一个瓷坛子，一把锈刀，还有尸骨。密封的坛子里装了一些写满字的布条，讲述着这坡上的故事。由于这故事十分悲伤，故这坡被命名为悲情坡，请大家从坡边的台阶上去，不要破坏这里的原貌。

出于对逝者的尊重，请大家不要拍照。上去后，我再为大家讲述布条上的故事。"

评语：小说对"拐卖妇女"这一题材的表现，显示出作者对社会现实的关怀。作品对遭遇不幸的弱势女性寄予无限同情，对人物心理的发展描写比较细腻，语言流畅。但整体看来，语言还比较稚嫩，人物塑造也很单薄，两位女性的性格及命运太过雷同，两个男人的死亡也比较突兀，人物语言不够生活化。

　　李书亚，信阳师范学院文学院2015级汉语言文学一班学生。热爱文学，参与《刘庆邦乡土小说创作中的地域文化记忆研究》《从郑渊洁再登作家榜首看儿童文学在当下受热捧的原因》等两项大学生科研基金项目。

遗产

李书亚

一

　　"哎，你们听说没有？老肖家那对兄弟为了争遗产又闹得不可开交，干了不少混蛋事儿。"李大嫂纳着鞋垫，愤愤然道。

　　"又整出了啥幺蛾子呀！"有人漫不经心地接她的话。

对于这件事，仁孝庄的村民早就习以为常了，肖家的那对混账兄弟村子里谁不知道，为了争夺所谓的"遗产"，整天闹腾。这与村子里一向崇尚的兄友弟恭、家庭和睦的风尚完全不符。更让村民看不惯这对兄弟的是，他们对自己的老娘，更是干了不少荒唐不孝的事。

"那对兄弟整的幺蛾子多了去了，简直是丢咱仁孝庄的脸！"有人接话头，李大嫂顿时受到了鼓舞，如同一只神气的公鸡，双目炯炯，面庞红润，脸上的褶子全都跑了出来，本就苍老的面庞显得有些可怖。

"哎呀，我说，李大嫂子咦，您就别卖关子了！"和她一向交好的秦大嫂笑容可掬地说。

李大嫂看周身的村民都把目光投向了自己，等着她讲述，于是清了清嗓子，向四周望了望，压低声音说道："老大肖留今天老不高兴了，说是肖大娘偷偷把贴己钱给了老二肖全，非得让肖大娘一视同仁，也给他钱。"李大嫂顿了顿，接着说："结果老二也不干了，说老大睁眼说瞎话，明明是老太太偷偷给老大钱了，让肖大娘也得给他钱。结果啊，兄弟俩吵着吵着，就动起手来。哎呀，你们是没有看见，这弟兄俩跟斗红了眼的公鸡似的！"

"啧啧啧，这兄弟俩也是绝了！"秦大嫂率先评论道。

"就是就是，也太不像样了，真是对不起他们死去的老子爹。"

"要我说呀，最受罪的还是肖大娘，得了这俩不孝的孽根祸胎，本来就没享过啥福，到老了也不得安生。"

"也真是奇怪啊！肖老爹刚走的时候，那兄弟俩可是争了先儿地孝敬老娘，咋现在就成了这熊样了！"

"那还不是想着老头子走了，留下了遗产，想从他娘那儿敲出来。看着没啥指望了，软的不行就来硬的，露出了狐狸尾巴。"

人群七嘴八舌地议论开了，李大嫂看到自己的话引起了这么大的反响，也觉得心满意足。

"啥？那俩小兔崽子又对他娘干了不孝的事儿了？"突然传出的怒喝声使众人一惊。大家定睛一看，原来是村支书老张头来了，顿时噤若寒蝉，都知道这老张头平素最讨厌人嚼舌根，又谁的面子都不买。

"咋了？不说话了，到底是咋回事嘛！也说出来让我老头子听听。"老张头的语气和缓了一些，但还是铁青着一张脸，呼吸沉重，就像生气的老牛，不时从鼻孔中喷出白气，有一种强烈的压迫感。

众人看到老张头这副脸色，也不敢再说什么，借口家里还有活计要干，陆陆续续散去了。李大嫂看到这情形，怒火中烧。这老张头简直就是倚老卖老嘛！仗着自己的年龄声望，整天教训这个训斥那个。刚才那话，明显就是对我说的嘛，简直在打我的脸！今天姑奶奶非得跟你对着干，让你知道知道我李春娟的厉害！

"张叔啊，这事儿您还不知道？是这么回事……"李大嫂把肖家的事复述了一遍。

果然，老张头听完，脸色更加难看了，眉头深深地挤成了个"川"字。他想，这肖家弟兄真是给村里"争气"，看来还得去肖家走一遭。不过，这侄媳妇春娟儿也太大嘴巴了，还是得教训一番。

一番思考之后，老张头面容严肃地说道："春娟儿，这人家肖家的事儿，你咋了解得恁清楚嘞！你这么闲，有这工夫，对你奶奶孝顺一点，别丈二的灯台——照得见别人照不见自己！"

"俺咋不孝顺俺奶奶了？她那么大年纪了，俺还指望她给俺干啥活？不都是好吃好喝伺候着。张叔，你说这话是什么意思？"李大嫂一蹦三尺高，极不乐意。

"没啥意思，实话实说。你要是真对你奶孝顺会让她一个人住在透风的土坯房里，不让她搬到新楼房里和你们一块儿住？"老张头四两拨千斤。

"这……这个嘛……"李大嫂臊得满脸通红，一句完整的话都说不出来了。在事实面前，任凭如何舌灿莲花、牙尖嘴利都是枉然。

远处的人群中发出窸窸窣窣的议论，夹带着一些耻笑声。李大嫂再也受不住了，逃也似的回家了。

众人看到李大嫂落荒而逃的身影，忍不住又笑了起来。"都笑啥，散了吧, 太闲了不是? " 老张头又一声暴呵。众人看到老张头因愤怒而涨红的脸, 悻悻地散开了。老张头愁眉深锁, 向肖家走去……

<h1 style="text-align:center">二</h1>

到了肖大娘家的门外, 老张头还没有敲门, 便听到了嘤嘤的哭泣声。叹了一口气, 老张头叫道: "大妹子, 在家嘞? "

肖大娘连忙止住哭泣, 胡乱擦一把脸, 急忙走出门去。

"张大哥, 您坐, 我给您倒茶去。" 肖大娘立刻张罗开来。

老张头看到肖大娘眼睛肿得跟核桃一样大, 面色死灰, 头发已经白完了, 背也驼得厉害, 整个人单薄得像是一张纸, 似乎风一吹便能吹倒, 才六十多的人看起来倒比他七十多的人还要老上许多。长叹了一声, 他连忙制止道: "大妹子, 别忙了, 我找你啊, 是有事要跟你谈谈。"

"哦! 那您快坐。" 肖大娘连忙说道。

"大妹子, 你大哥啊, 说话直, 说得不对的地方, 你可别往心里去! "

"哪能啊, 您和嫂子平常待我就像一家人一样, 家里做了啥好吃的, 总要给我端一碗。怕我一个人孤单, 还总是找我去你家唠嗑、听戏, 有啥话您就说吧! "

"这都是应该的。唉! 那俩兔崽子干的事我都听说了, 大妹子, 咱碰上这样的冤家也是咱的命, 咱自己要想开点。都这把年纪了, 该吃吃该喝喝, 别让自己一辈子的积蓄便宜了那俩不孝的兔崽子。"

见是提到了自己儿子的事情, 肖大娘又忍不住哭了起来: "我是上辈子造了什么孽呀, 要受到这样的报应。"

"大妹子, 可别这样说。不过话说回来, 钱财都是身外之物, 咱也带不进棺材里去不是? 要我说, 自己有点贴己的就行, 剩下的就让他们兄弟分去, 也省得闹得家里整天鸡犬不宁。你看, 是这个理儿不是? "

"张大哥，您说的这些理儿我都懂，可我家那老头子真没有给我留啥遗产呀，俺老两口啥样，你会不知道，有啥不都是尽着俩孩子。"肖大娘边说边抹泪。

"这样哪，让我想想。"老张头略微思索了一会儿，想到了一个办法，于是对肖大娘说道，"大妹子，你这样办。你就说，肖老弟给你留了一大笔遗产，是让你养老用的，要是这俩兄弟孝顺你，就把遗产分给他们。"

"这能行吗？"

"行不行，试试就知道了，有啥事，还有我在呢！"

"你去把你爸和你二叔叫到你奶的院里来，表现得好，爷爷给你买糖吃。"老张头对不知何时出现在一旁的小柱子说道。

"好，爷爷不能骗人。"小柱子边说边往家里跑去。小柱子是肖老大的儿子。

不多时，兄弟俩陆续到了。一见面，这兄弟俩谁也不给谁好脸色。

老张头看在眼里，不动声色地说道："刚才我问过你娘了，你爹确实给你娘留了一笔钱，是让你娘用来养老的。不过，要是你们兄弟俩对你娘孝顺，这笔钱也就用不上了，你兄弟俩有啥难处，也可以应急不是？"

肖留、肖全兄弟俩听完老张头的话，眼睛瞬间亮了起来。"叔，您这说的啥话，俺肯定好好对俺娘。小柱子，快告诉你妈，说你奶今天中午去咱家吃饭。"老大肖留率先说道，还适时凑到了肖大娘跟前，嘘寒问暖。

"哥，恁家能有啥好东西让咱娘吃？娘，我今天割了肉，中午去俺家吃饭去。"老二肖全也不甘示弱。

"行了行了，你们俩也不用在我面前演戏，话也跟你们说透亮了，自己丈量着办吧！"老张头说完，望了肖大娘一眼，拍了拍衣裳准备离开肖家。

肖大娘自然会意，连忙起身道："张大哥，那您慢走啊！"

老张头走后，兄弟俩又开始争论起来，不过这次却是为了肖大娘到哪家去吃饭的问题。肖大娘看到两个儿子，感到一阵阵心寒，几十年的养育之恩竟然比不上一点点钱，不过现在也着实没有什么好办法了，就按张大哥的办法吧!

之后,兄弟两个争着让肖大娘搬去跟他们一起住,肖大娘都拒绝了。这让兄弟两个更不安心,生怕遗产到不了手,更是变着法儿孝敬肖大娘。

三

转眼几个月过去了,又到了年关。这几个月,肖家兄弟对肖大娘的态度来了个一百八十度大转弯,仁孝庄的村民纷纷猜测原因,这成了村子里的一件奇事。

"你们说这肖大姐用了啥办法让这兄弟俩变了心肝,变得孝顺她了呢?"赵大娘不解地问道。

"我猜啊,还是跟遗产有关。"孙大娘说。

"管它是啥原因,我们家那俩兄弟要是也能孝顺我们老两口就好了,唉!"赵大叔叹了一口气,赵大娘听到老头子的话也难过起来。他们两口子费尽艰辛把两个儿子拉扯大,没想到养了一对白眼狼,不要说给他们好脸色了,连盖的新房都不让他们进,甚至给他们干活还要遭到他们的吵闹。

"我说你们俩就知足吧!看看李奶奶,他们家李春娟可不是好惹的。前几年李奶奶还得做饭伺候这孙媳妇,家里有活也得帮衬着,人家不是照样让李奶奶住破屋,甚至一床好铺盖都没有。"孙大娘看着远处拄着拐杖,步履蹒跚的李奶奶说道。

"唉……真是世风日下,对不起咱这村子的名字。"众人感慨道。

"老哥哥,老嫂子,都在说啥呢?"

众人听到多日未曾听到的声音,抬起头来,果真是肖大娘带着孙子过来了。

"能说啥,说你呢,老大姐。你到底用的啥办法,让你那俩儿子变得那么孝顺你?"赵大娘看着肖大娘。

"这个，我不能说。"肖大娘为难地说。

"老嫂子，你就别卖关子了，权当可怜可怜我们老两口，让我们也学学。再说，咱们这堆老朋友你还信不过？肯定不会说出去的。"赵大叔诚恳地望着肖大娘。

"那中吧！"肖大娘向四周望了望，压低声音将老张头教她的办法说了出来。

"原来是这样，唉……"赵大娘感慨道。

听闻此言，肖大娘又悲伤起来。

"谁知道咋回事，这代人都成了这样，咱们年轻时候哪个不是孝敬爹妈，还生怕亏待了爹妈。"孙大娘说。

"是呀，咱这村子也就是因为孝顺的风气才有的这个名字。"肖大娘道。

"唉！"叹气声此起彼伏。这群老人感慨人心不古时，忽略了小柱子还在一旁玩耍，刚才的一切他都听到了耳中。不过，大家想起来的时候，也觉得这么小的的孩子能懂个啥。

"哎……你说，都这么久了，咱娘的钱可是没有见一分哪！"

"可不是吗，咱两家可是好吃好喝招待着，供菩萨似的供着她。"

说话的是肖留、肖全兄弟俩，为了拿到遗产，兄弟俩早已"合作"了。

"你们说，会不会咱娘根本就没有钱哪！"老大媳妇金花说道。

"不可能！你忘了，嫂子，咱们两家盖房子可都是两个老的拿的钱。"老二媳妇翠环立刻否定。

"妈，我奶说她根本就没有钱，那是为了让你们孝顺她，用来诓你们的假话。"小柱子不知道什么时候跑了进来。

"你听谁说的？"众人立刻紧张起来，异口同声地问道。

"刚才在路上，我奶对那群老爷爷、老奶奶说的。"小柱子如实说道。

“这个死老婆子！”众人顿时觉得天都塌了下来。

“妈，给我钱买东西吃！你说的，我跟你学我奶说的话，就给我奖励。”小柱子开始向母亲邀功。

“钱钱钱，你就知道要钱！再敢要，揍你！”金花怒吼道。

“还管他干啥，走，找老婆子去！”肖留说完，带着几个人往肖大娘家走去。

留下小柱子在那里噘着嘴巴，心里老不高兴，嘀咕道：“明明是你教我的嘛，钱最重要，有钱了啥都有了……”

肖大娘刚回到家，就看到两个儿子和儿媳气势汹汹地赶来。

“这是咋了？”肖大娘小心翼翼地问道。

“咋了？俺们都知道，你根本就没有钱，编的瞎话诓俺们的！”老大肖留不客气地说道。

“娘，你啥时候学的恁多心眼啊，连俺都骗，俺咋对不起你了？”老二肖全接着质问道。

“娘，你就说吧，俺爹到底有没有留遗产？”两个儿媳也开始追问。

肖大娘听到这几个不孝货说的话，气得浑身发抖。“我根本就没有钱，你们这群遭雷劈的白眼狼！”肖大娘说完，忍不住哭了起来。

一时间，肖家院子里怒骂声、哭泣声交织成一片，惊动了邻家的老张头。

老张头一脸乌云进了肖家院子，怒喝道：“还不嫌丢人吗，非得闹得家喻户晓才满意是吧？”

几个人一看是老张头，也不敢再轻举妄动。最憋不住气的老大肖留说“张叔，俺们是晚辈，都敬重您，可是您咋能出这样的馊主意诓俺们呢？”

老张头一听，就知道是自己的办法败露了，怒火更胜地吼道：“咋了？你们不孝顺恁娘还有理了，自己不觉得丢人，一群见利忘义的白眼狼！”

老大肖留想顶嘴，被自己的媳妇拉住了。几个人深知在村支书面前，自己是占不到什么便宜的，于是抱出了给肖大娘准备的铺盖、粮食，愤愤地走了。

看到这几个人的行径，老张头气不打一处来，可是听到肖大娘的哭泣，也只能搁置怒火，安慰起她来。

四

转眼到了除夕之夜，家家都在放鞭炮迎接新年。噼里啪啦的爆竹声此起彼伏，跃动的小火星照亮了白茫茫的雪地。五彩缤纷的烟花争先恐后地飞上天空，伴着雪花绽放出最美丽的舞姿。

肖大娘躺在床上，听着连续不断的爆竹声，心里没有一丝愉悦的感觉，只感到彻骨的冷，冷得让她牙关打战。她拥紧了破旧的棉被，把自己裹得像蚕蛹，却还是没有丝毫的暖意。一阵冷风吹进来，肖大娘一阵咳嗽。自从那两个不孝儿子那天大闹了一场以后，就对她不闻不问了，她也病了起来。现在，她只想快点去找亡夫，活着的每一秒对她来说都是煎熬。

意识开始变得混沌起来，她想起很久以前的事。那时，她还是年轻的媳妇，有着健壮的身体和舒心的生活。丈夫是一个多少识得一些字的木匠，靠着一手好手艺过活。后来有了两个儿子，不渴望两个孩子能有什么大出息，只想着将来可以孝顺他们二老，所以给老大起名"肖留"，老二起名"肖全"。老两口凡事以兄弟俩为先，两个儿子成家立业都是老两口张罗着办的。本以为可以安享晚年的时候，老头子却撇下她先走了，两个儿子就成了她唯一的盼头。可是没想到啊，竟然养了两只白眼狼。

眼泪早就像断了线的珍珠，流个不停。渐渐地，肖大娘看到了肖老爹，还有她的儿子儿媳，围绕在她和肖老爹的身旁，嘘寒问暖，一家人其乐融融，她笑得合不拢嘴。

渐渐地，她的身躯开始变凉，眼角有一滴泪珠久久未曾滑下，嘴角却带着微笑……

新年的钟声敲响了，烟火照亮了天际，有一颗星星猝然落下。可是，不会有人注意到，因为大家都在庆祝新年的到来。

第二天清早，张大婶和老张头去给肖大娘送饺子，发现她已去世。没有想到，肖家兄弟知道了这个噩耗，却极度厌恶地说："真晦气，死也不挑个好时候！"

在老张头和村里舆论的压力下，肖留、肖全只能假模假样地为肖大娘办丧事，却百般推辞说钱不够。最终，老张头组织村里募捐，才使肖大娘的葬礼顺利举办。

人们不会忘记，肖大娘下葬那天，肖家兄弟在她身边发现了一个黑木匣子。"这老不死的，临死还留了一手。"在肖家兄弟的咒骂声中，肖大娘永远沉睡在了泥土中。两个兄弟打开匣子的刹那，又叫骂起来。人们疑惑地看过匣子里的东西，大吃一惊，有人甚至流下了眼泪。匣子里装的是肖家兄弟儿时的衣服和玩具，这就是肖家兄弟心心念念的"遗产"。

坟头边的一棵老树上，有一只小乌鸦正在口衔虫子，往老乌鸦的嘴中送，不厌其烦。而树下，肖家兄弟还在咒骂着自己的亲娘……送葬的人群中一对母子，母亲问自己的孩子："儿子，将来你会不会孝顺我呀？""妈妈，我会像你孝顺奶奶那样孝顺你的。"儿子天真地回答道。母亲听到这个回答，皱起了眉头，不知在思索什么。而身旁，肖家兄弟的咒骂还在继续，传得很远很远，甚至传到他们孩子的心里……

仁孝庄的生活还在继续，因肖大娘的去世而带来的悲伤并没有延续多久。还是那些人坐在路边传播着别人的故事，日复一日，年复一年，从始至终。他们也不过是看客而已，戏散了，他们也会散……

评语： 小说以仁孝庄的一桩家庭纠纷入手，通过一句谎言写出了老人无人赡养时的心酸和不孝儿孙的自私贪婪。虽然是比较常见的主题，但值得肯定的是人物语言比较生动，个别人物形象塑造也比较鲜明，显示出作者较好的文字驾驭能力。

王玉帆，信阳师范学院文学院 2017 级汉语言文学二班学生。

秋殇

王玉帆

死一般的寂静，肃穆。营帐内灯火如豆，摇摇曳曳的灯火使燕飞瘦削的脸庞有些昏暗。燕飞此时手捧兵书，眉头紧蹙，指尖在羊皮地图上划过，细细思量。

"报告将军！"一个低沉的声音自帐外响起。燕飞放下兵书，随手盖住羊皮地图，说道："进。"来人一副士兵装扮，一双眼睛透露着精明。燕飞盯着来人的眼睛，毫不畏惧地迎上去，目光坦然。

来人微微作揖，脸上扬起三分不知真假的笑意，开口道："鄙人凌恒，听闻燕将军光临此地，特来拜访。"

燕飞有些微惊，可依旧不动声色，说道："久闻先生大名，先生既为狄军谋士，何故来我军阵地？"

凌恒从衣襟里拿出一封信，开口道："为了这个，这是我们将军亲自写的劝降信，若将军愿归顺我军，封官加爵，良田百顷，美女珠宝全凭君。"

燕飞轻笑出声，忽又神色肃然，说道："你可真是狂妄，今日你夜闯我军主帅营帐，若我高呼一声，定把你绑了。"

凌恒毫无惧色，自顾自说道："我从小生于狄地，长于中原，后来又回到狄地。恰逢将军的父亲在此镇守，令尊铮铮铁骨，光明磊落。虎父无犬子，今日我既敢来，自是不怕。"

燕飞双手紧握，紧咬下唇，想到父亲，涌起一阵悲怆，说道："你走吧！两军交战，不杀使者。可若本将军下次再听到你这蛊惑人心的话，绝不放过你。"

凌恒翕动嘴唇，可最终还是轻叹一声，说道："皇帝昏庸无道，奸臣摄政，这朝廷早已千疮百孔，你又何必白白断送性命。"

燕飞望着摇曳的红烛，神色怔怔，久久不语，直到凌恒走出营帐，才轻轻呢喃出声："生是天朝人，死是天朝魂。"

仅是初秋，边地却已一片萧瑟，飞沙走石，赤色裸露的土地泛着丝丝寒意。听老兵说，在这边地，等到了深秋，冬天未临之前就会飘雪，大雪封山，粮草、取暖便成了大事，这也是狄军进攻的最好时机，他们早已习惯了这种气候，为了冬天的粮草和来年春天的存活，怕只会越战越勇。燕飞有些头疼，来此地一个月，日日和副将研究地形，制定战术。副将是父亲的亲信，实战经验丰富，可是自己却是临时被委命，匆匆接下皇旨。

秋天极短，今年边地环境又极其恶劣，怕是狄军早已按奈不住，准备在飘雪之前结束战争，大战一触即发。

军营里似乎也被某种莫名压抑的气氛所笼罩，士兵感到了大战之前的平静，争先恐后地找识字的士兵写家书。不管情况如何，总要给家人报一声平安。也许家书抵达时，尸骨不知已沦落在何地，但人活着也只不过是仰仗一个信念罢了。边地的老兵年龄都不大，甚至十二三岁便被征兵到边地，随着战争到处奔波，将军承诺战胜便解甲归田，与家人团聚，可这样的承诺就如那水中明月。一生奔波，最后也不免尸首异地，无法落叶归根。燕飞铺平一张宣纸，手执狼毫久久未落笔，他想诉说些什么，可言语又是那么单薄。他想起父亲一生戎马，立功无数，却在边地被毒身亡，临死之前，不忘嘱咐儿子精忠报国，死守国门。自己虽是将门之后，可从小只耽于诗书，却被推上战场，朝廷已无可用之才，皇帝宠信奸臣，不思朝政。他又想起母亲挥泪送自己出征，妻子紧紧依偎在他怀里，双眼含泪，声音温柔却很坚定，"我等夫君回来"。墨汁已在宣纸上渲染一片，他却不自知，收了笔，内心希望与绝望交织，或许什么都不留下是最好的吧。

秋意渐浓，军营里的防备也愈加严密，气氛更是压抑，每个人都如紧绷的弦，不敢丝毫放松。

忽然，先锋官急冲进营帐，高声喊道："报告将军，南部山头狄军来袭。"燕飞闭上眼，喃喃道："终是来了。"

狄军善骑技，骑上高大骏马俯冲而来，气势汹汹，以一敌百。中原人恰恰不善此道，只能排兵布阵，死死围困。阵地上刀光闪闪，厮杀激烈，血腥味充斥着鼻翼。士兵提刀刺去，血迹迸发，可一转身，却被骑兵抹断脖颈。燕飞将军挥舞着戟，仿佛在用鲜血画画一般，他苦笑，这便是战争。他看着鲜血染红的土地，横七竖八的尸体，忽然有些害怕了。寒光一闪，又是一刀砍到，那一瞬间，那一双凝望天空的眼睛，终是没有闭上。

凌恒站在远离主战场的山头，看着战场上的一片片血红，看着那个铠甲下永远不低下的头颅慢慢落下，似是旗帜落地。凌恒自幼长于中原，自然明白中原人的家国情怀，可是他们的皇帝呢？燕老将军中毒，所有人都说是狄军耍的卑劣手段，可是殊不知功高震主，正是他一生忠心的皇帝容不下他，要了他的命。凌恒轻勾唇角，甚是讽刺，将军士兵的牺牲，又岂是那皇帝小儿、达官贵族能想到的呢？凌恒踱步走远，远处却传来悲壮歌声，歌曰："风萧萧兮易水寒，壮士一去兮不复还……"

评语：本篇作品篇幅短小，对大战之前主将燕飞的悲观、绝望的心理进行了比较集中的展示。整篇作品气氛营造得比较成功，悲怆凄凉，文笔优美精练，心理描写细腻动人，人物形象也较为鲜明。但用凌恒和燕飞的对话来表现历史的复杂和立场的不同，处理得比较简单，整体构思和人物设置也有流行小说写作套路的痕迹。

刘可人，信阳师范学院文学院 2017 级汉语言文学专业创意写作班学生，喜欢文字，喜欢想象。将所想转化为自己的文字，是我一直热爱的事。

冬猎

刘可人

　　大雪已经下了三天，厚厚的积雪吞没了本就难辨的小道，猎户伸着脖子看着纯白漫延的远处，低低叹了口气，又封山了。

　　他身旁的老狗摸索着用干燥的鼻子蹭着猎户的手，小声地呜咽。透风的木屋正在风雪冲击下"嘎吱——嘎吱——"地呻吟着，猎户回手拍了拍老狗的头，却遮掩不住他那黑黄的枯皮似的手轻微的颤抖。

猎户知道封山意味着什么。家里的米面所剩无几，取暖的碎煤也撑不了多久……没有温度的生活，不会有多久。

"儿子！"猎户灰白的胡子动了动，转身提了墙边的猎枪，"走，咱不认命！到山里转转！"老狗"汪"了一声，半秃的尾巴摇动起来，小步赶上猎户，紧紧偎着主人的腿。老狗已经陪了猎户15年了，它还是巴掌大的时候猎户就把它从山里捡了回来。猎户一辈子都是一个人，起先狗还只是狗，到后来狗就成了猎户的"儿子"。如今，猎户和他的"儿子"都成了老人家。

推门出去，一阵冷风迎面扑来，猎户紧了紧破旧的衣领，向深山走去。山里积雪没过小腿，每走一步就好像花尽了猎户全部的力气，过了不一会儿猎户就歪在了雪窝里。一直在前面开路的老狗赶忙冲过来，狗黄中泛白的皮毛上蹭满白雪，猎户眯着眼缓了好一会儿才认出来它："儿子！"

猎户哈哈一笑，眼中却没一星点儿笑意："咱爷俩都老了，不中用喽……"老狗好似听懂了猎户的话，汪汪怒吼着。它用力抖着身上的雪，却一个趔趄栽在了雪里。

猎户瞧着老狗，也不知哪里来的力气，忽然起身大步踏进深深浅浅的雪窝，他身后的老狗急忙爬起跟上，在雪地里留下一片狼藉。

猎户提前在山里设了陷阱。很少有动物会在雪天外出觅食，猎户唯一的希望就是饥饿的野兔野狐昏了头，撞在自己的陷阱里。

一连几天的大雪掩盖了一切痕迹，猎户凭借常年打猎积累的经验勉强摸到了地方，还未走近，老狗忽然疯了一样扯着猎户的衣服。猎户本就双腿发软，让狗这么一扯直接倒向了一边。

"狗儿子！"猎户恼了，狠狠地打了狗一下，狗竟然躲了过去，头向着猎户倒下的方向低伏着身子，喉中有着压抑的怒吼，好似遇见了躲避多年的仇敌。

"儿子？"猎户好像感受到了什么，伸手抹了把脸上的雪，佝偻着身子向着不远处的雪丘探去。雪丘后面隐隐传来小兽的哀吟，混在本就凛冽的寒风中向远处消弭。

那是一只还未长成的小野猪，背上被雪覆盖，它的后腿被夹子紧紧地咬住，在寒风中断续的哀吟，一声低过一声，好像被困了一些时候。多亏有"儿子"，猎户心里像是揣了一只火炉，轰然灼烧起来。要是捉住这只野猪，再撑个三五天也不成问题，到时候雪估摸就小了，家里的那两张鹿皮也能换好些粮食……

猎户端起了猎枪，身旁的老狗前脚不停地抬起落下，蓄势待发。猎户认真瞄准着，忽然一声怒吼，他手中的枪一偏，瞧见不远处一个灰色的东西向这边急急蹿来。是母猪！猎户心里的火霎时灭了，母猪小猪向来不远离，只怕这只小野猪是自己岔了道，撞到了这里，而母猪一直找寻不到，刚才听见自己的声音急忙赶过来了！他有些不甘，可一头成年的野猪为了护崽，只怕再来几个人也撂不倒。"儿子！"猎户心里狠狠地喘了口气，声音却压得极低，"走！"

老狗本来准备前跃的后腿一颤，看着往远处撤的猎户，不满地哼唧起来。

"走！"猎户知道野猪嗅觉灵敏听觉发达，生怕出什么幺蛾子，忙挎了枪，又走回来拉老狗，可老狗不停地躲避着猎户的手掌，露出了早已不再锋利的牙。

"儿子！"猎户已是焦灼，还没做下一步动作，眼角只瞥见一道灰色，接着左膀一痛，冰凉的雪一下将猎户覆盖翻卷。他残存的理智告诉他，野猪攻击了他，把他撞下了山坡。

"汪汪，汪汪汪——"耳边是老狗拼命的嘶吼，伴随着野猪的嚎叫，响彻山林。猎户不知什么时候停了下来，他左臂火辣辣地痛着，猎枪也被甩了一边，天旋地转。猎户趴在雪地里用力地睁开眼睛，重影的景物清晰又变昏暗。他脑袋轰轰直响，老狗和野猪搏斗的哀叫隐约传来……

窸窸窣窣……窸窸窣窣……

猎户好像又听到了草丛中动物的活动，眼角瞥到一片纯白之中冒出来的一团灰色。

"嗷呜——"老狗疼痛的吠叫让猎户一个激灵。

"狗……狗儿子——"猎户嘶哑的喉咙发出了一声野兽般的嘶吼，惊得那团灰色猛地跳了起来。

"乒——"山林里突兀地响起了一声枪响，狗吠声和猪嚎声同时停住了。

猎户隐约看到有红色的东西染上了白雪，不重要了，他想。今天，就算交代到了山里，也没啥了……

山里安静得只剩下雪落的簌簌声，猎户感受到了寒冷，有一两滴带着温度的东西落在雪地上。猎户意识模糊的时候，有一个温热的舌头不停地舔着他的脸，还有不断的哼唧声扰着他的宁静。

猎户费力睁开双眼，他的狗儿子因为他的变化激动地低吠着，忽然猎户觉得手里一沉，看过去时，一只带血的肥大的灰色兔子静静地躺在那里。

猎户喉头不自觉地滚动了一下，身体的疼痛清晰传来。好像，这个冬天，有了温暖的力量……

评语： 小说描写了一位老猎人和相依为命的老猎犬一次冬猎行动。两个苍老的生命，却都蕴含着强大的力量。尤其是人与动物间的感情，描写得真切感人。故事情节虽然简单，但节奏分明，扣人心弦，对环境气氛的营造也比较成功。

张世星，信阳师范学院文学院 2017 级汉语言文学二班学生。平平淡淡才是真，没有波澜壮阔，没有坎坷曲折，只有平凡人的喜怒哀乐，我是生活的书写者。

石桥

张世星

这天是个好天气，秋风送爽，万里无云。从并蒂县赶出一辆简朴又结实的马车，慢慢悠悠地走着。车上坐的一大家子人，时不时传来一阵阵笑声。车上有个可爱的女孩，她是家里的开心果，爹娘、哥哥、爷爷都十分疼爱她。最疼她的爷爷总爱陪她聊天玩笑，即使爷爷经常忘事，喜欢唠叨，小姑娘也愿意陪着他。所以爷爷将她视作心头肉、掌中宝。"爷爷，爷爷，路上真无聊，您给我讲个故事吧，好不好？"娇妍的明珠撒娇说。"好，那我就给你讲讲小时候，我第一次走这条路时发生的故事吧。"爷爷微笑着说。

　　和现在一样，我第一次跟着爹娘迁家的时候也是这样一个金秋。和我们同路的还有一户人家，那家人有一个十五六岁的女儿，喜欢穿嫩黄色衣服，生着一双杏眼和樱桃小口，笑起来就像秋风中摇曳的秋菊，美丽又娇嫩。因为我当时还是个小孩子，一路上又没有同龄的玩伴，所以总是她来陪着我玩耍。小姐姐没有因为我年龄小而不愿意陪我，反而担起了母亲和玩伴的双重责任，在陪着我的同时照顾我，看护我。因此，我最爱与她待在一起。每天中午和晚上休息的时候，我们就在帐篷的附近玩耍。姐姐很文静，不能陪着我乱跑，所以每到一处我都会为姐姐摘一些花，让她编花环。之后我才开始捉蚂蚱和蝴蝶、丢石头等男孩子的游戏。每当我捉到昆虫，向姐姐炫耀时，她总会微笑着夸赞我，仿佛我干了一件伟大的事。于是我便高兴地将"战利品"送给她，她就会用手帕做一个"牢笼"将它们困住，等到我兴尽之后再轻轻将它们放掉。

　　一天午后，其他人还在睡，我央着姐姐陪我去不远处的小河边玩。小河水不深，只到我的胸部，清澈见底，河岸一边高一边低，我们在低处。征得姐姐允许后，我脱了衣服在水里摸虾捉鱼。每次抬起头，总能瞧见姐姐对我招手，我就游得更起劲了。小河不宽，没一会儿，就觉得无聊了，便想上到高岸去看看，但是相对于我的身高，那岸太高了。正在我想放弃的时候，忽然看见高岸上有一丛盛开的野菊花，一朵朵饱满得像金色的绣球！"快看，姐姐，那里有丛野菊花，好漂亮，可是我够不到。"我大声朝姐姐喊。"没关系，弟弟。你回来吧，我们在这边找找看有没有菊花，好吗？"姐姐回答道。于是我便游了回去。

　　刚上岸，那边岸上悠悠地走来一个人，仔细一看是个年轻的和尚。

"两位施主好，请问附近有寺庙吗？"相貌清俊的僧人柔声说。"不知道，姐姐，你知道吗？"我向姐姐望去，却见姐姐脸色发红，羞涩地轻瞥那和尚，仿若没听到我说的话。那和尚也仿佛凝住了一般，不动了。这时，世界仿佛静止了，午后的微光轻洒在这对互望的男女身上，秋风轻拂，吹动他们的衣摆，像一幅美丽的画。从他们身上我感到了一种我难以理解的情愫，于是我上前轻拽姐姐的衣角，小声叫"姐姐"。"哦，顺着河岸走，河的尽头有一座小寺庙。"姐姐愣了一下，慌忙说。

"多谢两位。"僧人受惊似的低下头柔声说。感觉气氛怪怪的我便想回去，却突然想起高岸上的菊花。"喂，和尚，我姐姐想要一枝菊花，我摘不到，你能摘一朵抛过来吗？"

"好的，请稍等。"和尚说着走向那丛菊花，轻轻摘了一朵，像捧着珍宝般小心走到岸边，"请小施主接好。"他微笑着将金色的"绣球"抛给了我。

"姐姐，给你。"我开心地说。

"嗯，谢谢……谢谢。"姐姐接过菊花轻嗅一下，羞涩地说。水也玩过了，花也拿到了，我便想回去了。"姐姐，走吧，爹娘该醒了。和尚，再见。"我说着就往回走。通常姐姐总在我身旁侧走，那天却很留恋似的，远远地跟在我身后。忽而，风中传来和尚微弱的声音，说："再见……再见。"

一回到帐篷，姐姐就把那花插在了水瓶里，谁也不让碰，姐姐的母亲打趣问她那花是哪儿来的，这么喜欢。姐姐红着脸解释说是我辛苦摘来的。我很疑惑为什么姐姐不提那和尚。当天夜里，我就受了风寒，高烧不退，本打算明天就走的计划不得不拖延了好几天。爹娘并没有埋怨姐姐的意思，姐姐却十分自责，不时来看望我。病中犹记得姐姐面带微笑，温柔地喂我吃药、吃饭，直到我们离开的前一天，姐姐眼中带泪，却仍然微笑着和我道别。第二天秋雨绵绵，我们终是分别了。临别前，姐姐送我一块手帕，上面绣着一朵栩栩如生的金灿灿的野菊花。

后来才从母亲口中得知，姐姐在那几天经常独自一人去河边。因为快要离开了,她的父亲忍不住跟着她到了河边,想看看到底是什么吸引了女儿,却发现姐姐坐在岸边绣花,对岸一个和尚静静地看着。他当时并没有去打扰他们,但是在姐姐回来之后,他将姐姐叫进帐篷谈了很长时间。从那之后,姐姐就再也没有去过河边。

我最后听到的关于姐姐的消息是她在婚前因病去世了。我以后回老家时又经过了那条河,发现那河上多了一座小石桥,桥边开满了金灿灿的野菊花。

年迈的爷爷讲完后,深深叹了一口气,回过神看小孙女,见她懵懵懂懂的,也不知道在想什么。"囡囡别想了,你长大就会懂了。来,爷爷送你一个礼物。"说着从一个小盒子里拿出一块手帕,上面绣着一朵美丽的菊花。"爷爷我想去那条河边玩……"孙女接过手帕小心折叠好,撒娇道。爷爷笑着应下了。

几天后,等到他们赶到那条河边时,又是一个好天气。还是那河,还是那桥,还是那一丛丛菊花。爷爷站在河边缅怀过去,河对岸走来一个可爱的小男孩。看到爷孙俩,小男孩羞怯地打了个招呼。爷爷把躲在身后的孙女拉过来,对他们说:"你们一起去河边玩吧。不要走太远,爷爷会担心的。""知道了!"孙女和男孩回答道。刚说完,孙女就拉着腼腆的男孩跑开了。爷爷笑着摇摇头走上石桥。这石桥也很老了,石板被人们踩得光光的,有几处还缺了几块石头。爷爷感慨着,突然发有块石头上面似乎有字。走近仔细一瞧,上面写着:

阿难对佛祖说,我喜欢上了一女子

佛祖问阿难,你有多喜欢这女子

阿难说,我愿化身石桥

受那五百年风吹

五百年日晒

五百年雨淋

只求她从桥上走过

爷爷忍不住落泪。那边孙女和男孩看见了，手拉着手，抱着一捧菊花，将那绣着菊花的手帕递了过来，疑惑地叫了一声爷爷。爷爷摆摆手说："没事，没事，都好着呢！都好着呢！"

于是，他们又跑开去玩了。

河边久久回荡着他们开心的笑声。

评语：故事由一则网上流传较广的虚构故事铺衍而成，情节比较简单，也显得有些俗套，可取的是语言比较圆润、干净，以儿童的单纯眼光写少女与僧人之间的朦胧情感，有施蛰存的心理小说和萧红的《小城三月》的影子。

散文

栀子花语

李静秋

书桌上一盆小小的栀子开花了，香气浓郁，花朵如白丝缎般无瑕，配着瓷实油亮的绿叶，像个被绿色襁褓围住的洁白婴儿，又香又润。

记得小时候，每到五六月份，就有提竹编篮的婆婆在街边卖栀子，一捆一捆的花朵，小而硬朗，用白棉线扎起来，放满整个篮子。日午太阳毒辣，婆婆们会洒上洁净的清水让花朵保持新鲜。晶莹的水珠在丝滑的花瓣上滚动闪烁，渗进老旧而结实的竹条里，慢慢地浸润整个篮子，竹篮的清香揉进了栀子的馨香，于是这湿漉漉的芬芳，构成我童年关于初夏最为深刻的记忆，这种记忆，是属于花朵的气息。

母亲们买了栀子花插在女童的头发上，年轻女子大多喜爱把它们别在衣襟或包带上。因为花形的缘故，栀子花也被叫作"同心花"，所以也有男子买下一整篮的栀子送给情人，如同古人折花送心上人，情意细微雅致，洁净不可多得。这种古老淳厚的情思无关金钱，现在却早已不复存在。有古诗"同心何处恨，栀子最关人"，是这样的情深义重，又这样平实自然。纵使现在情人间的信物已被玫瑰、百合取代，也许比起栀子它们确实更热烈、娇丽，但栀子的纯洁和笃定却是独一无二的。玫瑰烈艳似火，是属于成年人的游戏，而栀子花更像是少年人的感情，纯白里带着点青翠，无邪又青涩，楚楚无言，令人动容。

　　栀子枯萎得快，离开了土壤，它们几乎会在一夜之间暗淡发黄，离去匆匆，不留恋，也不给人以任何余地。《清醒纪》里，作家懊恼没有用相机拍下盛放栀子的容颜，次日早晨醒来，发现一把栀子均已死去。于是作者写道："不甘愿被折离枝端失去了灵魂，不能做坚韧的行尸走肉。宁愿自毁至形容狰狞，被人丢弃。如此，这短而无救的美，才深入骨髓，令人怀念。绝不苟延残喘。"这样看来，栀子的决绝和坚贞是其他花朵无法比拟的，它气味浓郁，特质也强烈汹涌。难怪古时情人互赠栀子，把它当作信物。

　　为什么喜欢栀子？因为它单纯而美，美得自然，美得让人敬畏。它的洁白点亮了整个闷热的夏季，它的馥郁也荡涤了浮躁的人心。更重要的是，它的灵魂高贵，它的故事迷人，足以让人欣赏与向往，为之挥洒笔墨。

　　评语：栀子花是夏季常见花的一种。本文对童年记忆中栀子花的洁净、馨香，花形寓意的美好和栀子花本身所蕴含精神的高贵、坚贞进行了非常独特的描写。文笔清丽，如同所描写的栀子花一样。

写作梦

李静秋

1983年之前，余华是个牙医。整日手握钢钳，为人拔牙，顺便观赏了数以万计张开的嘴巴。在连续观赏了五年后，他感到无聊至极，看到县文化馆的人终日无所事事在街上晃荡，觉得羡慕不已。

那人说，这是我的工作。

余华也想进文化馆，然后这么晃荡。于是就开始写作。

这个关于余华的事儿是高中时的同桌在体育课上跟我说的，我记得她当时边跑边喘，没有一句话说得棱正，看起来有点儿痛苦。但她说得特别急切，我想她当时一定是从我不可置否的表情里得到了某种满足。

"不信，不信你上网查。"

我还真就上网查。当时住校，没有手机和电脑，我就周六跑到小姑家，说是蹭饭，其实就是想上网看看这个段子似的事儿是不是真的。结果我在一篇题为《你不能不知道的真相》的文章里看到了这个关于余华的真事儿。顺便无比震惊地知道了莫言写作是为了吃上饺子，阎连科写作是为了进城。当时觉得马尔克斯说"我写作是为了使我的朋友高兴"，一点也不奇怪了。

直到现在很多朋友都会问我：你写作是为了什么呢？

然后我就会不厌其烦地给每一个朋友说，我根本谈不上是写作，顶多算是"写点东西"。如果你一提"写作"，我的脑子里都是雨果剃了半边头发冻得瑟瑟发抖把自己锁在房间里写《巴黎圣母院》，或者是莫言一边想着吃白花花的饺子，一边激动地写着《红高粱》。我最大的一次成果也就是三十分钟写完一篇九百字的作文，然后被语文老师复印给全年级的同学看而已。那天校园的垃圾桶里塞满了印刷劣质的作文纸，你又不是不知道。

那你写点东西是为了什么呢？

估计朋友觉得我废话多，想让我打住。

我想了想，我既不为了吃，也不为了喝，我写东西，是因为什么呢？

由于早产，我从小身体不好，满月去打预防针医生捏了捏我的胳膊说我是"虚胖"，不给打。四岁时还是光头，反应迟钝，姥姥说一碗饭放在桌上我够不到，就伸出圆滚滚的胳膊去挪桌子；举着一把撑开的大伞进不去门还是硬往屋里挤，而比我大一岁的表姐已经会踩着小板凳去拿供台上的水果。特别是一到冬天穿得厚，我简直更像个呆头呆脑的皮球。

妈妈忧心，怎么办呢？这个孩子可一点儿没遗传到她的聪明，就问我爸。

我爸对我妈说，长大就好了。

然而"长大是长大了，而没有好"，这是萧红说的。

妈妈就去新华书店买了一套《智慧背囊》，觉得也许能给我带来智慧。发现我很爱看，她就又乐呵呵地买了一套。

在这些神奇鸡汤故事的浇灌下，十岁的我写了一篇小说。我只记得妈妈批评我说主人公的名字不应该叫"聪明人"。

第一次"写点儿东西"，是一个愚笨的孩童怀着对美好世界的想象，假想出了一个善战骁勇、聪慧异常、受人喜爱的"聪明人"。

十二岁时上初中，爸妈为了让我读最好的学校，把我寄放在离家百里远的小姑家。临走时妈妈几次回头，而我看起来不为所动，最后想了想我还是举起手僵硬地挥了挥。"她就是老实，又不会说话，"妈妈给小姑打电话，"你要多教教她。"

小姑快人快语，做事雷厉风行，在她的对比下，我很快发现了自己宛如一个小傻子。还好她有一个慢吞吞的儿子，我觉得自己得到了安慰，于是果断加入了这个戴着厚厚镜片的表弟的阵营中。

于是，他那一柜子密密麻麻的书，也成了我的所有。

我沉溺于书籍的海洋无法自拔。

看了好多书，但那时十四五岁，最爱三毛，恨不得跟着她去撒哈拉沙漠，三天喝不上水也愿意。做梦都是乘着飞毯在天上飞，穿过云层飞过一个又一个国家。贪婪地嗅着她字里行间的自由气息，闭上眼就能幻想，张开双臂就想飞翔。

更喜欢她与荷西的爱情，坐在太平洋岸边分食一袋樱桃，帽子上别一把香菜就去结婚。

校门口五块钱一本的《萌芽》，我一期不落地买回来看。那时习惯一本杂志全班传着看，但我从不担心我的杂志会踪迹不明，因为大家都不爱看。大家都看《读者》和《意林》。我觉得那简直是大妈看的书，年纪轻轻去读它，一定愧对青春。

那几年韩寒、郭敬明、张悦然、七堇年正有名得厉害，我知道他们都是参加《萌芽》举办的新概念作文大赛出的道。看着杂志上的报名表，我也暗暗动了心。

在一次如往常一样惨无人道的数学考试过后，我告诉我当时的同桌，我要开始写一篇小说。

这个被班主任专门调到我旁边的数学学霸顶着一头潦草的自来卷，推了推鼻梁上的眼镜说，加油。

也许她认为我写小说都比学数学有希望得多。

那是我写的第一个中篇小说，男女主角青梅竹马，但是后来男主出国留学爱上了别的女孩。男主结婚前夕，在送完女主然后自己回家的路上出了车祸不幸去世。最后两个女孩在男主的葬礼上和解，愿意共同养育男主未婚妻肚子里的孩子。

就是用这篇小说参加了新概念的初赛。然后毫无悬念地没有进复赛。

后来又投了几篇小说。当然还是没有进复赛。

但是从此我在班里很受人尊敬，至少是语文方面。虽然我一直强调我并没有进复赛，仅仅是"参与"了而已，但大家还是乐此不疲地讨论这件事。好像我真的和郭敬明坐在一起喝茶并谈论了人生一样。

然后，找我借《萌芽》的同学越来越多。但我那时已经改看《文艺风赏》了，虽然比起《萌芽》，它定价有点儿贵。

十五六岁写的东西，无论随笔日记还是小说，都是披着爱情外衣的成长烦恼，向往成人，向往没有考试压力的世界，向往一个一鸣惊人、让人刮目相看的梦想。那是一个在别的地方受挫渴望能在文学园地收获果实的小小少女，想让别人看到自己的微弱光芒，做着自己的小小努力。

今年我二十岁了，依然嘴笨、数学差，也依然在"写点儿东西"。但是一切都在变好，嘴笨是"文静"，学了汉语言专业也不用再考数学，至于写东西，也渐渐体会到了它对于我的意义。

当然不是指上次学校举行的征文比赛我得了一瓶超大洗发水博得了我妈的欢心。

而是抵抗生活，是自我引渡。

是从平凡琐碎麻木的生活里拯救出自己，做个清醒的旁观者，从反省中获得深度力量，让自己更柔软，也更坚强。

我不希望如果以后我有孩子，在他人生的关键期，我会说出这样的话：

你以为自己不落俗套吗？不要紧，过两年就平庸了。

你以为自己孤独又辛苦吗？先别急，过着过着就麻木了。

　　我想向我爱的人，向这个世界分享的，是关于自我成长，自我救赎的力量。也许你现在过得不好，但是你有做梦的权利。做梦的方式，可以是绘画、舞蹈、唱歌，也可以是写作，是任何一种可以表达自己，能够看到光源的方式。而不是由毁灭自我带来的快感和复仇感。不是向你不满意的生活宣战，而是与它和解，然后超越它。

　　我喜欢安妮宝贝说的"要与这世间一一贴身过招，最后仍称赞春花秋月"。

　　已经不是十五六岁的无所顾忌，可以招摇撞骗写得洋洋洒洒，也可以不知天高地厚地跟别人咧嘴一笑说：我的梦想是写作。

　　那个曾经写日记都会以"平地一声雷，新的一天开始了"为开头的咋咋呼呼的女孩，依然迷恋那些浓墨重彩的文字，也依然会晃晃悠悠地，不紧不慢地，恬不知耻地写下去。

　　胡适说"怕什么真理无穷，进一寸有一寸的欢喜"，我就这么欢喜着，做着我的写作梦。

　　我为什么要写作呢？因为写作是我的梦。

　　点评：平淡而不失幽默的语言，"流水账"似的成长记忆，默默而又执拗坚持，让人透过纸面可以看到"我"的一颗浸润在文字梦中的玲珑心，可爱，可敬！

用朴素的心过生活

王雪可

　　闲暇的日子里，我喜欢推门出去走走，感受生活最原本、最真实的样子。花儿一点点绽放；合欢树悄悄合上透亮的眸子；穿着学士服的学长学姐们，在绿色的操场上痛快地扔帽子拍照，留念青葱的大学时光。怀着朴素的心亲近日子，你会发现一些人物和风景特别渺小，却简单纯净得让人感动。面对花开花落、人来人往，他们依然能泰然处之、毫无怨言地快乐生活，我想这才应是生命的常态吧！

　　思齐路上的清洁工是一个将近五十岁的男子。他家境很不富裕，为了补贴家用，除了自己的工作，他还负责做学校早晨的保洁工作。今天清早碰到他的时候，他正拿叠得整齐的蓝色抹布擦拭名贵园旁边的垃圾桶。腰上别着收音机，里面放着那首《最炫民族风》。他仔细地做着自己的事情，时而蹲下，时而站立，一会儿对着阳光看看，确保桶面无死角地被擦拭干净。每一个动作都那么有力，他认真的模样仿佛是正在做一项伟大的事业。完工时他抬头看到我的凝视，微微一笑。我站在马路对面甜甜地喊了一声叔叔！阳光照耀下，他快乐的眼睛笑开了花，那时候叔叔好帅！

　　叔叔说，他从不抱怨命运的不济，靠自己的劳动赚钱，养家糊口。虽不能大富大贵，却可以丰衣足食。好好工作，只要一家人平安地在一起，有这些就够了。

　　"五一"回家，买了夜里十一点到郑州的火车票。当时姥姥生病住院，妈妈一直在医院陪护，抽不开身去火车站接我，但已经安排我去同学家里借宿。一向受家人疼爱，所以我仍然觉得自己受了好大的委屈，带着小情绪看车窗外星星点点的灯火。夜深了车厢里也有了些凉意，我回过神，裹紧外套，蜷缩了一下身子。下车，拖着行李箱从火车站到东广场，眼前的场面把我惊呆了，无数个陌生的面孔充满了双眼，年轻人三五成群地坐着聊天，打扑克。年长一点的旅人则席地半倚靠着行李休息。开摩的的伙计在栅栏外用累了一天的嗓子，嘶哑地喊着"摩的便宜啦"，企图能再拉最后一单生意。五月的夜是有些凉的，尤其又起了小风，大家纷纷取出厚一点的衣服披上。广场四周酒店的招牌闪亮亮的，街边彩色的路灯流光溢彩，24小时营业的肯德基宁静温暖依旧。大家新奇地看着，甚至在昏暗里拍照留念。一对背着笨重行李的老夫妇激动地指着远方，说："那栋楼能到云彩眼里儿去了。"我猜想在这过夜的人多半不属于这里，这里的繁华更不属于他们。可是大家的眼睛里没有失落，没有嫉妒，有的只是简单快乐的欣赏。我在广场上慢慢地走，向这些可爱的人点头微笑，想努力记住每张纯朴的脸。

　　世界之大，其实我们都是如草芥一般的生命籽种，四处飘荡，谁都没有比谁活得更容易。所以忧郁的日子里不必抱怨。做个平凡的人，过最简单的生活，一起让尘土一样卑微的我们变得坚韧而美丽。

　　为什么我们会对平凡的人生如此恐惧？说到底是没有用一颗简单的心，去朴素地追求自己热爱的东西！清晨金色光芒点亮的半边天，和另一半未褪去淡蓝，依旧点缀着几颗星的天空是世上最美的风景！而这风景永远属于那些热爱生活、心思简单的人。

评语：清晨的一缕阳光、相遇时的一个微笑、认真工作的清洁工、深夜火车站广场上的旅人……都是平凡生活中的点点滴滴，文章以宁静舒缓的笔调，流畅自然地表达着对生活的热爱，朴实亲切，明朗积极。

杜宇，信阳师范学院文学院2015级汉语言文学二班学生。热爱生活，热爱写作。在《信阳师院报》发表散文《白鸥》《绿影婆婆》《青年若蕾》《中华献礼》《母亲的双手》《一所老房子》等数十篇

除夕笙歌

杜宇

清清淡淡的日子，缄默无声的过去，现世幸福地安稳着。没有太多征兆的季节总轮回得那么快，转眼便已是除夕。老去的旧时光被悄悄掩隐，未来的日子静待遇见。在这个夜晚轻酌浅吟、谈笑风生，不是诗意，

而是幸福。

飞雪的冬季里有美丽的心情，除夕的笙歌里是回忆下酒的余韵。爱吃的菜肴还是熟悉的味道，母亲的容颜却苍老了几分。孩提的玩笑被言说了很多遍，祝福的寄语依旧可心。旧时的相片又被翻出，如今的模样恍惚了曾经的青涩。十二点的钟声叮咚敲响，又是一个不觉间入梦的新年。一缕阳光穿透了清晨的雾霭，朦胧间清醒，嫣然浅笑，回味着昨日的点滴。

彩色的糖果衣，甜甜的麦芽糖，漂亮的走马灯，好玩的穿天猴，热闹的灯笼展，噼啪的鞭炮声，攒着的压岁钱，唬人的鬼怪故事，还有可爱的年画娃娃是我儿时的新春记忆。那时的我们没有烦恼，也不知道离别的意义，以为这些是节日的特权。现在，经历过分别的我们愈发懂得珍惜。也许，只有认真感受每一份温情，珍惜每一个在一起的日子才是对时间最好的证明。模糊了的童年印记，远去的曾经和过往，变化的人文符号背后是凝固的节日意蕴。我怀念流年，也享受当下。

耳畔是屋内的阵阵笑语，眼前是窗外的灯火通明。走在熟悉的旧街道，欣赏高高挂起的大红灯笼，拜访笑靥如花的三五邻友，再去湖边点一盏天灯，许下新一年的愿望，寄托对家人的祝福。远处的湖边，人群接踵。天灯和着风的呢喃飞向远方，光圈渐小，闪烁间倏地消逝了。漫天的灯火明灭可见，似群星闪耀，林林总总的不知数，远近高低间把天空勾勒得更有层次，虽不及水墨江南那般诗情画意，但也不失婉约静美。轻荡的湖面倒映着火红的灯影，粼粼波光里藏匿着最美的希冀。缥缈的烟火气，空蒙的湖畔掠影。饭后结伴而行，融入其间，暗自期许，倒也不失意趣。这个夜晚，恬静美好，幸福祥和，一派安然。

在盛世流年，品人生百味，等细水长流，赏风花雪月。经年的故事，陈酿的老酒，不变的眷恋，熟悉的温暖。除夕之际，笙歌阵阵，婉转了回忆，牵引了思绪。那些冷冷清清中的风风火火，那些普通却不寻常的爱与包容早已在心间满溢。

评语： 时光如水，岁月流年，在一天天逝去的日子里感受当下相守的可贵，在"爆竹声中一岁除"的氛围里体会亲人绵长的温情。文章以优美的文字传达出对新年、岁月、亲情的祝福和珍惜。

王玮琪，信阳师范学院文学院 2016 级汉语言文学三班学生。《打个电话吧》等散文发表于《信阳广播电视报》。

消逝的原配

王玮琪

　　"我越来越笃信两点：好东西都是原配的，好东西应是免费的。"这是作家王开岭说的。我作为90后也能体会到这句话背后的心酸时，一股悲哀的乡愁涌上心头。

丢失的田野

前几天接到一通电话，是许久未见的朋友打来的。电话中，朋友的语气极其兴奋："你猜我在哪儿？我到西溪啦！你告诉我的那一大片田野在哪儿？我怎么找不到呢？是不是找错地方了？"

我一愣，田野？顿时一幅广阔的画卷在我眼前展开。是了，以前是有的。田野依依，树木苍苍，河水淙淙，黄牛哞哞，田野与树林的尽头就是村落。红墙黑瓦，错落有致，按美学的标准，那样的景色是可以成画的，与靖节先生的"暧暧远人村，依依墟里烟。狗吠深巷中，鸡鸣桑树颠"是相得益彰的！

这里的一切都是井井有条的——秋天撒下油菜籽，春天看绿毯上铺出一层金黄；酷暑栽下水稻苗，金秋十月收获一片灿烂；寒冬丢下小麦籽，只待来年开春又是一片绿意喜人。绿与黄，两色交替，为我的童年涂抹出最清新的一笔。

几年前，我时常向朋友描绘着她未曾见过的美景，一同沉浸在"渡头余落日，墟里上孤烟"的想象与感动中。而今，这片田野早就不见了，取而代之的，是一片打着"发展旅游产业"旗号的仿宋建筑，立在周遭的现代化住宅中显得不伦不类，格外扎眼。

电话中，朋友不依不饶，大有非见田野不可的架势。我嗫嚅着，真是不知如何作答，只好支支吾吾地敷衍，最终遗憾地挂了电话。

诗人于坚的一句叹息给我印象颇深：一个焕然一新的故乡，令我的写作就像一种谎言。如刘亮程所言：那时我还不知道，曾经的生活，有一天会需要证明。终于，我和于坚一样了，成了说谎的人。

心中感动不再，徒留凌乱的乡愁。

湮灭的虫鸣

今已入冬。鸟兽鱼虫皆已遁形。而昨日夜间漫步之时，忽闻得"唧唧"的声音，心中顿时一惊，被城市豢养的器官终于从迟钝中反应过来——这是蟋蟀啊！喜悦溢上心头。世界一下子安静了，一日的喧嚣也被荡涤得一干二净。

然而毕竟是冬日的夜晚，耳畔并没有夏日特有的此起彼伏的热闹。那声音弱得很，倒像是一个脱离了大部队而落单的孩童，独个儿待在路边，无助地号啕大哭。卖力的鸣叫使这冬夜更添一层静谧，却又衬得这一支虫鸣愈发孤独。

曾经，我住得离乡村很近。逢夏季，便闻得虫鸣之声。日里鸣蜩，夜间闻促织。"蟋蟀在堂，岁聿其莫。今我不乐，日月其除。"听到蟋蟀的鸣叫，大人与小孩就知道了，是时候了。大人们知道，大热天已经来了，小孩们知道，快活的日子来了。有了虫鸣，小孩子们愈发尽兴；有了孩童，虫儿们愈发欢唱。"五月斯螽动股，六月莎鸡振羽。七月在野，八月在宇，九月在户，十月蟋蟀入我床下。"活在乡村的小孩儿，他们的快乐，他们的童年，离不开这些鸟儿虫儿，彼此生来就是最亲密的玩伴！

而今，即使是夏夜，这般最原始的音乐也稀罕了。

比起以往夏日成群结队的欢快，这样单个儿的声线才流露出它的冷寂，此刻的我，是否有些理解了那些引虫入文的古人——

《蓄促织》："凄声彻夜，酸楚异常，俗耳为之一清。"

《诗经》："喓喓草虫，趯趯阜螽。未见君子，忧心忡忡。"

《水龙吟·秋生泽国》："月底蓬门，一株江树，悲虫鸣夜。"

《短歌行》："百虫哀号百窍鸣，凡有形色皆不平。"

冷冷清清，凄凄惨惨戚戚，又怎能不"俗耳为之一清"？

然而，清了俗耳，知虫鸣者，依旧寥寥无几。草木润性，尘沸乱心，城市的喧嚣早已淹没虫鸣，世间的人们在大吵大闹中什么也听不见。

事实上，岂止是虫鸣，还有隐匿的流萤，捣毁的燕巢，"于今腐草无萤火，终古垂杨有暮鸦"，"燕子归来衔绣幕，旧巢无觅处"这样的情景终究是出现了。曾经的风雅愉悦之事，听虫鸣，赏流萤，书燕事，偏偏是这些东西湮灭了！失了这些，夏天就丢了魂，孩子们就丢了魂，风雅者就丢了魂。

到底是谁扼杀了虫鸣，扼杀了流萤，扼杀了燕事？是越来越喧嚣的流行音乐？是越来越炫目的霓虹灯？归根到底，也许是我们口口声声的"现代化"与"国际化"吧。

纪念原配

今人不见古时月，今月曾照古时人。

古时候的东西好啊！不只是月，一草一木，一尘一土，一瓦一砾，都是他们生活过的证据，好让他们有机会回首自己的过往，死后亦不会消亡。可是，那些证据到了21世纪，被人们推着走上消亡的路，无法回头，那些原配的东西日渐式微。

网上有一名清华学子哭诉：清华的荷塘并不如朱自清写的那样美如画。"仿佛在牛乳中洗过的"叶子和花不见踪影，月色稀疏，"如梵婀玲上奏着的名曲"也无迹可寻。究竟是九十年前朱自清欺骗了我们，还是九十年后的我们亵渎了朱自清呢？

王小波说："一个人只拥有此生此世是不够的，他还应该拥有诗意的世界。"试问在这样的时代，诗意从何而来呢？

是耳畔听着嘈杂之声，摇头晃脑地背诵"寒灯耿幽暮，虫鸣清夜阑"？

是被霓虹灯闪耀得目眩神迷时，幻想着"轻罗小扇扑流萤"？

抑或是一边享受着别墅洋房，一边叹息"无可奈何花落去，似曾相识燕归来"？

这样的场景，实在是尴尬无比，与打脸无异。

五千年泱泱华夏，绵延的传统与文化大概是国人最骄傲的积淀。千年礼乐，自当不绝如缕，生生不息，不该因"现代化"而走样。待一日没了原配的华夏，国人拿什么向国际展示这五千年？

也许，传统与现代之间的拉锯战不可避免。但是，二者并不是对立的。在现代的风筝扶摇直上的同时，传统必然是那牵着风筝的线，紧连着生活。它使你的脚下仍是坚实的土地，它使你仍旧能看到"小桥流水人家"，它使你在青灯孤照的图书馆，能以孤独而谦卑的姿态，报以古人应和的回响。

所谓"现代化""国际化"的脚步迈得太快，以至于把传统的，古老的，原配的好东西，一股脑儿抛在了身后，于无形中切断了与大地历史的纽带，成为无根的浮萍。至此，好东西都成了古人的：

何以好山都是古人游的？

何以好水都是古人吃的？

何以好景都是古人赏的？

何以好诗都是古人写的？

…………

所幸，仍然有人不遗余力追寻着传统的根。冯骥才的乡土传奇，深入乡间野地只为求得农耕文明时代最后的慰藉与精神；韩少功的寻根文化，朝山谒水叩经问史无非为寻得古典文艺；林风眠的笔墨气度，以我观物为中国绘画留下了一份希望。

最后，想起木心的诗来。

"从前的日色变得慢/车，马，邮件都慢/一生只够爱一个人。"

这是多么美好的感觉！轻飘飘一句话，放慢了心灵，你将有足够的闲暇，去看所有的过去与将来，去看那些值得怀念的原配与值得期待的好景色。

评语： 这一组散文讲述着同一个主题，也是文学家们常常感叹着的一个话题：现代与传统的矛盾。不可否认，文中所谈及的现象的确存在，但文章并没有停留在悲观、无奈的感叹上，而是用诗意、文学的眼光去发掘传统文化之美。文章笔法比较老到，对乡间美景和田园生活乐趣的描写富有文采，令人向往。对浮躁地追求"现代化""国际范"的趋势保持冷静思考的态度，值得肯定。

刘芳慧，信阳师范学院文
学院 2016 级汉语言文学一班学
生，发表有《谈谈阅读》《十年》
《师院美人》等作品。

贤山行

刘芳慧

早上八点多钟，浓密的晨雾将信阳这座城市包裹得严严实实，天空
还不时有蒙蒙细雨洒落街头。我们一行人正踏上去贤山的路途，一路上
的车海、人海、雾海，令人目不暇接，于九点钟抵达贤山脚下。

沿着盘山公路往上走，道路两旁尽是算命的摊位，隐约有一种熟悉而又陌生的声音从山上传下来，引诱了我的耳膜。继续走，声音渐渐清晰，砰、砰、砰，这种声音如此熟悉，似是儿时听过。转个弯，一座寺庙映入眼帘，三个红色大字格外引人注目——贤隐寺。寺前有一湖，往下看去，三五妇人在湖边浣洗衣物，方才在山脚下听到的声音正是这捣衣声。这使我不禁想起我的故乡，我的童年。那时候，不像现在，河沟再也涨不起水，今年夏天倒是涨了，或许只是偶然吧。十多年前，我的故乡每年夏天雨水多得很，常常把村里的小河沟灌得满满的。每每这时候，母亲和邻家的大娘婶子们都会挑了满桶的衣物、床单乃至锅碗瓢盆，往河沟走去，我便也跟着她们去。河沟旁边是不乏大青石的，舀一瓢水，把它冲干净，把浸湿的厚重衣物及床单铺在大青石上，手持一柄棒槌，一下一下地捶。妇人的手，手中的棒槌，棒槌下的衣物，衣物下的大青石，大青石下的水流，一起谱就了一曲动听的歌谣。十多年过去了，不承想竟在这异乡，再度听到久违的捣衣声，让我不由得想起我的童年，我的故乡，那过去岁月里的淳朴和美好。

别了贤隐寺，继续向上走，向前走，路遇一处避暑胜地。据说它过去是一座防空洞，这样的防空洞很多地方都有，故乡也有。今日今时，眼见这异乡的防空洞，倒也拨动了我内心的那根弦。故乡的防空洞，有儿时的记忆，有老人口中战争的故事，充满迷人的传奇，而那些，正是今天的我非常怀念的。

十点钟了，今天的登山活动才正式开始。与其说是登山，倒不如说是爬山，我们的确是爬上去的。贤山海拔600多米，比起珠峰来，的确是不值一提，但不管怎么说，它终究是一座山。若是走盘山公路的话，或许我就写不出这篇文章来了。没错，我们没有走盘山公路，而是以最原始的方式自己蹚路来爬这座山的。这让我不自觉地联想到鲁迅先生的一句话——地上本没有路，走的人多了，也便成了路。我们从一个山口进去，最终又从一个山口出来。不同的是，进山时我自知是顺着路不知不觉进去的，而出山后，回头看时，我发觉身后竟没有路。贤山一共有13个山头，我们花费三个多小时爬了七八个山头。

这个季节的山，大致都是一个样子的，满地的落叶，满天的浓雾。其实到底是天还是地，我早已分不清楚了，抬头看不见太阳，低头更看不见城市。四处望去，除了树干树枝就是树叶，当然还有登山的人。要说一样，却也有不太一样的。爬前两个山头时，脚下有层层落叶，还有碎石烂泥，也不乏长长短短的枯枝，由于刚下过小雨，地上滑滑的，好像一不小心就要跌倒。说起跌倒来，这正是我所畏惧的，一路走，一路把心提到嗓子眼儿。路，没有路，前面是人，后面也是人，左右都是斜坡和悬崖，而我正在这坡度接近九十度的大山里行走。途中遇见第一处悬崖的时候，虽然我恐高，但我还是小心翼翼地过去拍了照片。我站在悬崖边上的那一刻，想起了那首诗——《悬崖边的树》，竟觉得此刻的我就是那一棵树了。我一边走一边想，是不是该写一封遗书再来爬山，万一脚下一打滑，我，又会在哪里？那一刻，我能想到的，的的确确只是我的亲人，还有那些带给我亲人般感觉的挚友。后来，我平安下了山，不免觉得当时的想法有些幼稚，但现实又何尝不是如此呢？我们的生命的确很强大，但也很脆弱，也许只是一念之间，你将不知道下一秒会在哪里。"父母在不远行，行必有方"，是这样的，我不是我自己的我，我有爱我甚于爱自己的父母。所谓父母子女一场，就是我渐渐长大，父母慢慢老去，而无论我多大年龄、我是什么人、我在哪里，父母总在牵挂着我。而父母教会我的，终将有一天，我会教给我的孩子。

一个山头，又一个山头，脚下的土地更加陡峭和泥泞，提着心、吊着胆，方知道先前的路有多么好走。上山容易下山难，上去的时候，只管一步一步往上爬，虽然很累，但相较于下山来讲，脚下还是踏实的。而下山，却不是这么简单的事情。横着脚，让地上的树根、石块绊住脚，扶着树，拽着草，半蹲乃至全蹲，降低身体重心，不要慌，爬过一座又一座山头，我竟然也总结出些许下山的经验来。好在队伍里有几个男生，下山时众帅哥便充当了护花使者，除了几个"拖家带口"的有家花要护。几位女汉子型的，要么前去开路，要么随男同志们一同护花。

　　贤山既是山，则必有其险。说到这里，就不得不提天下第一险的华山。高中学地理，老师无数次讲到华泰庐，三大断块山，华山的断块是最险的。今天我胜利登上贤山后，有了挑战一番华山的念想。就让我在贤山上许下这么一个愿望吧，希望多年后那个能伴我终生的男子陪我走一遭华山。

　　爬一遭贤山，生出许多感想。以前，我曾无数次想登上山顶的那一刻会有什么样的感觉。今天，当想象变成现实，我的内心自然是异常满足的。登上山顶，俯瞰来时路，我不相信那是自己一步步走上来的，那一刻我觉得，先前再苦再累都是值得的。置身于云雾间，我知道，我是我的仙子，最美的仙子。那一刻，杜子美的诗句在眼前渐渐清晰，"会当凌绝顶，一览众山小"。虽比不上巍巍泰山"众山小"的壮丽，却也足以让我感到心潮澎湃。爬山途中，偶然听见同行的两位陌生女子的言谈："我仿佛看到了四年后我的生活，有山，有水，有友，有我的狗、我的鸡……"话音渐渐淡去，我的心里却仍在思索。是这样的吗？经过人世浮华，处在现代文明下的我们，什么时候开始厌倦了这样的生活？一位老师曾在课堂上跟学生们说过这样一番话："现代中国，温饱问题已基本解决，即使你不努力，即使你没有很高的学历和技能，你也照样可以生存。而这，正是你不努力的借口吗？"对于这一说法，我不能苟同，我只想说，不是没有追求，不是自甘堕落，而是恬淡宁适正是我想要的生活，我认为我们都是平凡的人，我们的生活无论曾经多么辉煌，终究是要归于平淡的，于我，这样也没什么不好。

　　书读万卷，路亦需行万里。沉积的岩、褶皱的山、生物风化中植物的根劈作用、树的年轮……旧日里，书本上的文字与插图，今天我都一一观赏，一一感受。遇一风口处，其滋味更是妙不可言，飕飕凉风从四面八方扑面而来，夹杂着雾气中的水分，包裹着山林中植物的芬芳，打在脸上，冲进鼻腔，沁入心脾，虽如夏日空调的冷风，却丝毫不觉得冷，许是爬山出汗的缘故吧，反倒是给头昏脑涨的我带来一丝清新之感。

　　贤山的森林覆盖率达90%以上，树种丰富，郁郁葱葱。信阳地处秦岭淮河一线，属于亚热带和温带的过渡地带，大多数树种属落叶林，然而也有常绿的，即使是落叶林也由于气候原因而落叶较晚，所以此时的时令虽已是冬天，而山林中除了满地的落叶，尚有常绿林、未落完叶子的落叶林以及地上的青青小草，好一派秋末冬初的南方北国的自然图景啊！真是迷醉了很多登山人。

经历了三个多小时的摸爬滚打，下午一时许，我们下山了。回望山路，还是没有路，但我们正是从一个山口翻越了许许多多的山头又来到了另一个山口。

山上风景美不胜收，山下景色绮丽无边。刚一下山，前方便是一方湖光楼影，南湖大坝横在眼前。湖光，山色，交相掩映，虽已入冬，却难挡自然的脚步，贤山脚、南湖畔，此时似是一派春意盎然的盛景。瞧，那红叶正红了樱桃，这绿柳方绿了芭蕉。

贤山行，似梦一场，静心，怡情，养性。

评语： "我"在山上赏风景、想心事，在青春的驿站里描写乡愁，打量人生不可知的前景。行文恬淡自然，怅然若失中有对未来的憧憬，运笔洗练从容，显示出较强的写作功底。

史晓宁，信阳师范学院文学院 2016 级汉语言文学三班学生。有《火车》《双十一的"冷"思考》《不忘初心，砥砺前行》等作品发表在《信阳师院报》上。

放下手中的"锤子"

史晓宁

偶然读到这样一个故事：一棵粗大的树静静地伫立在路边，树皮开裂脱落，枝丫无力地垂下，清风拂过，枯叶飘零，一副行将枯萎的样子。走到近前，蓦然发现树干上不知何时被人砸进了十枚长钉。如果十枚钉子就能置一棵大树于死地，那夺走大树生命的真正元凶或许不是钉子，而是将钉子砸进树干的锤子。

看到这里，我开始脸红，几乎要羞愧得掩面了。我曾有意或无意间向她使用过多少次"锤子"啊，以至于她总是无可奈何地一步步向我妥协。

她，便是我的母亲。母亲是个不容易的女人。父亲长年打工在外，母亲抚养三个孩子，照料两位老人，家中所有农活家务都由她一人承担。唯一生活来源便是父亲微薄的工资。因此，在生活上，母亲极为简朴。

我曾与母亲有场长达数年的战争，母亲坦言，我是家中最难管的孩子，与她脾气太过相仿，倔强得满身都是倒刺儿，不达目的不罢休。于是，这场战争，在懂事之前，我从未偃旗息鼓，甚至将手中的"锤子"当作制胜的法宝，一次又一次向母亲心上砸去。

第一次向她使用"锤子"，是我8岁那年的生日。

8岁的我脚开始长长，足以撑起姐姐还未穿旧的凉鞋。但那年的夏天，流行一种透明色的凉鞋。这样的一双鞋子很容易让人联想到灰姑娘的"水晶鞋"。那个年纪的女孩子还相信着《灰姑娘》的童话故事，所有的女孩都梦想有那样的"水晶鞋"。与我同玩的女孩子都有这样的一双鞋子，隔壁家的妹妹已经穿破两双了。对于那年的生日，我是真心期盼着的。我期盼着，在我生日那天收到这样的鞋子。我虽然没说，但是我想，母亲一定会懂。

盼望着，盼望着，终于，我的生日来临了。那天，母亲起了大早去镇子赶集。躺在床上的我心里开始欢喜，我想，我马上就要拥有"水晶鞋"了，闭上眼，我仿佛已经看到它在我脚上闪亮的样子，那么美，那么晶莹，那么可爱。太阳升起来了，母亲推着车子进了家门，我灵敏地嗅到了卤鸡腿的香味，但并没有像往常那样馋，急吼吼地去拿来吃，我只是紧紧地盯着车把上鼓鼓的红袋子，渴望着我的鞋子。

直等到鼓鼓的红袋子变瘪了，也没看见妈妈从里面掏出我盼望了那么久的"水晶鞋"。我开始难过，问：": 妈妈，我的鞋子呢？"

"什么鞋子？"母亲疑惑地问。

"就是和婶婶家妹妹一样好看的鞋子啊。"我着急起来，拼命向母亲解释着。看母亲终于明白了，我松了口气："看，她终于懂了。"我在心里高兴着。

"哦，那种鞋子啊，它不太结实，你看妹妹已经穿破两双了。今年夏天，你先穿姐姐的，下一年，再买新的给你。来，今天你生日，我买了你爱吃的鸡腿。"

我期盼的心啊，一下子落入了谷底。眼泪争先恐后地跑了出来，似乎在控诉着母亲的"罪行"。

"我不要吃鸡腿！我就要鞋子！"我歇斯底里地哭喊起来。任凭母亲怎样哄劝都不停歇，母亲的耐心终于被我消磨殆尽，不再理会我，独自回到屋子里。

于是，倔强的小女孩便赌气不吃午饭，戳在院子里接受正午阳光的"洗礼"。母亲也真的生了气，和姐姐、弟弟在屋子里吃饭，都不搭理我。但我坚定地认为，"不吃饭"一定是杀手锏，这场无硝烟的战争，我终会是胜利者。因为结果，就足以证明一切，母亲终于拗不过我，答应了我去买"水晶鞋"。在以后的日子里，这样的方法，我屡试不爽。

事情过去了很多年，一次闲时与母亲聊天，我骄傲地对母亲说："我找到了对付你的绝招，只要我不吃饭，天冷不穿衣，你便会答应我所有要求。"母亲无奈地叹了口气："我不能给你们最好的，但让你们吃饱穿暖便是我做妈妈的基本责任。"听到这句话，看着母亲无奈的神情，我突然鼻子一酸，赶忙从沙发上站起来，走到卫生间，打开水龙头，借以掩饰我的哭声。

我是何等愚蠢啊，我自以为的杀手锏是伤害一个母亲最暴力的"锤子"啊。事实上，每个母亲在与孩子的战争中都会是失败者，不是因为她懦弱，而是我们的"锤子"太过于有杀伤力。她所有的妥协都是因为爱。

如今的我，早已放下手中的"锤子"，是断断不敢再使用了。

评语： 文中的"锤子"富有象征意味，由自然物象联想到人间亲情，过渡十分贴切，结构的安排显然经过深思熟虑。更重要的是，情感细腻而真诚，让人为之动容。

杨欣，信阳师范学院文学院
2015级汉语言文学一班学生。曾
获信阳"申艺堂"校园文学大赛
一等奖、第十五届河南省大学
生科技文化艺术节校园征文一等奖。

农村印象

杨欣

那些我们去过的地方，会在心里留下或深或浅的印象；那些我们
没去过的地方，会在心里想象成这样那样。而我，一个在农村长大的姑
娘，虽未领略过名山大川的豪气，也未感受过霓虹闪烁的雍容，更未见

到城堡宫殿的富丽，但对于农村，我甚至想要有些自负地说：在那里，我有着自己独特的印象。

在我印象里，农村的村貌是差别较大的，就算互为邻村，也会有明显不同。东边的村子里，两层楼的房子排成排，雪白的墙，明亮的窗，柏油马路。偶尔在某个小小角落有一座低矮的瓦房，青瓦红砖，屋脊耸立，门口必有一块虽不规则但光滑无比的青石板，青石板上趴着一条正在懒洋洋地晒着太阳的土狗，你以为那狗睡着了，正要悄悄从路旁经过时，突然就会听到它的狂吠，接着它可能还会目光炯炯地走向你，这个时候你千万不要跑，尽量使自己从容地经过，这样你才是安全的，因为村子里养的狗主要是看家防盗，若非怀歹念之人，它不会轻易下口。再看西边的村子，瓦房、草房占据了大片江山，一条羊肠土路在小小的村子里无限延伸。叫孩子吃饭的、找自家鸡鸭鹅的、闲拉家常的，都在这土路上汇聚。令人奇怪的是，这一切的一切，看起来竟然没有一丝违和感。

在我印象里，农村的民风是自由的、放肆的。也许你印象里的农民老实巴交，又或者朴实无华，但那只是你的印象，也可以说是大量报刊书籍和影视作品留给你的关于农村、农民的印象。其实，真正的农民并非完全如此。他们奉献着该奉献的，争辩着想争辩的。张老汉的儿子不孝顺了，大家抢着去照顾他；村里外出干建筑工的男人们若是有谁受了伤，农忙时他家准是第一个清活儿的；谁家的日子实在苦得过不下去了，做饭时锅里总会多一碗米面。他们奉献，这是朴实。谁家多种了别人一分地，谁家盖房子占了别人几平方米宅子，谁家的羊跑到别家地里啃庄稼了，谁家的小孩又和谁在学校打架了……他们争辩，这是真实。

在我印象里，农村在不断学习和发展。农业课堂，农村图书室，一间间地办了起来；蔬菜大棚，养殖农户，一家家地开了起来；村里上得起学，且愿意让孩子上学的人多了起来。渐渐地，大家在村头巷尾谈的不再是打麻将输了或赢了，不再是谁家儿媳妇又与婆婆闹别扭了，不再是上学无用论了。很多时候都能看见几个上了年纪的爷爷在树荫下讨论怎样科学地喷洒农药，或者几个年轻农妇像刚刚入学的小学生似的，拿着书籍往村里的图书室走去。大家渴望新的知识来改变自己，改变生活，改变这片生养她们的名为"农村"的伟大土地。还有很多不识字的人在慢慢地学着认一些简单的字词，或是一些常用的计算法。比如，我的奶奶。她是一个吃过大食堂，参加过"大跃进"，经历过洪荒和饥荒的人。在她们那个年代，最基本的生活需求都得不到保障，更不要提花钱上学了。我听奶奶说，她在小时候去上过一天的学，还是替自己的母亲（我的太姥姥）去的。因为当时大队开了妇女学堂，村里的妇女每天都要去上一小时左右的课。有一次我太姥姥有事不能去，就让我奶奶去了。据我奶奶回忆，她当天学了"毛主席"三个字。现在我奶奶还会写这三个字，尽管有些歪歪扭扭，对于这个连自己名字都不会写，却能够记得自己儿时学到的三个字的老人，这已经实属不易。我敬佩我的奶奶，也敬佩那些和我奶奶一样的，走过坎坷岁月的不平凡的老人们。

在我印象里，农村人有着近乎"迷信"式的信仰。他们中的大多数人以为天上打雷是在打妖魔鬼怪，是想要惩罚那些作恶的人。关于这一点，我最初其实是极其反感的。我给家里的老人们解释过，他们却固执地坚持着自己长久以来的看法。一次两次，甚至更多次地解释，徒劳，于是我放弃了。有一天我看到村里的几个老人去庙里烧香，突然想到他们有他们的成长经历，我们有我们的生活环境，他们这种想法其实对他人他物均无害，且有的是为了子孙家人祈求平安喜乐，我又何必勉强他们呢？而且这也不是一种迷信，是长久以来形成的固定思维意识。慢慢地，对于村里有人卖树时烧纸钱、放鞭炮的行为，我也不再惊异。我知道那是他们在表达对古老树木的尊敬与歉意，虽不能说是真正意义上的信仰，但也不是我们所认为的迷信。再想想过年时家长规定小孩子们不能胡乱说话，还总是把热腾腾的饺子、香喷喷的鱼肉第一时间端到摆放祖宗牌位的方桌前，说着一串我到现在都听不懂的话，我感觉这是一种传承，家的传承，情的传承，过年的韵味在这里体现。

在我印象里，农村平淡恬静的生活中飘荡着一些悲伤的调子。村里的道路不通，孩子们上学时每天要早早出发。再遇上下雨天，本就不太平坦的土路变得泥泞不堪，孩子们大都光着脚丫踩在泥窝里，如果不小心还会被路上的小碎石头和玻璃片扎伤。不少不放心的家长要亲自接送，清晨寂静泥泞的小路上变得热闹非凡。孩子们上学不方便，村里的大人们打工也不是很方便。他们要照顾老人，又要供养子女，不愿意到太远的地方去打工。但村庄附近没什么大的工厂能招收他们，他们也不能窝在家里靠种地来生存。所以，一些农民只好与家人离别，到陌生城市的工厂去打工。那里虽然辛苦，虽然陌生，但是他们能找到对学历要求不高的工作，挣到一些除种庄稼以外的闲钱，已经是很开心的事了。过年回家给孩子添身新衣服，给老人买些营养品，给家里添置一些便宜又好用的家具，是他们最大的心愿。只是深夜躺在床上，他们心里恐怕会悲伤得想要落泪，自己长期远离家乡，子女和爸妈的生活是如何度过的，这是多少新衣、多少营养品可以弥补的呢？

　　我见过很多人说自己向往农村的生活，他们中也有很多人确实来到了农村。但当他们真正来到这里，不久就会开始后悔当初的想法。因为，农村不是他们心里的那种印象。其实，任何事物都是这样，我们不能妄想给它设定印象或贴上标签。它要靠你的理解、你的体会，还有你善意的触摸。如果你愿意以真诚的心走近农村，那我相信农村在你心里的印象会截然不同。这种不同，不会推开你，只会让你走进属于自己的农村印象。

　　评语：作者不溢美不掩恶，对农村的印象记忆显然是一种"内视角"，有熟悉的风俗人情；同时也是一个青年学生的知识分子视角，对乡村的精神世界有一种疏远，但又保持基本的宽容乃至同情。文章似有新闻报道的语气，聚焦亦不够专注，如能深入详细地叙述两三件事情，给读者的印象会更加深刻。

云中谁寄锦书来

余艳娜

由《北京遇上西雅图之不二情书》这部电影了解到《查令十字街84号》这本书，未读时因为受电影的影响，以为这是一部写爱情的书，真正接触后，给我的是"千金易得，知己难求"的感触。也渐渐明白了，为什么这本书被称为"爱书人的圣经"。

多少人都在思考，海莲与弗兰克之间有爱情吗？我也不能免俗，我也在思考，他们之间到底是什么样的感情？是未说出口的爱人，还是有着共同爱好的知己？或者说是灵魂上的共鸣者更为贴切？不能否认的是，不管是哪种，他们的感情都是值得欣赏的。我们都为海莲的善良而感动，为弗兰克的尽职尽责而折服。

在我看来，他们更多的是知己。他们有着共同的对古典文化的热爱。海莲，一个生活贫困的落魄女作家，但是对书的饥渴达到了他人所不能理解的程度。弗兰克，生活于二战后经济萧条的英国，经营一家古书店，自己亦是博学多识的人。他们的共同点，应该是对书籍的热爱吧！

由于生活的困顿，海莲想要到伦敦的想法一直没有实现。但是，尽管自己的生活很困顿，却会为一群素未谋面的"陌生人"寄去他们只能在"黑市"看到的宝贝。这一刻我被这一颗善良的心深深折服了。这是一种大爱，可以说是"爱屋及乌"，我看到的更是知己之间无法言喻的默契。

他们之间不管是未说出口的爱人，还是灵魂上的共鸣者，我都对他们这份可遇不可求的感情寄予最崇高的敬意。因为这是爱书人的共鸣，尽管我不能大言不惭地说我是一名爱书者，但我在这条路上缓慢地前行着。

生活的快节奏，使我们几乎忘了自己的本心，我们没有古人高山流水觅知音的雅趣，而"云中谁寄锦书来"更是成了一种奢侈。多少次想给远方的朋友寄一封信，却又担心身边人奇怪的眼神，有手机有微信有QQ如此高效的传播工具，谁还写信啊？我们都知道，"不忘初心，方得始终"这句话，但是，你还记得自己的本心吗？

让生活慢下来，缓缓行，看一看自己的本心，你也许会走得更远。

带有一丝凉意的夜风从我身边经过，我走在操场的跑道上，看着身边的小女孩跟在哥哥的身后跑着，边跑边喊"哥哥，哥哥"，想起儿时我也是这样，跟着自己的哥哥跑着、喊着。童子赤心，一片澄澈。

我也不知道自己想要说些什么，只是随着自己的心在键盘上敲一些没有逻辑的话，思念着远方的人。

哦，我前段时间买的信封还未打开封口，是否要给远方的亲人写一封信哪，也来体会一下古人的"家书抵万金"？

评语：让生活慢下来，才能体会到美好。由电影到文学而人生，作者的趣味和眼光远比一般同龄人显得"成熟"，或者说更接近"初心"。

黎宇，一个出生于芜湖的男孩，在江南细腻多情的情怀中浸润长大。喜好阅读、音乐，总希望能在静谧之中找到真实的自己，发现生活的美好与充盈，倾诉于纸上，吐露真情。

一生所爱

黎宇

一生所爱，隐约在白云之外。滔滔苦海，翻起爱恨。行在世间，难逃分离，难逃命运。

——题记

壹

我一直都很爱狗。轻盈的步履，如欢快的稚子；纯净的眼神，是世界给予的温柔。我养过三只狗，烙在生命里的，是最后一只。

听说，在人生的转折点，上帝总会让你遇见一些人和事，作为命运的相逢，让你终生不忘。我与它的相遇，俗套而感动，刻印在流淌的岁月里，永不褪色。初三的一个周末下午，猛然从床上爬起，胡乱整理仪容，抓起书包夺门而去。一边下楼一边抱怨，不知道这种补课生活要持续多久。没办法，初升高的学生补课似乎是天经地义的。走进车棚，我立刻被一个蠕动的肉球吸引住了，是一只小狗崽。

俯下身，轻柔抚摸它的毛发。小家伙不怕生，仰面露出肚皮，并不忌讳面前这个庞然大物是否会伤害自己。小家伙很讨人喜欢，一副天真烂漫的样子让人忽视了它脏乱的毛发。脖子上挂着一根细链，应该是和主人走散了。回过神来，还要补课。赶紧推车出去，骑了没多远，发现小狗在后面拼命追赶。它是那么用力，全身都在颤抖，仿佛下一刻就要失衡栽倒。那一刻，我动了心，我要养它。

随手把车丢在路中央，回身抱起它往楼道里冲。放妥后，急忙转身而去。那天下午的阳光，格外温暖动人。

这是一次成功的绑架行动，从此，我们家添了位新成员。一次偶遇，结成羁绊，改变了我的人生。从此之后，我好吃好喝地照料它，看着它一天天成长。小家伙也通人性，懂得我们对它的好。我孤独时，它会凑上来逗我乐，找我玩；家里来了陌生人，它会冲在最前面保护家人。它从不在乎母亲总是嫌弃它是田园犬的杂交种出身，也不在乎父亲总是想着拿粗劣的伙食打发它，还是义无反顾地把这里当作了自己的家，把我们当作了自己的家人。求学阶段，学业为重。我不能与它朝夕相伴，父母也有工作，我们只能把它独自留在阳台上，每天离开时看它不舍的眼神，心里都会不忍。听邻居说，经常能看到它趴在阳台上，望着小区的尽头等着我们回来，听得我鼻头直酸。它的寂寞，只有我们可以慰藉，只因为我们是它一生所爱，是它的全部。

当一个孤独的生命出现在另一个孤独的生命里时，就会彼此珍惜，彼此温暖。这是跨越物种的真挚感情，亦亲亦友，无言之爱，留在心间。

放长假回到家中，总是会带它坐在阳台上，搭着它日渐坚实的脊背，一人一犬，看着夕阳缓缓落下，那情景温馨又美好。

直到那一天，一切都变了。高二升高三的新年，一家人团聚在一起，其乐融融。这时它陪伴了我们两个年头，晚上刚给它洗完澡，它在家里撒泼乱跑，这时家人从外面回来，它便趁开门之际冲了出去。我趴在窗前，叫了它一声，它扭头望了我一眼，跑开了。没想到这一眼，竟是永别。

起初，我并没有多为它担心。它是这附近的熟客，我相信它能找回家。一天过去了，它没有回来。第二天，它仍然没有回来，天下起了雨，心中焦急如雨声一样急切，再也按捺不住，全家都出去找它。

我骑车在各街区寻找，从早晨骑到深夜。在各大网站也发了求助帖，留意每一条网络动态。可惜，石沉大海，忙碌无果，一个星期后，我们不得不承认了丢失挚爱的事实。

那一刻，五六年来未曾松动的泪河轰然决堤。我痛恨自己的无能为力，只能软弱地接受失去。原本承诺的一生守护，也成了虚妄。心中最柔软的地方，陡然倒塌，我的挚爱有去无回。我想我会永远记得，那只名叫丢丢的小狗。我对它有歉意，没能尽责守护好它，送它快乐的一生，这份愧疚我再也无法弥补了。

贰

有些人，生来注定成为传奇，如骄阳般，照耀温暖着别人。

认识他，缘于一张音乐唱片。那时七岁，在家中无事，便翻腾旧物件寻找新鲜。父亲年轻时估计是一个音乐迷，收集了很多唱片。箱子里杂乱的唱片中，有一张格外扎眼。唱片的主色调是黑色，装饰风格诡异而神秘。画中有邪魅深邃的大眼，头顶皇冠。唱片被缓缓推进DVD（数字激光视盘），屏幕里，男人身穿黑色西服，身材高挑，戴一顶黑色礼帽，刻意压低了帽檐，有种说不出的神秘。节奏感十足的音乐响起，男人肆意起舞，猖狂而霸道。在那一刻，他仿佛掌握了节奏，节奏在他的指挥下凶猛地冲撞着灵魂。

那次之后，我知道原来有人可以将歌和舞完美结合，我被他征服了。我知道了他的名字，那个铭记至今，让世界为之战栗的名字：迈克尔·杰克逊。那时，他还没有离开这个世界。

我开始听他的歌，感受他狂野的激情，他细腻的温柔。中性又清澈高亢的嗓音，宛若天籁，让人忘却世上一切的污秽和冗杂，只想躺在他的声音里，拥抱整个世界。

如果没有那场意外，他可能一直都在唱歌，他的歌声伴着我长大，由我看着他安详老去。但如果没有那场意外，我也不会了解那个孤独炽热的灵魂，了解他的伟大。2009年，迈克尔·杰克逊因私人医生注射违规药物意外去世，而他的告别演唱会刚刚筹备结束。媒体争相报道这条消息，举世震惊。我怔住了，那个唱歌跳舞最厉害的人，竟然就这么走了。我那时还小，才上小学五年级，并不太懂得怎么宣泄悲伤。我只能找出他所有的歌，一遍又一遍地听，听得潸然泪下，只剩下泪水和沉默。

后来，我才知道，他拥有一个不正常的童年。他的童年里充斥着孤独，鲜有欢笑。少年成名，让他承受很多压力。从此之后，优秀成为他的责任。所有人都关心他飞得有多高，少有人关心他飞得累不累。这是一段饱受挫折的人生。30岁左右的他，因患皮肤病而全身变白。外界的诋毁如暴雨般打来，说他漂白皮肤，背叛种族，这都刺痛了他敏感脆弱的内心。1993年和2003年的两起娈童案，更是摧垮了他的内心，他开始竭力隐藏自己，脸上再也没出现过往昔烂漫纯真的笑容，没人知道，舞台上光芒四射如同神祇的他究竟背负着怎样的伤痛。

就算如此，他也从未放弃过爱。他一如既往地热爱这个世界，谱写许多温暖动人的慈善歌曲。爱是他一生践守的信条，他毕生致力于慈善事业，是捐助慈善机构最多的人。他一生为儿童慷慨付出，儿童就是他的心灵支柱。他热爱自然，热爱生命，悉心照料梦幻庄园里的一草一木，十几年如一日。拍摄MV（音乐短片）期间，看着屏幕上被渔网缠住奋力挣扎的海豚，他焦急落泪。他的歌声与微笑，温暖了整个世界，给人希冀,予人力量。

　　他的离世,成了爱他的人挥之不去的伤痛,伤害过他的人此时也悔恨万分。人们不理解,为什么一个灵魂高贵善良的人要遭受如此噩运。恶人以险恶之心欲置你于万丈深渊,你却以无上之爱感召万物博爱世间。一个英雄走了,那段浓墨重彩的岁月,被雕刻成了永恒。

　　一个人行走于世,会失去许多东西。岁月是一场有去无回的旅行,岁月里流失的,我们穷极一生也无法找回。长路漫漫,难免落泪心酸。其中苦楚,再是撕心裂肺,仍要历经;再怎么不堪回首,仍要记住,我们心中那不灭的挚爱。因为这是我们坚持下去的理由。热情没变,谁会惧怕世间沧桑?

　　我不愿舍弃希望,就像我当时用力去守护一样。鲜花虽会凋谢,但仍有重开之日。衣襟带花,岁月风平。哭过了,跌倒了,还是要站起来的。

　　爱到深处,竟是无言。唯愿不辜负那段用生命爱过的岁月,踏过苟且,行向远方。

评语: 简洁的短句洒脱有力,情感却细腻温柔,对动物和他人的感情皆真挚感人,满怀恻隐之心。

身在自然中，情深不知处

王文君

　　我本是一个惧怕压力的人，在它面前，我常会焦虑而不知所措。一点点风吹草动于我而言，心中已是惊涛骇浪。我更畏惧向别人吐露我的恐惧，因为这看起来与我格格不入，日子是那样无忧无虑、云淡风轻。我更不敢埋怨生活，因为埋怨引人去的只是更黑的深处。

　　千山鸟飞绝，万径人踪灭。孤舟蓑笠翁，独钓寒江雪。曾经，就像一个安静垂钓于山水之间的老翁，他的周身缭绕着一抹旷世情怀。那么，我选择踽踽而行，在远离人群的宁静里，小心捧出自己的心，修补一番。直到再回到人群之中，战战兢兢。

　　但我知道，这个世界上有那么一些人，和另外的人真的截然不同。有那么一些人，他们就像是玲珑剔透的石头，得小心翼翼，艰难独行在路上，以防止那致命的碰撞和跌倒。这群人，注定艰辛。

　　生活却又会不经意之间就闪现出快乐的影子，就算是为了这来之不易的快乐，这群人，还得苦中作乐，还得永不停歇地前进，还得在永不停歇的前进之路上把那颗易碎的心磨砺成金刚钻，然后站在风雨中，笑傲生活。

　　而这一切，伊始于一颗深情的心。

　　我独行的日子里，会讶异于这个世界的奇妙。不奇妙吗？即便是春去秋来，夏至冬至这样规律的四季更替。不必行走在绮丽山水间，只消是那条寻寻常常、已经匆忙走过无数回的石阶路，脚底就是一群悄无声息涌动着的生命，头顶就是一簇低调的花枝寂静地印在蓝得心悸的天空，怦然心动。不必涉足万里去看日出，只消在早晨人影穿梭之时，站在熟悉的楼层阳台上，四季金光就会洒满全身，和那轮从远方的一线云里升起的太阳相对无言，唯有模糊了的人影。夜半，湖西亮起微光，站在湖东观望，半空中恍若悬浮着亮晶晶的亭榭，似曾遇见梦中遥远的国度。

风轻轻吹，叶静静飘，花悄悄放，苗偷偷长。风中有特殊的气息，叶子有奇异的纹理，花朵简单而不凡，草地最是波澜不惊。鸟扑啦啦飞，狗叮当当跑，鱼咋呼呼散，鹅慢悠悠戏。无须去观赏奇花异草，珍禽鸟兽，这些野性的、自然的生命，最是奇妙无比。不奇妙吗？处处栖居着形态各异的生命。

独行的日子里，我会萌生对这团捉摸不定的自然的好奇。千万别任由好奇在随波逐流的日子里悄然丧失，因为，这悄然丧失的节奏里，还隐匿着快乐远去的声音。这一草一木、一花一树，这风雨雷电、虫鱼鸟兽，就好比人类中最纯粹的婴儿，最是简单，最是原始，最是恬然，我以为也最是极致的生命状态。不妨在雨后的中午走进一片杉树林，人儿在林中穿梭，鸟儿在枝头高歌，不惊不扰，各得其乐。不妨踏着枯叶覆盖的石阶走进一座矮山，漫山银杏寂然飘零，沉默了几度春秋？不妨在山雨欲来的黄昏触摸一棵崎岖的树，枝干上那条弯曲的藤，从何处而来，又将去向何处？不妨随着鸡鸭漫步在幽幽晨雾里，咕咕嘎嘎是在对谁倾诉？黑天鹅为何在黎明的昏黑里结伴漂游？蜜蜂钻进逼仄的巢穴为何不觉拥挤？天上的云为何如此洁白绵软、时卷时舒？不妨拿起显微镜，细胞以一种叹为观止的姿态排列，为什么看不到的地方竟能隐匿着如此博大的美丽？而我们能看到的，在我们眼眸里却已是曾经沧海，再难为水了。

独行的日子里，我梦想着走遍天下，探索大自然的奥秘。人不一定有机会走过绝世风景，也不大可能把这个星球上的每一寸风光尽纳眼底。当我们从那窗明几净、人头攒聚的建筑物里走出来，浅嗅枝头上初放的花朵，仰观透不过枝叶的日光，触碰淌过青石的山泉，讶异湖面上野鸭的恬然，惊喜露珠里折射的天地，流连枫叶上调色板般的绚烂，有时暖风熏得杨柳醉，有时知了聒噪蜻蜓追，有时雨打芭蕉黄杏垂，有时满目皑皑雪纷飞。万物虽静默，却都含情脉脉。

自然可以抹去一切伤痛。无欲无求的万物都居住在了心中，还有什么属于人的小小思绪值得一提？在这般广博里，一切都稀了声，断了线，散了影。这时，也便可以再次回到属于人的渺小空间里去，笃定而轻松。此时此刻，人与人之间似乎也变得有趣起来：人竟然有思想，人竟然如此生气勃勃，人竟然可以去创造，你我之间纵有千般相似却又同时有着万般不同，你有着你的风花雪月我亦有着我的春夏秋冬，可你我之间竟还能拥有千丝万缕的联系！这不是奇妙至极吗？为何在之前的倏忽岁月里，我们竟会无动于衷？

兴许人本来也属于自然，只不过后来人有了思想，渐渐脱离纯粹、渐渐独立。而思想，既是万恶之源亦是万乐之源，所以人原本和原始万物同样混沌的初心，才会时而灵动时而僵硬，才会衍生出爱恨情仇、喜怒哀乐、痴怨伤嗔！我们本属于自然，只不过有时太过于沉浸在某一方逼仄的空间里，才渐渐生发了心中的芥蒂。是时候出来瞧瞧了，带上无意间惹了灰尘的好奇。某个瞬间，我们也许就会发现在这博大沉默的自然面前，一切芥蒂都变得渺小、琐碎、不值一提。而那"千山鸟飞绝，万径人踪灭。孤舟蓑笠翁，独钓寒江雪"之中缭绕着的一抹旷世孤独，倒不如说成是旷世超然，身在自然中，情深不知处。

评语： 作者似乎是水瓶座，对自然物象和内心世界十分敏感，观察和感悟中有莫名的孤独感。

惜物之心

王文君

懂得惜物的人，一定有一颗细致而温暖的心。只有对这个世界充满了爱和希望，才能稳得住心的摇摆，像蝴蝶的吻轻点在花瓣上那样抚慰着身边的一切，细无声、不惊动。

近来生活得有些匆忙了，遗忘便如同春笋般肆意生长。这样下去，就不单单是弄丢了一两件物品而已，连那长期小心翼翼滋养出来的细致和温暖大概也会悄然离我而去。我怎能容忍自己变成漠然、无动于衷的机械人呢？重复着设定好的机械生活，丧失了令人惊喜的发现，这样的人生肯定索然无味。每天过着看起来繁忙而又充实的日子，却忽视了那栖居在体内、默默观望着一切躁动的思想者，近来我好像听到它在抱怨了，它若不开心不安静，生命也便折腾不止。

在我的记忆中，自己从来都不是这样的，匆忙于大大小小该做的事，遗忘了过多可以带来细微幸福感的小事，结果得不偿失：丢失了小小的喜悦，大大的快乐依旧遥不可及。

能否静下心来好好梳理自己的思绪呢？心绪像头发，也是需要每一天认真打理的，要不然轻则纠缠成一团难分难解，重则失去光泽荒芜蔓延。

在以爱为主旋律的生活里，心绪才可以得到自由。平静，抑或是激烈，都发生得理所当然酣畅淋漓。爱惜着自己的衣物，洒满阳光和清洁的味道；爱惜着自己的书本和纸张，散发出慵懒和厚重的气息；爱惜着自己的收藏，堆放着某时某刻的喜怒哀乐；爱惜着从远方寄来的礼物，连接着相互之间念念不忘的丝缕情谊；爱惜着别人的馈赠，时而吝啬地封存在心底，时而化作毫不掩饰的大大的微笑。惜物之心，由爱而生，因而生爱。

春意愈发浓重了，愈发喜欢站在六楼的空旷窗台上眺望远方，尤其是早晨的时候，洗漱完毕，清爽无比，总会推开那扇面朝太阳的窗。那真是一个绝佳的方向，方寸之间，足以让我把每一天的相似和不同一览无余。脑海中忽然闪现出了那天清晨大雪纷飞时世界的银装和静谧；忽然闪现出了那天黄昏枯黄的枝叶随风满天飘零的壮观和震撼；忽然闪现出了那天凌晨风起云涌时天空的寥廓和蔚蓝；忽然又闪现出了东方金光四射的天空，阴郁连绵的黑云，满枝花朵的浪漫，满树嫩青的饱满……情不自禁想要感叹：早晨洒在了六楼的窗外/多朝远方看看吧/推开的/不只是一扇窗。慢慢地，就爱上了这三尺空间。来去匆匆的伤感和不安竟也慢慢消散，空气中只回荡着余音袅袅，提醒我珍惜着身边的一切。是啊！唯有珍惜，才是对这馈赠最珍贵的回报。

试着去惜物，把生命中触手可及的一切当作朋友，然后试着去爱。因为，爱，就会有奇迹。爱大概是万情之源，拥有无限的力量。如同因为宇宙的无限，我们作为人类能生存在地球的小小一隅，已是不可思议。而因为爱的无限，这不可思议又被抹上了奇妙无比的色彩，那七情六欲喜怒哀乐，才变得如此真切动人遐想无边。人果然是一根会思想的苇草，在爱的浇灌之下把荒芜都能变灿烂。

而漫不经心，再灿烂，都只会渐渐趋向荒芜。但愿可以停止匆匆，转而以爱惜的态度欣赏生命；但愿可以磨去粗糙，打磨出细致去体味生活。虽然生活总是在毫不停歇地照旧前进，但那嘴角的微笑，终究多了一丝意味；那顾盼的目光，终究多了一缕光芒；那匆匆的脚步，终究多了片刻安然的停留。表面依旧，内里已翻天覆地。

惜物之心，无非是由爱而生，因而生爱。

评语： 哲理诗一样的语言，清雅爽朗的文章风貌，出自一位锦心绣口的作者。

王晨曦，信阳师范学院文学院 2017 级汉语言文学一班学生。在有趣的文章里总能发现新的灵魂。一生很长，我只想做生活的素描师。

秋之影

王晨曦

风吹，叶落，秋来了。

天似乎比之前黑得早了些，黄昏和落日也匆忙赶时间。草地开始泛黄，黄绿掺杂像是被人用黄色油漆泼了一样。路上的落叶一层层摞着，树上的叶子正摇摇晃晃不想离开树枝。风很大，也很凉，虽不如冬风刺骨冰凉但要比春风更能让人清醒。多雨的夏刚刚过去，干燥的天气的确让人一时无法接受，春雨贵如油，秋雨更是贵如金。秋季的蓝天像是倒过来的海，没有雾蒙蒙，没有阴沉沉，有的只是万里无云，干练爽朗。因此，公园里也多了许多写生的艺术家。是的，秋来了。

家里的老狗开始掉毛，母亲烦透了它的毛发，尤其风一吹，满屋子里飘的都是狗毛，有时饭碗里还会出现狗毛，我总是偷偷把毛挑出来，不让母亲看见。比起动物，人要好得多，人不会轻易掉毛发，天冷人会加衣。朋友在一起总会调侃"穿没穿秋裤"，你穿或者没穿，总有一堆段子等着你去听，不把你逗乐，朋友决不罢休。东街弹棉花的师傅最近忙得吃不上饭，拿着旧被套进，抱着新被套出的人一个接一个。邻居王奶奶最近总是起得特别早，她是东街的环卫工人。天还没亮，她就推出了自己的环卫三轮车，装扫帚和铁锹的声音总会把我吵醒。隐隐约约还能听见她老伴的抱怨：这天气真是熬人，天天掉不完的树叶快把人折腾坏了。没错，秋来了。

最近皮肤越来越干燥了，干皮一层层往下掉。是风，是又干又燥的风。为了不看到冬天脸上的两坨高原红，出门时都戴上了口罩。街上依旧很热闹，并没有因为气候的变化而改变什么。只是，生病感冒的人比往常多了，也怪这天气。清早太阳还在睡梦里不愿醒来，人们可是比太阳勤快得多，天蒙蒙亮时的温度低到能哈出白气来，而中午大地被阳光照射升温到能穿短袖的温度。忽冷忽热，的确让人防不胜防。就算再强健的体格也受不了这般"折腾"吧！最爱的小金橘上市了，它们小小的，金灿灿，像极了秋天里中午的阳光。早晨想赖床起不来的时候，剥一个，一口吃掉，甘凉从口腔散开。顿时像打了鸡血一样，整个人精神了不止十度。的确，秋来了。

秋确实有着胜春朝的美，秋也有不及其他三季的缺点。但至少眼前的要珍惜，我闻到的是秋的气味，听到的是秋的声音，尝到的是秋的味道，看到的是秋的身影，触到的是秋的肌肤。看，真的，秋来了。

评语：这是我们熟悉的秋韵和秋思，文字洗练明快。

侯梦菲，信阳师范学院文
学院 2015 级汉语言文学二班学
生。喜欢在大世界中坚持写一点
自己的小想法。被误解是表达者
的宿命，我们没有什么可抱怨的。

光线消失的夏天

侯梦菲

一

　　一寸又一寸的白昼依次堆叠，一层又一层的光洒下来不断覆盖已有
的明亮，树叶经过一遍又一遍的渲染，绿色从嫩绿、新绿、黄绿变为深
绿与墨绿，所有的事物都有了几分焦灼的气息，人猛然从室内走向室外

会不自知地皱了眉头。整个小城像是自带了柔光滤镜，泛着好看的黄昏色。

真实的是，学生们抑制不住想要买饮料的冲动，温热的手心接触到冰棍的那一刻，整个心灵舒展和释然。吃过午饭，空气里全部是昏昏沉沉的气息，让人想要昏睡过去。有女生穿了不及膝盖但也不算很短的裙子，被教导主任抓住当作典型罚站，笑嘻嘻地满不在乎地仰着头。

这是2015年的夏天，最最平凡不过的夏天。就算是可以当作无故兴奋的借口的八月运动会，也是一年以后的那个八月。

用班主任的话说，你们没有什么兵荒马乱的理由。或者说，没有外界附加的兵荒马乱的理由。

2015年的夏天，是我见过最美丽的夏天，因为它的逝者不可追，又因为我常常在回忆里驾驭着它努力往回走，它被我加上了时光滤镜，变得无限美好。

二

世界是嘈杂的，窗口总是有一阵一阵不肯停歇的聒噪的蝉鸣，午后睡觉的时候不知名的鸟儿欢快地叫着，总有些学生翻找试卷时，书页哗啦哗啦地作响。每个早上晚上或者课间休息时背书的声音和嬉闹的声音交织在一起。

去食堂的路上必然要经过被爬山虎隐隐约约遮着一角的涂鸦黑板，从五月开始就写满了各种各样的话语，满是"×××，高考成功！""×××和×××高考不分离"的字样。等最后一次模拟考一过就有专门收废纸的人挨班询问，"同学，有书要卖吗？"穿着傻里傻气的深蓝色班服，在学校的图书馆前面照一张毕业照。

这些都是发生在那年夏天里最热闹的事情。

三

很多时候我都感到在那个夏天自己心里很安静，安静到能清晰听到自己心里的声音。身边的一切都成了背景音，非常嘈杂，知道这是"吵"的概念，但一句都记不到你的脑子里。背书的瞬间，由一个成语想到的亘古洪荒里久远的歌谣，或者微微出神的瞬间思绪飞到很久之后，被外界隔离一样的安静。自己像是突然之间处在了宇宙的中心，外围有星河灿烂，繁星闪烁，可是也知道那些实际上只是大大小小的，有名字的，或者无名的尘埃。

有声音小小地、轻轻地但坚定地指引着方向，往前走啊，往前走啊，再往前走一点吧。如果只是一眼就能望到头的未来，有什么意义呢？

总是该出现一些转折和意外，把你带到很远的远方。

四

"高考最迷人的地方是什么呢？"有时候小璐会站在教室外面的台子上边，望着远处说。

是用最大的努力换取最好的结果吧。我以为她会这样说。

"不是，高考最迷人的地方在于它的阴差阳错。"

她的话出乎我的意料，却被现实验证着：那位莫名其妙从年级前十掉到一百名开外的学姐，那位忽然杀出来的黑马，那位经过漫长七年跋涉进入北大的学长，这个世界上每天都有数不清的、名为不可能的事件在发生着。我们有时候像是大海里茫然的游鱼，被突如其来的风暴扼紧喉咙不能呼吸。

后来，我好像经历了最波折的两天，数不清的意外和突发状况敲击着我的大脑，最后尘埃落定的时候我没有留下复读，在志愿表上填了名字。

五

我在自己从来没有想过的地方过着和自己的预想完全不一样的生活，却好像没有太糟，去了离家不算太远的地方，好像还有很长的时间能够让我继续往前走。

我想起了小璐曾经说，高考最美的地方在于阴差阳错。它翻云覆雨默默地把你人生的某一根线动了动位置，然后整件命运的华裳就都跑了线，前襟和后襟好像变得不对称，扣子钉错了，淋了一场雨，然后掉了色。总是有很多超出你想象的部分，而剩下的要怎么做才是最值得学习的。

再后来，我慢慢感到好像一切都是最好的安排，你落在这个城市，你做了这样的选择，你每天遇到和昨天不一样的太阳，都是为你而生的，一切都是最好的安排。

如果你没有去到想去的地方，没有见到想见的人，没有过上想过的生活，那一定是因为在当前的条件下，你还没有能力做那件事情，上天把你留在某个离它遥远的位置，是因为你还有很长的路要走。

而现在所拥有的一切都是最好的安排，这好像是那个光线消失的夏天教会我的。

评语：一个女大学生对往事的随想有种乐天知命的感慨，这种心态很温暖、很自信。

刘贝贝，信阳师范学院文学院 2016 级汉语言文学二班学生。

老家

刘贝贝

人之所以会留恋一些事物，不是因为事物本身，就像老家于我而言，不单单是一座老房子，还承载着很多的人和事。那里有三间屋子和一个不深不浅的庭院，红砖墙、黑瓦顶、长胡同、大白杨，就是我对老家的印象。

我是在老家度过童年的。假期里一次偶然的机会，我回了趟老家。在到达的那一刻，我才发现，有些东西一旦触碰，就会翻卷起那些心绪和记忆。

记得那时，屋内的白炽灯光昏黄，整个房间都被这朦胧润泽的光渗透着，温馨而舒适。记得那时，头顶上的电线，有弯弯的弧度，带着一丝凌乱，松垮而自然地垂着，却又让人感到心安。记得那时，院子里的猫很是调皮，总喜欢跳上屋顶，喵喵叫个不停，只等人一声呵斥，匆忙逃走，留下瓦砾声一片。记得那时，自行车的后座总载着人，我们优哉游哉地穿行在小巷，不知疲倦。记得那时，老人们会闲坐在门口纳凉、聊天、轻摇蒲扇。记得那时，天很蓝，云很淡，最美不过是凤仙。

老家的夜晚，没有夺目的霓虹，没有川流的车辆，没有人来人往的纷扰，也没有响彻天空的汽笛，有的是皎洁的月光，叫卖的小贩，嬉笑打闹的孩童，还有难得的露天电影。抑或是一片寂静，只有沙沙的树叶声，狗吠声，蝉鸣声，雨后池塘的一片蛙声，静谧安然，十分美好。

如今锈迹斑斑的门窗透露着这栋房屋的年龄，墙上炊烟缭绕留下的黑色印记已被雨水冲刷得浅淡，巷子口种植的凤仙花、向日葵也不见了踪影。院子里杂草纵横，老家早已不是记忆中的模样。它像风烛残年的老人，把所有的故事收藏于每一片砖瓦和每一寸土地，淡然地伫立在那里，静默不语，缓度时光。

老家是我出生的地方，也是我成长的地方。流转的时光破落了老屋，带走了我的童年，但作为交换，也给我留下了珍贵的回忆。不管离开多久，我都会记得那段时光，记得那里的红砖墙、黑瓦顶、长胡同和大白杨。

评语： 真实的乡愁，流逝的青春，谁说我们不一样？

母亲

刘贝贝

今年依旧如昔，院子里堆满了橙黄的玉米。晚间，月婆婆的银辉照亮大半个院子，院中树影偶有投落的光亮跳动，似柔和的星光明灭。母亲坐在玉米堆里，背对点点繁星，弯腰收拾着，这是岁岁年年没变过的风景。清风徐来，我望着斑驳疏影中母亲忙碌的身影，回忆的潮汐不经意漫过心头。

母亲是个地地道道的农民，终日往返于农田与家庭，鲜出远门。似乎对母亲而言，这个小小村落便是她的全部。村里人都说母亲勤劳能干，而我目中满是她淋漓的汗水。秋收时，她独自在玉米田里钻来钻去，掰下玉米用麻袋装车运至家中。夜晚，她搬来小板凳坐在玉米堆前，一穗一穗地剥着，直至深夜。这样的日子持续两个星期，秋收才算结束。母亲的臂膀强健有力，可以扛得起百斤麻袋，却也单薄瘦弱，撑不起一件轻巧华服。

在我幼时，农村家庭状况普遍不好，大家穿不起买的衣服和鞋子，我也不例外。小伙伴们却羡慕我，因为我脚上手工布鞋的花纹和色泽永远最漂亮。我当时懵懂无知，一味要求母亲多做些衣服和鞋子，好让我去同伴面前炫耀。长大后才察觉，我所炫耀的实际上是母亲无数次挑灯操劳的心血。母亲向来寡言，只会在我高兴时默然微笑，继而又开始新的操劳，岁月绵长，一如既往。

　　每次假期结束，我收拾返校的东西时，母亲总在我身旁打转，坐也不是站也不是，一副不自然的样子，反复的叮咛和嘱咐里满含爱意。她总帮我装很多东西，虽然外面可以买到，但她总说家里的更好。明知行李箱放不下，我仍笑着应好。我知道，母亲不能一直陪在我身边，这便是她能给予我的关心。即将发车时，母亲又匆忙跑上车递给我一杯热水，杯中茶叶沉浮不定，恰似我心境，波澜难平。窗外，小雨淅淅沥沥，诉说别离，我不禁眼眶渐红，泪水悄溢。我的母亲啊，她总是怕给予我的不够多。

　　听说上帝无法永恒守护，所以创造了母亲。不论是什么年纪，母亲这个词，只是低声呢喃，也让人喉间哽咽。母亲，一个至柔至刚的女子，她把悲伤埋藏在内心深处，把美貌遗失在岁月洪流，做着失去新鲜感的事情，日复一日。

　　评语：文笔精短，情真意切。

父亲写的散文诗

刘贝贝

　　"这是我父亲日记里的文字，这是他的生命留下来的散文诗。"一首《父亲写的散文诗》让我想起了父亲那瘦长的身影，和那些静好岁月里我与父亲的点点滴滴。

　　小时候，我的身体很差，隔三岔五就要生一次病。每次去村里的诊所打针，我都哭闹着拒绝。父亲会给我买许多好吃的，连哄带骗把我带到诊所。我是忍不了痛的，所以医生打针的时候，父亲便会让我靠着他的肩膀，轻声说"不痛不痛，一会儿就好了"，大手轻拍我的肩膀，一下一下，我从未想过父亲那双能搬起重物的手，竟也会如此轻，如此轻啊。回家的时候，父亲总背着我。我伏在父亲的肩上，静听厚实有力的脚掌踩在熟悉的小路上，皎洁的月光穿林打叶，投射在我和父亲的身上，地上便有了影子，我静静地看着那影子跟随我们，然后拉长，拉长，沙沙的树叶声与父亲的呼吸声相融合，似是最好的催眠曲，让人安心，睡意不知不觉涌来，我合上双眼，悄悄地进入了梦乡。只记得夜色朦胧，月光澄亮，街灯昏黄，蝉儿轻鸣。父亲的动作很轻，何时到家，何时把我放在床上，我竟全然不知。一觉醒来已是翌日天明，床头是一杯冒着热气的开水，升腾的热气，杯上父亲手的余温，都是爱的标志。父亲让我体会到了爱，也教会了我将来如何去爱自己的子女。

每年的农历八月中旬，是收割玉米的时节。只要放假，我都会去地里帮忙。季节轮回了许多载，岁岁年年不变的是父亲扛起一袋袋玉米的背影。负载重量的颈椎、腰和背都弯了下去，一米七的个子愣是被压成了一米六，很像一个年迈佝偻的老人。从地的这头到地的那头，一百五十米的距离，父亲要走五分钟。有时沉甸甸的玉米袋往下滑落，父亲会腾出一只手托住袋子的底部，快速将其抽上去，却不会停下来歇息一回。父亲就这样往返于田间地头，很多个五分钟里，父亲的腰会痛，手臂会酸，肩膀会红，掌心会粗糙……可他从不说累。他的背影定格在我的脑海里，永远无法抹去。他教会了我坚韧。

父亲很爱学习，但由于家庭经济情况不允许，他只上到了初中，可他对学习的热情从未消减。在技术革新很快的时代，父亲学会了使用智能手机，并通过数字资源汲取养生知识，了解国家形势。在某些方面父亲懂的比我还多，从小喜欢拆拆卸卸的他会修理各种家用电器。碰上没接触过的，则会一遍遍翻看说明书，甚至连说明书都翻烂了。我默默看着专心致志的父亲，心中砥砺自己，要时刻学习，不负光阴。

父亲身体力行地为我谱写了一首又一首散文诗。因为父亲，我懂得了如何去爱，明白了要韧如蒲苇，告诫自己不忘初心。这一首首诗意蕴悠长，会一直在余生里为我指引方向。

评语：父亲的形象跃然纸上，文笔生动精当。

诗歌

走进黑龙潭

王雪可

启程　在安静的早晨
跋涉　沿寂静的山路
雨水里行走
携虔诚的心去相遇你

你是一座云雾缭绕的山
坚定　厚重　安详
眺望你　躁动的心也变得宁静

你是一湾浅浅流淌的溪
澄澈　明净　执着
凝望你　凌乱的思绪也变得清晰

你是一棵碧玉挺拔的树
向阳　守光　平和
仰望你　疲倦的双目也变得生动

你融化了我的心

一斗笠　一蓑衣

愿端坐磐石

静心垂钓

倾一生繁华　去读懂你的美丽

评语：这是一首山之恋歌，"我"对山的注视和倾诉中，似乎听得见山和"我"的对话。

就算风瘦了你的模样

王雪可

你喜欢触摸拂晓的风
喜欢每天早早地起
天有了凉意
我推门也总能望见你
在夹杂着木柴香的沸腾的热气里
旋转着灵巧的身躯

古木桌子凝了厚厚的烛花
一针一线白了你的头发
一日你对我说起这样的话
若有一天我走了
你还会记起我吗

我已习惯早起看风
习惯推门看见你的身影
就算风瘦了你的模样
也淡不去我们相濡以沫的日子

评语：初读以为是情诗，读完才知道是写给母亲的诗。情真自然亲切，句法亦不雕琢。

叶的歌

张帅欣

我曾在春天看到一枚茧
它就卧在树枝上
在我的身旁
我看着一个生命的诞生
一次卑微的羽化
终于成了蝴蝶
在我身边环绕
采来了花粉与我分享
我羡慕它
可那时
我是一片叶啊

后来它死了
在把自己的生命延续之后
轻飘飘落幕
是我看过最美的舞蹈
最后的

义无反顾

我曾在夏天见过一只蝉
它就躺在树枝上
在我的身旁
那时它刚刑满释放
每一声鸣叫
都是对自由的热望
知了，知了
它的每一句歌词
都是不同的欢笑
我羡慕它
可那时
我是一片叶啊

后来它死了
在嘶哑了喉咙以后
坠入尘土成了蚂蚁的食物
可我分明看到它飞了
又长出白色的翅膀

送走了春
送走了夏
秋来了
终于要出发了吗
所有的人都在歌颂绿的功德
却不知那是我最厌恶的颜色
因为

我是一片叶啊
我不要做树的附庸
飞翔才是我的使命

走吧,飞吧
挣脱连接着的脐带
把打好的包裹扔下
我要飞得再远一些
去看看蝴蝶没见过的世界
去听听知了唱不了的歌
所有的负担都是累赘
都是枷锁
凭什么要我留在树上
为明年结出硕果

走吧,飞吧
把我撕成两半
一半向天空飞去
我的朋友在等我
尽管那让我失去方向
一半向黄河飞去
随着波涛翻腾
就算我的肉体腐烂
我的骨头也会化成翅膀
走吧,飞吧

风会停
我也将走完我的宿命

落下去吧
落到一个孩子的手中
把我做成书签
走进她的梦
做成她的梦

评语：这不是绿叶颂，文思新奇。这是绿叶的狂躁之梦，他向往自由、成果和友谊。

登上太阳

张帅欣

我曾想登上太阳
墨镜, 防晒霜和手杖
虽然没有宇宙飞船
可是我的腿很长

我曾有过很多梦想
但只被我在纸上珍藏
这次一定会有不同
我的眼里只有远方

走啊走
我不怕走错了方向
这是唯一的路
有光

终于我登上了太阳
却感觉不到了她的光芒

捉一个黑子踏脚
不归的路
总要死在她的心房

我曾经想了解太阳
望远镜，信鸽和光
虽然没有哈勃帮忙
我的眼明心亮

我曾经想了解太阳
为此愿一生奔忙
为此我化臂为帆
双腿为桨

我为了了解太阳
便踏着黑子徜徉
穿过日冕，色球层
她的热情让我恐慌

不，前进吧
这里不配把我埋葬
我不愿成为黑子
前方是我的归乡

评语："我"的形象不同于追日的夸父，太阳并不是我的终点，狂躁的情感时而飘忽，时而坚定。诗歌构思新奇，表达自由随性。

陈东，信阳师范学院文学院 2015 级汉语言文学二班学生。

午夜暴雨

陈东

忍受了这么久
毒日火辣辣炙烤
你的皮蜕了一层又一层

养蔷的风丝毫不动
裂土贪婪地吸吮你的汗珠

乌云懒惰地聚成一团
那么厚重，那么严密
微弱的呼吸都被骂了回去
忍受还是忍受

终于
你发怒狂嚎震耳欲聋
唤醒黑夜那明亮的眼睛
你嘴唇苍白发出明亮的光
射杀了无情的魔鬼

从深深的梦魇中打捞沉睡的灵魂
在绳子手中解救被束缚的衣物
推拿舒展了古树僵硬的身躯
解放了你自由的天性
原来，这才是生命

评语：赋予暴雨以自由的灵魂，这种丝毫不温柔的意象在诗歌史里是罕见的；对暴烈力量的赞叹，含有对真生命的渴望。

所见

陈东

一

微风从大草原的灵魂中走来

轻轻地拨动

旌旗柔软的身躯

迷人的舞女在青茫的大草原

有节奏地扭动

以余晖燃烧生命

造出的燃燃云岩为帷幕

一片自然祥和

原来

柔软与热烈都是真实的生命

二

西边的天界破了一个大洞

它用尽生命最后的力量

于是

万丈光芒如长河般

冲破黑暗的乌云的堤

风看到了太阳的威严

有所不甘

它也抖抖翅膀，憋足了一口气

在万里长空肆意创造

于是

一把锋利的剑横在雪山上

一个婴儿睡在了母亲的怀抱里

一团棉花糖衔在了顽童口中

一头飘逸的长发迷倒了初恋的少年

一段奇幻爱情开始了

是一颗迷茫不定的心与这辽阔草原吗

谁告诉我答案

三

不远万里携世俗的尘而来

留住风吹草低见的牛羊

在血盆大口的味蕾上

贪婪步伐踏入粼粼的湖湾

白鹭纯净的灵魂向远处飞去

高清相机定格了

炫耀的身影

在余晖里

于辽阔草原上

匆忙的脚步拖着沉重的欲望

奔赴

朝着更蓝的天空

他们身后有什么在风中凌乱

    评语: 一组西部风情组诗,是西行印象的漫记,这里有旋转的风旗和自由的节拍,诗歌情思奔放不羁,恰似高山雪水迸溅东流,好比乱花飞鸟入云烟。

我不愿醒来

陈东

我不愿醒来
醒来
白昼代替黑夜
一如既往
宇宙的真理多么无聊

请把我的梦延长
延长
够唐僧历经八十一难
取得真经
黑色的现实将要被翻开

用意识牵绊他的手
彩色的乐园还在扩建
把它打造成戴望舒的雨巷
如诗的意境
是少女的夜来香

乘着杨过的大雕
飞到天空之境
在夕阳里留下剪影
再驾着汗血宝马
去藏民的家里尝一碗酸奶

风带着云,去旅行,走遍辽阔的蓝
你陪着我,看日出,乌发拂过白衬衫
乌托邦的小房子
藏着
你的醇酒,我的芬芳
墙角的向日葵不是凡·高的那棵

朋友们从千里奔驰的大卡车上跳下来
风尘仆仆地说:我终于逃离了
逃离
逃离了一群人的孤单
你想要一场狂欢

明目和皓齿与暖暖的太阳最相配
拿起吉他
就着赵雷的洒脱
翩跹
从六弦到一弦
最后跳到渡船老爷爷那缺落的牙缝里

评语: 这首诗歌在现实和梦幻之间跳动,跳动得自由任性,跳出了对生活的厌倦，对彼岸的向往。彼岸是美与善。

灯火

牛紫宇

水墨渲染了天空, 更唤醒了灯火
那是冬日在下落
远山, 田野, 高楼
在一声声暮鼓中斑驳

从何时起
再也找不到满山的夜
在城市的喧闹里踉踉跄跄
如被灼伤的美梦
在浓艳中淡去

高楼被灯火摇醒
白纸上画满锁链
被装饰的影子留下一丝长发
在风中撕扯

听着地铁的伴奏

思念故乡的竹筏
动人的音符
在冷风中瑟瑟发抖
你不是一个乞讨者
那一刻，你与灯火共生
温暖着时间里的冷酷

鼓楼，闹市，工作
如是往复着
还要多久才能停下来
停下看一看海
停下看一看夜

孤独的隧道里也会留下脚印
深深浅浅泪水满痕
没有目的地渐远
深邃的背影
相约在光亮处，消散

苦涩在生活中漂泊
城市与夜色难分难舍
一切还好
落日归云后，有灯火

评语: 异乡人的乡愁，夹杂着对城市文明的反思。音节错落，时而押韵，节奏感很强。

父亲

牛紫宇

你与时光言笑，

二十载，我忘掉你的模样

除了固执如初

我印象里的你

只剩下岁月苍苍

你不愿提及

我不忍张口

不变的是彼此眼中的骄傲

日子过得了无痕迹

甚至抹去了你的脚印

于是

我在记忆里寻找

千回百绕

只见你雪中的身影

如同张张旧照

记录着你的坚强

雕刻着过往

头顶也曾烈日灼烧
却期待着清晨依旧
可能，这就是你的生活
不愿提及，
依然满含笑意

渐渐长大
初尝你说的五味杂陈
读懂了你的烟草

叶落随秋
你总是讲着你的智慧
这次，我想认真听一回

评语：父子间的沉默交流，在时光的交替中波澜不兴。语气平和冲淡，含有对父辈的理解和体谅。

北海和鱼

牛紫宇

北海和鱼

如同沧浪之间的无尽冰冷

冰冷下诉说着无尽的故事

苍茫之中，念语

惊扰人心

空旷之下，聆听

碎成尘埃一粒

那是一只被雕刻的鱼

那是最北的海

在锁链与星辰之间飞舞

在群峰与庙宇间归禅

评语： 这只鱼有些面目不清，不过最后一句话似乎表明这鱼不简单，能听懂禅意。

秋落

牛紫宇

八月

雨点在天空疾驰

荒原上乌云一点点驱散

这里，忘记了寒冷

没有世纪之分，只有

开始坠落的群星

于是

枯木燃起生机

短暂，假装成永久的欢乐

有一个声音

炙热，绚烂地落在人间

那是秋的誓言

评语： 这诗相当晦涩费解，秋的誓言是什么呢？

前世情人

杨欣

明明喜欢看你撒娇, 愿意听你哭闹
可我总是板起面孔, 不苟言笑
殷殷期望你优秀乖巧, 成为我的骄傲
可我更想你自由快乐, 放肆欢跳
你是我的女儿——我前世的记号
我是你的父亲——你今生的依靠

犹记得你到来的那个日子
沥沥细雨, 星空微亮
你的哭声如天使的歌声将我环绕, 环绕
抱你在怀中
我像个孩童一般哭出了声
这个叫作 "父亲" 的头衔
在我心里始终很重, 很重

从此以后
我责任在肩

寝食难安

强大无形的力量扎根心间

成长成一株只为你开花的老树

为你挡雨遮风变成我最骄傲的事

但有时似乎我更愿意让你品尝风雨的滋味

看你在雨中奔跑

背上可爱的小熊书包随着步子变换不停地舞蹈，舞蹈

那还是你幼儿园时我送你的第一个书包

你很喜欢，玩过家家时总是把小熊当你的宝宝

你像宣誓所有权似的对小伙伴们说你会是对它最好的妈妈

恐怕那时的你还不知道"妈妈"不只是一声轻轻的呼唤

岁月如水

静悄悄地流逝

甚至不屑于溅到你的身上，哪怕一滴

于是，你也静悄悄地长大了

你的手掌越来越有力，再也不需要我的双臂来遮风挡雨

你的头发越来越长，终于实现了儿时的长发公主梦

你的很多秘密不再和我诉说，只是默默将它们写进日记

更多的时候你独自沉默，或是和朋友们低声谈笑

隔膜，就这样产生了

竟然在你我之间

直到偶然一次，和你走在归家的路上

才发现

你已长发及腰，我渐郁积霜发

你的个头似乎和我一般高吧

不，甚至比我还要高一些

走路时昂首挺胸，不再是儿时害羞得只顾垂着头的小女孩
不知不觉
我竟落在你的身后
一阵酸楚无理由地涌入咽喉
不知所措
惧怕"父亲"这个头衔之于我已太过沉重
微微一笑，我试图用这笑容来掩饰我的心虚
正像儿时你跑得飞快，徒留我站在原地等待
微笑，失落的微笑
我也只有微笑

仿佛是感觉到了步伐的失调
你回头
正撞见我的无措
目光如水
脚步未停
我收拾心情，努力再次和你同行
又一次和你并肩
你对我说：爸，咱们快回家吃饺子去
我点头
两个人竟然有默契地快步而走
我这才明白
你刚刚故意放慢步调
和我一样不愿承认我的衰老
但你却原谅了我的衰老

亲爱的女儿
我的前世情人

你今生所有幻想的美好爱情

我都有义务为你好好守护

不论多么地天马行空

我都想让你将来走进婚姻，只是因为爱情

携着你戴着白纱手套的美丽的手

缓缓走过撒满花瓣的软软红毯

在感受你掌心的温热与紧张之后

交到另一个注定与你相遇的人的手中

你们的生活如牧师描绘的那般美好

是我此生最大的心愿

亲爱的女儿

你是我今生的骄傲

我把希冀暖成一杯热咖啡

在你寒冷无助的时候

安静地递到你的手中

哪怕只带去一丝温暖

我也情愿心甘

评语：一个女儿想象父亲的舐犊之情，书写了女儿理解中的父爱亲情，视角新颖，语言朴素明快。

李若愚，信阳师范学院文学院 2015 级汉语言文学一班学生。

父亲

李若愚

从前崭新鲜亮的红色自行车，
尘封在了时光深处。
那时，我在后座上面笑着哼着歌。

抬头见父亲温暖厚实的背，
那为我遮风挡雨的背啊！
父亲载着我走过多少个春秋？

从前乌黑润泽的头发，
已变成苍苍白雪，
那时，他写下属于故土的文字，
看着他的名字一遍遍印成铅字，
那无数的从深夜到黎明的煎熬啊！
父亲的黑发为何白了一根又一根？

从前意气风发的容颜，
现在仍笑得灿烂，
雪白的鸽子掠过头顶，
他说平淡的生活里，
也会开出花。

容颜经了岁月的打磨，
温暖宽厚的心不曾改变。
如果说女儿是父亲前世的情人，
我何以修得这般好运，
茫茫人海中遇见你，
我的父亲！

评语：诗歌写得精妙情深，前两节尾句的反问设置非常巧妙，青春是经不起追问的，不然何以逃走得那么快啊？在时光远逝的单车轮晕中，父亲笑靥如花，像是女儿的春风。有对时间的惋惜，更有对生命的感恩，快哉好诗！

韩超帅，又名仰山，95 后，蕴御龙之志未尝语人，坚守良知尽力清高，不羡智者亦无雅好，只愿人间快活，以爱为上，俗人一个。

日子

韩超帅

一

天晴，一把藤椅
光阴舒长
摇荡在冬季

啄食的鸡，咬尾巴的狗
还有
小麻雀毛茸茸的身子
和我，蓬松在矮凳子上

天空湛蓝，没有一点消息
云层缓缓飘动

暖阳，猫儿摊开身子
打了个哈欠
林间吹着风，送来
一年的怀恋

二

清晨，把露珠别在袖口
风吻过泥土，碰见
耳朵，鼻子，嘴巴，眼睛
说了悄悄话
蚂蚁在瞳孔里
上树，爬地
驮着轻盈的我

阳光跳跃
溪流自言自语
从白到黑，就像土地的呼吸
就像我，和春秋

傍晚，燕飞暮林
斑斓的星空
是清晨，在山头的守候

评语： 从晨至暮，日子静谧，岁月安好。"我"的心境是平和的，甚至有一点点慵懒，不过修辞用字还是挺讲究的。

我的时间不多了

韩超帅

时间在荒漠里翻滚
土地下涌动着海浪
我的时间不多了

森林一棵棵倾颓
地平线折叠成圆点
我的时间不多了

云雾缥缈在更高之地
深入更深的渊谷
像呼吸没有边际
我的时间不多了

生活的清流袭来
面前是不容分辨的泥石流
我的时间不多了

溺于平庸的无底洞
时间汹涌，土地和海浪
一同翻滚

评语： 焦灼感扑面而来，躁动不安之情挥之不去。

夜临

韩超帅

帘布晃了三下

透明的海浪穿墙而来

天空落在地面

房子被风浮起

在光影交手的一刻里

万物开始旋融

月亮吞下了森林

无数星星组成巨大的脸庞

我打开窗户

却看见深翻泥土的

种种颜色

评语： 普普通通的夜晚降临，在作者眼中也有脸庞和颜色，这是诗心。

赞歌

韩超帅

太阳站在波浪之上
我站在云上，望着
一岸光明和一岸荫翳
中间是生命的涌流
时而宁静
时而投进躁动之石

成群结队的岁月
汇入其中

蜘蛛在结网
地表热气蒸腾
农人忙着盖房
女神像立在了最高的山顶

原始森林里的赤身男女
举行了最古老的仪式

夜给大地穿上戎装
两朵火花缠绕，缠绕
水里的鳄鱼突然颤抖

月亮与星辰见证着
万物夜以继日奔赴死亡

评语：意象跳跃性很强，这是对生命的赞美，很有哲理诗的韵味。

牧牛人

韩超帅

清晨的露水里
有梦, 和液体的腥味
风千古轮回
林野间又来去
在溪边饮下一肚子
岁月的无聊
我啊, 所有的心事
都不过那一声
一如既往挣扎的嘶哑
通过肚皮, 传到地皮,
接着是地心
太阳一个在天上
一个在地下
沸腾的空气漂浮的岩浆,
是我又一声嘶哑
鸟雀衔捕捉的风
穿过林梢

牧牛人悠长悠长的

吆喝，摇曳在天边

评语：全诗一气呵成，如牧人的歌声响彻田野，天地人牛浑然一体，古老得有些苍凉。

赵宇，一个来自河南郑州的快乐女孩，始终追求生活中简单而又不平凡的快乐。

小仙女的睡前愿望

赵宇

晚安
天上的星星　想要你们永不陨落
晚安

枕畔的粉色小熊　想要你琥珀般的双眼永远温暖含笑

晚安

不能爱的爱人　想要你的世界永远拥有糖果和汽水

想要你永远单纯又美好

晚安

没有终点的起点　即使蹉跎岁月　也要义无反顾地开始

晚安

所有落空的心事　反正实现不了　明天再说吧

晚安

白驹过隙还是一事无成的自己　继续兜兜转转在世界的角落

总会有人来陪我一起咽下这苦果

晚安

全世界晚安

评语： 第一眼看到这首诗，马上想到了顾城《我是一个任性的孩子》，稚气的愿望中有对世界安好的诚愿。实际上，这是一个成年人的诗心，有些自恋，有些孤单，也有对自己的期勉。

谭皓月，苗族姑娘，来
自湖北恩施。在热爱音乐和探
索知识的道路上默默坚持，存
储灵感发光发热。

我看到的你与青春

谭皓月

我无法从落叶里察往知来
你却从容且款款
亲临我

375

我的黄金时代

理想与远方

还有你手里的

姚黄魏紫的姑娘

灿烂的宝藏

我凝望你

你闪烁的眼

那里倒映着

青春和我

评语：欧阳修诗云："姚黄魏紫开次第，不觉成恨俱零凋。"最娇艳的青春，最恣情的凝望，奈何青春红颜罩上了零落的阴影。在黄金时代看见落叶，如同在三月看见末日，聪慧玲珑心似乎已经对爱情有种不祥的预感。

张亚薇，信阳师范学院文学院 2016 级汉语言文学四班学生。喜欢看书，喜欢将生活中的点点滴滴用文字记录下来，春夏秋冬是我，风花雪月也是我。

姥姥

张亚薇

当第一颗星落下
我知道你不会再回来
花白的发，佝偻的腰

你是我的小树，我的夜空

也是我的美梦，我的凉风

听我念过的词

看我写过的字

你一定会微笑着

在那棵梧桐树下

讲起我

窗花还躺在那儿

针线盒还躺在那儿

花棉袄还躺在那儿

虎头鞋还躺在那儿

手中的花谢了

我知道你不会再回来

评语：睹物思人，亲情往事一一浮现。对亲人的思念朴素诚挚，令人动容。只有失去了，我们才知道珍惜，这是多少代人的遗憾。

王敏，信阳师范学院文学院 2016 级汉语言文学四班学生，一个简单的文字爱好者。生活像蚕蛹用丝缠绕的网，我是破碎与重建的书写者。

十一月在门外

王敏

我揉碎冰凉的空气
散在稻田里
黄昏，一个恪尽职守的老人

趁着落日和湖水亲昵, 背过身小憩

高高的新月钩着衣角

荡啊荡

摩擦的热力让我燃成一把火

荡出天际

温热压低稻穗

我饱食空气成为一抹冰凉

躺在稻穗上徐行

结网的蜘蛛放慢手中的动作

左探头凝望, 右偏首低语

我指指背过身的黄昏

眺望远方的祖屋

评语: 这首诗耐人寻思的是, 我是谁? 是夕阳还是霞光? 全篇写景, 不露心迹。黄昏、老人、蜘蛛、老屋, 没有丰收的喜悦之情, 这是纯然的现代新诗。

明天不死

王敏

我坐在树下沉思

草木一秋，又是这一秋

自然召集生灵，宣演华美的死亡方式

冬季尤喜干净，最好像坟墓一般

荒唐

一片泛黄的玲珑叶

颓唐倒地

像除夕夜门前的灯笼

沉寂着逝去，融进土地

遗留在手指上的头发

缠绕着放入往年的树洞

积攒不会消逝，可也永不会生长

叹息

脚丫垂在树枝下

我是最后一份生机

单调的世界要将我吞噬

一口

秋风偷尝高粱酒

三步两步往北走

我坐在河里，死是什么东西

我要到色嫫措

做机村永远的神灵

评语： 诗歌熔强烈的情感、深沉的哲思、不凡的气势于一炉，表达了对死亡的洞悉和与死亡的抗争。语言洗练，用词准确。有的诗句新奇独特，让人惊喜。

风的诉说

闵洁茹

风雨惹哭了花草
黑夜张扬地微笑
我藏在风里
翻山越岭
来到母亲的床沿

几道皱纹在她脸上伸懒腰
数根白发在她耳畔捉迷藏
光滑的颈上
趴着张牙舞爪的老年斑

不
她也曾是春天立在茶花树下的美人
朱唇微启
雪白的裙摆左右浮动
像沙漠里的钻石
更像一朵风中独立的棉花糖

只是后来
她变成了家门前的守候
浸在肥皂沫里的双手

我悄悄钻进她梦里
拥着她的肩耳语
"你总说自己有太多故事"
"我说我爱你苍老的样子"

评语： 情感真纯，意象提炼和想象展开较好。

柜角的洋娃娃

闵洁茹

阳光钻进柜门的缝隙
调皮地滑到她的裙边
那是一个被遗弃在柜角的洋娃娃
她背负着过时的装束
几缕金发散下来遮住眼睛
白昼命令她永远沉睡
她撇撇嘴

当
午夜钟声敲响
她偷偷趁着月光出逃
与窗帘跳一曲华尔兹
再轻跳上窗台，缓缓坐下
涂黑指甲

月亮开始想逃跑
她想起那些备受宠溺的日子

睫毛微微颤动
房间里只剩下满屋的缄默
和使地板悸动的滴水的叹息

评语： 意象选取精妙，语言灵动，诗味较佳，修辞运用也较为适当。

山河故人

李静秋

山河掸去浮土
故人旧面目
时光在失去中回头
才记得最是清楚

故事稀松平常
悲欢离合没有什么两样
以为的不落寻常
以为的地久天长
终于落入俗套
成为感情的环环相报

过去就像太阳蒙蒙亮
年轻人在梦里惆怅
可时光一眨眼
沧海都变水浪
为何你我还在游荡

岁月不动声色
看你我离离合合
如今山海相隔
记忆早成空壳
哪还有人计较
失去与所得

山河仍在
故人不来
若来年花再开
我仍等你含笑来摘

评语：情感层次性较好，语言不够精妙，跳跃性也应加强。应在以后的创作中尽量避免流行化甚至概念化的情绪和语言。

陈姝雅，信阳师范学院文学院 2016 级汉语言文学三班学生。

挑担子的老人

陈姝雅

小心避开候车的人群，
在嘈杂而又闷热的候车厅里不说一句话，
穿着粗布的长衣长裤，

焦急地等待火车。

他是采茶大军中的一员吧？
他想去大城市碰碰运气吧？
也许他想帮儿子买一套房，
也许他想让孙子上个好学校……

掺着白发的黑发，
见证了岁月漫长。
沉重的担子，
使肩膀有了凹凸的形状，
两手却依然紧抓着前后的麻袋。

担子的一头，
牵着对家的思念。
担子的另一头，
挂着家里的期望。
肩上担的不只是行囊，
更是家。

漫长的等待中，
似乎发现此时挑担只是徒劳，
放下担子他喘了口气，
可身上的担子放下了，
心里的担子呢？

评语：现实感强，言之有物，令人想起臧克家的《老马》，但意象提炼不到位，力度较弱，语言过于叙述化。

破损

王玮琪

今夜有雨

雨水滴落

沾湿了土地

浸润了树叶

惊醒了春虫

打透了梦境

我用手指

戳了戳

啊

梦境被戳破了

嘘，不要声张

不要让人知道

那梦破损的地方

跑出来的东西

全都有你的影子

评语： 想象曼妙绮丽，爱意和文字柔软有致。

夏欣，信阳师范学院文学院 2016 级汉语言文学三班学生。

萤火虫

夏欣

从指缝中
渗透出微弱幽光
如孩童一般

母亲轻握双手
向我炫耀

小小的绿
在手心缓缓地爬
微微地痒

归家的路上
只有欢笑

评语： 意象幽微，意境令人怜爱，诗的跳跃性较好。

贾庆昊，信阳师范学院文学院 2016 级汉语言文学三班学生。最爱四字，也是自身现状：一无所长。

后会有期

贾庆昊

写给你的诗
遗落何方
用力去回忆

却依旧断章

那也无妨
日子还久
总能写首更好的给你
远隔千里亦不相问

此去经年
唯愿年华锦绣，山高水长

我本可以容忍黑暗，如果我不曾见过太阳
我本可以独享孤单，如果你未曾欣然到访

评语：有哲思、有深情，但诗的跳跃感不足，意象缺乏，有散文化倾
向。

春日如旧

贾庆昊

一树春花摇落后，
碧柳垂新愁
往事将休
故人难留
苦忆欢期泪凝眸

万亩平芜起高楼
纸鸢空啾啾
莲花如漏
白云苍狗
怅谈乐事寻旧游

评语： 悲欣交集，情感富有层次。语言典雅，不落俗套。

编后记

　　《半亩塘文萃（第一辑）》是信阳师范学院文学院、大别山非虚构写作中心成立以来首次编选出版的学生文学作品集，也是文学院深化本科教学改革，实施本科教学质量提升工程以来的成果之一。

　　文学院历来重视本科人才培养，针对学科特点，把学生的创新创意写作能力和写作实践作为培养重点，采取多种举措为学生搭建成长平台。开办"作家讲堂"，邀请国内著名作家来院讲学，与学子们面对面交流写作。多次开展文学采风活动，带领学生走出校园，深入社会，寻找写作主题。2016年9月，成立了"大别山非虚构写作中心"，聘请中国作协副主席何建明先生担任客座教授，指导学生创新创意写作。2017年9月，文学院招收了首届汉语言文学专业创意写作方向本科生50名，创新人才培养模式，致力于在本科层次培养作家。2018年4月，启动了"大别山杯"大学生创意写作大赛和《文萃》的编辑出版工作，展现学子们的文采和风采，激励学子们投身写作实践。

　　《半亩塘文萃（第一辑）》中所选的50余篇作品，并不都是完美精致之作。我们的基本宗旨是：兼顾审美标准与鼓励学生创作热情。尽管编委老师们感叹"如何在坚持一定的审美标准和鼓励学生的创作热情之间保持一个必要的平衡，这一点比较考验人"，但我们还是力求使《文萃》能做到既展现大学生们的才华，用好的选文引导大学生的创作，又鼓励大学生们的创作热情，让更多喜爱写作的同学敢动笔实践。所以凡在选材、立意、构思、语言艺术等方面有可圈可点之处的文章我们都尽量选上，并在文末附上编委老师的评语，一一点评文章的优长与不足，给读者以正确的引导。

从《半亩塘文萃（第一辑）》所选作品来看，学子们关注现实、思考现实、关注底层的精神是让人感动的。几篇非虚构作品都是关注现实的佳作。李海莅的《藏在深山无人识》在平实的叙述中表达了对"一代宗师"曹靖华故居被冷落，当代青年和当地政府不知其巨大的文化价值而不重视、不保护的深沉忧思。王雪可《回乡录》在今昔对比中，对当代农村、农民因片面追求经济利益而形成的学校破败衰落、村人为争夺利益不惜犯罪、人心迷失、农民无出路等问题进行了思考、追问，展现了当代大学生的社会关怀、人文关怀以及对底层民众生存境况的关注。王文君的《讨债》、张帅欣的《凶地》等文章也有类似的揭示与关怀。这些非虚构作品，都来自写作者亲身的经历和体察，体现了写作者对现实问题的关注、思考，对底层民众精神、生存等的关注，这种踏实不蹈虚的写作姿态是值得提倡的。小说作品中，陈月凡的《风中摇曳的烛》、余艳娜的《回家》、闵洁茹的《归巢》《至水穷，看云起》、张岩岩的《圣地》、翟云央的《修路》、毛瀛雪的《悲情坡》、李书亚的《遗产》、刘椿的《阿爹的巴掌》等也体现了对社会发展进程中不断出现的现实问题的关注。"空巢老人"问题、农村男青年娶媳妇难问题、扶贫易扶志难问题、农村土地流转问题、拐卖妇女问题、村级政府的无力等，都成为他们借文学作品表达和思考的问题，尽管有些呈现是俗套的，思考是浅显的，但对于还身处象牙塔中的大学生来说，已是难能可贵了。

有些作品在艺术构思上十分独特、巧妙，颇具匠心，值得肯定。同是青春爱情题材小说，崔冰冰的《一路玉兰花》是校园爱情小说的真情表达，唯美清新；马俊豪的《白梦回信》采用自由切换叙事视角、现实和回忆相交织、双线并进的叙述方式，为我们讲述了一个纠缠着误解、生死和难言的眷恋的爱情故事，一波三折，扣人心弦。易凡的《暗恋》别出心裁，分别从男孩、女孩、小熊、星星四个不同的角度，编织了一场唯美凄凉的暗恋故事。不同的写作者写作同一题材能不落俗套，精心构思，别出新意，独具个性，实在难得。刘迪男的《愿》构思新颖，以宁子、莫莫、林夫三个主人公的观察视角"看世界"，分别组成了相互交叉重叠的话语场，文体具有模糊性和不确定性，使作品内容和形式相互指涉。

有些作品情感真挚，描写细致，语言或朴实无华，或摇曳多姿。王玉帆的《秋殇》对大战之前主将燕飞的悲观、绝望的心理展示很细致逼真。刘闯的《奔月后传》是读鲁迅小说《奔月》后的奇思妙想，想象合理，结尾更是妙笔生花，令人惊叹。李静秋《栀子花语》用清丽的文笔对栀子花本身所蕴含精神的高贵、坚贞进行了非常独特的描写，不失为一篇优秀的写物散文。《写作梦》将自己对写作的挚爱深藏于看似"流水账"似的成长记录中，让人不禁对写作者产生深深的爱与敬。王雪可《用朴素的心过生活》、杜宇《除夕笙歌》表达了对朴素生活、日常生活的温情与热爱。而《登上太阳》《午夜暴雨》《前世情人》《父亲》等诗作，或强烈表达青年人的理想与豪情，或直接书写对世事万物的瞬间感受与体悟，或细细叙说对人情亲情的体察与感动，都有着打动人心的力量。

《半亩塘文萃（第一辑）》凝聚了大别山非虚构写作中心指导老师们的心血。老师们不仅精心选文、评点，有时还亲自指导选题、写作，反复指导修改、打磨，指导投稿、发表，不辞辛劳。看到学生们写出了好文章，或者得以发表，老师们都会和学生一样欣喜万分，也倍感欣慰。

"半亩方塘一鉴开，天光云影共徘徊。问渠那得清如许，为有源头活水来。"图书馆门前的半亩塘，秋日里益发清澈，从名贵园上哗哗流淌下清清流水，欢快地跃下山坡，跳进半亩塘里，在秋日的阳光中闪闪发亮。也希望我们的《文萃》能流入文学的大海中，在文学的海洋中成为一朵闪着亮光的浪花，带给人美的愉悦。希望我们的学子们能不断吸收源头活水，深入体验生活，勤奋读书，勤奋写作，创作出更多优秀作品，让我们的《文萃》永葆鲜活的青春与生命活力。

《半亩塘文萃》编委会

2018年9月20日